Voltaire

# *Zadig*
## *et autres contes*

Préface
Bruno Vincent

 Classiques
universels

ISBN 2-84595-080-2

# Préface

Les plus importants courants de la pensée universelle se développent au XVIIIᵉ siècle. Les sociétés européennes aspirent, à peu près toutes au même moment, à la modernité des mœurs. Les principes philosophiques de l'époque donnent naissance au cosmopolitisme : l'homme éclairé du Siècle des Lumières définit sa condition de citoyen du monde. La France joue un rôle majeur dans la construction de cette nouvelle culture intellectuelle et esthétique : « La littérature française envahit tout, les grands classiques du XVIIᵉ siècle, les écrivains du XVIIIᵉ sont lus, relus, médités, absorbés, assimilés, imités, pastichés. Le Milanais Beccaria s'écrie : « Je dois tout aux livres français. D'Alembert, Diderot, Helvétius, Buffon, noms illustres et qu'on ne peut jamais entendre prononcer sans être ému, vos ouvrages immortels sont ma lecture continuelle, l'objet de mes occupations pendant le jour et de mes méditations pendant mes nuits. » Une foule aurait pu dire de même. Frédéric II était imprégné de Bayle, de Fontenelle, de Montesquieu, qu'il appelait la *Bible du Législateur moderne,* surtout de Voltaire. Joseph II était nourri des Encyclopédistes, des Physiocrates et du roi Voltaire. Les écrivains allemands sont pétris de littérature française. Même un publiciste aussi allemand que Lessing s'efforce de modeler sa phrase sur Voltaire, illustre par son théâtre les théories de Diderot, s'inspire dans sa critique d'art de l'abbé du Bos. Goethe vient à l'université de Strasbourg pour se perfectionner dans la langue française et s'enivre des Français. La littérature française pénètre si bien les Anglais, qu'il est même des pamphlets politiques de facture toute française. Une tournure d'esprit, une façon de conduire ses pensées, un ensemble d'idées communes règnent en Europe. »

Le goût français découvre la raison première de son prestige dans l'exactitude de sa langue et dans sa clarté d'exposition. L'imagination propre à l'esprit français additionne, quant à elle,

d'audacieuses constructions narratives aux vertus de la syntaxe. Ce n'est donc point un hasard si les écrits de Fénelon, de Montesquieu puis de La Rochefoucauld exercent tour à tour une influence décisive sur le style et l'inspiration de leurs successeurs. L'originalité dont leurs productions littéraires font preuve rompt très nettement avec les règles anciennes. Diderot perçoit admirablement les voies de cette subtile émancipation : « Le goût est souvent séparé du génie. Le génie est un pur don de la nature ; ce qu'il produit est l'ouvrage d'un moment ; le goût est l'ouvrage de l'étude et du temps ; il tient à la connaissance d'une multitude de règles établies ou supposées ; il fait produire des beautés qui ne sont que de convention. Pour qu'une chose soit belle selon les règles du goût, il faut qu'elle soit élégante, finie, travaillée sans le paraître : pour être de génie, il faut quelquefois qu'elle soit négligée, qu'elle ait l'air irrégulier, escarpé, sauvage… Les règles et les lois du goût donneraient des entraves au génie ; il les brise pour aller au sublime, au pathétique, au grand… La force et l'abondance, je ne sais quelle rudesse, l'irrégularité, le sublime, le pathétique, voilà dans les arts le caractère du génie ; il ne touche pas faiblement, il ne plaît pas sans étonner, il étonne encore par ces fautes. »

Dans ce siècle, qui connaît un bouleversement profond des idées, Voltaire symbolise presque à lui seul la transition entre un monde qui finit et un monde qui commence. L'ambition, qui le guide, repose sur des intentions précises : « Tant de prétendues règles, tant de liens ne serviraient qu'à embarrasser les grands hommes dans leur marche. Il faut courir la carrière et non s'y traîner avec des béquilles… Il faut dans tous les arts se donner bien garde de ces définitions trompeuses par lesquelles nous osons exclure toutes les beautés qui nous sont inconnues… Tel est le privilège du génie d'invention : il se fait une route où personne n'a marché avant lui ; il court sans guide, sans art, sans règle ; il s'égare dans sa carrière, mais il laisse loin derrière lui tout ce qui n'est que raison et qu'exactitude. » Voilà comment l'auteur des *Contes* entend voir le tempérament individuel du littérateur l'emporter sur les schémas dépassés de la doctrine classique. Curieuse contradiction, pourtant, chez un auteur imaginatif de sa trempe, qui tient Racine et Boileau pour modèles insurpassables. Étonnants propos, encore, pour un auteur dramatique de son envergure, qui lègue cinquante-cinq tragédies et épopées historiques en vers, résolument absentes de toute anthologie et absolument inconnues de nos mémoires.

Les *Contes philosophiques,* qui méritent individuellement l'attribut de chef-d'œuvre du genre, ne satisfont aucunement Voltaire. Ce dernier ne leur accorde jamais d'autres qualificatifs que ceux de *bagatelles* ou de *fadaises.* Leur rédaction, de surcroît, n'intervient que tardivement et épisodiquement dans son œuvre. René Pomeau, éminent spécialiste de l'auteur, définit avec pertinence l'origine et la portée tout à fait particulière de ces œuvres d'humeur : « L'idée, longtemps accréditée, que les contes furent tracés au fil de la plume procédait d'une impression. Elle paraissait justifiée par la destination mondaine de plusieurs d'entre eux, surtout parmi les premiers… L'instinct de charmer a toujours été, dans la personnalité de Voltaire, un élément fondamental. Il écrit ses contes pour plaire, et à des personnages difficiles en matière d'esprit. Pour eux il choisit les meilleures saillies de son imagination, réprimant la verve un peu grosse à laquelle volontiers il se laisse aller… On goûte dans ces bagatelles l'agrément d'un style Louis XV : variété, fantaisie, dans l'harmonie discrète de la composition. »

Si *Le Voyage du baron de Gangan,* adressé à Frédéric II de Prusse en 1739, préfigure le ton de ses futurs récits, ce n'est qu'à partir de 1747, à l'âge de cinquante-trois ans, que Voltaire se complaît véritablement dans l'exercice de ces distractions littéraires. *Zadig* et *Micromégas* datent de cette époque. Le romancier Jean Orieux relate le contexte dans lequel ceux-ci prirent forme : « Vers deux heures du matin, chaque nuit, il [Voltaire] prenait sa récréation. Il descendait comme un fantôme dans la chambre de la spirituelle duchesse [du Maine]. Tout dormait, saut un valet qui était dans le secret et qui plaçait une table dans la ruelle de la princesse. C'est à cette table que Voltaire, en robe de chambre et en bonnet de nuit, soupait des mets les plus exquis et servis comme chez le roi. Il grignotait cette manne céleste en tenant à la duchesse, accoudée sur ses dentelles, les propos les plus brillants du monde… Il faisait briller tous les feux de son esprit pour cette auditrice unique. C'est un spectacle inouï, à la lueur d'une bougie. Mais sait-on ce qu'éclairait cette flamme tremblante, quels papiers il lisait à la duchesse ? Car il lisait le soir ce qu'il écrivait le jour, pour elle, pour lui rendre grâce de son hospitalité, de sa protection. Il écrivait des histoires très légères, d'une plume qui effleurait à peine le papier : un souffle d'esprit, une touche de sentiment, un soupçon de morale, un grain d'érudition sous un vernis transparent d'histoire et voilà des contes qui s'appellent *Babouc, Memnon,*

*L'Ingénu, Micromégas, Zadig.* Et c'est écrit pour l'éternité alors que ce ne fut imaginé que pour plaire, un soir, une heure, à une duchesse presque naine. »

Au printemps de l'année 1759, Voltaire publie *Candide* à Genève. Sans doute s'agit-il du plus pénétrant de ses contes. La morale, qui sert de conclusion à sa trentaine de courts chapitres, vaut quasiment un proverbe : « Je sais aussi, dit Candide, qu'il faut cultiver notre jardin. » Une décennie a passé depuis *Zadig* et *Micromégas.* L'accent est ici plus amer. Des déceptions personnelles et des inimitiés, qui se succèdent, l'expliquent en partie. Mais ce qui préoccupe et rend Voltaire si fataliste, ce sont surtout les troubles que connaît l'Europe. Le séisme, qui détruit Lisbonne en 1755 ; la guerre de Sept ans, qui oppose la France, l'Autriche, la Russie, la Saxe, la Suède et l'Espagne à l'Angleterre à la Prusse et au Hanovre dans un enchaînement de conflits meurtriers. Sa philosophie, assez proche du rationalisme logique de Leibniz, se résigne avec une peine immense au chaos des nations et à l'absurdité des hommes : « La grandeur de l'intelligence humaine, c'est d'admettre l'incompréhensible, quand l'existence de cet incompréhensible est prouvée. »

Exception faite de *L'Ingénu,* et de trois autres contes, parus entre 1766 et 1744, Voltaire retourne à ses sujets de prédilection : la religion, l'histoire et la justice. Il commet en 1775, un *Éloge historique de la Raison,* dans lequel il démontre la nécessité pressante, pour la société, de recueillir les bienfaisants effets de la philosophie.

Par la diversité des thèmes qu'il aborde et par l'importance immense de sa correspondance (près de 1 800 lettres), Voltaire prouve la « passion de penser tout haut », que ses contemporains lui reconnaissent. Le critique Émile Faguet qualifie le génie voltairien d'un trait d'esprit : « Un chaos d'idées claires. »

BRUNO VINCENT

# Zadig
## *ou la destinée*

### Histoire orientale

### Approbation

Je soussigné, qui me suis fait passer pour savant, et même pour homme d'esprit, ai lu ce manuscrit, que j'ai trouvé, malgré moi, curieux, amusant, moral, philosophique, digne de plaire à ceux mêmes qui haïssent les romans. Ainsi je l'ai décrié, et j'ai assuré M. le Cadi-Lesquier que c'est un ouvrage détestable.

ÉPÎTRE DÉDICATOIRE
À LA SULTANE SHEERA,
PAR SADI

*Le 18 du mois de schewal,*
*l'an 837 de l'hégire.*

*Charme des prunelles, tourment des cœurs, lumière de l'esprit, je ne baise point la poussière de vos pieds, parce que vous ne marchez guère, ou que vous marchez sur des tapis d'Iran ou sur des roses. Je vous offre la traduction d'un livre d'un ancien sage, qui, ayant le bonheur de n'avoir rien à faire, eut celui de s'amuser à écrire l'histoire de Zadig ; ouvrage qui dit plus qu'il ne semble dire. Je vous prie de le lire et d'en juger ; car,*

*quoique vous soyez dans le printemps de votre vie, quoique tous les plaisirs vous cherchent, quoique vous soyez belle, et que vos talents ajoutent à votre beauté ; quoiqu'on vous loue du soir au matin, et que par toutes ces raisons vous soyez en droit de n'avoir pas le sens commun, cependant vous avez l'esprit très sage et le goût très fin, et je vous ai entendue raisonner mieux que de vieux derviches à longue barbe et à bonnet pointu. Vous êtes discrète, et vous n'êtes point défiante ; vous êtes douce sans être faible ; vous êtes bienfaisante avec discernement ; vous aimez vos amis, et vous ne vous faites point d'ennemis. Votre esprit n'emprunte jamais ses agréments des traits de la médisance ; vous ne dites de mal, ni n'en faites, malgré la prodigieuse facilité que vous y auriez. Enfin votre âme m'a toujours paru pure comme votre beauté. Vous avez même un petit fonds de philosophie qui m'a fait croire que vous prendriez plus de goût qu'une autre à cet ouvrage d'un sage.*

*Il fut écrit d'abord en ancien chaldéen, que ni vous ni moi n'entendons. On le traduisit en arabe, pour amuser le célèbre sultan Ouloug-beg. C'était du temps où les Arabes et les Persans commençaient à écrire des* Mille et Une Nuits, *des* Mille et Un Jours, *etc. Ouloug aimait mieux la lecture de* Zadig ; *mais les sultanes aimaient mieux les* Mille et Un. *« Comment pouvez-vous préférer, leur disait le sage Ouloug, des contes qui sont sans raison et qui ne signifient rien ? — C'est précisément pour cela que nous les aimons, répondaient les sultanes. »*

*Je me flatte que vous ne leur ressemblerez pas, et que vous serez un vrai Ouloug. J'espère même que, quand vous serez lasse des conversations générales, qui ressemblent assez aux* Mille et Un, *à cela près qu'elles sont moins amusantes, je pourrai trouver une minute pour avoir l'honneur de vous parler raison. Si vous aviez été Thalestris du temps de Scander, fils de Philippe ; si vous aviez été la reine de Sabée du temps de Soleiman, c'eussent été ces rois qui auraient fait le voyage.*

*Je prie les vertus célestes que vos plaisirs soient sans mélange, votre beauté durable, et votre bonheur sans fin.*

<div align="right">

*SADI.*

</div>

# Chapitre I
# Le borgne

Au temps du roi Moabdar, il y avait à Babylone un jeune homme nommé Zadig, né avec un beau naturel fortifié par l'éducation. Quoique riche et jeune, il savait modérer ses passions ; il n'affectait rien ; il ne voulait point toujours avoir raison, et savait respecter la faiblesse des hommes. On était étonné de voir qu'avec beaucoup d'esprit il n'insultât jamais par des railleries à ces propos si vagues, si rompus, si tumultueux, à ces médisances téméraires, à ces décisions ignorantes, à ces turlupinades grossières, à ce vain bruit de paroles, qu'on appelait *conversation* dans Babylone. Il avait appris, dans le premier livre de Zoroastre, que l'amour-propre est un ballon gonflé de vent, dont il sort des tempêtes quand on lui a fait une piqûre. Zadig surtout ne se vantait pas de mépriser les femmes et de les subjuguer. Il était généreux ; il ne craignait point d'obliger des ingrats, suivant ce grand précepte de Zoroastre : *Quand tu manges, donne à manger aux chiens, dussent-ils te mordre.* Il était aussi sage qu'on peut l'être, car il cherchait à vivre avec des sages. Instruit dans les sciences des anciens Chaldéens, il n'ignorait pas les principes physiques de la nature tels qu'on les connaissait alors, et savait de la métaphysique ce qu'on en a su dans tous les âges, c'est-à-dire fort peu de chose. Il était fermement persuadé que l'année était de trois cent soixante et cinq jours et un quart, malgré la nouvelle philosophie de son temps, et que le soleil était au centre du monde ; et quand les principaux mages lui disaient, avec une hauteur insultante, qu'il avait de mauvais sentiments, et que c'était être ennemi de l'État que de croire que le soleil tournait sur lui-même et que l'année avait douze mois, il se taisait sans colère et sans dédain.

Zadig, avec de grandes richesses, et par conséquent avec des amis, ayant de la santé, une figure aimable, un esprit juste et modéré, un cœur sincère et noble, crut qu'il pouvait être heureux. Il devait se marier à Sémire, que sa beauté, sa naissance et sa fortune rendaient le premier parti de Babylone. Il avait pour elle un attachement solide et vertueux, et Sémire l'aimait avec passion. Ils touchaient au moment fortuné qui allait les unir, lorsque, se promenant ensemble vers une porte de Babylone, sous les palmiers qui ornaient le rivage de l'Euphrate, ils virent venir à eux des hommes armés de sabres et de flèches. C'étaient les satellites du jeune Orcan, neveu d'un ministre, à qui les courtisans de son oncle avaient fait accroire que tout lui était permis. Il n'avait aucune des grâces ni des vertus de Zadig ; mais, croyant valoir beaucoup mieux, il était désespéré de n'être pas préféré. Cette jalousie, qui ne venait que de sa vanité, lui fit penser qu'il aimait éperdument Sémire. Il voulait l'enlever. Les ravisseurs la saisirent, et dans les emportements de leur violence ils la blessèrent, et firent couler le sang d'une personne dont la vue aurait attendri les tigres du mont Imaüs. Elle perçait le ciel de ses plaintes. Elle s'écriait : « Mon cher époux ! On m'arrache à ce que j'adore ! » Elle n'était point occupée de son danger ; elle ne pensait qu'à son cher Zadig. Celui-ci, dans le même temps, la défendait avec toute la force que donnent la valeur et l'amour. Aidé seulement de deux esclaves, il mit les ravisseurs en fuite et ramena chez elle Sémire, évanouie et sanglante, qui en ouvrant les yeux vit son libérateur. Elle lui dit : « Ô Zadig ! Je vous aimais comme mon époux ; je vous aime comme celui à qui je dois l'honneur et la vie. » Jamais il n'y eut un cœur plus pénétré que celui de Sémire. Jamais bouche plus ravissante n'exprima des sentiments plus touchants par ces paroles de feu qu'inspirent le sentiment du plus grand des bienfaits et le transport le plus tendre de l'amour le plus légitime. Sa blessure était légère ; elle guérit bientôt. Zadig était blessé plus dangereusement ; un coup de flèche reçu près de l'œil lui avait fait une plaie profonde. Sémire ne demandait aux dieux que la guérison de son amant. Ses yeux étaient nuit et jour baignés de larmes : elle attendait le moment où ceux de Zadig pourraient jouir de ses regards ; mais un abcès survenu à l'œil blessé fit tout craindre. On envoya jus-

qu'à Memphis chercher le grand médecin Hermès, qui vint
avec un nombreux cortège. Il visita le malade, et déclara qu'il
perdrait l'œil ; il prédit même le jour et l'heure où ce funeste
accident devait arriver. « Si c'eût été l'œil droit, dit-il, je l'au-
rais guéri ; mais les plaies de l'œil gauche sont incurables. »
Tout Babylone, en plaignant la destinée de Zadig, admira la
profondeur de la science d'Hermès. Deux jours après, l'abcès
perça de lui-même. Zadig fut guéri parfaitement. Hermès écri-
vit un livre où il lui prouva qu'il n'avait pas dû guérir. Zadig ne
le lut point ; mais, dès qu'il put sortir, il se prépara à rendre
visite à celle qui faisait l'espérance du bonheur de sa vie et
pour qui seule il voulait avoir des yeux. Sémire était à la cam-
pagne depuis trois jours. Il apprit en chemin que cette belle
dame, ayant déclaré hautement qu'elle avait une aversion insur-
montable pour les borgnes, venait de se marier à Orcan la nuit
même. À cette nouvelle, il tomba sans connaissance ; sa dou-
leur le mit au bord du tombeau ; il fut longtemps malade ; mais
enfin la raison l'emporta sur son affliction, et l'atrocité de ce
qu'il éprouvait servit même à le consoler.

« Puisque j'ai essuyé, dit-il, un si cruel caprice d'une fille
élevée à la cour, il faut que j'épouse une citoyenne. » Il choisit
Azora, la plus sage et la mieux née de la ville ; il l'épousa et
vécut un mois avec elle dans les douceurs de l'union la plus
tendre. Seulement il remarquait en elle un peu de légèreté et
beaucoup de penchant à trouver toujours que les jeunes gens les
mieux faits étaient ceux qui avaient le plus d'esprit et de vertu.

## Chapitre II
## Le nez

Un jour Azora revint d'une promenade tout en colère et fai-
sant de grandes exclamations. « Qu'avez-vous, lui dit-il, ma
chère épouse ? qui vous peut mettre ainsi hors de vous-même ?
— Hélas ! dit-elle, vous seriez indigné comme moi si vous
aviez vu le spectacle dont je viens d'être témoin. J'ai été conso-
ler la jeune veuve Cosrou qui vient d'élever depuis deux jours
un tombeau à son jeune époux auprès du ruisseau qui borde

cette prairie. Elle a promis aux dieux, dans sa douleur, de demeurer auprès de ce tombeau tant que l'eau de ce ruisseau coulerait auprès. — Eh bien ! dit Zadig, voilà une femme estimable, qui aimait véritablement son mari ! — Ah ! reprit Azora, si vous saviez à quoi elle s'occupait quand je lui ai rendu visite ! — À quoi donc, belle Azora ? — Elle faisait détourner le ruisseau. » Azora se répandit en des invectives si longues, éclata en reproches si violents contre la jeune veuve, que ce faste de vertu ne plut pas à Zadig.

Il avait un ami, nommé Cador, qui était un de ces jeunes gens à qui sa femme trouvait plus de probité et de mérite qu'aux autres : il le mit dans sa confidence et s'assura, autant qu'il le pouvait, de sa fidélité par un présent considérable. Azora, ayant passé deux jours chez une de ses amies à la campagne, revint le troisième jour à la maison. Des domestiques en pleurs lui annoncèrent que son mari était mort subitement la nuit même, qu'on n'avait pas osé lui porter cette funeste nouvelle, et qu'on venait d'ensevelir Zadig dans le tombeau de ses pères, au bout du jardin. Elle pleura, s'arracha les cheveux et jura de mourir. Le soir, Cador lui demanda la permission de lui parler, et ils pleurèrent tous deux. Le lendemain, ils pleurèrent moins et dînèrent ensemble. Cador lui confia que son ami lui avait laissé la plus grande partie de son bien, et lui fit entendre qu'il mettrait son bonheur à partager sa fortune avec elle. La dame pleura, se fâcha, s'adoucit ; le souper fut plus long que le dîner ; on se parla avec plus de confiance : Azora fit l'éloge du défunt ; mais elle avoua qu'il avait des défauts dont Cador était exempt.

Au milieu du souper, Cador se plaignit d'un mal de rate violent ; la dame, inquiète et empressée, fit apporter toutes les essences dont elle se parfumait, pour essayer s'il n'y en avait pas quelqu'une qui fût bonne pour le mal de rate ; elle regretta beaucoup que le grand Hermès ne fût pas encore à Babylone ; elle daigna même toucher le côté où Cador sentait de si vives douleurs. « Êtes-vous sujet à cette cruelle maladie ? lui dit-elle avec compassion. — Elle me met quelquefois au bord du tombeau, lui répondit Cador, et il n'y a qu'un seul remède qui puisse me soulager ; c'est de m'appliquer sur le côté le nez d'un homme qui soit mort la veille. — Voilà un étrange remède, dit Azora. — Pas plus étrange, répondit-il, que les sachets du sieur

Arnou* contre l'apoplexie. » Cette raison, jointe à l'extrême mérite du jeune homme, détermina enfin la dame. « Après tout, dit-elle, quand mon mari passera du monde d'hier dans le monde du lendemain sur le pont Tchinavar, l'ange Asraël lui accordera-t-il moins le passage, parce que son nez sera un peu moins long dans la seconde vie que dans la première ? » Elle prit donc un rasoir ; elle alla au tombeau de son époux, l'arrosa de ses larmes, et s'approcha pour couper le nez à Zadig, qu'elle trouva tout étendu dans la tombe. Zadig se relève en tenant son nez d'une main et arrêtant le rasoir de l'autre. « Madame, lui dit-il, ne criez plus tant contre la jeune Cosrou ; le projet de me couper le nez vaut bien celui de détourner un ruisseau. »

## Chapitre III
## Le chien et le cheval

Zadig éprouva que le premier mois du mariage, comme il est écrit dans le livre du *Zend,* est la lune du miel, et que le second est la lune de l'absinthe. Il fut quelque temps après obligé de répudier Azora qui était devenue trop difficile à vivre, et il chercha son bonheur dans l'étude de la nature. « Rien n'est plus heureux, disait-il, qu'un philosophe qui lit dans ce grand livre que Dieu a mis sous nos yeux. Les vérités qu'il découvre sont à lui ; il nourrit et il élève son âme ; il vit tranquille ; il ne craint rien des hommes, et sa tendre épouse ne vient point lui couper le nez. »

Plein de ces idées, il se retira dans une maison de campagne sur les bords de l'Euphrate. Là il ne s'occupait pas à calculer combien de pouces d'eau coulaient en une seconde sous les arches d'un pont, ou s'il tombait une ligne cube de pluie dans le mois de la souris plus que dans le mois du mouton. Il n'imaginait point de faire de la soie avec des toiles d'araignée, ni de la porcelaine avec des bouteilles cassées ; mais il étudia surtout les propriétés des animaux et des plantes, et il acquit bientôt une

---

*. Il y avait dans ce temps un Babylonien, nommé Arnou, qui guérissait et prévenait toutes les apoplexies, dans les gazettes, avec un sachet pendu au cou.

sagacité qui lui découvrait mille différences où les autres hommes
ne voient rien que d'uniforme.

Un jour, se promenant auprès d'un petit bois, il vit accourir à lui
un eunuque de la reine, suivi de plusieurs officiers qui parais-
saient dans la plus grande inquiétude, et qui couraient çà et là,
comme des hommes égarés qui cherchent ce qu'ils ont perdu de
plus précieux. « Jeune homme, lui dit le premier eunuque, n'avez-
vous point vu le chien de la reine ? » Zadig répondit
modestement : « C'est une chienne, et non pas un chien. — Vous
avez raison, reprit le premier eunuque. — C'est une épagneule
très petite, ajouta Zadig. Elle a fait depuis peu des chiens ; elle
boite du pied gauche de devant et elle a les oreilles très longues.
— Vous l'avez donc vue ? dit le premier eunuque tout essoufflé.
— Non, répondit Zadig, je ne l'ai jamais vue, et je n'ai jamais su
si la reine avait une chienne. »

Précisément dans le même temps, par une bizarrerie ordinaire
de la fortune, le plus beau cheval de l'écurie du roi s'était
échappé des mains d'un palefrenier dans les plaines de Babylone.
Le grand veneur et tous les autres officiers couraient après lui
avec autant d'inquiétude que le premier eunuque après la
chienne. Le grand veneur s'adressa à Zadig et lui demanda s'il
n'avait point vu passer le cheval du roi. « C'est, répondit Zadig,
le cheval qui galope le mieux ; il a cinq pieds de haut, le sabot
fort petit ; il porte une queue de trois pieds et demi de long ; les
bossettes de son mors sont d'or à vingt-trois carats ; ses fers sont
d'argent à onze deniers. — Quel chemin a-t-il pris ? Où est-il ?
demanda le grand veneur. — Je ne l'ai point vu, répondit Zadig,
et je n'en ai jamais entendu parler. »

Le grand veneur et le premier eunuque ne doutèrent pas que
Zadig n'eût volé le cheval du roi et la chienne de la reine ; ils le
firent conduire devant l'assemblée du grand desterham, qui le
condamna au knout et à passer le reste de ses jours en Sibérie.
À peine le jugement fut-il rendu qu'on retrouva le cheval et la
chienne. Les juges furent dans la douloureuse nécessité de réfor-
mer leur arrêt ; mais ils condamnèrent Zadig à payer quatre cents
onces d'or pour avoir dit qu'il n'avait point vu ce qu'il avait vu. Il
fallut d'abord payer cette amende ; après quoi il fut permis à
Zadig de plaider sa cause au conseil du grand desterham ; il parla
en ces termes :

« Étoiles de justice, abîmes de science, miroirs de vérité, qui avez la pesanteur du plomb, la dureté du fer, l'éclat du diamant et beaucoup d'affinité avec l'or ! Puisqu'il m'est permis de parler devant cette auguste assemblée, je vous jure par Orosmade que je n'ai jamais vu la chienne respectable de la reine, ni le cheval sacré du roi des rois. Voici ce qui m'est arrivé. Je me promenais vers le petit bois, où j'ai rencontré depuis le vénérable eunuque et le très illustre grand veneur. J'ai vu sur le sable les traces d'un animal, et j'ai jugé aisément que c'étaient celles d'un petit chien. Des sillons légers et longs, imprimés sur de petites éminences de sable, entre les traces des pattes, m'ont fait connaître que c'était une chienne dont les mamelles étaient pendantes, et qu'ainsi elle avait fait des petits il y a peu de jours. D'autres traces en un sens différent, qui paraissaient toujours avoir rasé la surface du sable à côté des pattes de devant, m'ont appris qu'elle avait les oreilles très longues ; et comme j'ai remarqué que le sable était toujours moins creusé par une patte que par trois autres, j'ai compris que la chienne de notre auguste reine était un peu boiteuse, si je l'ose dire.

À l'égard du cheval du roi des rois, vous saurez que, me promenant dans les routes de ce bois, j'ai aperçu les marques des fers d'un cheval ; elles étaient toutes à égales distances. Voilà, ai-je dit, un cheval qui a un galop parfait. La poussière des arbres, dans une route étroite qui n'a que sept pieds de large, était un peu enlevée à droite et à gauche, à trois pieds et demi du milieu de la route. Ce cheval, ai-je dit, a une queue de trois pieds et demi, qui, par ses mouvements de droite et de gauche, a balayé cette poussière. J'ai vu sous les arbres, qui formaient un berceau de cinq pieds de haut, les feuilles des branches nouvellement tombées, et j'ai connu que ce cheval y avait touché, et qu'ainsi il avait cinq pieds de haut. Quant à son mors, il doit être d'or à vingt-trois carats : car il en a frotté les bossettes contre une pierre que j'ai reconnu être une pierre de touche et dont j'ai fait l'essai. J'ai jugé enfin, par les marques que ses fers ont laissées sur des cailloux d'une autre espèce, qu'il était ferré d'argent à onze deniers de fin. »

Tous les juges admirèrent le profond et subtil discernement de Zadig ; la nouvelle en vint jusqu'au roi et à la reine. On ne parlait que de Zadig dans les antichambres, dans la chambre et dans le cabinet ; et, quoique plusieurs mages opinassent qu'on devait le

brûler comme sorcier, le roi ordonna qu'on lui rendît l'amende des quatre cents onces d'or à laquelle il avait été condamné. Le greffier, les huissiers, les procureurs, vinrent chez lui en grand appareil lui rapporter ses quatre cents onces ; ils en retinrent seulement trois cent quatre-vingt-dix-huit pour les frais de justice, et leurs valets demandèrent des honoraires.

Zadig vit combien il était dangereux quelquefois d'être trop savant, et se promit bien, à la première occasion, de ne point dire ce qu'il avait vu.

Cette occasion se trouva bientôt. Un prisonnier d'État s'échappa ; il passa sous les fenêtres de sa maison. On interrogea Zadig, il ne répondit rien ; mais on lui prouva qu'il avait regardé par la fenêtre. Il fut condamné pour ce crime à cinq cents onces d'or, et il remercia ses juges de leur indulgence, selon la coutume de Babylone. « Grand Dieu ! dit-il en lui-même, qu'on est à plaindre quand on se promène dans un bois où la chienne de la reine et le cheval du roi ont passé ! qu'il est dangereux de se mettre à la fenêtre ! et qu'il est difficile d'être heureux dans cette vie ! »

## Chapitre IV
## L'envieux

Zadig voulut se consoler par la philosophie et par l'amitié des maux que lui avait faits la fortune. Il avait, dans un faubourg de Babylone, une maison ornée avec goût, où il rassemblait tous les arts et tous les plaisirs dignes d'un honnête homme. Le matin, sa bibliothèque était ouverte à tous les savants ; le soir, sa table l'était à la bonne compagnie ; mais il connut bientôt combien les savants sont dangereux. Il s'éleva une grande dispute sur une loi de Zoroastre qui défendait de manger du griffon. « Comment défendre le griffon, disaient les uns, si cet animal n'existe pas ? — Il faut bien qu'il existe, disaient les autres, puisque Zoroastre ne veut pas qu'on en mange. » Zadig voulut les accorder, en leur disant : « S'il y a des griffons, n'en mangeons point ; s'il n'y en a point, nous en mangerons encore moins, et par là nous obéirons tous à Zoroastre. »

Un savant, qui avait composé treize volumes sur les propriétés du griffon, et qui de plus était grand théurgite, se hâta d'aller accuser Zadig devant un archimage nommé Yébor, le plus sot des Chaldéens, et partant le plus fanatique. Cet homme aurait fait empaler Zadig pour la plus grande gloire du soleil, et en aurait récité le bréviaire de Zoroastre d'un ton plus satisfait. L'ami Cador (un ami vaut mieux que cent prêtres) alla trouver le vieux Yébor, et lui dit : « Vivent le soleil et les griffons ! Gardez-vous bien de punir Zadig : c'est un saint ; il a des griffons dans sa basse-cour, et il n'en mange point ; et son accusateur est un hérétique qui ose soutenir que les lapins ont le pied fendu et ne sont point immondes. — Eh bien ! dit Yébor en branlant sa tête chauve, il faut empaler Zadig pour avoir mal pensé des griffons, et l'autre pour avoir mal parlé des lapins. » Cador apaisa l'affaire par le moyen d'une fille d'honneur à laquelle il avait fait un enfant, et qui avait beaucoup de crédit dans le collège des mages. Personne ne fut empalé ; de quoi plusieurs docteurs murmurèrent, et en présagèrent la décadence de Babylone. Zadig s'écria : « À quoi tient le bonheur ! Tout me persécute dans ce monde, jusqu'aux êtres qui n'existent pas. » Il maudit les savants, et ne voulut plus vivre qu'en bonne compagnie.

Il rassemblait chez lui les plus honnêtes gens de Babylone et les dames les plus aimables ; il donnait des soupers délicats, souvent précédés de concerts, et animés par des conversations charmantes dont il avait su bannir l'empressement de montrer de l'esprit, qui est la plus sûre manière de n'en point avoir et de gâter la société la plus brillante. Ni le choix de ses amis ni celui des mets n'étaient faits par la vanité : car en tout il préférait l'être au paraître et par là il s'attirait la considération véritable à laquelle il ne prétendait pas.

Vis-à-vis sa maison demeurait Arimaze, personnage dont la méchante âme était peinte sur sa grossière physionomie. Il était rongé de fiel et bouffi d'orgueil, et pour comble, c'était un bel esprit ennuyeux. N'ayant jamais pu réussir dans le monde, il se vengeait par en médire. Tout riche qu'il était, il avait de la peine à rassembler chez lui des flatteurs. Le bruit des chars qui entraient le soir chez Zadig l'importunait, le bruit de ses louanges l'irritait davantage. Il allait quelquefois chez Zadig, et

se mettait à table sans être prié : il y corrompait toute la joie de la société, comme on dit que les harpies infectent les viandes qu'elles touchent. Il lui arriva un jour de vouloir donner une fête à une dame qui, au lieu de la recevoir, alla souper chez Zadig. Un autre jour, causant avec lui dans le palais, ils abordèrent un ministre qui pria Zadig à souper, et ne pria point Arimaze. Les plus implacables haines n'ont pas souvent des fondements plus importants. Cet homme, qu'on appelait l'Envieux dans Babylone, voulut perdre Zadig parce qu'on l'appelait l'Heureux. L'occasion de faire du mal se trouve cent fois par jour, et celle de faire du bien une fois dans l'année, comme dit Zoroastre.

L'envieux alla chez Zadig, qui se promenait dans ses jardins avec deux amis et une dame, à laquelle il disait souvent des choses galantes, sans autre intention que celle de les dire. La conversation roulait sur une guerre que le roi venait de terminer heureusement contre le prince d'Hyrcanie, son vassal. Zadig, qui avait signalé son courage dans cette courte guerre, louait beaucoup le roi, et encore plus la dame. Il prit ses tablettes, et écrivit quatre vers qu'il fit sur-le-champ et qu'il donna à lire à cette belle personne. Ses amis le prièrent de leur en faire part ; la modestie, ou plutôt un amour-propre bien entendu, l'en empêcha. Il savait que des vers impromptus ne sont jamais bons que pour celle en l'honneur de qui ils sont faits : il brisa en deux la feuille des tablettes sur laquelle il venait d'écrire, et jeta les deux moitiés dans un buisson de roses où on les chercha inutilement. Une petite pluie survint ; on regagna la maison. L'envieux, qui resta dans le jardin, chercha tant qu'il trouva un morceau de la feuille. Elle avait été tellement rompue que chaque moitié de vers qui remplissait la ligne faisait un sens, et même un vers d'une plus petite mesure ; mais, par un hasard encore plus étrange, ces petits vers se trouvaient former un sens qui contenait les injures les plus horribles contre le roi. On y lisait :

*Par les plus grands forfaits*
*Sur le trône affermi,*
*Dans la publique paix*
*C'est le seul ennemi.*

L'envieux fut heureux pour la première fois de sa vie. Il avait entre les mains de quoi perdre un homme vertueux et aimable. Plein de cette cruelle joie, il fit parvenir jusqu'au roi cette satire écrite de la main de Zadig : on le fit mettre en prison, lui, ses deux amis et la dame. Son procès lui fut bientôt fait, sans qu'on daignât l'entendre. Lorsqu'il vint recevoir sa sentence, l'envieux se trouva sur son passage, et lui dit tout haut que ses vers ne valaient rien. Zadig ne se piquait pas d'être bon poète ; mais il était au désespoir d'être condamné comme criminel de lèse-majesté et de voir qu'on retînt en prison une belle dame et deux amis pour un crime qu'il n'avait pas fait. On ne lui permit pas de parler, parce que ses tablettes parlaient. Telle était la loi de Babylone. On le fit donc aller au supplice à travers une foule de curieux, dont aucun n'osait le plaindre, et qui se précipitaient pour examiner son visage et pour voir s'il mourrait avec bonne grâce. Ses parents seulement étaient affligés, car ils n'héritaient pas. Les trois quarts de son bien étaient confisqués au profit du roi, et l'autre quart au profit de l'envieux.

Dans le temps qu'il se préparait à la mort, le perroquet du roi s'envola de son balcon, et s'abattit dans le jardin de Zadig sur un buisson de roses. Une pêche y avait été portée d'un arbre voisin par le vent : elle était tombée sur un morceau de tablette à écrire auquel elle s'était collée. L'oiseau enleva la pêche et la tablette, et les porta sur les genoux du monarque. Le prince, curieux, y lut des mots qui ne formaient aucun sens, et qui paraissaient des fins de vers. Il aimait la poésie, et il y a toujours de la ressource avec les princes qui aiment les vers : l'aventure de son perroquet le fit rêver. La reine, qui se souvenait de ce qui avait été écrit sur une pièce de la tablette de Zadig, se la fit apporter. On confronta les deux morceaux, qui s'ajustaient ensemble parfaitement ; on lut alors les vers tels que Zadig les avait faits :

> *Par les plus grands forfaits j'ai vu troubler la terre.*
> *Sur le trône affermi, le roi sait tout dompter.*
> *Dans la publique paix l'amour seul fait la guerre :*
> *C'est le seul ennemi qui soit à redouter.*

Le roi ordonna aussitôt qu'on fît venir Zadig devant lui, et

qu'on fît sortir de prison ses deux amis et la belle dame. Zadig
se jeta le visage contre terre aux pieds du roi et de la reine : il
leur demanda très humblement pardon d'avoir fait de mauvais
vers ; il parla avec tant de grâce, d'esprit et de raison que le roi
et la reine voulurent le revoir. Il revint, et plut encore davan-
tage. On lui donna tous les biens de l'envieux qui l'avait injus-
tement accusé ; mais Zadig les rendit tous, et l'envieux ne fut
touché que du plaisir de ne pas perdre son bien. L'estime du roi
s'accrut de jour en jour pour Zadig. Il le mettait de tous ses
plaisirs et le consultait dans toutes ses affaires. La reine le
regarda dès lors avec une complaisance qui pouvait devenir
dangereuse pour elle, pour le roi son auguste époux, pour Zadig
et pour le royaume. Zadig commençait à croire qu'il n'est pas si
difficile d'être heureux.

## Chapitre V
## Les généreux

Le temps arriva où l'on célébrait une grande fête qui revenait
tous les cinq ans. C'était la coutume à Babylone de déclarer
solennellement, au bout de cinq années, celui des citoyens qui
avait fait l'action la plus généreuse. Les grands et les mages
étaient les juges. Le premier satrape, chargé du soin de la ville,
exposait les plus belles actions qui s'étaient passées sous son
gouvernement. On allait aux voix ; le roi prononçait le juge-
ment. On venait à cette solennité des extrémités de la terre. Le
vainqueur recevait des mains du monarque une coupe d'or gar-
nie de pierreries, et le roi lui disait ces paroles : « Recevez ce
prix de la générosité, et puissent les dieux me donner beaucoup
de sujets qui vous ressemblent ! »

Ce jour mémorable venu, le roi parut sur son trône, environné
des grands, des mages, et des députés de toutes les nations qui
venaient à ces jeux, où la gloire s'acquérait non par la légèreté
des chevaux, non par la force du corps, mais par la vertu. Le
premier satrape rapporta à haute voix les actions qui pouvaient
mériter à leurs auteurs ce prix inestimable. Il ne parla point de
la grandeur d'âme avec laquelle Zadig avait rendu à l'envieux

toute sa fortune : ce n'était pas une action qui méritât de disputer le prix.

Il présenta d'abord un juge qui, ayant fait perdre un procès considérable à un citoyen par une méprise dont il n'était pas même responsable, lui avait donné tout son bien, qui était la valeur de ce que l'autre avait perdu.

Il produisit ensuite un jeune homme qui, étant éperdument épris d'une fille qu'il allait épouser, l'avait cédée à un ami près d'expirer d'amour pour elle, et qui avait encore payé la dot en cédant la fille.

Ensuite, il fit paraître un soldat qui, dans la guerre d'Hyrcanie, avait donné encore un plus grand exemple de générosité. Des soldats ennemis lui enlevaient sa maîtresse, et il la défendait contre eux ; on vint lui dire que d'autres Hyrcaniens enlevaient sa mère à quelques pas de là : il quitta en pleurant sa maîtresse, et courut délivrer sa mère ; il retourna ensuite vers celle qu'il aimait, et la trouva expirante. Il voulut se tuer ; sa mère lui remontra qu'elle n'avait que lui pour tout secours, et il eut le courage de souffrir la vie.

Les juges penchaient pour ce soldat. Le roi prit la parole, et dit : « Son action et celles des autres sont belles mais elles ne m'étonnent point ; hier Zadig en a fait une qui m'a étonné. J'avais disgracié depuis quelques jours mon ministre et mon favori Coreb. Je me plaignais de lui avec violence, et tous mes courtisans m'assuraient que j'étais trop doux ; c'était à qui me dirait le plus de mal de Coreb. Je demandai à Zadig ce qu'il en pensait, et il osa en dire du bien. J'avoue que j'ai vu, dans nos histoires, des exemples qu'on a payé de son bien une erreur, qu'on a cédé sa maîtresse, qu'on a préféré une mère à l'objet de son amour ; mais je n'ai jamais lu qu'un courtisan ait parlé avantageusement d'un ministre disgracié, contre qui son souverain était en colère. Je donne vingt mille pièces d'or à chacun de ceux dont on vient de réciter les actions généreuses ; mais je donne la coupe à Zadig. »

— Sire, lui dit-il, c'est Votre Majesté seule qui mérite la coupe, c'est elle qui a fait l'action la plus inouïe, puisque, étant roi, vous ne vous êtes point fâché contre votre esclave, lorsqu'il contredisait votre passion.

On admira le roi et Zadig. Le juge qui avait donné son bien, l'amant qui avait marié sa maîtresse à son ami, le soldat qui

avait préféré le salut de sa mère à celui de sa maîtresse, reçurent les présents du monarque ; ils virent leurs noms écrits dans le livre des généreux. Zadig eut la coupe. Le roi acquit la réputation d'un bon prince, qu'il ne garda pas longtemps. Ce jour fut consacré par des fêtes plus longues que la loi ne le portait. La mémoire s'en conserve encore dans l'Asie. Zadig disait : « Je suis donc enfin heureux ! » Mais il se trompait.

## Chapitre VI
## Le ministre

Le roi avait perdu son premier ministre. Il choisit Zadig pour remplir cette place. Toutes les belles dames de Babylone applaudirent à ce choix ; car depuis la fondation de l'empire il n'y avait jamais eu de ministre si jeune. Tous les courtisans furent fâchés ; l'envieux en eut un crachement de sang, et le nez lui enfla prodigieusement. Zadig, ayant remercié le roi et la reine, alla remercier aussi le perroquet : « Bel oiseau, lui dit-il, c'est vous qui m'avez sauvé la vie, et qui m'avez fait premier ministre : la chienne et le cheval de Leurs Majestés m'avaient fait beaucoup de mal, mais vous m'avez fait plus de bien. Voilà donc de quoi dépendent les destins des hommes ! Mais, ajouta-t-il, un bonheur si étrange sera peut-être bientôt évanoui. » Le perroquet répondit : « Oui. » Ce mot frappa Zadig ; cependant, comme il était bon physicien et qu'il ne croyait pas que les perroquets fussent prophètes, il se rassura bientôt et se mit à exercer son ministère de son mieux.

Il fit sentir à tout le monde le pouvoir sacré des lois, et ne fit sentir à personne le poids de sa dignité. Il ne gêna point les voix du divan, et chaque vizir pouvait avoir un avis sans lui déplaire. Quand il jugeait une affaire, ce n'était pas lui qui jugeait, c'était la loi ; mais, quand elle était trop sévère, il la tempérait, et, quand on manquait de lois, son équité en faisait qu'on aurait prises pour celles de Zoroastre.

C'est de lui que les nations tiennent ce grand principe : qu'il vaut mieux hasarder de sauver un coupable que de condamner un innocent. Il croyait que les lois étaient faites pour secourir les

citoyens autant que pour les intimider. Son principal talent était de démêler la vérité, que tous les hommes cherchent à obscurcir.

Dès les premiers jours de son administration il mit ce grand talent en usage. Un fameux négociant de Babylone était mort aux Indes ; il avait fait ses héritiers ses deux fils par portions égales, après avoir marié leur sœur, et il laissait un présent de trente mille pièces d'or à celui de ses deux fils qui serait jugé l'aimer davantage. L'aîné lui bâtit un tombeau, le second augmenta d'une partie de son héritage la dot de sa sœur ; chacun disait : « C'est l'aîné qui aime le mieux son père le cadet aime mieux sa sœur ; c'est à l'aîné qu'appartiennent les trente mille pièces. »

Zadig les fit venir tous deux l'un après l'autre. Il dit à l'aîné : « Votre père n'est point mort, il est guéri de sa dernière maladie, il revient à Babylone. — Dieu soit loué, répondit le jeune homme ; mais voilà un tombeau qui m'a coûté bien cher ! » Zadig dit ensuite la même chose au cadet. « Dieu soit loué, répondit-il, je vais rendre à mon père tout ce que j'ai ; mais je voudrais qu'il laissât à ma sœur ce que je lui ai donné. — Vous ne rendrez rien, dit Zadig, et vous aurez les trente mille pièces : c'est vous qui aimez le mieux votre père. »

Une fille fort riche avait fait une promesse de mariage à deux mages, et, après avoir reçu quelques mois des instructions de l'un et de l'autre, elle se trouva grosse. Ils voulaient tous deux l'épouser. « Je prendrai pour mon mari, dit-elle, celui des deux qui m'a mise en état de donner un citoyen à l'empire. — C'est moi qui ai fait cette bonne œuvre, dit l'un. — C'est moi qui ai eu cet avantage, dit l'autre. — Eh bien ! répondit-elle, je reconnais pour père de l'enfant celui des deux qui lui pourra donner la meilleure éducation. » Elle accoucha d'un fils. Chacun des mages veut l'élever. La cause est portée devant Zadig. Il fait venir les deux mages. « Qu'enseigneras-tu à ton pupille ? dit-il au premier. — Je lui apprendrai, dit le docteur, les huit parties d'oraison, la dialectique, l'astrologie, la démonomanie, ce que c'est que la substance et l'accident, l'abstrait et le concret, les monades et l'harmonie préétablie. — Moi, dit le second, je tâcherai de le rendre juste et digne d'avoir des amis. » Zadig prononça : « Que tu sois son père ou non, tu épouseras sa mère. »

## Chapitre VII
## Les disputes et les audiences

C'est ainsi qu'il montrait tous les jours la subtilité de son génie et la bonté de son âme ; on l'admirait, et cependant on l'aimait. Il passait pour le plus fortuné de tous les hommes ; tout l'empire était rempli de son nom ; toutes les femmes le lorgnaient ; tous les citoyens célébraient sa justice ; les savants le regardaient comme leur oracle ; les prêtres même avouaient qu'il en savait plus que le vieux archimage Yébor. On était bien loin alors de lui faire des procès sur les griffons ; on ne croyait que ce qui lui semblait croyable.

Il y avait une grande querelle dans Babylone, qui durait depuis quinze cents années, et qui partageait l'empire en deux sectes opiniâtres : l'une prétendait qu'il ne fallait jamais entrer dans le temple de Mithra que du pied gauche ; l'autre avait cette coutume en abomination, et n'entrait jamais que du pied droit. On attendait le jour de la fête solennelle du feu sacré pour savoir quelle secte serait favorisée par Zadig. L'univers avait les yeux sur ses deux pieds, et toute la ville était en agitation et en suspens. Zadig entra dans le temple en sautant à pieds joints, et il prouva ensuite, par un discours éloquent, que le Dieu du ciel et de la terre, qui n'a acception de personne, ne fait pas plus de cas de la jambe gauche que de la jambe droite.

L'envieux et sa femme prétendirent que dans son discours il n'y avait pas assez de figures, qu'il n'avait pas fait assez danser les montagnes et les collines. « Il est sec et sans génie, disaient-ils : on ne voit chez lui ni la mer s'enfuir, ni les étoiles tomber, ni le soleil se fondre comme la cire ; il n'a point le bon style oriental. » Zadig se contentait d'avoir le style de la raison. Tout le monde fut pour lui, non pas parce qu'il était dans le bon chemin, non pas parce qu'il était raisonnable, non pas parce qu'il était aimable, mais parce qu'il était premier vizir.

Il termina aussi heureusement le grand procès entre les mages blancs et les mages noirs. Les blancs soutenaient que c'était une impiété de se tourner, en priant Dieu, vers l'orient d'hiver ; les noirs assuraient que Dieu avait en horreur les

prières des hommes qui se tournaient vers le couchant d'été. Zadig ordonna qu'on se tournât comme on voudrait.

Il trouva ainsi le secret d'expédier le matin les affaires particulières et les générales ; le reste du jour il s'occupait des embellissements de Babylone ; il faisait représenter des tragédies où l'on pleurait, et des comédies où l'on riait, ce qui était passé de mode depuis longtemps, et ce qu'il fit renaître parce qu'il avait du goût. Il ne prétendait pas en savoir plus que les artistes ; il les récompensait par des bienfaits et des distinctions, et n'était point jaloux en secret de leurs talents. Le soir, il amusait beaucoup le roi, et surtout la reine. Le roi disait : « Le grand ministre ! », la reine disait : « L'aimable ministre ! » et tous deux ajoutaient : « C'eût été grand dommage qu'il eût été pendu. »

Jamais homme en place ne fut obligé de donner tant d'audiences aux dames. La plupart venaient lui parler des affaires qu'elles n'avaient point, pour en avoir une avec lui. La femme de l'envieux s'y présenta des premières ; elle lui jura par Mithra, par Zenda-Vesta, et par le feu sacré, qu'elle avait détesté la conduite de son mari ; elle lui confia ensuite que ce mari était un jaloux, un brutal ; elle lui fit entendre que les dieux le punissaient en lui refusant les précieux effets de ce feu sacré par lequel l'homme est semblable aux immortels : elle finit par laisser tomber sa jarretière ; Zadig la ramassa avec sa politesse ordinaire, mais il ne la rattacha point au genou de la dame ; et cette petite faute, si c'en est une, fut la cause des plus horribles infortunes. Zadig n'y pensa pas, et la femme de l'envieux y pensa beaucoup.

D'autres dames se présentaient tous les jours. Les annales secrètes de Babylone prétendent qu'il succomba une fois, mais qu'il fut tout étonné de jouir sans volupté, et d'embrasser son amante avec distraction. Celle à qui il donna, sans presque s'en apercevoir, des marques de sa protection, était une femme de chambre de la reine Astarté. Cette tendre Babylonienne se disait à elle-même pour se consoler : « Il faut que cet homme-là ait prodigieusement d'affaires dans la tête, puisqu'il y songe encore, même en faisant l'amour. » Il échappa à Zadig, dans les instants où plusieurs personnes ne disent mot, et où d'autres ne prononcent que des paroles sacrées, de s'écrier tout à coup :

« La reine ! » La Babylonienne crut enfin qu'il était revenu à lui dans un bon moment, et qu'il lui disait : « Ma reine ». Mais Zadig, toujours très distrait, prononça le nom d'Astarté. La dame, qui dans ces heureuses circonstances interprétait tout à son avantage, s'imagina que cela voulait dire : « Vous êtes plus belle que la reine Astarté ! » Elle sortit du sérail de Zadig avec de très beaux présents. Elle alla conter son aventure à l'envieuse, qui était son amie intime ; celle-ci fut cruellement piquée de la préférence. « Il n'a pas daigné seulement, dit-elle, me rattacher cette jarretière que voici, et dont je ne veux plus me servir. — Oh ! oh ! dit la fortunée à l'envieuse, vous portez les mêmes jarretières que la reine ! Vous les prenez donc chez la même faiseuse ? » L'envieuse rêva profondément, ne répondit rien, et alla consulter son mari l'envieux.

Cependant Zadig s'apercevait qu'il avait toujours des distractions quand il donnait des audiences et quand il jugeait ; il ne savait à quoi les attribuer : c'était là sa seule peine.

Il eut un songe : il lui semblait qu'il était couché d'abord sur des herbes sèches, parmi lesquelles il y en avait quelques-unes de piquantes qui l'incommodaient, et qu'ensuite il reposait mollement sur un lit de roses, dont il sortait un serpent qui le blessait au cœur de sa langue acérée et envenimée. « Hélas ! disait-il, j'ai été longtemps couché sur ces herbes sèches et piquantes, je suis maintenant sur le lit de roses ; mais quel sera le serpent ? »

## Chapitre VIII
## La jalousie

Le malheur de Zadig vint de son bonheur même, et surtout de son mérite. Il avait tous les jours des entretiens avec le roi et avec Astarté, son auguste épouse. Les charmes de sa conversation redoublaient encore par cette envie de plaire qui est à l'esprit ce que la parure est à la beauté ; sa jeunesse et ses grâces firent insensiblement sur Astarté une impression dont elle ne s'aperçut pas d'abord. Sa passion croissait dans le sein de l'innocence. Astarté se livrait sans scrupule et sans crainte au plai-

sir de voir et d'entendre un homme cher à son époux et à l'État ; elle ne cessait de le vanter au roi ; elle en parlait à ses femmes, qui enchérissaient encore sur ses louanges ; tout servait à enfoncer dans son cœur le trait qu'elle ne sentait pas. Elle faisait des présents à Zadig, dans lesquels il entrait plus de galanterie qu'elle ne pensait ; elle croyait ne lui parler qu'en reine contente de ses services, et quelquefois ses expressions étaient d'une femme sensible.

Astarté était beaucoup plus belle que cette Sémire qui haïssait tant les borgnes, et que cette autre femme qui avait voulu couper le nez à son époux. La familiarité d'Astarté, ses discours tendres, dont elle commençait à rougir, ses regards, qu'elle voulait détourner, et qui se fixaient sur les siens, allumèrent dans le cœur de Zadig un feu dont il s'étonna. Il combattit ; il appela à son secours la philosophie, qui l'avait toujours secouru ; il n'en tira que des lumières, et n'en reçut aucun soulagement. Le devoir, la reconnaissance, la majesté souveraine violée, se présentaient à ses yeux comme des dieux vengeurs ; il combattait, il triomphait ; mais cette victoire, qu'il fallait remporter à tout moment, lui coûtait des gémissements et des larmes. Il n'osait plus parler à la reine avec cette douce liberté qui avait eu tant de charmes pour tous deux ; ses yeux se couvraient d'un nuage ; ses discours étaient contraints et sans suite ; il baissait la vue ; et quand, malgré lui, ses regards se tournaient vers Astarté, ils rencontraient ceux de la reine mouillés de pleurs, dont il partait des traits de flamme ; ils semblaient se dire l'un à l'autre : « Nous nous adorons, et nous craignons de nous aimer ; nous brûlons tous deux d'un feu que nous condamnons. »

Zadig sortait d'auprès d'elle égaré, éperdu, le cœur surchargé d'un fardeau qu'il ne pouvait plus porter : dans la violence de ces agitations, il laissa pénétrer son secret à son ami Cador, comme un homme qui, ayant soutenu longtemps les atteintes d'une vive douleur, fait enfin connaître son mal par un cri qu'un redoublement aigu lui arrache, et par la sueur froide qui coule sur son front.

Cador lui dit : « J'ai déjà démêlé les sentiments que vous vouliez vous cacher à vous-même ; les passions ont des signes auxquels on ne peut se méprendre. Jugez, mon cher Zadig,

puisque j'ai lu dans votre cœur, si le roi n'y découvrira pas un sentiment qui l'offense. Il n'a d'autre défaut que celui d'être le plus jaloux des hommes. Vous résistez à votre passion avec plus de force que la reine ne combat la sienne, parce que vous êtes philosophe et parce que vous êtes Zadig. Astarté est femme ; elle laisse parler ses regards avec d'autant plus d'imprudence qu'elle ne se croit pas encore coupable. Malheureusement, rassurée sur son innocence, elle néglige des dehors nécessaires. Je tremblerai pour elle tant qu'elle n'aura rien à se reprocher. Si vous étiez d'accord l'un et l'autre, vous sauriez tromper tous les yeux : une passion naissante et combattue éclate ; un amour satisfait sait se cacher. » Zadig frémit à la proposition de trahir le roi, son bienfaiteur ; et jamais il ne fut plus fidèle à son prince que quand il fut coupable envers lui d'un crime involontaire. Cependant la reine prononçait si souvent le nom de Zadig, son front se couvrait de tant de rougeur en le prononçant, elle était tantôt si animée, tantôt si interdite, quand elle lui parlait en présence du roi ; une rêverie si profonde s'emparait d'elle quand il était sorti, que le roi fut troublé. Il crut tout ce qu'il voyait, et imagina tout ce qu'il ne voyait point. Il remarqua surtout que les babouches de sa femme étaient bleues, et que les babouches de Zadig étaient bleues, que les rubans de sa femme étaient jaunes, et que le bonnet de Zadig était jaune : c'étaient là de terribles indices pour un prince délicat. Les soupçons se tournèrent en certitude dans son esprit aigri.

Tous les esclaves des rois et des reines sont autant d'espions de leurs cœurs. On pénétra bientôt qu'Astarté était tendre, et que Moabdar était jaloux. L'envieux engagea l'envieuse à envoyer au roi sa jarretière, qui ressemblait à celle de la reine. Pour surcroît de malheur, cette jarretière était bleue. Le monarque ne songea plus qu'à la manière de se venger. Il résolut une nuit d'empoisonner la reine, et de faire mourir Zadig par le cordeau, au point du jour. L'ordre en fut donné à un impitoyable eunuque, exécuteur de ses vengeances. Il y avait alors dans la chambre du roi un petit nain qui était muet, mais qui n'était pas sourd. On le souffrait toujours : il était témoin de ce qui se passait de plus secret, comme un animal domestique. Ce petit muet était très attaché à la reine et à Zadig. Il entendit, avec autant de surprise que d'horreur, donner l'ordre de leur

mort. Mais comment faire pour prévenir cet ordre effroyable, qui allait s'exécuter dans peu d'heures ? Il ne savait pas écrire ; mais il avait appris à peindre, et savait surtout faire ressembler. Il passa une partie de la nuit à crayonner ce qu'il voulait faire entendre à la reine. Son dessin représentait le roi agité de fureur, dans un coin du tableau, donnant des ordres à son eunuque ; un cordeau bleu et un vase sur la table, avec des jarretières bleues et des rubans jaunes ; la reine, dans le milieu du tableau, expirante entre les bras de ses femmes, et Zadig étranglé à ses pieds. L'horizon représentait un soleil levant, pour marquer que cette horrible exécution devait se faire aux premiers rayons de l'aurore. Dès qu'il eut fini cet ouvrage, il courut chez une femme d'Astarté, la réveilla, et lui fit entendre qu'il fallait dans l'instant même porter ce tableau à la reine.

Cependant, au milieu de la nuit, on vient frapper à la porte de Zadig ; on le réveille ; on lui donne un billet de la reine ; il doute si c'est un songe ; il ouvre la lettre d'une main tremblante. Quelle fut sa surprise, et qui pourrait exprimer la consternation et le désespoir dont il fut accablé, quand il lut ces paroles : *« Fuyez dans l'instant même, ou l'on va vous arracher la vie. Fuyez, Zadig, je vous l'ordonne au nom de notre amour et de mes rubans jaunes. Je n'étais point coupable ; mais je sens que je vais mourir criminelle. »*

Zadig eut à peine la force de parler. Il ordonna qu'on fît venir Cador, et, sans lui rien dire, il lui donna ce billet. Cador le força d'obéir et de prendre sur-le-champ la route de Memphis. « Si vous osez aller trouver la reine, lui dit-il, vous hâtez sa mort ; si vous parlez au roi, vous la perdez encore. Je me charge de sa destinée ; suivez la vôtre. Je répandrai le bruit que vous avez pris la route des Indes. Je viendrai bientôt vous trouver, et je vous apprendrai ce qui se sera passé à Babylone. »

Cador, dans le moment même, fit placer deux dromadaires des plus légers à la course vers une porte secrète du palais ; il fit monter Zadig, qu'il fallut porter et qui était près de rendre l'âme. Un seul domestique l'accompagna ; et bientôt Cador, plongé dans l'étonnement et dans la douleur, perdit son ami de vue.

Cet illustre fugitif, arrivé sur le bord d'une colline, d'où l'on voyait Babylone, tourna la vue sur le palais de la reine, et s'éva-

nouit ; il ne reprit ses sens que pour verser des larmes et pour souhaiter la mort. Enfin, après s'être occupé de la destinée déplorable de la plus aimable des femmes et de la première reine du monde, il fit un mouvement de retour sur lui-même et s'écria : « Qu'est-ce donc que la vie humaine ? Ô vertu ! à quoi m'avez-vous servi ? Deux femmes m'ont indignement trompé, la troisième, qui n'est point coupable, et qui est plus belle que les autres, va mourir ! Tout ce que j'ai fait de bien a toujours été pour moi une source de malédiction, et je n'ai été élevé au comble de la grandeur que pour tomber dans le plus horrible précipice de l'infortune. Si j'eusse été méchant comme tant d'autres, je serais heureux comme eux. » Accablé de ces réflexions funestes, les yeux chargés du voile de la douleur, la pâleur de la mort sur le visage, et l'âme abîmée dans l'excès d'un sombre désespoir, il continuait son voyage vers l'Égypte.

## Chapitre IX
## La femme battue

Zadig dirigeait sa route sur les étoiles. La constellation d'Orion et le brillant astre de Sirius le guidaient vers le pôle de Canope. Il admirait ces vastes globes de lumière qui ne paraissent que de faibles étincelles à nos yeux, tandis que la terre, qui n'est en effet qu'un point imperceptible dans la nature, paraît à notre cupidité quelque chose de si grand et de si noble. Il se figurait alors les hommes tels qu'ils sont en effet, des insectes se dévorant les uns les autres sur un petit atome de boue. Cette image vraie semblait anéantir ses malheurs en lui retraçant le néant de son être et celui de Babylone. Son âme s'élançait jusque dans l'infini, et contemplait, détachée de ses sens, l'ordre immuable de l'univers. Mais lorsque ensuite, rendu à lui-même et rentrant dans son cœur, il pensait qu'Astarté était peut-être morte pour lui, l'univers disparaissait à ses yeux, et il ne voyait dans la nature entière qu'Astarté mourante et Zadig infortuné.

Comme il se livrait à ce flux et à ce reflux de philosophie sublime et de douleur accablante, il avançait vers les frontières

de l'Égypte ; et déjà son domestique fidèle était dans la première bourgade, où il lui cherchait un logement. Zadig cependant se promenait vers les jardins qui bordaient ce village. Il vit, non loin du grand chemin, une femme éplorée qui appelait le ciel et la terre à son secours, et un homme furieux qui la suivait. Elle était déjà atteinte par lui, elle embrassait ses genoux. Cet homme l'accablait de coups et de reproches. Il jugea, à la violence de l'Égyptien et aux pardons réitérés que lui demandait la dame, que l'un était un jaloux et l'autre une infidèle ; mais, quand il eut considéré cette femme, qui était d'une beauté touchante, et qui même ressemblait un peu à la malheureuse Astarté, il se sentit pénétré de compassion pour elle et d'horreur pour l'Égyptien. « Secourez-moi, s'écria-t-elle à Zadig avec des sanglots ; tirez-moi des mains du plus barbare des hommes, sauvez-moi la vie ! »

À ces cris, Zadig courut se jeter entre elle et ce barbare. Il avait quelque connaissance de la langue égyptienne. Il lui dit en cette langue : « Si vous avez quelque humanité, je vous conjure de respecter la beauté et la faiblesse. Pouvez-vous outrager ainsi un chef-d'œuvre de la nature, qui est à vos pieds, et qui n'a pour sa défense que des larmes ? — Ah ! ah ! lui dit cet emporté, tu l'aimes donc aussi ; et c'est de toi qu'il faut que je me venge. » En disant ces paroles, il laisse la dame qu'il tenait d'une main par les cheveux, et prenant sa lance, il veut en percer l'étranger. Celui-ci, qui était de sang-froid, évita aisément le coup d'un furieux. Il se saisit de la lance près du fer dont elle est armée. L'un veut la retirer, l'autre l'arracher. Elle se brise entre leurs mains. L'Égyptien tire son épée ; Zadig s'arme de la sienne. Ils s'attaquent l'un l'autre. Celui-ci porte cent coups précipités ; celui-là les pare avec adresse. La dame, assise sur un gazon, rajuste sa coiffure et les regarde. L'Égyptien était plus robuste que son adversaire ; Zadig était plus adroit. Celui-ci se battait en homme dont la tête conduisait le bras, et celui-là comme un emporté, dont une colère aveugle guidait les mouvements au hasard. Zadig passe à lui et le désarme ; et tandis que l'Égyptien, devenu plus furieux, veut se jeter sur lui, il le saisit, le presse, le fait tomber, et lui tenant l'épée sur la poitrine, il lui offre de lui donner la vie ; l'Égyptien, hors de lui, tire son poignard ; il en blesse Zadig dans le temps même que le vainqueur

lui pardonnait. Zadig, indigné, lui plonge son épée dans le sein. L'Égyptien jette un cri horrible, et meurt en se débattant.

Zadig alors s'avança vers la dame, et lui dit d'une voix soumise : « Il m'a forcé de le tuer : je vous ai vengée ; vous êtes délivrée de l'homme le plus violent que j'aie jamais vu. Que voulez-vous maintenant de moi, madame ? — Que tu meures, scélérat, lui répondit-elle, que tu meures ; tu as tué mon amant ; je voudrais pouvoir déchirer ton cœur. — En vérité, madame, vous aviez là un étrange homme pour amant, lui répondit Zadig ; il vous battait de toutes ses forces, et il voulait m'arracher la vie parce que vous m'avez conjuré de vous secourir. — Je voudrais qu'il me battît encore, reprit la dame en poussant des cris. Je le méritais bien, je lui avais donné de la jalousie. Plût au ciel qu'il me battît, et que tu fusses à sa place ! » Zadig, plus surpris et plus en colère qu'il ne l'avait été de sa vie, lui dit : « Madame, toute belle que vous êtes, vous mériteriez que je vous battisse à mon tour, tant vous êtes extravagante ; mais je n'en prendrai pas la peine. » Là-dessus, il remonta sur son chameau, et avança vers le bourg. À peine avait-il fait quelques pas qu'il se retourne au bruit que faisaient quatre courriers de Babylone. Ils venaient à toute bride. L'un d'eux, en voyant cette femme, s'écria : « C'est elle-même ; elle ressemble au portrait qu'on nous en a fait. » Ils ne s'embarrassèrent pas du mort, et se saisirent incontinent de la dame. Elle ne cessait de crier à Zadig : « Secourez-moi encore une fois, étranger généreux ! je vous demande pardon de m'être plainte de vous. Secourez-moi, et je suis à vous jusqu'au tombeau. » L'envie avait passé à Zadig de se battre désormais pour elle. « À d'autres ! répond-il ; vous ne m'y attraperez plus. »

D'ailleurs il était blessé, son sang coulait, il avait besoin de secours ; et la vue des quatre Babyloniens, probablement envoyés par le roi Moabdar, le remplissait d'inquiétude. Il s'avance en hâte vers le village, n'imaginant pas pourquoi quatre courriers de Babylone venaient prendre cette Égyptienne, mais encore plus étonné du caractère de cette dame.

## Chapitre X
## L'esclavage

Comme il entrait dans la bourgade égyptienne, il se vit entouré par le peuple. Chacun criait : « Voilà celui qui a enlevé la belle Missouf, et qui vient d'assassiner Clétofis ! — Messieurs, dit-il, Dieu me préserve d'enlever jamais votre belle Missouf ! elle est trop capricieuse, et à l'égard de Clétofis, je ne l'ai point assassiné, je me suis défendu seulement contre lui. Il voulait me tuer, parce que je lui avais demandé très humblement grâce pour la belle Missouf, qu'il battait impitoyablement. Je suis un étranger qui vient chercher un asile dans l'Égypte ; et il n'y a pas d'apparence qu'en venant demander votre protection j'aie commencé par enlever une femme, et par assassiner un homme. »

Les Égyptiens étaient alors justes et humains. Le peuple conduisit Zadig à la maison de ville. On commença par le faire panser de sa blessure, et ensuite on l'interrogea, lui et son domestique séparément, pour savoir la vérité. On reconnut que Zadig n'était point un assassin ; mais il était coupable du sang d'un homme ; la loi le condamnait à être esclave. On vendit au profit de la bourgade ses deux chameaux ; on distribua aux habitants tout l'or qu'il avait apporté ; sa personne fut exposée en vente dans la place publique, ainsi que celle de son compagnon de voyage. Un marchand arabe, nommé Sétoc, y mit l'enchère ; mais le valet, plus propre à la fatigue, fut vendu bien plus chèrement que le maître. On ne faisait pas de comparaison entre ces deux hommes. Zadig fut donc esclave subordonné à son valet : on les attacha ensemble avec une chaîne qu'on leur passa aux pieds, et en cet état ils suivirent le marchand arabe dans sa maison. Zadig, en chemin, consolait son domestique et l'exhortait à la patience ; mais, selon sa coutume, il faisait des réflexions sur la vie humaine. « Je vois, lui disait-il, que les malheurs de ma destinée se répandent sur la tienne. Tout m'a tourné jusqu'ici d'une façon bien étrange. J'ai été condamné à l'amende pour avoir vu passer une chienne ; j'ai pensé être empalé pour un griffon ; j'ai été envoyé au supplice parce que j'avais fait des vers à la louange du roi ; j'ai été sur le point

d'être étranglé parce que la reine avait des rubans jaunes ; et me voici esclave avec toi parce qu'un brutal a battu sa maîtresse. Allons, ne perdons point courage ; tout ceci finira peut-être ; il faut bien que les marchands arabes aient des esclaves ; et pourquoi ne le serais-je pas, comme un autre, puisque je suis homme, comme un autre ? Ce marchand ne sera pas impitoyable ; il faut qu'il traite bien ses esclaves, s'il en veut tirer des services. » Il parlait ainsi, et, dans le fond de son cœur, il était occupé du sort de la reine de Babylone.

Sétoc, le marchand, partit deux jours après pour l'Arabie déserte, avec ses esclaves et ses chameaux. Sa tribu habitait vers le désert d'Horeb. Le chemin fut long et pénible. Sétoc, dans la route, faisait bien plus de cas du valet que du maître, parce que le premier chargeait bien mieux les chameaux ; et toutes les petites distinctions furent pour lui.

Un chameau mourut à deux journées d'Horeb ; on répartit sa charge sur le dos de chacun des serviteurs ; Zadig en eut sa part. Sétoc se mit à rire en voyant tous ses esclaves marcher courbés. Zadig prit la liberté de lui en expliquer la raison, et lui apprit les lois de l'équilibre. Le marchand, étonné, commença à le regarder d'un autre œil. Zadig, voyant qu'il avait excité sa curiosité, la redoubla en lui apprenant beaucoup de choses qui n'étaient point étrangères à son commerce ; les pesanteurs spécifiques des métaux et des denrées sous un volume égal ; les propriétés de plusieurs animaux utiles ; le moyen de rendre tels ceux qui ne l'étaient pas ; enfin il lui parut un sage. Sétoc lui donna la préférence sur son camarade, qu'il avait tant estimé. Il le traita bien, et n'eut pas sujet de s'en repentir.

Arrivé dans sa tribu, Sétoc commença par redemander cinq cents onces d'argent à un Hébreu auquel il les avait prêtées en présence de deux témoins ; mais ces deux témoins étaient morts, et l'Hébreu, ne pouvant être convaincu, s'appropriait l'argent du marchand, en remerciant Dieu de ce qu'il lui avait donné le moyen de tromper un Arabe. Sétoc confia sa peine à Zadig, qui était devenu son conseil. « En quel endroit, demanda Zadig, prêtâtes-vous vos cinq cents onces à cet infidèle ? — Sur une large pierre, répondit le marchand, qui est auprès du mont Horeb. — Quel est le caractère de votre débiteur ? dit Zadig. — Celui d'un fripon, reprit Sétoc. — Mais je vous demande si

c'est un homme vif ou flegmatique, avisé ou imprudent.
— C'est de tous les mauvais payeurs, dit Sétoc, le plus vif que
je connaisse. — Eh bien! insista Zadig, permettez que je plaide
votre cause devant le juge. » En effet, il cita l'Hébreu au tribu-
nal, et il parla ainsi au juge : « Oreiller du trône d'équité, je
viens redemander à cet homme, au nom de mon maître, cinq
cents onces d'argent, qu'il ne veut pas rendre. — Avez-vous des
témoins? dit le juge. — Non, ils sont morts; mais il reste une
large pierre sur laquelle l'argent fut compté; et, s'il plaît à Votre
Grandeur d'ordonner qu'on aille chercher la pierre, j'espère
qu'elle portera témoignage; nous resterons ici, l'Hébreu et moi,
en attendant que la pierre vienne; je l'enverrai chercher aux
dépens de Sétoc, mon maître. — Très volontiers », répondit le
juge. Et il se mit à expédier d'autres affaires.

À la fin de l'audience : « Eh bien! dit-il à Zadig, votre pierre
n'est pas encore venue? » L'Hébreu, en riant, répondit : « Votre
Grandeur resterait ici jusqu'à demain que la pierre ne serait pas
encore arrivée; elle est à plus de six milles d'ici, et il faudrait
quinze hommes pour la remuer. — Eh bien! s'écria Zadig, je
vous avais bien dit que la pierre porterait témoignage; puisque
cet homme sait où elle est, il avoue donc que c'est sur elle que
l'argent fut compté. » L'Hébreu, déconcerté, fut bientôt
contraint de tout avouer. Le juge ordonna qu'il serait lié à la
pierre, sans boire ni manger, jusqu'à ce qu'il eût rendu les cinq
cents onces, qui furent bientôt payées.

L'esclave Zadig et la pierre furent en grande recommandation
dans l'Arabie.

## Chapitre XI
## Le bûcher

Sétoc, enchanté, fit de son esclave son ami intime. Il ne pou-
vait pas plus se passer de lui qu'avait fait le roi de Babylone; et
Zadig fut heureux que Sétoc n'eût point de femme. Il découvrait
dans son maître un naturel porté au bien, beaucoup de droiture
et de bon sens. Il fut fâché de voir qu'il adorait l'armée céleste,
c'est-à-dire le soleil, la lune et les étoiles, selon l'ancien usage

d'Arabie. Il lui en parlait quelquefois avec beaucoup de discrétion. Enfin il lui dit que c'étaient des corps comme les autres, qui ne méritaient pas plus son hommage qu'un arbre ou un rocher. « Mais, disait Sétoc, ce sont des êtres éternels dont nous tirons tous nos avantages ; ils animent la nature ; ils règlent les saisons ; ils sont d'ailleurs si loin de nous qu'on ne peut pas s'empêcher de les révérer. — Vous recevez plus d'avantages, répondit Zadig, des eaux de la mer Rouge, qui portent vos marchandises aux Indes. Pourquoi ne serait-elle pas aussi ancienne que les étoiles ? Et, si vous adorez ce qui est éloigné de vous, vous devez adorer la terre des Gangarides, qui est aux extrémités du monde. — Non, disait Sétoc, les étoiles sont trop brillantes pour que je ne les adore pas. » Le soir venu, Zadig alluma un grand nombre de flambeaux dans la tente où il devait souper avec Sétoc ; et, dès que son patron parut, il se jeta à genoux devant ces cires allumées, et leur dit : « Éternelles et brillantes clartés, soyez-moi toujours propices. » Ayant proféré ces paroles, il se mit à table sans regarder Sétoc. « Que faites-vous donc ? lui dit Sétoc étonné. — Je fais comme vous, répondit Zadig ; j'adore ces chandelles, et je néglige leur maître et le mien. » Sétoc comprit le sens profond de cet apologue. La sagesse de son esclave entra dans son âme ; il ne prodigua plus son encens aux créatures, et adora l'Être éternel qui les a faites.

Il y avait alors dans l'Arabie une coutume affreuse, venue originairement de Scythie, et qui, s'étant établie dans les Indes par le crédit des brachmanes, menaçait d'envahir tout l'Orient. Lorsqu'un homme marié était mort et que sa femme bien-aimée voulait être sainte, elle se brûlait en public sur le corps de son mari. C'était une fête solennelle qui s'appelait *le bûcher du veuvage*. La tribu dans laquelle il y avait eu le plus de femmes brûlées était la plus considérée. Un Arabe de la tribu de Sétoc étant mort, sa veuve, nommée Almona, qui était fort dévote, fit savoir le jour et l'heure où elle se jetterait dans le feu au son des tambours et des trompettes. Zadig remontra à Sétoc combien cette horrible coutume était contraire au bien du genre humain ; qu'on laissait brûler tous les jours de jeunes veuves qui pouvaient donner des enfants à l'État, ou du moins élever les leurs ; et il le fit convenir qu'il fallait, si on pouvait, abolir un usage si barbare. Sétoc répondit : « Il y a plus de mille ans que les

femmes sont en possession de se brûler. Qui de nous osera
changer une loi que le temps a consacrée ? Y a-t-il rien de plus
respectable qu'un ancien abus ? — La raison est plus ancienne,
reprit Zadig. Parlez aux chefs des tribus, et je vais trouver la
jeune veuve. »

Il se fit présenter à elle ; et après s'être insinué dans son esprit
par des louanges sur sa beauté, après lui avoir dit combien
c'était dommage de mettre au feu tant de charmes, il la loua
encore sur sa constance et sur son courage. « Vous aimiez donc
prodigieusement votre mari ? lui dit-il. — Moi ? Point du tout,
répondit la dame arabe. C'était un brutal, un jaloux, un homme
insupportable ; mais je suis fermement résolue de me jeter sur
son bûcher. — Il faut, dit Zadig, qu'il y ait apparemment un
plaisir bien délicieux à être brûlée vive. — Ah ! cela fait frémir
la nature, dit la dame ; mais il faut en passer par là. Je suis
dévote ; je serais perdue de réputation, et tout le monde se
moquerait de moi, si je ne me brûlais pas. » Zadig, l'ayant fait
convenir qu'elle se brûlait pour les autres, et par vanité, lui
parla longtemps d'une manière à lui faire aimer un peu la vie,
et parvint même à lui inspirer quelque bienveillance pour celui
qui lui parlait. « Que feriez-vous enfin, lui dit-il, si la vanité de
vous brûler ne vous tenait pas ? — Hélas ! dit la dame, je crois
que je vous prierais de m'épouser. »

Zadig était trop rempli de l'idée d'Astarté pour ne pas éluder
cette déclaration ; mais il alla dans l'instant trouver les chefs
des tribus, leur dit ce qui s'était passé, et leur conseilla de faire
une loi par laquelle il ne serait permis à une veuve de se brûler
qu'après avoir entretenu un jeune homme, tête à tête, pendant
une heure entière. Depuis ce temps, aucune dame ne se brûla en
Arabie. On eut au seul Zadig l'obligation d'avoir détruit en un
jour une coutume si cruelle, qui durait depuis tant de siècles. Il
était donc le bienfaiteur de l'Arabie.

# Chapitre XII
## Le souper

Sétoc, qui ne pouvait se séparer de cet homme en qui habitait la sagesse, le mena à la grande foire de Balzora, où devaient se rendre les plus grands négociants de la terre habitable. Ce fut pour Zadig une consolation sensible de voir tant d'hommes de diverses contrées réunis dans la même place. Il lui paraissait que l'univers était une grande famille qui se rassemblait à Balzora. Il se trouva à table, dès le second jour, avec un Égyptien, un Indien gangaride, un habitant du Cathay, un Grec, un Celte, et plusieurs autres étrangers qui, dans leurs fréquents voyages vers le golfe arabique, avaient appris assez d'arabe pour se faire entendre. L'Égyptien paraissait fort en colère. « Quel abominable pays que Balzora ! disait-il ; on m'y refuse mille onces d'or sur le meilleur effet du monde ! — Comment donc ! dit Sétoc ; sur quel effet vous a-t-on refusé cette somme ? — Sur le corps de ma tante, répondit l'Égyptien ; c'était la plus brave femme d'Égypte. Elle m'accompagnait toujours ; elle est morte en chemin : j'en ai fait une des plus belles momies que nous ayons ; et je trouverais dans mon pays tout ce que je voudrais en la mettant en gage. Il est bien étrange qu'on ne veuille pas seulement me donner ici mille onces d'or sur un effet si solide. » Tout en se courrouçant, il était près de manger d'une excellente poule bouillie, quand l'Indien, le prenant par la main, s'écria avec douleur : « Ah ! qu'allez-vous faire ? — Manger de cette poule, dit l'homme à la momie. — Gardez-vous-en bien, dit le Gangaride. Il se pourrait faire que l'âme de la défunte fût passée dans le corps de cette poule, et vous ne voudriez pas vous exposer à manger votre tante. Faire cuire des poules, c'est outrager manifestement la nature. — Que voulez-vous dire avec votre nature et vos poules ? reprit le colérique Égyptien ; nous adorons un bœuf, et nous en mangeons bien. — Vous adorez un bœuf ! est-il possible ? dit l'homme du Gange. — Il n'y a rien de si possible, repartit l'autre, il y a cent trente-cinq mille ans que nous en usons ainsi ; et personne parmi nous n'y trouve à redire. — Ah ! cent trente-cinq mille ans ! dit l'Indien, ce compte est un peu exagéré ; il n'y en a que quatre-vingt mille

que l'Inde est peuplée, et assurément nous sommes vos anciens ; et Brahma nous avait défendu de manger des bœufs avant que vous vous fussiez avisés de les mettre sur les autels et à la broche. — Voilà un plaisant animal que votre Brahma, pour le comparer à Apis ! dit l'Égyptien ; qu'a donc fait votre Brahma de si beau ? » Le bramin répondit : « C'est lui qui a appris aux hommes à lire et à écrire, et à qui toute la terre doit le jeu des échecs. — Vous vous trompez, dit un Chaldéen qui était auprès de lui ; c'est le poisson Oannès à qui on doit de si grands bienfaits, et il est juste de ne rendre qu'à lui ses hommages. Tout le monde vous dira que c'était un être divin, qu'il avait la queue dorée, avec une belle tête d'homme, et qu'il sortait de l'eau pour venir prêcher à terre trois heures par jour. Il eut plusieurs enfants, qui furent rois, comme chacun sait. J'ai son portrait chez moi, que je vénère comme je le dois. On peut manger du bœuf tant qu'on veut ; mais c'est assurément une très grande impiété de faire cuire du poisson ; d'ailleurs vous êtes tous deux d'une origine trop peu noble et trop récente pour me rien disputer. La nation égyptienne ne compte que cent trente-cinq mille ans, et les Indiens ne se vantent que de quatre-vingt mille, tandis que nous avons des almanachs de quatre mille siècles. Croyez-moi, renoncez à vos folies, et je vous donnerai à chacun un beau portrait d'Oannès. »

L'homme de Cambalu, prenant la parole, dit : « Je respecte fort les Égyptiens, les Chaldéens, les Grecs, les Celtes, Brahma, le bœuf Apis, le beau poisson Oannès ; mais peut-être que le Li ou le Tien\*, comme on voudra l'appeler, vaut bien les bœufs et les poissons. Je ne dirai rien de mon pays ; il est aussi grand que la terre d'Égypte, la Chaldée et les Indes ensemble. Je ne dispute pas d'antiquité, parce qu'il suffit d'être heureux, et que c'est fort peu de chose d'être ancien ; mais, s'il fallait parler d'almanachs, je dirais que toute l'Asie prend les nôtres, et que nous en avions de fort bons avant qu'on sût l'arithmétique en Chaldée. »

— Vous êtes de grands ignorants tous tant que vous êtes ! s'écria le Grec ; est-ce que vous ne savez pas que le chaos est le père de tout, et que la forme et la matière ont mis le monde

---

\*. Mots chinois qui signifient proprement : Li, la lumière naturelle, la raison ; et Tien, le ciel ; et qui signifient aussi Dieu.

dans l'état où il est ? Ce Grec parla longtemps, mais il fut enfin interrompu par le Celte, qui, ayant beaucoup bu pendant qu'on disputait, se crut alors plus savant que tous les autres, et dit en jurant qu'il n'y avait que Teutath et le gui de chêne qui valussent la peine qu'on en parlât ; que, pour lui, il avait toujours du gui dans sa poche ; que les Scythes, ses ancêtres, étaient les seules gens de bien qui eussent jamais été au monde ; qu'ils avaient, à la vérité, quelquefois mangé des hommes, mais que cela n'empêchait pas qu'on ne dût avoir beaucoup de respect pour sa nation ; et qu'enfin, si quelqu'un parlait mal de Teutath, il lui apprendrait à vivre. La querelle s'échauffa pour lors, et Sétoc vit le moment où la table allait être ensanglantée. Zadig, qui avait gardé le silence pendant toute la dispute, se leva enfin : il s'adressa d'abord au Celte, comme au plus furieux ; il lui dit qu'il avait raison, et lui demanda du gui ; il loua le Grec sur son éloquence, et adoucit tous les esprits échauffés. Il ne dit que très peu de chose à l'homme du Cathay, parce qu'il avait été le plus raisonnable de tous. Ensuite il leur dit : « Mes amis, vous alliez vous quereller pour rien, car vous êtes tous du même avis. » À ce mot, ils se récrièrent tous. « N'est-il pas vrai, dit-il au Celte, que vous n'adorez pas ce gui, mais celui qui a fait le gui et le chêne ? — Assurément, répondit le Celte. — Et vous, monsieur l'Égyptien, vous révérez apparemment dans un certain bœuf celui qui vous a donné les bœufs ? — Oui, dit l'Égyptien. — Le poisson Oannès, continua-t-il, doit céder à celui qui a fait la mer et les poissons. — D'accord, dit le Chaldéen. — L'Indien, ajouta-t-il, et le Cathayen reconnaissent comme vous un premier principe ; je n'ai pas trop bien compris les choses admirables que le Grec a dites, mais je suis sûr qu'il admet aussi un Être supérieur, de qui la forme et la matière dépendent. » Le Grec, qu'on admirait, dit que Zadig avait très bien pris sa pensée. « Vous êtes donc tous de même avis, répliqua Zadig, et il n'y a pas là de quoi se quereller. » Tout le monde l'embrassa. Sétoc, après avoir vendu fort cher ses denrées, reconduisit son ami Zadig dans sa tribu. Zadig apprit en arrivant qu'on lui avait fait son procès en son absence et qu'il allait être brûlé à petit feu.

## Chapitre XIII
# Les rendez-vous

Pendant son voyage à Balzora, les prêtres des étoiles avaient résolu de le punir. Les pierreries et les ornements des jeunes veuves qu'ils envoyaient au bûcher leur appartenaient de droit ; c'était bien le moins qu'ils fissent brûler Zadig pour le mauvais tour qu'il leur avait joué. Ils accusèrent donc Zadig d'avoir des sentiments erronés sur l'armée céleste ; ils déposèrent contre lui et jurèrent qu'ils lui avaient entendu dire que les étoiles ne se couchaient pas dans la mer. Ce blasphème effroyable fit frémir les juges ; ils furent prêts de déchirer leurs vêtements quand ils ouïrent ces paroles impies, et ils l'auraient fait, sans doute, si Zadig avait eu de quoi les payer. Mais, dans l'excès de leur douleur, ils se contentèrent de le condamner à être brûlé à petit feu. Sétoc, désespéré, employa en vain son crédit pour sauver son ami ; il fut bientôt obligé de se taire. La jeune veuve Almona, qui avait pris beaucoup de goût à la vie et qui en avait l'obligation à Zadig, résolut de le tirer du bûcher, dont il lui avait fait connaître l'abus. Elle roula son dessein dans sa tête, sans en parler à personne. Zadig devait être exécuté le lendemain ; elle n'avait que la nuit pour le sauver : voici comme elle s'y prit, en femme charitable et prudente.

Elle se parfuma, elle releva sa beauté par l'ajustement le plus riche et le plus galant, et alla demander une audience secrète au chef des prêtres des étoiles. Quand elle fut devant ce vieillard vénérable, elle lui parla en ces termes : « Fils aîné de la Grande Ourse, frère du Taureau, cousin du Grand Chien (c'étaient les titres de ce pontife), je viens vous confier mes scrupules. J'ai bien peur d'avoir commis un péché énorme en ne me brûlant pas dans le bûcher de mon cher mari. En effet, qu'avais-je à conserver ? une chair périssable, et qui est déjà toute flétrie. » En disant ces paroles, elle tira de ses longues manches de soie ses bras nus, d'une forme admirable et d'une blancheur éblouissante. « Vous voyez, dit-elle, le peu que cela vaut. » Le pontife trouva dans son cœur que cela valait beaucoup. Ses yeux le dirent, et sa bouche le confirma : il jura qu'il n'avait vu de sa vie de si beaux bras. « Hélas ! lui dit la veuve, les bras peuvent

être un peu moins mal que le reste ; mais vous m'avouerez que la gorge n'était pas digne de mes attentions. » Alors elle laissa voir le sein le plus charmant que la nature eût jamais formé. Un bouton de rose sur une pomme d'ivoire n'eût paru auprès que de la garance sur du buis, et les agneaux sortant du lavoir auraient semblé d'un jaune brun. Cette gorge, ses grands yeux noirs qui languissaient en brillant doucement d'un feu tendre, ses joues animées de la plus belle pourpre mêlée au blanc de lait le plus pur, son nez, qui n'était pas comme la tour du mont Liban, ses lèvres, qui étaient comme deux bordures de corail renfermant les plus belles perles de la mer d'Arabie, tout cela ensemble fit croire au vieillard qu'il avait vingt ans. Il fit en bégayant une déclaration tendre. Almona, le voyant enflammé, lui demanda la grâce de Zadig. « Hélas ! dit-il, ma belle dame, quand je vous accorderais sa grâce, mon indulgence ne servirait de rien ; il faut qu'elle soit signée de trois autres de mes confrères. — Signez toujours, dit Almona. — Volontiers, dit le prêtre, à condition que vos faveurs seront le prix de ma facilité. — Vous me faites trop d'honneur, dit Almona ; ayez seulement pour agréable de venir dans ma chambre après que le soleil sera couché, et dès que la brillante étoile Sheat sera sur l'horizon. Vous me trouverez sur un sopha couleur de rose, et vous en userez comme vous pourrez avec votre servante. » Elle sortit alors, emportant avec elle la signature, et laissa le vieillard plein d'amour et de défiance de ses forces. Il employa le reste du jour à se baigner ; il but une liqueur composée de la cannelle de Ceylan et des précieuses épices de Tidor et de Ternate, et attendit avec impatience que l'étoile Sheat vînt à paraître.

Cependant la belle Almona alla trouver le second pontife. Celui-ci l'assura que le soleil, la lune et tous les feux du firmament n'étaient que des feux follets en comparaison de ses charmes. Elle lui demanda la même grâce, et on lui proposa d'en donner le même prix. Elle se laissa vaincre, et donna rendez-vous au second pontife au lever de l'étoile Algénib. De là, elle passa chez le troisième et chez le quatrième prêtre, prenant toujours une signature et donnant un rendez-vous d'étoile en étoile. Alors elle fit avertir les juges de venir chez elle pour une affaire importante. Ils s'y rendirent : elle leur montra les quatre noms, et leur dit à quel prix les prêtres avaient vendu la

grâce de Zadig. Chacun d'eux arriva à l'heure prescrite ; chacun fut bien étonné d'y trouver ses confrères, et plus encore d'y trouver les juges, devant qui leur honte fut manifestée. Zadig fut sauvé. Sétoc fut si charmé de l'habileté d'Almona qu'il en fit sa femme.

Zadig partit après s'être jeté aux pieds de sa belle libératrice. Sétoc et lui se quittèrent en pleurant, en se jurant une amitié éternelle et en se promettant que le premier des deux qui ferait une grande fortune en ferait part à l'autre.

Zadig marcha du côté de la Syrie, toujours pensant à la malheureuse Astarté, et toujours réfléchissant sur le sort qui s'obstinait à se jouer de lui et à le persécuter. « Quoi ! disait-il, quatre cents onces d'or pour avoir vu passer une chienne ! condamné à être décapité pour quatre mauvais vers à la louange du roi ! prêt à être étranglé parce que la reine avait des babouches de la couleur de mon bonnet ! réduit en esclavage pour avoir secouru une femme qu'on battait ! et sur le point d'être brûlé pour avoir sauvé la vie à toutes les jeunes veuves arabes ! »

## Chapitre XIV
## Le brigand

En arrivant aux frontières qui séparent l'Arabie Pétrée de la Syrie, comme il passait près d'un château assez fort, des Arabes armés en sortirent. Il se vit entouré ; on lui criait : « Tout ce que vous avez nous appartient, et votre personne appartient à notre maître. » Zadig pour réponse tira son épée ; son valet, qui avait du courage, en fit autant. Ils renversèrent morts les premiers Arabes qui mirent la main sur eux ; le nombre redoubla ; ils ne s'étonnèrent point, et résolurent de périr en combattant. On voyait deux hommes se défendre contre une multitude ; un tel combat ne pouvait durer longtemps. Le maître du château, nommé Arbogad, ayant vu d'une fenêtre les prodiges de valeur que faisait Zadig, conçut de l'estime pour lui. Il descendit en hâte, et vint lui-même écarter ses gens et délivrer les deux voyageurs. « Tout ce qui passe sur mes terres est à moi, dit-il, aussi bien que ce que je trouve sur les terres des autres ; mais

vous me paraissez un si brave homme que je vous exempte de
la loi commune. » Il le fit entrer dans son château, ordonnant à
ses gens de le bien traiter, et le soir, Arbogad voulut souper avec
Zadig.

Le seigneur du château était un de ces Arabes qu'on appelle
*voleurs* ; mais il faisait quelquefois de bonnes actions parmi une
foule de mauvaises ; il volait avec une rapacité furieuse, et don-
nait libéralement ; intrépide dans l'action, assez doux dans le
commerce, débauché à table, gai dans la débauche, et surtout
plein de franchise. Zadig lui plut beaucoup ; sa conversation, qui
s'anima, fit durer le repas ; enfin Arbogad lui dit : « Je vous
conseille de vous enrôler sous moi ; vous ne sauriez mieux faire ;
ce métier-ci n'est pas mauvais ; vous pourrez un jour devenir ce
que je suis. — Puis-je vous demander, dit Zadig, depuis quel
temps vous exercez cette noble profession ? — Dès ma plus
tendre jeunesse, reprit le seigneur. J'étais valet d'un Arabe assez
habile ; ma situation m'était insupportable. J'étais au désespoir
de voir que dans toute la terre, qui appartient également aux
hommes, la destinée ne m'eût pas réservé ma portion. Je confiai
mes peines à un vieil Arabe, qui me dit : « Mon fils, ne désespé-
rez pas : il y avait autrefois un grain de sable qui se lamentait
d'être un atome ignoré dans les déserts ; au bout de quelques
années il devint diamant, et il est à présent le plus bel ornement
de la couronne du roi des Indes. » Ce discours me fit
impression ; j'étais le grain de sable, je résolus de devenir dia-
mant. Je commençai par voler deux chevaux ; je m'associai des
camarades ; je me mis en état de voler de petites caravanes ; ainsi
je fis cesser peu à peu la disproportion qui était d'abord entre les
hommes et moi. J'eus ma part aux biens de ce monde, et je fus
même dédommagé avec usure : on me considéra beaucoup ; je
devins seigneur brigand, j'acquis ce château par voie de fait. Le
satrape de Syrie voulut m'en déposséder ; mais j'étais déjà trop
riche pour avoir rien à craindre : je donnai de l'argent au satrape,
moyennant quoi je conservai ce château, et j'agrandis mes
domaines ; il me nomma même trésorier des tributs que l'Arabie
Pétrée payait au roi des rois. Je fis ma charge de receveur, et
point du tout celle de payeur.

Le grand desterham de Babylone envoya ici, au nom du roi
Moabdar, un petit satrape pour me faire étrangler. Cet homme

arriva avec son ordre : j'étais instruit de tout ; je fis étrangler en
sa présence les quatre personnes qu'il avait amenées avec lui
pour serrer le lacet ; après quoi je lui demandai ce que pouvait
lui valoir la commission de m'étrangler. Il me répondit que ses
honoraires pouvaient aller à trois cents pièces d'or. Je lui fis voir
clair qu'il y aurait plus à gagner avec moi. Je le fis sous-
brigand ; il est aujourd'hui un de mes meilleurs officiers, et des
plus riches. Si vous m'en croyez, vous réussirez comme lui.
Jamais la saison de voler n'a été meilleure, depuis que Moabdar
est tué et que tout est confusion dans Babylone. »

— Moabdar est tué ! dit Zadig, et qu'est devenue la reine
Astarté ? — Je n'en sais rien, reprit Arbogad. Tout ce que je sais,
c'est que Moabdar est devenu fou, qu'il a été tué, que Babylone
est un grand coupe-gorge, que tout l'empire est désolé, qu'il y a
de beaux coups à faire encore, et que pour ma part j'en ai fait
d'admirables. — Mais la reine ? dit Zadig ; de grâce, ne savez-
vous rien de la destinée de la reine ? — On m'a parlé d'un
prince d'Hyrcanie, reprit-il ; elle est probablement parmi ses
concubines, si elle n'a pas été tuée dans le tumulte ; mais je suis
plus curieux de butin que de nouvelles. J'ai pris plusieurs
femmes dans mes courses ; je n'en garde aucune ; je les vends
cher quand elles sont belles, sans m'informer de ce qu'elles
sont. On n'achète point le rang ; une reine qui serait laide ne
trouverait pas marchand : peut-être ai-je vendu la reine Astarté,
peut-être est-elle morte ; mais peu m'importe, et je pense que
vous ne devez pas vous en soucier plus que moi. En parlant ainsi
il buvait avec tant de courage, il confondait tellement toutes les
idées, que Zadig n'en put tirer aucun éclaircissement.

Il restait interdit, accablé, immobile. Arbogad buvait toujours,
faisait des contes, répétait sans cesse qu'il était le plus heureux
de tous les hommes, exhortant Zadig à se rendre aussi heureux
que lui. Enfin, doucement assoupi par les fumées du vin, il alla
dormir d'un sommeil tranquille. Zadig passa la nuit dans l'agita-
tion la plus violente. « Quoi ! disait-il, le roi est devenu fou ! il
est tué ! Je ne peux m'empêcher de le plaindre. L'empire est
déchiré, et ce brigand est heureux. Ô fortune ! ô destinée ! un
voleur est heureux et ce que la nature a fait de plus aimable a
péri peut-être d'une manière affreuse, ou vit dans un état pire
que la mort. Ô Astarté ! qu'êtes-vous devenue ? »

Dès le point du jour, il interrogea tous ceux qu'il rencontrait dans le château ; mais tout le monde était occupé, personne ne lui répondit : on avait fait pendant la nuit de nouvelles conquêtes, on partageait les dépouilles. Tout ce qu'il put obtenir dans cette confusion tumultueuse, ce fut la permission de partir. Il en profita sans tarder, plus abîmé que jamais dans ses réflexions douloureuses.

Zadig marchait inquiet, agité, l'esprit tout occupé de la malheureuse Astarté, du roi de Babylone, de son fidèle Cador, de l'heureux brigand Arbogad, de cette femme si capricieuse que les Babyloniens avaient enlevée sur les confins de l'Égypte ; enfin de tous les contretemps et de toutes les infortunes qu'il avait éprouvés.

## Chapitre XV
## Le pêcheur

À quelques lieues du château d'Arbogad, il se trouva sur le bord d'une petite rivière, toujours déplorant sa destinée et se regardant comme le modèle du malheur. Il vit un pêcheur couché sur la rive, tenant à peine d'une main languissante son filet, qu'il semblait abandonner, et levant les yeux vers le ciel.

« Je suis certainement le plus malheureux de tous les hommes, disait le pêcheur. J'ai été, de l'aveu de tout le monde, le plus célèbre marchand de fromages à la crème dans Babylone, et j'ai été ruiné. J'avais la plus jolie femme qu'homme de ma sorte pût posséder, et j'en ai été trahi. Il me restait une chétive maison, je l'ai vue pillée et détruite. Réfugié dans une cabane, je n'ai de ressource que ma pêche, et je ne prends pas un poisson. Ô mon filet ! je ne te jetterai plus dans l'eau, c'est à moi de m'y jeter. » En disant ces mots il se lève, et s'avance dans l'attitude d'un homme qui allait se précipiter et finir sa vie.

« Eh quoi ! se dit Zadig à lui-même, il y a donc des hommes aussi malheureux que moi ! » L'ardeur de sauver la vie au pêcheur fut aussi prompte que cette réflexion. Il court à lui, il l'arrête, il l'interroge d'un air attendri et consolant. On prétend qu'on en est moins malheureux quand on ne l'est pas seul.

Mais, selon Zoroastre, ce n'est pas par malignité, c'est par
besoin. On se sent alors entraîné vers un infortuné comme vers
son semblable. La joie d'un homme heureux serait une insulte ;
mais deux malheureux sont comme deux arbrisseaux faibles
qui, s'appuyant l'un sur l'autre, se fortifient contre l'orage.

« Pourquoi succombez-vous à vos malheurs ? dit Zadig au
pêcheur. — C'est, répondit-il, parce que je n'y vois pas de res-
source. J'ai été le plus considéré du village de Derlback auprès
de Babylone, et je faisais, avec l'aide de ma femme, les
meilleurs fromages à la crème de l'empire. La reine Astarté et le
fameux ministre Zadig les aimaient passionnément. J'avais
fourni à leur maison six cents fromages. J'allai un jour à la ville
pour être payé ; j'appris, en arrivant dans Babylone, que la reine
et Zadig avaient disparu. Je courus chez le seigneur Zadig, que
je n'avais jamais vu : je trouvai les archers du grand desterham,
qui, munis d'un papier royal, pillaient sa maison loyalement et
avec ordre. Je volai aux cuisines de la reine : quelques-uns des
seigneurs de la bouche me dirent qu'elle était morte ; d'autres
dirent qu'elle était en prison ; d'autres prétendirent qu'elle avait
pris la fuite ; mais tous m'assurèrent qu'on ne me payerait point
mes fromages. J'allai avec ma femme chez le seigneur Orcan,
qui était une de mes pratiques : nous lui demandâmes sa protec-
tion dans notre disgrâce ; il l'accorda à ma femme, et me la
refusa. Elle était plus blanche que ses fromages à la crème, qui
commencèrent mon malheur ; et l'éclat de la pourpre de Tyr
n'était pas plus brillant que l'incarnat qui animait cette blan-
cheur. C'est ce qui fit qu'Orcan la retint, et me chassa de sa mai-
son. J'écrivis à ma chère femme la lettre d'un désespéré. Elle dit
au porteur : « Ah, ah ! oui ! je sais quel est l'homme qui m'écrit,
j'en ai entendu parler : on dit qu'il fait des fromages à la crème
excellents ; qu'on m'en apporte, et qu'on les lui paye. »

Dans mon malheur, je voulus m'adresser à la justice. Il me
restait six onces d'or : il fallut en donner deux onces à l'homme
de loi que je consultai, deux au procureur qui entreprit mon
affaire, deux au secrétaire du premier juge. Quand tout cela fut
fait, mon procès n'était pas encore commencé, et j'avais déjà
dépensé plus d'argent que mes fromages et ma femme ne
valaient. Je retournai à mon village dans l'intention de vendre
ma maison pour avoir ma femme.

Ma maison valait bien soixante onces d'or ; mais on me voyait pauvre et pressé de vendre. Le premier à qui je m'adressai m'en offrit trente onces, le second vingt, et le troisième dix. J'étais prêt enfin de conclure, tant j'étais aveuglé, lorsqu'un prince d'Hyrcanie vint à Babylone et ravagea tout sur son passage. Ma maison fut d'abord saccagée, et ensuite brûlée.

Ayant ainsi perdu mon argent, ma femme et ma maison, je me suis retiré dans ce pays où vous me voyez. J'ai tâché de subsister du métier de pêcheur. Les poissons se moquent de moi comme les hommes : je ne prends rien, je meurs de faim ; et sans vous, auguste consolateur, j'allais mourir dans la rivière. »

Le pêcheur ne fit point ce récit tout de suite ; car à tout moment Zadig, ému et transporté, lui disait : « Quoi ! vous ne savez rien de la destinée de la reine ? — Non, seigneur, répondait le pêcheur ; mais je sais que la reine et Zadig ne m'ont point payé mes fromages à la crème, qu'on a pris ma femme, et que je suis au désespoir. — Je me flatte, dit Zadig, que vous ne perdrez pas tout votre argent. J'ai entendu parler de ce Zadig ; il est honnête homme ; et s'il retourne à Babylone, comme il l'espère, il vous donnera plus qu'il ne vous doit ; mais pour votre femme, qui n'est pas si honnête, je vous conseille de ne pas chercher à la reprendre. Croyez-moi, allez à Babylone ; j'y serai avant vous, parce que je suis à cheval et que vous êtes à pied. Adressez-vous à l'illustre Cador ; dites-lui que vous avez rencontré son ami ; attendez-moi chez lui. Allez ; peut-être ne serez-vous pas toujours malheureux.

Ô puissant Orosmade ! continua-t-il, vous vous servez de moi pour consoler cet homme ; de qui vous servirez-vous pour me consoler ? » En parlant ainsi il donnait au pêcheur la moitié de tout l'argent qu'il avait apporté d'Arabie, et le pêcheur, confondu et ravi, baisait les pieds de l'ami de Cador, et disait : « Vous êtes un ange sauveur. »

Cependant Zadig demandait toujours des nouvelles et versait des larmes. « Quoi ! seigneur, s'écria le pêcheur, vous seriez donc aussi malheureux, vous qui faites du bien ? — Plus malheureux que toi cent fois, répondait Zadig. — Mais comment se peut-il faire, disait le bonhomme, que celui qui donne soit plus à plaindre que celui qui reçoit ? — C'est que ton plus grand malheur, reprit Zadig, était le besoin, et que je suis infortuné

par le cœur. — Orcan vous aurait-il pris votre femme? dit le pêcheur. » Ce mot rappela dans l'esprit de Zadig toutes ses aventures : il répétait la liste de ses infortunes, à commencer depuis la chienne de la reine jusqu'à son arrivée chez le brigand Arbogad. « Ah! dit-il au pêcheur, Orcan mérite d'être puni. Mais d'ordinaire ce sont ces gens-là qui sont les favoris de la destinée. Quoi qu'il en soit, va chez le seigneur Cador, et attends-moi. » Ils se séparèrent : le pêcheur marcha en remerciant son destin, et Zadig courut en accusant toujours le sien.

## Chapitre XVI
## Le basilic

Arrivé dans une belle prairie, il y vit plusieurs femmes qui cherchaient quelque chose avec beaucoup d'application. Il prit la liberté de s'approcher de l'une d'elles et de lui demander s'il pouvait avoir l'honneur de les aider dans leurs recherches. « Gardez-vous-en bien, répondit la Syrienne; ce que nous cherchons ne peut être touché que par des femmes. — Voilà qui est bien étrange, dit Zadig; oserais-je vous prier de m'apprendre ce que c'est qu'il n'est permis qu'aux femmes de toucher? — C'est un basilic, dit-elle. — Un basilic, madame? et pour quelle raison, s'il vous plaît, cherchez-vous un basilic? — C'est pour notre seigneur et maître Ogul, dont vous voyez le château sur le bord de cette rivière, au bout de la prairie. Nous sommes ses très humbles esclaves; le seigneur Ogul est malade; son médecin lui a ordonné de manger un basilic cuit dans l'eau rose, et comme c'est un animal fort rare, qui ne se laisse jamais prendre que par des femmes, le seigneur Ogul a promis de choisir pour sa femme bien-aimée celle de nous qui lui apporterait un basilic : laissez-moi chercher, s'il vous plaît, car vous voyez ce qu'il m'en coûterait si j'étais prévenue par mes compagnes. »

Zadig laissa cette Syrienne et les autres chercher leur basilic, et continua de marcher dans la prairie. Quand il fut au bord d'un petit ruisseau, il y trouva une autre dame couchée sur le gazon, et qui ne cherchait rien. Sa taille paraissait majestueuse,

mais son visage était couvert d'un voile. Elle était penchée vers
le ruisseau ; de profonds soupirs sortaient de sa bouche. Elle
tenait en main une petite baguette, avec laquelle elle traçait des
caractères sur un sable fin qui se trouvait entre le gazon et le ruis-
seau. Zadig eut la curiosité de voir ce que cette femme écrivait ; il
s'approcha, il vit la lettre Z, puis un A ; il fut étonné ; puis parut
un D ; il tressaillit. Jamais surprise ne fut égale à la sienne quand
il vit les deux dernières lettres de son nom. Il demeura quelque
temps immobile ; enfin, rompant le silence d'une voix entrecou-
pée : « Ô généreuse dame ! pardonnez à un étranger, à un infor-
tuné, d'oser vous demander par quelle aventure étonnante je
trouve ici le nom de ZADIG tracé de votre main divine ? » À cette
voix, à ces paroles, la dame releva son voile d'une main trem-
blante, regarda Zadig, jeta un cri d'attendrissement, de surprise et
de joie, et, succombant sous tous les mouvements divers qui
assaillaient à la fois son âme, elle tomba évanouie entre ses bras.
C'était Astarté elle-même, c'était la reine de Babylone, c'était
celle que Zadig adorait, et qu'il se reprochait d'adorer, c'était
celle dont il avait tant pleuré et tant craint la destinée. Il fut un
moment privé de l'usage de ses sens ; et quand il eut attaché ses
regards sur les yeux d'Astarté, qui se rouvraient avec une lan-
gueur mêlée de confusion et de tendresse : « Ô puissances
immortelles ! s'écria-t-il, qui présidez aux destins des faibles
humains, me rendez-vous Astarté ? En quel temps, en quels lieux,
en quel état la revois-je ? » Il se jeta à genoux devant Astarté, et il
attacha son front à la poussière de ses pieds. La reine de Baby-
lone le relève, et le fait asseoir auprès d'elle sur le bord de ce
ruisseau ; elle essuyait à plusieurs reprises ses yeux, dont les
larmes recommençaient toujours à couler. Elle reprenait vingt
fois des discours que ses gémissements interrompaient ; elle l'in-
terrogeait sur le hasard qui les rassemblait, et prévenait soudain
ses réponses par d'autres questions. Elle entamait le récit de ses
malheurs, et voulait savoir ceux de Zadig. Enfin tous deux ayant
un peu apaisé le tumulte de leurs âmes, Zadig lui conta en peu de
mots par quelle aventure il se trouvait dans cette prairie. « Mais,
ô malheureuse et respectable reine ! comment vous retrouvé-je en
ce lieu écarté, vêtue en esclave, et accompagnée d'autres femmes
esclaves qui cherchent un basilic pour le faire cuire dans de l'eau
rose par ordonnance du médecin ? »

— Pendant qu'elles cherchent leur basilic, dit la belle Astarté, je vais vous apprendre tout ce que j'ai souffert, et tout ce que je pardonne au ciel depuis que je vous revois. Vous savez que le roi mon mari trouva mauvais que vous fussiez le plus aimable de tous les hommes ; et ce fut pour cette raison qu'il prit une nuit la résolution de vous faire étrangler et de m'empoisonner. Vous savez comme le ciel permit que mon petit muet m'avertît de l'ordre de sa Sublime Majesté. À peine le fidèle Cador vous eut-il forcé de m'obéir et de partir qu'il osa entrer chez moi au milieu de la nuit par une issue secrète. Il m'enleva, et me conduisit dans le temple d'Orosmade, où le mage, son frère, m'enferma dans une statue colossale dont la base touche aux fondements du temple et dont la tête atteint la voûte. Je fus là comme ensevelie, mais servie par le mage et ne manquant d'aucune chose nécessaire. Cependant, au point du jour, l'apothicaire de Sa Majesté entra dans ma chambre avec une potion mêlée de jusquiame, d'opium, de ciguë, d'ellébore noir et d'aconit ; et un autre officier alla chez vous avec un lacet de soie bleue. On ne trouva personne. Cador, pour mieux tromper le roi, feignit de venir nous accuser tous deux. Il dit que vous aviez pris la route des Indes, et moi celle de Memphis : on envoya des satellites après vous et après moi.

Les courriers qui me cherchaient ne me connaissaient pas. Je n'avais presque jamais montré mon visage qu'à vous seul, en présence et par ordre de mon époux. Ils coururent à ma poursuite, sur le portrait qu'on leur faisait de ma personne : une femme de la même taille que moi, et qui peut-être avait plus de charmes, s'offrit à leurs regards sur les frontières de l'Égypte. Elle était éplorée, errante. Ils ne doutèrent pas que cette femme ne fût la reine de Babylone ; ils la menèrent à Moabdar. Leur méprise fit entrer d'abord le roi dans une violente colère ; mais bientôt, ayant considéré de plus près cette femme, il la trouva très belle, et fut consolé. On l'appelait Missouf. On m'a dit depuis que son nom signifie en langue égyptienne *la belle capricieuse*. Elle l'était en effet ; mais elle avait autant d'art que de caprice. Elle plut à Moabdar. Elle le subjugua au point de se faire déclarer sa femme. Alors son caractère se développa tout entier ; elle se livra sans crainte à toutes les folies de son imagination. Elle voulut obliger le chef des mages, qui était vieux et goutteux, de

danser devant elle ; et, sur le refus du mage, elle le persécuta violemment. Elle ordonna à son grand écuyer de lui faire une tourte de confitures. Le grand écuyer eut beau lui représenter qu'il n'était point pâtissier, il fallut qu'il fît la tourte ; et on le chassa parce qu'elle était trop brûlée. Elle donna la charge de grand écuyer à son nain, et la place de chancelier à un page. C'est ainsi qu'elle gouverna Babylone. Tout le monde me regrettait. Le roi, qui avait été assez honnête homme jusqu'au moment où il avait voulu m'empoisonner et vous faire étrangler, semblait avoir noyé ses vertus dans l'amour prodigieux qu'il avait pour la belle capricieuse. Il vint au temple le grand jour du feu sacré. Je le vis implorer les dieux pour Missouf aux pieds de la statue où j'étais renfermée. J'élevai la voix ; je lui criai : « Les dieux refusent les vœux d'un roi devenu tyran, qui a voulu faire mourir une femme raisonnable pour épouser une extravagante. » Moabdar fut confondu de ces paroles au point que sa tête se troubla. L'oracle que j'avais rendu et la tyrannie de Missouf suffisaient pour lui faire perdre le jugement. Il devint fou en peu de jours.

Sa folie, qui parut un châtiment du ciel, fut le signal de la révolte. On se souleva, on courut aux armes. Babylone, si longtemps plongée dans une mollesse oisive, devint le théâtre d'une guerre civile affreuse. On me tira du creux de ma statue, et on me mit à la tête d'un parti. Cador courut à Memphis pour vous ramener à Babylone. Le prince d'Hyrcanie, apprenant ces funestes nouvelles, revint avec son armée faire un troisième parti dans la Chaldée. Il attaqua le roi, qui courut au-devant de lui avec son extravagante Égyptienne. Moabdar mourut percé de coups. Missouf tomba aux mains des vainqueurs. Mon malheur voulut que je fusse prise moi-même par un parti hyrcanien, et qu'on me menât devant le prince précisément dans le temps qu'on lui amenait Missouf. Vous serez flatté, sans doute, en apprenant que le prince me trouva plus belle que l'Égyptienne ; mais vous serez fâché d'apprendre qu'il me destina à son sérail. Il me dit fort résolument que, dès qu'il aurait fini une expédition militaire qu'il allait exécuter, il viendrait à moi. Jugez de ma douleur. Mes liens avec Moabdar étaient rompus, je pouvais être à Zadig ; et je tombais dans les chaînes d'un barbare. Je lui répondis avec toute la fierté que me donnaient mon

rang et mes sentiments. J'avais toujours entendu dire que le ciel attachait aux personnes de ma sorte un caractère de grandeur qui, d'un mot et d'un coup d'œil, faisait rentrer dans l'abaissement du plus profond respect les téméraires qui osaient s'en écarter. Je parlai en reine, mais je fus traitée en demoiselle suivante. L'Hyrcanien, sans daigner seulement m'adresser la parole, dit à son eunuque noir que j'étais une impertinente, mais qu'il me trouvait jolie. Il lui ordonna d'avoir soin de moi et de me mettre au régime des favorites, afin de me rafraîchir le teint et de me rendre plus digne de ses faveurs pour le jour où il aurait la commodité de m'en honorer. Je lui dis que je me tuerais; il répliqua en riant qu'on ne se tuait point, qu'il était fait à ces façons-là, et me quitta comme un homme qui vient de mettre un perroquet dans sa ménagerie. Quel état pour la première reine de l'univers, et, je dirai plus, pour un cœur qui était à Zadig! »

À ces paroles, il se jeta à ses genoux et les baigna de larmes. Astarté le releva tendrement, et elle continua ainsi: « Je me voyais au pouvoir d'un barbare et rivale d'une folle avec qui j'étais renfermée. Elle me raconta son aventure d'Égypte. Je jugeai par les traits dont elle vous peignait, par le temps, par le dromadaire sur lequel vous étiez monté, par toutes les circonstances, que c'était Zadig qui avait combattu pour elle. Je ne doutai pas que vous ne fussiez à Memphis; je pris la résolution de m'y retirer. « Belle Missouf, lui dis-je, vous êtes beaucoup plus plaisante que moi, vous divertirez bien mieux que moi le prince d'Hyrcanie. Facilitez-moi les moyens de me sauver; vous régnerez seule; vous me rendrez heureuse, en vous débarrassant d'une rivale. » Missouf concerta avec moi les moyens de ma fuite. Je partis donc secrètement avec une esclave égyptienne.

J'étais déjà près de l'Arabie, lorsqu'un fameux voleur, nommé Arbogad, m'enleva, et me vendit à des marchands qui m'ont amenée dans ce château, où demeure le seigneur Ogul. Il m'a achetée sans savoir qui j'étais. C'est un homme voluptueux qui ne cherche qu'à faire grande chère, et qui croit que Dieu l'a mis au monde pour tenir table. Il est d'un embonpoint excessif, qui est toujours prêt à le suffoquer. Son médecin, qui n'a que peu de crédit auprès de lui quand il digère bien, le gouverne

despotiquement quand il a trop mangé. Il l'a persuadé qu'il le guérirait avec un basilic cuit dans de l'eau rose. Le seigneur Ogul a promis sa main à celle de ses esclaves qui lui apporterait un basilic. Vous voyez que je les laisse s'empresser à mériter cet honneur, et je n'ai jamais eu moins d'envie de trouver ce basilic que depuis que le ciel a permis que je vous revisse. »

Alors Astarté et Zadig se dirent tout ce que des sentiments longtemps retenus, tout ce que leurs malheurs et leurs amours pouvaient inspirer aux cœurs les plus nobles et les plus passionnés ; et les génies qui présidaient à l'amour portèrent leurs paroles jusqu'à la sphère de Vénus.

Les femmes rentrèrent chez Ogul sans avoir rien trouvé. Zadig se fit présenter à lui, et lui parla en ces termes : « Que la santé immortelle descende du ciel pour avoir soin de tous vos jours ! Je suis médecin ; j'ai accouru vers vous sur le bruit de votre maladie, et je vous ai apporté un basilic cuit dans de l'eau rose. Ce n'est pas que je prétende vous épouser. Je ne vous demande que la liberté d'une jeune esclave de Babylone que vous avez depuis quelques jours ; et je consens de rester en esclavage à sa place si je n'ai pas le bonheur de guérir le magnifique seigneur Ogul. »

La proposition fut acceptée. Astarté partit pour Babylone avec le domestique de Zadig, en lui promettant de lui envoyer incessamment un courrier pour l'instruire de tout ce qui se serait passé. Leurs adieux furent aussi tendres que l'avait été leur reconnaissance. Le moment où l'on se retrouve et celui où l'on se sépare sont les deux plus grandes époques de la vie, comme dit le grand livre du *Zend*. Zadig aimait la reine autant qu'il le jurait, et la reine aimait Zadig plus qu'elle ne lui disait.

Cependant Zadig parla ainsi à Ogul : « Seigneur, on ne mange point mon basilic, toute sa vertu doit entrer chez vous par les pores. Je l'ai mis dans un petit outre bien enflé et couvert d'une peau fine : il faut que vous poussiez cet outre de toute votre force, et que je vous le renvoie à plusieurs reprises ; et en peu de jours de régime vous verrez ce que peut mon art. » Ogul, dès le premier jour, fut tout essoufflé, et crut qu'il mourrait de fatigue. Le second, il fut moins fatigué, et dormit mieux. En huit jours il recouvra toute la force, la santé, la légèreté et la gaieté de ses plus brillantes années. « Vous avez joué au ballon,

et vous avez été sobre, lui dit Zadig : apprenez qu'il n'y a point de basilic dans la nature, qu'on se porte toujours bien avec de la sobriété et de l'exercice, et que l'art de faire subsister ensemble l'intempérance et la santé est un art aussi chimérique que la pierre philosophale, l'astrologie judiciaire et la théologie des mages. »

Le premier médecin d'Ogul, sentant combien cet homme était dangereux pour la médecine, s'unit avec l'apothicaire du corps pour envoyer Zadig chercher des basilics dans l'autre monde. Ainsi, après avoir été toujours puni pour avoir bien fait, il était prêt de périr pour avoir guéri un seigneur gourmand. On l'invita à un excellent dîner. Il devait être empoisonné au second service ; mais il reçut un courrier de la belle Astarté au premier. Il quitta la table, et partit. « Quand on est aimé d'une belle femme, dit le grand Zoroastre, on se tire toujours d'affaire dans ce monde. »

## Chapitre XVII
## Les combats

La reine avait été reçue à Babylone avec les transports qu'on a toujours pour une belle princesse qui a été malheureuse. Babylone alors paraissait être plus tranquille. Le prince d'Hyrcanie avait été tué dans un combat. Les Babyloniens, vainqueurs, déclarèrent qu'Astarté épouserait celui qu'on choisirait pour souverain. On ne voulut point que la première place du monde, qui serait celle de mari d'Astarté et de roi de Babylone, dépendît des intrigues et des cabales. On jura de reconnaître pour roi le plus vaillant et le plus sage. Une grande lice, bordée d'amphithéâtres magnifiquement ornés, fut formée à quelques lieues de la ville. Les combattants devaient s'y rendre armés de toutes pièces. Chacun d'eux avait derrière les amphithéâtres un appartement séparé où il ne devait être vu ni connu de personne. Il fallait courir quatre lances. Ceux qui seraient assez heureux pour vaincre quatre chevaliers devaient combattre ensuite les uns contre les autres ; de façon que celui qui resterait le dernier maître du champ serait proclamé le vainqueur des

jeux. Il devait revenir quatre jours après, avec les mêmes armes, et expliquer les énigmes proposées par les mages. S'il n'expliquait point les énigmes, il n'était point roi, et il fallait recommencer à courir des lances jusqu'à ce qu'on trouvât un homme qui fût vainqueur dans ces deux combats ; car on voulait absolument pour roi le plus vaillant et le plus sage. La reine, pendant tout ce temps, devait être étroitement gardée : on lui permettait seulement d'assister aux jeux, couverte d'un voile ; mais on ne souffrait pas qu'elle parlât à aucun des prétendants, afin qu'il n'y eût ni faveur ni injustice.

Voilà ce qu'Astarté faisait savoir à son amant, espérant qu'il montrerait pour elle plus de valeur et d'esprit que personne. Il partit, et pria Vénus de fortifier son courage et d'éclairer son esprit. Il arriva sur le rivage de l'Euphrate la veille de ce grand jour. Il fit inscrire sa devise parmi celles des combattants, en cachant son visage et son nom, comme la loi l'ordonnait, et alla se reposer dans l'appartement qui lui échut par le sort. Son ami Cador, qui était revenu à Babylone après l'avoir inutilement cherché en Égypte, fit porter dans sa loge une armure complète que la reine lui envoyait. Il lui fit amener aussi de sa part le plus beau cheval de Perse. Zadig reconnut Astarté à ces présents : son courage et son amour en prirent de nouvelles forces et de nouvelles espérances.

Le lendemain, la reine étant venue se placer sous un dais de pierreries, et les amphithéâtres étant remplis de toutes les dames et de tous les ordres de Babylone, les combattants parurent dans le cirque. Chacun d'eux vint mettre sa devise aux pieds du grand mage. On tira au sort les devises ; celle de Zadig fut la dernière. Le premier qui s'avança était un seigneur très riche, nommé Itobad, fort vain, peu courageux, très maladroit, et sans esprit. Ses domestiques l'avaient persuadé qu'un homme comme lui devait être roi ; il leur avait répondu : « Un homme comme moi doit régner. » Ainsi on l'avait armé de pied en cap. Il portait une armure d'or émaillée de vert, un panache vert, une lance ornée de rubans verts. On s'aperçut d'abord, à la manière dont Itobad gouvernait son cheval, que ce n'était pas un homme comme lui à qui le ciel réservait le sceptre de Babylone. Le premier cavalier qui courut contre lui le désarçonna ; le second le renversa sur la croupe de son cheval, les deux jambes

en l'air et les bras étendus. Itobad se remit, mais de si mauvaise grâce que tout l'amphithéâtre se mit à rire. Un troisième ne daigna pas se servir de sa lance ; mais, en lui faisant une passe, il le prit par la jambe droite, et lui faisant faire un demi-tour, il le fit tomber sur le sable ; les écuyers des jeux accoururent à lui en riant, et le remirent en selle. Le quatrième combattant le prend par la jambe gauche, et le fait tomber de l'autre côté. On le conduisit avec des huées à sa loge, où il devait passer la nuit selon la loi ; et il disait en marchant à peine : « Quelle aventure pour un homme comme moi ! »

Les autres chevaliers s'acquittèrent mieux de leur devoir. Il y en eut qui vainquirent deux combattants de suite ; quelques-uns allèrent jusqu'à trois. Il n'y eut que le prince Otame qui en vainquit quatre. Enfin Zadig combattit à son tour : il désarçonna quatre cavaliers de suite avec toute la grâce possible. Il fallut donc voir qui serait vainqueur d'Otame ou de Zadig. Le premier portait des armes bleues et or, avec un panache de même ; celles de Zadig étaient blanches. Tous les vœux se partageaient entre le cavalier bleu et le cavalier blanc. La reine, à qui le cœur palpitait, faisait des prières au ciel pour la couleur blanche.

Les deux champions firent des passes et des voltes avec tant d'agilité, ils se donnèrent de si beaux coups de lance, ils étaient si fermes sur leurs arçons que tout le monde, hors la reine, souhaitait qu'il y eût deux rois dans Babylone. Enfin, leurs chevaux étant lassés, et leurs lances rompues, Zadig usa de cette adresse : il passe derrière le prince bleu, s'élance sur la croupe de son cheval, le prend par le milieu du corps, le jette à terre, se met en selle à sa place et caracole autour d'Otame étendu sur la place. Tout l'amphithéâtre crie : « Victoire au cavalier blanc ! » Otame, indigné, se relève, tire son épée ; Zadig saute de cheval, le sabre à la main. Les voilà tous deux sur l'arène, livrant un nouveau combat, où la force et l'agilité triomphent tour à tour. Les plumes de leur casque, les clous de leurs brassards, les mailles de leur armure sautent au loin sous mille coups précipités. Ils frappent de pointe et de taille, à droite, à gauche, sur la tête, sur la poitrine ; ils reculent, ils avancent, ils se mesurent, ils se rejoignent, ils se saisissent, ils se replient comme des serpents, ils s'attaquent comme des lions ; le feu jaillit à tout

moment des coups qu'ils se portent. Enfin Zadig, ayant un moment repris ses esprits, s'arrête, fait une feinte, passe sur Otame, le fait tomber, le désarme, et Otame s'écrie : « Ô chevalier blanc ! c'est vous qui devez régner sur Babylone. » La reine était au comble de la joie. On reconduisit le chevalier bleu et le chevalier blanc chacun à leur loge, ainsi que tous les autres, selon ce qui était porté par la loi. Des muets vinrent les servir et leur apporter à manger. On peut juger si le petit muet de la reine ne fut pas celui qui servit Zadig. Ensuite on les laissa dormir seuls jusqu'au lendemain matin, temps où le vainqueur devait apporter sa devise au grand mage pour la confronter et se faire reconnaître.

Zadig dormit, quoique amoureux, tant il était fatigué. Itobad, qui était couché auprès de lui, ne dormit point. Il se leva pendant la nuit, entra dans sa loge, prit les armes blanches de Zadig avec sa devise, et mit son armure verte à la place. Le point du jour étant venu, il alla fièrement au grand mage déclarer qu'un homme comme lui était vainqueur. On ne s'y attendait pas ; mais il fut proclamé pendant que Zadig dormait encore. Astarté, surprise et le désespoir dans le cœur, s'en retourna dans Babylone. Tout l'amphithéâtre était déjà presque vide lorsque Zadig s'éveilla ; il chercha ses armes, et ne trouva que cette armure verte. Il était obligé de s'en couvrir, n'ayant rien autre chose auprès de lui. Étonné et indigné, il les endosse avec fureur, il avance dans cet équipage.

Tout ce qui était encore sur l'amphithéâtre et dans le cirque le reçut avec des huées. On l'entourait ; on lui insultait en face. Jamais homme n'essuya des mortifications si humiliantes. La patience lui échappa ; il écarta à coups de sabre la populace qui osait l'outrager ; mais il ne savait quel parti prendre. Il ne pouvait voir la reine ; il ne pouvait réclamer l'armure blanche qu'elle lui avait envoyée : c'eût été la compromettre ; ainsi, tandis qu'elle était plongée dans la douleur, il était pénétré de fureur et d'inquiétude. Il se promenait sur les bords de l'Euphrate, persuadé que son étoile le destinait à être malheureux sans ressource, repassant dans son esprit toutes ses disgrâces, depuis l'aventure de la femme qui haïssait les borgnes jusqu'à celle de son armure. « Voilà ce que c'est, disait-il, de m'être éveillé trop tard ; si j'avais moins dormi, je serais roi de Baby-

lone, je posséderais Astarté. Les sciences, les mœurs, le cou
rage, n'ont donc jamais servi qu'à mon infortune. » Il lui
échappa enfin de murmurer contre la Providence, et il fut tenté
de croire que tout était gouverné par une destinée cruelle qui
opprimait les bons et qui faisait prospérer les chevaliers verts.
Un de ses chagrins était de porter cette armure verte qui lui
avait attiré tant de huées. Un marchand passa, il la lui vendit à
vil prix, et prit du marchand une robe et un bonnet long. Dans
cet équipage, il côtoyait l'Euphrate, rempli de désespoir, et
accusant en secret la Providence, qui le persécutait toujours.

## Chapitre XVIII
## L'ermite

Il rencontra en marchant un ermite dont la barbe blanche et
vénérable lui descendait jusqu'à la ceinture. Il tenait en main un
livre qu'il lisait attentivement. Zadig s'arrêta, et lui fit une pro-
fonde inclination. L'ermite le salua d'un air si noble et si doux
que Zadig eut la curiosité de l'entretenir. Il lui demanda quel
livre il lisait. « C'est le livre des destinées, dit l'ermite ; voulez-
vous en lire quelque chose ? » Il mit le livre dans les mains de
Zadig, qui, tout instruit qu'il était dans plusieurs langues, ne
put déchiffrer un seul caractère du livre. Cela redoubla encore
sa curiosité. « Vous me paraissez bien chagrin, lui dit ce bon
père. — Hélas ! que j'en ai sujet ! dit Zadig. — Si vous permet-
tez que je vous accompagne, repartit le vieillard, peut-être vous
serai-je utile : j'ai quelquefois répandu des sentiments de
consolation dans l'âme des malheureux. » Zadig se sentit du
respect pour l'air, pour la barbe et pour le livre de l'ermite. Il
lui trouva dans la conversation des lumières supérieures. L'er-
mite parlait de la destinée, de la justice, de la morale, du souve-
rain bien, de la faiblesse humaine, des vertus et des vices, avec
une éloquence si vive et si touchante que Zadig se sentit
entraîné vers lui par un charme invincible. Il le pria avec ins-
tance de ne le point quitter jusqu'à ce qu'ils fussent de retour à
Babylone. « Je vous demande moi-même cette grâce, lui dit le
vieillard ; jurez-moi par Orosmade que vous ne vous séparerez

point de moi d'ici à quelques jours, quelque chose que je fasse. »
Zadig jura et ils partirent ensemble.

Les deux voyageurs arrivèrent le soir à un château superbe.
L'ermite demanda l'hospitalité pour lui et pour le jeune homme
qui l'accompagnait. Le portier, qu'on aurait pris pour un grand
seigneur, les introduisit avec une espèce de bonté dédaigneuse.
On les présenta à un principal domestique, qui leur fit voir les
appartements magnifiques du maître. Ils furent admis à sa table,
au bas bout, sans que le seigneur du château les honorât d'un
regard ; mais ils furent servis comme les autres, avec délicatesse
et profusion. On leur donna ensuite à laver dans un bassin d'or
garni d'émeraudes et de rubis. On les mena coucher dans un bel
appartement, et le lendemain matin un domestique leur apporta à
chacun une pièce d'or, après quoi on les congédia.

« Le maître de la maison, dit Zadig en chemin, me paraît être
un homme généreux, quoique un peu fier ; il exerce noblement
l'hospitalité. » En disant ces paroles, il aperçut qu'une espèce de
poche très large que portait l'ermite paraissait tendue et enflée : il
y vit le bassin d'or garni de pierreries, que celui-ci avait volé. Il
n'osa d'abord en rien témoigner ; mais il était dans une étrange
surprise.

Vers le midi, l'ermite se présenta à la porte d'une maison très
petite où logeait un riche avare ; il y demanda l'hospitalité pour
quelques heures. Un vieux valet mal habillé le reçut d'un ton
rude, et fit entrer l'ermite et Zadig dans l'écurie, où on leur donna
quelques olives pourries, de mauvais pain et de la bière gâtée.
L'ermite but et mangea d'un air aussi content que la veille ; puis,
s'adressant à ce vieux valet, qui les observait tous deux pour voir
s'ils ne volaient rien et qui les pressait de partir, il lui donna les
deux pièces d'or qu'il avait reçues le matin et le remercia de
toutes ses attentions. « Je vous prie, ajouta-t-il, faites-moi parler à
votre maître. » Le valet, étonné, introduisit les deux voyageurs.
« Magnifique seigneur, dit l'ermite, je ne puis que vous rendre de
très humbles grâces de la manière noble dont vous nous avez
reçus : daignez accepter ce bassin d'or comme un faible gage de
ma reconnaissance. » L'avare fut prêt de tomber à la renverse.
L'ermite ne lui donna pas le temps de revenir de son saisissement ;
il partit au plus vite avec son jeune voyageur. « Mon père, lui dit
Zadig, qu'est-ce que tout ce que je vois ? Vous ne me paraissez

ressembler en rien aux autres hommes : vous volez un bassin d'or garni de pierreries à un seigneur qui vous reçoit magnifiquement, et vous le donnez à un avare qui vous traite avec indignité. — Mon fils, répondit le vieillard, cet homme magnifique, qui ne reçoit les étrangers que par vanité et pour faire admirer ses richesses, deviendra plus sage ; l'avare apprendra à exercer l'hospitalité : ne vous étonnez de rien, et suivez-moi. » Zadig ne savait encore s'il avait affaire au plus fou ou au plus sage de tous les hommes ; mais l'ermite parlait avec tant d'ascendant que Zadig, lié d'ailleurs par son serment, ne put s'empêcher de le suivre.

Ils arrivèrent le soir à une maison agréablement bâtie, mais simple, où rien ne sentait ni la prodigalité ni l'avarice. Le maître était un philosophe retiré du monde, qui cultivait en paix la sagesse et la vertu, et qui cependant ne s'ennuyait pas. Il s'était plu à bâtir cette retraite, dans laquelle il recevait les étrangers avec une noblesse qui n'avait rien de l'ostentation. Il alla lui-même au-devant des deux voyageurs, qu'il fit reposer d'abord dans un appartement commode. Quelque temps après, il les vint prendre lui-même pour les inviter à un repas propre et bien entendu, pendant lequel il parla avec discrétion des dernières révolutions de Babylone. Il parut sincèrement attaché à la reine, et souhaita que Zadig eût paru dans la lice pour disputer la couronne. « Mais les hommes, ajouta-t-il, ne méritent pas d'avoir un roi comme Zadig. » Celui-ci rougissait et sentait redoubler ses douleurs. On convint dans la conversation que les choses de ce monde n'allaient pas toujours au gré des plus sages. L'ermite soutint toujours qu'on ne connaissait pas les voies de la Providence, et que les hommes avaient tort de juger d'un tout dont ils n'apercevaient que la plus petite partie.

On parla des passions. « Ah ! qu'elles sont funestes ! disait Zadig. — Ce sont les vents qui enflent les voiles du vaisseau, repartit l'ermite : elles le submergent quelquefois ; mais sans elles il ne pourrait voguer. La bile rend colère et malade ; mais sans la bile l'homme ne saurait vivre. Tout est dangereux ici-bas, et tout est nécessaire. »

On parla de plaisir, et l'ermite prouva que c'est un présent de la Divinité : « Car, dit-il, l'homme ne peut se donner ni sensations ni idées, il reçoit tout ; la peine et le plaisir lui viennent d'ailleurs, comme son être. »

Zadig admirait comment un homme qui avait fait des choses si extravagantes pouvait raisonner si bien. Enfin, après un entretien aussi instructif qu'agréable, l'hôte reconduisit ses deux voyageurs dans leur appartement, en bénissant le ciel qui lui avait envoyé deux hommes si sages et si vertueux. Il leur offrit de l'argent d'une manière aisée et noble qui ne pouvait déplaire. L'ermite le refusa, et lui dit qu'il prenait congé de lui, comptant partir pour Babylone avant le jour. Leur séparation fut tendre; Zadig surtout se sentait plein d'estime et d'inclination pour un homme si aimable.

Quand l'ermite et lui furent dans leur appartement, ils firent longtemps l'éloge de leur hôte. Le vieillard au point du jour éveilla son camarade. « Il faut partir, dit-il; mais, tandis que tout le monde dort encore, je veux laisser à cet homme un témoignage de mon estime et de mon affection. » En disant ces mots, il prit un flambeau, et mit le feu à la maison. Zadig, épouvanté, jeta des cris, et voulut l'empêcher de commettre une action si affreuse. L'ermite l'entraînait par une force supérieure; la maison était enflammée. L'ermite, qui était déjà assez loin avec son compagnon, la regardait brûler tranquillement. « Dieu merci! dit-il, voilà la maison de mon cher hôte détruite de fond en comble! L'heureux homme! » À ces mots Zadig fut tenté à la fois d'éclater de rire, de dire des injures au révérend père, de le battre, et de s'enfuir, mais il ne fit rien de tout cela, et toujours subjugué par l'ascendant de l'ermite, il le suivit malgré lui à la dernière couchée.

Ce fut chez une veuve charitable et vertueuse qui avait un neveu de quatorze ans, plein d'agréments et son unique espérance. Elle fit du mieux qu'elle put les honneurs de sa maison. Le lendemain, elle ordonna à son neveu d'accompagner les voyageurs jusqu'à un pont qui, étant rompu depuis peu, était devenu un passage dangereux. Le jeune homme, empressé, marche au-devant d'eux. Quand ils furent sur le pont : « Venez, dit l'ermite au jeune homme, il faut que je marque ma reconnaissance à votre tante. » Il le prend alors par les cheveux et le jette dans la rivière. L'enfant tombe, reparaît un moment sur l'eau, et est engouffré dans le torrent. « Ô monstre! ô le plus scélérat de tous les hommes! s'écria Zadig. — Vous m'aviez promis plus de patience, lui dit l'ermite en l'interrompant : apprenez que, sous

les ruines de cette maison où la Providence a mis le feu, le maître a trouvé un trésor immense ; apprenez que ce jeune homme, dont la Providence a tordu le cou, aurait assassiné sa tante dans un an, et vous dans deux. — Qui te l'a dit, barbare ? cria Zadig ; et quand tu aurais lu cet événement dans ton livre des destinées, t'est-il permis de noyer un enfant qui ne t'a point fait de mal ? »

Tandis que le Babylonien parlait, il aperçut que le vieillard n'avait plus de barbe, que son visage prenait les traits de la jeunesse. Son habit d'ermite disparut ; quatre belles ailes couvraient un corps majestueux et resplendissant de lumière. « Ô envoyé du ciel ! ô ange divin ! s'écria Zadig en se prosternant, tu es donc descendu de l'empyrée pour apprendre à un faible mortel à se soumettre aux ordres éternels ? — Les hommes, dit l'ange Jesrad, jugent de tout sans rien connaître : tu étais celui de tous les hommes qui méritait le plus d'être éclairé. » Zadig lui demanda la permission de parler. « Je me défie de moi-même, dit-il ; mais oserai-je te prier de m'éclaircir un doute : ne vaudrait-il pas mieux avoir corrigé cet enfant, et l'avoir rendu vertueux, que de le noyer ? » Jesrad reprit : « S'il avait été vertueux, et s'il eût vécu, son destin était d'être assassiné lui-même avec la femme qu'il devait épouser, et le fils qui en devait naître. — Mais quoi ! dit Zadig, il est donc nécessaire qu'il y ait des crimes et des malheurs ? et les malheurs tombent sur les gens de bien ! — Les méchants, répondit Jesrad, sont toujours malheureux : ils servent à éprouver un petit nombre de justes répandus sur la terre, et il n'y a point de mal dont il ne naisse un bien. — Mais, dit Zadig, s'il n'y avait que du bien, et point de mal ? — Alors, reprit Jesrad, cette terre serait une autre terre ; l'enchaînement des événements serait un autre ordre de sagesse ; et cet autre ordre, qui serait parfait, ne peut être que dans la demeure éternelle de l'Être suprême, de qui le mal ne peut approcher. Il a créé des millions de mondes dont aucun ne peut ressembler à l'autre. Cette immense variété est un attribut de sa puissance immense. Il n'y a ni deux feuilles d'arbre sur la terre, ni deux globes dans les champs infinis du ciel, qui soient semblables, et tout ce que tu vois sur le petit atome où tu es né devait être dans sa place et dans son temps fixe, selon les ordres immuables de celui qui embrasse tout. Les hommes pensent que cet enfant qui vient de périr est tombé dans l'eau par hasard, que c'est par un même

hasard que cette maison est brûlée ; mais il n'y a point de hasard : tout est épreuve, ou punition, ou récompense, ou prévoyance. Souviens-toi de ce pêcheur qui se croyait le plus malheureux de tous les hommes. Orosmade t'a envoyé pour changer sa destinée. Faible mortel ! cesse de disputer contre ce qu'il faut adorer. — Mais, dit Zadig... » Comme il disait *Mais,* l'ange prenait déjà son vol vers la dixième sphère. Zadig, à genoux, adora la Providence, et se soumit. L'ange lui cria du haut des airs : « Prends ton chemin vers Babylone. »

## Chapitre XIX
## Les énigmes

Zadig, hors de lui-même et comme un homme auprès de qui est tombé le tonnerre, marchait au hasard. Il entra dans Babylone le jour où ceux qui avaient combattu dans la lice étaient déjà assemblés dans le grand vestibule du palais pour expliquer les énigmes, et pour répondre aux questions du grand mage. Tous les chevaliers étaient arrivés, excepté l'armure verte. Dès que Zadig parut dans la ville, le peuple s'assembla autour de lui ; les yeux ne se rassasiaient point de le voir, les bouches de le bénir, les cœurs de lui souhaiter l'empire. L'envieux le vit passer, frémit, et se détourna ; le peuple le porta jusqu'au lieu de l'assemblée. La reine, à qui on apprit son arrivée, fut en proie à l'agitation de la crainte et de l'espérance ; l'inquiétude la dévorait : elle ne pouvait comprendre ni pourquoi Zadig était sans armes, ni comment Itobad portait l'armure blanche. Un murmure confus s'éleva à la vue de Zadig. On était surpris et charmé de le revoir ; mais il n'était permis qu'aux chevaliers qui avaient combattu de paraître dans l'assemblée.

« J'ai combattu comme un autre, dit-il, mais un autre porte ici mes armes ; et en attendant que j'aie l'honneur de le prouver, je demande la permission de me présenter pour expliquer les énigmes. » On alla aux voix : sa réputation de probité était encore si fortement imprimée dans les esprits qu'on ne balança pas à l'admettre.

Le grand mage proposa d'abord cette question : « Quelle est de toutes les choses du monde la plus longue et la plus courte, la plus

prompte et la plus lente, la plus divisible et la plus étendue, la plus négligée et la plus regrettée, sans qui rien ne se peut faire, qui dévore tout ce qui est petit, et qui vivifie tout ce qui est grand ? »

C'était à Itobad à parler. Il répondit qu'un homme comme lui n'entendait rien aux énigmes, et qu'il lui suffisait d'avoir vaincu à grands coups de lance. Les uns dirent que le mot de l'énigme était la fortune, d'autres la terre, d'autres la lumière. Zadig dit que c'était le temps. « Rien n'est plus long, ajouta-t-il, puisqu'il est la mesure de l'éternité ; rien n'est plus court, puisqu'il manque à tous nos projets ; rien n'est plus lent pour qui attend ; rien de plus rapide pour qui jouit ; il s'étend jusqu'à l'infini en grand ; il se divise jusque dans l'infini en petit ; tous les hommes le négligent, tous en regrettent la perte ; rien ne se fait sans lui ; il fait oublier tout ce qui est indigne de la postérité, et il immortalise les grandes choses. » L'assemblée convint que Zadig avait raison.

On demanda ensuite : « Quelle est la chose qu'on reçoit sans remercier, dont on jouit sans savoir comment, qu'on donne aux autres quand on ne sait où l'on en est, et qu'on perd sans s'en apercevoir ? »

Chacun dit son mot. Zadig devina seul que c'était la vie. Il expliqua toutes les autres énigmes avec la même facilité. Itobad disait toujours que rien n'était plus aisé, et qu'il en serait venu à bout tout aussi facilement s'il avait voulu s'en donner la peine. On proposa des questions sur la justice, sur le souverain bien, sur l'art de régner. Les réponses de Zadig furent jugées les plus solides. « C'est bien dommage, disait-on, qu'un si bon esprit soit un si mauvais cavalier. »

« Illustres seigneurs, dit Zadig, j'ai eu l'honneur de vaincre dans la lice. C'est à moi qu'appartient l'armure blanche. Le seigneur Itobad s'en empara pendant mon sommeil ; il jugea apparemment qu'elle lui siérait mieux que la verte. Je suis prêt de lui prouver d'abord devant vous, avec ma robe et mon épée, contre toute cette belle armure blanche qu'il m'a prise, que c'est moi qui ai eu l'honneur de vaincre le brave Otame. »

Itobad accepta le défi avec la plus grande confiance. Il ne doutait pas qu'étant casqué, cuirassé, brassardé, il ne vînt aisément à bout d'un champion en bonnet de nuit et en robe de chambre. Zadig tira son épée, en saluant la reine, qui le regardait, pénétrée de joie et de crainte. Itobad tira la sienne, en ne saluant personne.

Il s'avança sur Zadig comme un homme qui n'avait rien à craindre. Il était prêt à lui fendre la tête. Zadig sut parer le coup, en opposant ce qu'on appelle le fort de l'épée au faible de son adversaire, de façon que l'épée d'Itobad se rompît. Alors Zadig, saisissant son ennemi au corps, le renversa par terre ; et, lui portant la pointe de son épée au défaut de la cuirasse : « Laissez-vous désarmer, dit-il, ou je vous tue. » Itobad, toujours surpris des disgrâces qui arrivaient à un homme comme lui, laissa faire Zadig, qui lui ôta paisiblement son magnifique casque, sa superbe cuirasse, ses beaux brassards, ses brillants cuissards, s'en revêtit, et courut, dans cet équipage, se jeter aux genoux d'Astarté. Cador prouva aisément que l'armure appartenait à Zadig. Il fut reconnu roi d'un consentement unanime, et surtout de celui d'Astarté, qui goûtait, après tant d'adversités, la douceur de voir son amant digne aux yeux de l'univers d'être son époux. Itobad alla se faire appeler monseigneur dans sa maison. Zadig fut roi, et fut heureux. Il avait présent à l'esprit ce que lui avait dit l'ange Jesrad. Il se souvenait même du grain de sable devenu diamant. La reine et lui adorèrent la Providence. Zadig laissa la belle capricieuse Missouf courir le monde. Il envoya chercher le brigand Arbogad, auquel il donna un grade honorable dans son armée, avec promesse de l'avancer aux premières dignités s'il se comportait en vrai guerrier, et de le faire pendre s'il faisait le métier de brigand.

Sétoc fut appelé du fond de l'Arabie, avec la belle Almona, pour être à la tête du commerce de Babylone. Cador fut placé et chéri selon ses services ; il fut l'ami du roi, et le roi fut alors le seul monarque de la terre qui eût un ami. Le petit muet ne fut pas oublié. On donna une belle maison au pêcheur. Orcan fut condamné à lui payer une grosse somme et à lui rendre sa femme ; mais le pêcheur, devenu sage, ne prit que l'argent.

Ni la belle Sémire ne se consolait d'avoir cru que Zadig serait borgne, ni Azora ne cessait de pleurer d'avoir voulu lui couper le nez. Il adoucit leurs douleurs par des présents. L'envieux mourut de rage et de honte. L'empire jouit de la paix, de la gloire et de l'abondance ; ce fut le plus beau siècle de la terre : elle était gouvernée par la justice et par l'amour. On bénissait Zadig, et Zadig bénissait le ciel.

# Appendice

## LA DANSE

Sétoc devait aller, pour les affaires de son commerce, dans l'île de Serendib ; mais le premier mois de son mariage, qui est, comme on sait, la lune du miel, ne lui permettait ni de quitter sa femme, ni de croire qu'il pût jamais la quitter : il pria son ami Zadig de faire pour lui le voyage. « Hélas ! disait Zadig, faut-il que je mette encore un plus vaste espace entre la belle Astarté et moi ? Mais il faut servir mes bienfaiteurs. » Il dit, il pleura, et il partit.

Il ne fut pas longtemps dans l'île de Serendib sans y être regardé comme un homme extraordinaire. Il devint l'arbitre de tous les différends entre les négociants, l'ami des sages, le conseil du petit nombre de gens qui prennent conseil. Le roi voulut le voir et l'entendre. Il connut bientôt tout ce que valait Zadig ; il eut confiance en sa sagesse, et en fit son ami. La familiarité et l'estime du roi fit trembler Zadig. Il était nuit et jour pénétré du malheur que lui avaient attiré les bontés de Moabdar. « Je plais au roi, disait-il ; ne serai-je pas perdu ? » Cependant il ne pouvait se dérober aux caresses de Sa Majesté : car il faut avouer que Nabussan, roi de Serendib, fils de Nussanab, fils de Nabassun, fils de Sanbusna, était un des meilleurs princes de l'Asie, et que, quand on lui parlait, il était difficile de ne le pas aimer.

Ce bon prince était toujours loué, trompé, et volé : c'était à qui pillerait ses trésors. Le receveur général de l'île de Serendib donnait toujours cet exemple, fidèlement suivi par les autres. Le roi le savait : il avait changé de trésorier plusieurs fois ; mais il n'avait pu changer la mode établie de partager les revenus du roi en deux moitiés inégales, dont la plus petite revenait toujours à Sa Majesté, et la plus grosse aux administrateurs.

Le roi Nabussan confia sa peine au sage Zadig. « Vous qui savez tant de belles choses, lui dit-il, ne sauriez-vous point le moyen de me faire trouver un trésorier qui ne me vole point ? — Assurément, répondit Zadig, je sais une façon infaillible de

vous donner un homme qui ait les mains nettes. » Le roi, charmé, lui demanda en l'embrassant, comment il fallait s'y prendre. « Il n'y a, dit Zadig, qu'à faire danser tous ceux qui se présenteront pour la dignité de trésorier, et celui qui dansera avec le plus de légèreté sera infailliblement le plus honnête homme. — Vous vous moquez, dit le roi ; voilà une plaisante façon de choisir un receveur de mes finances. Quoi ! vous prétendez que celui qui fera le mieux un entrechat sera le financier le plus intègre et le plus habile ? — Je ne vous réponds pas qu'il sera le plus habile, repartit Zadig ; mais je vous assure que ce sera indubitablement le plus honnête homme. » Zadig parlait avec tant de confiance que le roi crut qu'il avait quelque secret surnaturel pour connaître les financiers. « Je n'aime pas le surnaturel, dit Zadig ; les gens et les livres à prodiges m'ont toujours déplu : si Votre Majesté veut me laisser faire l'épreuve que je lui propose, elle sera bien convaincue que mon secret est la chose la plus simple et la plus aisée. » Nabussan, roi de Serendib, fut bien plus étonné d'entendre que ce secret était aussi simple que si on le lui avait donné pour un miracle. « Or bien, dit-il, faites comme vous l'entendrez. — Laissez-moi faire, dit Zadig, vous gagnerez à cette épreuve plus que vous ne pensez. » Le jour même il fit publier, au nom du roi, que tous ceux qui prétendaient à l'emploi de haut receveur des deniers de Sa Gracieuse Majesté Nabussan, fils de Nussanab, eussent à se rendre, en habits de soie légère, le premier de la lune du crocodile, dans l'antichambre du roi. Ils s'y rendirent au nombre de soixante et quatre. On avait fait venir des violons dans un salon voisin ; tout était préparé pour le bal ; mais la porte de ce salon était fermée, et il fallait, pour y entrer, passer par une petite galerie assez obscure. Un huissier vint chercher et introduire chaque candidat, l'un après l'autre, par ce passage dans lequel on le laissait seul, quelques minutes. Le roi, qui avait le mot, avait étalé tous ses trésors dans cette galerie. Lorsque tous les prétendants furent arrivés dans le salon, Sa Majesté ordonna qu'on les fît danser. Jamais on ne dansa plus pesamment et avec moins de grâce ; ils avaient tous la tête baissée, les reins courbés, les mains collées à leurs côtés. « Quels fripons ! » disait tout bas Zadig. Un seul d'entre eux formait des pas avec agilité, la tête haute, le regard assuré, les bras étendus, le corps droit, le jarret ferme. « Ah ! l'honnête homme ! le brave homme ! » disait Zadig.

Le roi embrassa ce bon danseur, le déclara trésorier, et tous les autres furent punis et taxés avec la plus grande justice du monde : car chacun, dans le temps qu'il avait été dans la galerie, avait rempli ses poches et pouvait à peine marcher. Le roi fut fâché pour la nature humaine que de ces soixante et quatre danseurs il y eût soixante et trois filous. La galerie obscure fut appelée *le corridor de la tentation*. On aurait, en Perse, empalé ces soixante et trois seigneurs ; en d'autres pays, on eût fait une chambre de justice qui eût consommé en frais le triple de l'argent volé, et qui n'eût rien remis dans les coffres du souverain ; dans un autre royaume, ils se seraient pleinement justifiés, et auraient fait disgracier ce danseur si léger : à Serendib, ils ne furent condamnés qu'à augmenter le trésor public, car Nabussan était fort indulgent.

Il était aussi fort reconnaissant ; il donna à Zadig une somme d'argent plus considérable qu'aucun trésorier n'en avait jamais volé au roi son maître. Zadig s'en servit pour envoyer des exprès à Babylone, qui devaient l'informer de la destinée d'Astarté. Sa voix trembla en donnant cet ordre, son sang reflua vers son cœur, ses yeux se couvrirent de ténèbres, son âme fut prête à l'abandonner. Le courrier partit, Zadig le vit embarquer ; il rentra chez le roi, ne voyant personne, croyant être dans sa chambre, et prononçant le nom d'amour. « Ah ! l'amour, dit le roi, c'est précisément ce dont il s'agit ; vous avez deviné ce qui fait ma peine. Que vous êtes un grand homme ! J'espère que vous m'apprendrez à connaître une femme à toute épreuve, comme vous m'avez fait trouver un trésorier désintéressé. » Zadig, ayant repris ses sens, lui promit de le servir en amour comme en finance, quoique la chose parût plus difficile encore.

## LES YEUX BLEUS

« Le corps et le cœur », dit le roi à Zadig... À ces mots, le Babylonien ne put s'empêcher d'interrompre Sa Majesté. « Que je vous sais bon gré, dit-il, de n'avoir point dit *l'esprit et le cœur !* car on n'entend que ces mots dans les conversations de Babylone ; on ne voit que des livres où il est question du cœur et de l'esprit composés par des gens qui n'ont ni de l'un ni de l'autre ; mais, de grâce, Sire, poursuivez. » Nabussan

continua ainsi : « Le corps et le cœur sont chez moi destinés à aimer ; la première de ces deux puissances a tout lieu d'être satisfaite. J'ai ici cent femmes à mon service, toutes belles, complaisantes, prévenantes, voluptueuses même, ou feignant de l'être avec moi. Mon cœur n'est pas à beaucoup près si heureux. Je n'ai que trop éprouvé qu'on caresse beaucoup le roi de Serendib, et qu'on se soucie fort peu de Nabussan. Ce n'est pas que je croie mes femmes infidèles ; mais je voudrais trouver une âme qui fût à moi ; je donnerais pour un pareil trésor les cent beautés dont je possède les charmes : voyez si, sur ces cent sultanes, vous pouvez m'en trouver une dont je sois sûr d'être aimé. »

Zadig lui répondit comme il avait fait sur l'article des financiers : « Sire, laissez-moi faire ; mais permettez d'abord que je dispose de ce que vous aviez étalé dans la galerie de la tentation ; je vous en rendrai bon compte et vous n'y perdrez rien. » Le roi le laissa le maître absolu. Il choisit dans Serendib trente-trois petits bossus des plus vilains qu'il put trouver, trente-trois pages des plus beaux, et trente-trois bonzes des plus éloquents et des plus robustes. Il leur laissa à tous la liberté d'entrer dans les cellules des sultanes ; chaque petit bossu eut quatre mille pièces d'or à donner, et dès le premier jour tous les bossus furent heureux. Les pages, qui n'avaient rien à donner qu'eux-mêmes, ne triomphèrent qu'au bout de deux ou trois jours. Les bonzes eurent un peu plus de peine ; mais enfin trente-trois dévotes se rendirent à eux. Le roi, par des jalousies qui avaient vue sur toutes les cellules, vit toutes ces épreuves, et fut émerveillé. De ses cent femmes, quatre-vingt-dix-neuf succombèrent à ses yeux.

Il en restait une toute jeune, toute neuve, de qui Sa Majesté n'avait jamais approché. On lui détacha un, deux, trois bossus, qui lui offrirent jusqu'à vingt mille pièces ; elle fut incorruptible, et ne put s'empêcher de rire de l'idée qu'avaient ces bossus de croire que de l'argent les rendrait mieux faits. On lui présenta les deux plus beaux pages ; elle dit qu'elle trouvait le roi encore plus beau. On lui lâcha le plus éloquent des bonzes, et ensuite le plus intrépide ; elle trouva le premier un bavard, et ne daigna pas même soupçonner le mérite du second. « Le cœur fait tout, disait-elle ; je ne céderai jamais ni à l'or d'un

bossu, ni aux grâces d'un jeune homme, ni aux séductions d'un bonze ; j'aimerai uniquement Nabussan fils de Nussanab, et j'attendrai qu'il daigne m'aimer. » Le roi fut transporté de joie, d'étonnement et de tendresse. Il reprit tout l'argent qui avait fait réussir les bossus, et en fit présent à la belle Falide ; c'était le nom de cette jeune personne. Il lui donna son cœur : elle le méritait bien. Jamais la fleur de la jeunesse ne fut si brillante ; jamais les charmes de la beauté ne furent si enchanteurs. La vérité de l'histoire ne permet pas de taire qu'elle faisait mal la révérence ; mais elle dansait comme les fées, chantait comme les sirènes et parlait comme les Grâces : elle était pleine de talents et de vertus.

Nabussan, aimé, l'adora ; mais elle avait les yeux bleus, et ce fut la source des plus grands malheurs. Il y avait une ancienne loi qui défendait aux rois d'aimer une de ces femmes que les Grecs ont appelées depuis *boopies*. Le chef des bonzes avait établi cette loi il y avait plus de cinq mille ans ; c'était pour s'approprier la maîtresse du premier roi de l'île de Serendib que ce premier bonze avait fait passer l'anathème des yeux bleus en constitution fondamentale d'État. Tous les ordres de l'empire vinrent faire à Nabussan des remontrances. On disait publiquement que les derniers jours du royaume étaient arrivés, que l'abomination était à son comble, que toute la nature était menacée d'un événement sinistre ; qu'en un mot Nabussan fils de Nussanab aimait deux grands yeux bleus. Les bossus, les financiers, les bonzes et les brunes remplirent le royaume de leurs plaintes.

Les peuples sauvages qui habitent le nord de Serendib profitèrent de ce mécontentement général. Ils firent une irruption dans les États du bon Nabussan. Il demanda des subsides à ses sujets ; les bonzes, qui possédaient la moitié des revenus de l'État, se contentèrent de lever les mains au ciel, et refusèrent de les mettre dans leurs coffres pour aider le roi. Ils firent de belles prières en musique, et laissèrent l'État en proie aux barbares.

« Ô mon cher Zadig, me tireras-tu encore de cet horrible embarras ? s'écria douloureusement Nabussan. — Très volontiers, répondit Zadig ; vous aurez de l'argent des bonzes tant que vous en voudrez. Laissez à l'abandon les terres où sont situés leurs châteaux, et défendez seulement les vôtres. »

Nabussan n'y manqua pas : les bonzes vinrent se jeter aux
pieds du roi et implorer son assistance. Le roi répondit par une
belle musique dont les paroles étaient des prières au ciel pour la
conservation de leurs terres. Les bonzes enfin donnèrent de
l'argent, et le roi finit heureusement la guerre. Ainsi Zadig, par
ses conseils sages et heureux, et par les plus grands services,
s'était attiré l'irréconciliable inimitié des hommes les plus puis-
sants de l'État : les bonzes et les brunes jurèrent sa perte ; les
financiers et les bossus ne l'épargnèrent pas ; on le rendit sus-
pect au bon Nabussan. Les services rendus restent souvent dans
l'antichambre, et les soupçons entrent dans le cabinet, selon la
sentence de Zoroastre : c'était tous les jours de nouvelles accu-
sations ; la première est repoussée, la seconde effleure, la troi-
sième blesse, la quatrième tue.

Zadig intimidé, qui avait bien fait les affaires de son ami
Sétoc et qui lui avait fait tenir son argent, ne songea plus qu'à
partir de l'île, et résolut d'aller lui-même chercher des nou-
velles d'Astarté. « Car, disait-il, si je reste dans Serendib, les
bonzes me feront empaler ; mais où aller ? Je serai esclave en
Égypte, brûlé, selon toutes les apparences, en Arabie, étranglé à
Babylone. Cependant il faut savoir ce qu'Astarté est devenue :
partons, et voyons à quoi me réserve ma triste destinée. »

*C'est ici que finit le manuscrit qu'on a retrouvé de l'histoire*
*de Zadig. Ces deux chapitres doivent être certainement placés*
*après le douzième, et avant l'arrivée de Zadig en Syrie. On sait*
*qu'il a essuyé bien d'autres aventures qui ont été fidèlement*
*écrites. On prie messieurs les interprètes des langues orien-*
*tales de les communiquer, si elles parviennent jusqu'à eux.*

# Micromégas

**Histoire philosophique**

### Chapitre I
### Voyage d'un habitant du monde
### de l'étoile Sirius
### dans la planète de Saturne

Dans une de ces planètes qui tournent autour de l'étoile nom-
mée Sirius, il y avait un jeune homme de beaucoup d'esprit,
que j'ai eu l'honneur de connaître dans le dernier voyage qu'il
fit sur notre petite fourmilière ; il s'appelait Micromégas, nom
qui convient fort à tous les grands. Il avait huit lieues de haut :
j'entends, par huit lieues, vingt-quatre mille pas géométriques
de cinq pieds chacun.

Quelques algébristes, gens toujours utiles au public, pren-
dront sur-le-champ la plume, et trouveront que, puisque mon-
sieur Micromégas, habitant du pays de Sirius, a de la tête aux
pieds vingt-quatre mille pas, qui font cent vingt mille pieds de
roi, et que nous autres, citoyens de la terre, nous n'avons guère
que cinq pieds, et que notre globe a neuf mille lieues de tour ;
ils trouveront, dis-je, qu'il faut absolument que le globe qui l'a
produit ait au juste vingt et un millions six cent mille fois plus
de circonférence que notre petite terre. Rien n'est plus simple
et plus ordinaire dans la nature. Les États de quelques souve-
rains d'Allemagne ou d'Italie, dont on peut faire le tour en une

demi-heure, comparés à l'empire de Turquie, de Moscovie ou de la Chine, ne sont qu'une très faible image des prodigieuses différences que la nature a mises dans tous les êtres.

La taille de Son Excellence étant de la hauteur que j'ai dite, tous nos sculpteurs et tous nos peintres conviendront sans peine que sa ceinture peut avoir cinquante mille pieds de roi de tour; ce qui fait une très jolie proportion.

Quant à son esprit, c'est un des plus cultivés que nous ayons; il sait beaucoup de choses, il en a inventé quelques-unes : il n'avait pas encore deux cent cinquante ans, et il étudiait, selon la coutume, au collège des jésuites de sa planète, lorsqu'il devina, par la force de son esprit, plus de cinquante propositions d'Euclide. C'est dix-huit de plus que Blaise Pascal, lequel, après en avoir deviné trente-deux en se jouant, à ce que dit sa sœur, devint depuis un géomètre assez médiocre et un fort mauvais métaphysicien. Vers les quatre cent cinquante ans, au sortir de l'enfance, il disséqua beaucoup de ces petits insectes qui n'ont pas cent pieds de diamètre, et qui se dérobent aux microscopes ordinaires; il en composa un livre fort curieux, mais qui lui fit quelques affaires. Le muphti de son pays, grand vétillard et fort ignorant, trouva dans son livre des propositions suspectes, malsonnantes, téméraires, hérétiques, sentant l'hérésie, et le poursuivit vivement : il s'agissait de savoir si la forme substantielle des puces de Sirius était de même nature que celle des colimaçons. Micromégas se défendit avec esprit; il mit les femmes de son côté; le procès dura deux cent vingt ans. Enfin le muphti fit condamner le livre par des jurisconsultes qui ne l'avaient pas lu, et l'auteur eut ordre de ne paraître à la cour de huit cents années.

Il ne fut que médiocrement affligé d'être banni d'une cour qui n'était remplie que de tracasseries et de petitesses. Il fit une chanson fort plaisante contre le muphti, dont celui-ci ne s'embarrassa guère; et il se mit à voyager de planète en planète, pour achever de se former *l'esprit et le cœur,* comme l'on dit. Ceux qui ne voyagent qu'en chaise de poste ou en berline seront sans doute étonnés des équipages de là-haut : car nous autres, sur notre petit tas de boue, nous ne concevons rien au-delà de nos usages. Notre voyageur connaissait merveilleusement les lois de la gravitation, et toutes les forces attractives et

répulsives. Il s'en servait si à propos que, tantôt à l'aide d'un rayon du soleil, tantôt par la commodité d'une comète, il allait de globe en globe, lui et les siens, comme un oiseau voltige de branche en branche. Il parcourut la voie lactée en peu de temps, et je suis obligé d'avouer qu'il ne vit jamais, à travers les étoiles dont elle est semée, ce beau ciel empyrée que l'illustre vicaire Derham se vante d'avoir vu au bout de sa lunette. Ce n'est pas que je prétende que M. Derham ait mal vu, à Dieu ne plaise ! mais Micromégas était sur les lieux, c'est un bon observateur, et je ne veux contredire personne. Micromégas, après avoir bien tourné, arriva dans le globe de Saturne. Quelque accoutumé qu'il fût à voir des choses nouvelles, il ne put d'abord, en voyant la petitesse du globe et de ses habitants, se défendre de ce sourire de supériorité qui échappe quelquefois aux plus sages. Car enfin Saturne n'est guère que neuf cents fois plus gros que la terre, et les citoyens de ce pays-là sont des nains qui n'ont que mille toises de haut ou environ. Il s'en moqua un peu d'abord avec ses gens, à peu près comme un musicien italien se met à rire de la musique de Lulli, quand il vient en France. Mais, comme le Sirien avait un bon esprit, il comprit bien vite qu'un être pensant peut fort bien n'être pas ridicule pour n'avoir que six mille pieds de haut. Il se familiarisa avec les Saturniens, après les avoir étonnés. Il lia une étroite amitié avec le secrétaire de l'Académie de Saturne, homme de beaucoup d'esprit, qui n'avait à la vérité rien inventé, mais qui rendait un fort bon compte des inventions des autres, et qui faisait passablement de petits vers et de grands calculs. Je rapporterai ici, pour la satisfaction des lecteurs, une conversation singulière que Micromégas eut un jour avec M. le secrétaire.

# Chapitre II
# Conversation de l'habitant de Sirius
# avec celui de Saturne

Après que Son Excellence se fut couchée, et que le secrétaire se fut approché de son visage : « Il faut avouer, dit Micromégas, que la nature est bien variée. — Oui, dit le Saturnien, la nature est comme un parterre dont les fleurs... — Ah! dit l'autre, laissez là votre parterre. Elle est, reprit le secrétaire, comme une assemblée de blondes et de brunes, dont les parures... — Et qu'ai-je affaire de vos brunes? dit l'autre. — Elle est donc comme une galerie de peintures dont les traits... — Eh non! dit le voyageur, encore une fois, la nature est comme la nature. Pourquoi lui chercher des comparaisons? — Pour vous plaire, répondit le secrétaire. — Je ne veux point qu'on me plaise, répondit le voyageur, je veux qu'on m'instruise; commencez d'abord par me dire combien les hommes de votre globe ont de sens. — Nous en avons soixante et douze, dit l'académicien, et nous nous plaignons tous les jours du peu. Notre imagination va au-delà de nos besoins; nous trouvons qu'avec nos soixante et douze sens, notre anneau, nos cinq lunes, nous sommes trop bornés; et, malgré toute notre curiosité et le nombre assez grand de passions qui résultent de nos soixante et douze sens, nous avons tout le temps de nous ennuyer. — Je le crois bien, dit Micromégas; car dans notre globe nous avons près de mille sens, et il nous reste encore je ne sais quel désir vague, je ne sais quelle inquiétude, qui nous avertit sans cesse que nous sommes peu de chose, et qu'il y a des êtres beaucoup plus parfaits. J'ai un peu voyagé; j'ai vu des mortels fort au-dessous de nous; j'en ai vu de fort supérieurs; mais je n'en ai vu aucuns qui n'aient plus de désirs que de vrais besoins, et plus de besoins que de satisfaction. J'arriverai peut-être un jour au pays où il ne manque rien; mais jusqu'à présent personne ne m'a donné de nouvelles positives de ce pays-là. » Le Saturnien et le Sirien s'épuisèrent alors en conjectures; mais, après beaucoup de raisonnements fort ingénieux et fort incertains, il en fallut revenir aux faits. « Combien de temps

vivez-vous? dit le Sirien. — Ah! bien peu, répliqua le petit homme de Saturne. — C'est tout comme chez nous, dit le Sirien : nous nous plaignons toujours du peu. Il faut que ce soit une loi universelle de la nature. — Hélas! nous ne vivons, dit le Saturnien, que cinq cents grandes révolutions du soleil. (Cela revient à quinze mille ans ou environ, à compter à notre manière.) Vous voyez bien que c'est mourir presque au moment que l'on est né; notre existence est un point, notre durée un instant, notre globe un atome. À peine a-t-on commencé à s'instruire un peu que la mort arrive avant qu'on ait de l'expérience. Pour moi, je n'ose faire aucuns projets; je me trouve comme une goutte d'eau dans un océan immense. Je suis honteux, surtout devant vous, de la figure ridicule que je fais dans ce monde. »

Micromégas lui repartit : « Si vous n'étiez pas philosophe, je craindrais de vous affliger en vous apprenant que notre vie est sept cents fois plus longue que la vôtre; mais vous savez trop bien que quand il faut rendre son corps aux éléments, et ranimer la nature sous une autre forme, ce qui s'appelle mourir; quand ce moment de métamorphose est venu, avoir vécu une éternité, ou avoir vécu un jour, c'est précisément la même chose. J'ai été dans des pays où l'on vit mille fois plus longtemps que chez moi, et j'ai trouvé qu'on y murmurait encore. Mais il y a partout des gens de bon sens qui savent prendre leur parti et remercier l'auteur de la nature. Il a répandu sur cet univers une profusion de variétés avec une espèce d'uniformité admirable. Par exemple, tous les êtres pensants sont différents, et tous se ressemblent au fond par le don de la pensée et des désirs. La matière est partout étendue; mais elle a dans chaque globe des propriétés diverses. Combien comptez-vous de ces propriétés diverses dans votre matière? — Si vous parlez de ces propriétés, dit le Saturnien, sans lesquelles nous croyons que ce globe ne pourrait subsister tel qu'il est, nous en comptons trois cents, comme l'étendue, l'impénétrabilité, la mobilité, la gravitation, la divisibilité, et le reste. — Apparemment, répliqua le voyageur, que ce petit nombre suffit aux vues que le Créateur avait sur votre petite habitation. J'admire en tout sa sagesse; je vois partout des différences, mais aussi partout des proportions. Votre globe est petit, vos habitants le sont aussi; vous avez peu

de sensations; votre matière a peu de propriétés; tout cela est l'ouvrage de la Providence. De quelle couleur est votre soleil bien examiné? — D'un blanc fort jaunâtre, dit le Saturnien; et quand nous divisons un de ses rayons, nous trouvons qu'il contient sept couleurs. — Notre soleil tire sur le rouge, dit le Sirien, et nous avons trente-neuf couleurs primitives. Il n'y a pas un soleil, parmi tous ceux dont j'ai approché, qui se ressemble, comme chez vous il n'y a pas un visage qui ne soit différent de tous les autres. »

Après plusieurs questions de cette nature, il s'informa combien de substances essentiellement différentes on comptait dans Saturne. Il apprit qu'on n'en comptait qu'une trentaine, comme Dieu, l'espace, la matière, les êtres étendus qui sentent, les êtres étendus qui sentent et qui pensent, les êtres pensants qui n'ont point d'étendue, ceux qui se pénètrent, ceux qui ne se pénètrent pas, et le reste. Le Sirien, chez qui on en comptait trois cents, et qui en avait découvert trois mille autres dans ses voyages, étonna prodigieusement le philosophe de Saturne. Enfin, après s'être communiqué l'un à l'autre un peu de ce qu'ils savaient et beaucoup de ce qu'ils ne savaient pas, après avoir raisonné pendant une révolution du soleil, ils résolurent de faire ensemble un petit voyage philosophique.

## Chapitre III
## Voyage de deux habitants de Sirius et de Saturne

Nos deux philosophes étaient prêts à s'embarquer dans l'atmosphère de Saturne, avec une fort jolie provision d'instruments mathématiques, lorsque la maîtresse du Saturnien, qui en eut des nouvelles, vint en larmes faire ses remontrances. C'était une jolie petite brune qui n'avait que six cent soixante toises, mais qui réparait par bien des agréments la petitesse de sa taille. « Ah, cruel! s'écria-t-elle, après t'avoir résisté quinze cents ans, lorsque enfin je commençais à me rendre, quand j'ai à peine passé deux cents ans entre tes bras, tu me quittes pour

aller voyager avec un géant d'un autre monde ; va, tu n'es qu'un curieux, tu n'as jamais eu d'amour ; si tu étais un vrai Saturnien, tu serais fidèle. Où vas-tu courir ? Que veux-tu ? Nos cinq lunes sont moins errantes que toi, notre anneau est moins changeant. Voilà qui est fait, je n'aimerai jamais plus personne. » Le philosophe l'embrassa, pleura avec elle, tout philosophe qu'il était, et la dame, après s'être pâmée, alla se consoler avec un petit-maître du pays.

Cependant nos deux curieux partirent ; ils sautèrent d'abord sur l'anneau, qu'ils trouvèrent assez plat, comme l'a fort bien deviné un illustre habitant de notre petit globe ; de là ils allèrent de lune en lune. Une comète passait tout auprès de la dernière ; ils s'élancèrent sur elle avec leurs domestiques et leurs instruments. Quand ils eurent fait environ cent cinquante millions de lieues, ils rencontrèrent les satellites de Jupiter. Ils passèrent dans Jupiter même, et y restèrent une année, pendant laquelle ils apprirent de fort beaux secrets, qui seraient actuellement sous presse sans messieurs les inquisiteurs, qui ont trouvé quelques propositions un peu dures. Mais j'en ai lu le manuscrit dans la bibliothèque de l'illustre archevêque de..., qui m'a laissé voir ses livres avec cette générosité et cette bonté qu'on ne saurait assez louer.

Mais revenons à nos voyageurs. En sortant de Jupiter, ils traversèrent un espace d'environ cent millions de lieues, et ils côtoyèrent la planète de Mars, qui, comme on sait, est cinq fois plus petite que notre petit globe ; ils virent deux lunes qui servent à cette planète, et qui ont échappé aux regards de nos astronomes. Je sais bien que le père Castel écrira, et même assez plaisamment, contre l'existence de ces deux lunes ; mais je m'en rapporte à ceux qui raisonnent par analogie. Ces bons philosophes-là savent combien il serait difficile que Mars, qui est si loin du soleil, se passât à moins de deux lunes. Quoi qu'il en soit, nos gens trouvèrent cela si petit qu'ils craignirent de n'y pas trouver de quoi coucher, et ils passèrent leur chemin, comme deux voyageurs qui dédaignent un mauvais cabaret de village et poussent jusqu'à la ville voisine. Mais le Sirien et son compagnon se repentirent bientôt. Ils allèrent longtemps, et ne trouvèrent rien. Enfin ils aperçurent une petite lueur ; c'était la terre : cela fit pitié à des gens qui venaient de Jupiter.

Cependant, de peur de se repentir une seconde fois, ils résolurent de débarquer. Ils passèrent sur la queue de la comète et, trouvant une aurore boréale toute prête, ils se mirent dedans, et arrivèrent à terre sur le bord septentrional de la mer Baltique, le cinq juillet mil sept cent trente-sept, nouveau style.

## Chapitre IV
## Ce qui leur arrive
## sur le globe de la Terre

Après s'être reposés quelque temps, ils mangèrent à leur déjeuner deux montagnes que leurs gens leur apprêtèrent assez proprement. Ensuite ils voulurent reconnaître le petit pays où ils étaient. Ils allèrent d'abord du nord au sud. Les pas ordinaires du Sirien et de ses gens étaient d'environ trente mille pieds de roi ; le nain de Saturne suivait de loin en haletant ; or il fallait qu'il fît environ douze pas quand l'autre faisait une enjambée : figurez-vous (s'il est permis de faire de telles comparaisons) un très petit chien de manchon qui suivrait un capitaine des gardes du roi de Prusse.

Comme ces étrangers-là vont assez vite, ils eurent fait le tour du globe en trente-six heures ; le soleil, à la vérité, ou plutôt la terre, fait un pareil voyage en une journée ; mais il faut songer qu'on va bien plus à son aise quand on tourne sur son axe que quand on marche sur ses pieds. Les voilà donc revenus d'où ils étaient partis, après avoir vu cette mare, presque imperceptible pour eux, qu'on nomme *la Méditerranée,* et cet autre petit étang qui, sous le nom du *grand Océan,* entoure la taupinière. Le nain n'en avait eu jamais qu'à mi-jambe, et à peine l'autre avait-il mouillé son talon. Ils firent tout ce qu'ils purent en allant et en revenant dessus et dessous pour tâcher d'apercevoir si ce globe était habité ou non. Ils se baissèrent, ils se couchèrent, ils tâtèrent partout ; mais, leurs yeux et leurs mains n'étant point proportionnés aux petits êtres qui rampent ici, ils ne reçurent pas la moindre sensation qui pût leur faire soupçonner que nous et nos confrères les autres habitants de ce globe avons l'honneur d'exister.

Le nain, qui jugeait quelquefois un peu trop vite, décida d'abord qu'il n'y avait personne sur la terre. Sa première raison était qu'il n'avait vu personne. Micromégas lui fit sentir poliment que c'était raisonner assez mal : « Car, disait-il, vous ne voyez pas avec vos petits yeux certaines étoiles de la cinquantième grandeur que j'aperçois très distinctement ; concluez-vous de là que ces étoiles n'existent pas ? — Mais, dit le nain, j'ai bien tâté. — Mais, répondit l'autre, vous avez mal senti. — Mais, dit le nain, ce globe-ci est si mal construit, cela est si irrégulier et d'une forme qui me paraît si ridicule ! tout semble être ici dans le chaos : voyez-vous ces petits ruisseaux dont aucun ne va de droit fil, ces étangs qui ne sont ni ronds, ni carrés, ni ovales, ni sous aucune forme régulière ; tous ces petits grains pointus dont ce globe est hérissé, et qui m'ont écorché les pieds ? (Il voulait parler des montagnes.) Remarquez-vous encore la forme de tout le globe, comme il est plat aux pôles, comme il tourne autour du soleil d'une manière gauche, de façon que les climats des pôles sont nécessairement incultes ? En vérité, ce qui fait que je pense qu'il n'y a ici personne, c'est qu'il me paraît que des gens de bon sens ne voudraient pas y demeurer. — Eh bien ! dit Micromégas, ce ne sont peut-être pas non plus des gens de bon sens qui l'habitent. Mais enfin il y a quelque apparence que ceci n'est pas fait pour rien. Tout vous paraît irrégulier ici, dites-vous, parce que tout est tiré au cordeau dans Saturne et dans Jupiter. Eh ! c'est peut-être par cette raison-là même qu'il y a ici un peu de confusion. Ne vous ai-je pas dit que dans mes voyages j'avais toujours remarqué de la variété ? » Le Saturnien répliqua à toutes ces raisons. La dispute n'eût jamais fini, si par bonheur Micromégas, en s'échauffant à parler, n'eût cassé le fil de son collier de diamants. Les diamants tombèrent : c'étaient de jolis petits carats assez inégaux, dont les plus gros pesaient quatre cents livres, et les plus petits cinquante. Le nain en ramassa quelques-uns ; il s'aperçut, en les approchant de ses yeux, que ces diamants, de la façon dont ils étaient taillés, étaient d'excellents microscopes. Il prit donc un petit microscope de cent soixante pieds de diamètre, qu'il appliqua à sa prunelle ; et Micromégas en choisit un de deux mille cinq cents pieds. Ils étaient excellents ; mais d'abord on ne vit rien par leur secours : il fallait s'ajuster. Enfin l'habitant

de Saturne vit quelque chose d'imperceptible qui remuait entre deux eaux dans la mer Baltique : c'était une baleine. Il la prit avec le petit doigt fort adroitement, et, la mettant sur l'ongle de son pouce, il la fit voir au Sirien, qui se mit à rire pour la seconde fois de l'excès de petitesse dont étaient les habitants de notre globe. Le Saturnien, convaincu que notre monde est habité, s'imagina bien vite qu'il ne l'était que par des baleines ; et, comme il était grand raisonneur, il voulut deviner d'où un si petit atome tirait son mouvement, s'il avait des idées, une volonté, une liberté. Micromégas y fut fort embarrassé : il examina l'animal fort patiemment, et le résultat de l'examen fut qu'il n'y avait pas moyen de croire qu'une âme fût logée là. Les deux voyageurs inclinaient donc à penser qu'il n'y a point d'esprit dans notre habitation, lorsqu'à l'aide du microscope ils aperçurent quelque chose de plus gros qu'une baleine qui flottait sur la mer Baltique. On sait que dans ce temps-là même une volée de philosophes revenait du cercle polaire, sous lequel ils avaient été faire des observations dont personne ne s'était avisé jusqu'alors. Les gazettes dirent que leur vaisseau échoua aux côtes de Botnie, et qu'ils eurent bien de la peine à se sauver ; mais on ne sait jamais dans ce monde le dessous des cartes. Je vais raconter ingénument comme la chose se passa, sans y rien mettre du mien, ce qui n'est pas un petit effort pour un historien.

## Chapitre V
### Expériences et raisonnements
### des deux voyageurs

Micromégas étendit la main tout doucement vers l'endroit où l'objet paraissait, et, avançant deux doigts et les retirant par la crainte de se tromper, puis les ouvrant et les serrant, il saisit fort adroitement le vaisseau qui portait ces messieurs, et le mit encore sur son ongle, sans le trop presser de peur de l'écraser. « Voici un animal bien différent du premier », dit le nain de Saturne ; le Sirien mit le prétendu animal dans le creux de sa

main. Les passagers et les gens de l'équipage, qui s'étaient crus enlevés par un ouragan, et qui se croyaient sur une espèce de rocher, se mettent tous en mouvement ; les matelots prennent des tonneaux de vin, les jettent sur la main de Micromégas, et se précipitent après. Les géomètres prennent leurs quarts de cercle, leurs secteurs, et des filles lapones, et descendent sur les doigts du Sirien. Ils en firent tant qu'il sentit enfin remuer quelque chose qui lui chatouillait les doigts : c'était un bâton ferré qu'on lui enfonçait d'un pied dans l'index ; il jugea, par ce picotement, qu'il était sorti quelque chose du petit animal qu'il tenait. Mais il n'en soupçonna pas d'abord davantage. Le microscope, qui faisait à peine discerner une baleine et un vaisseau, n'avait point de prise sur un être aussi imperceptible que des hommes. Je ne prétends choquer ici la vanité de personne, mais je suis obligé de prier les importants de faire ici une petite remarque avec moi : c'est qu'en prenant la taille des hommes d'environ cinq pieds, nous ne faisons pas sur la terre une plus grande figure qu'en ferait, sur une boule de dix pieds de tour, un animal qui aurait à peu près la six cent millième partie d'un pouce en hauteur. Figurez-vous une substance qui pourrait tenir la terre dans sa main, et qui aurait des organes en proportion des nôtres ; et il se peut très bien faire qu'il y ait un grand nombre de ces substances : or concevez, je vous prie, ce qu'elles penseraient de ces batailles, qui nous ont valu deux villages qu'il a fallu rendre.

Je ne doute pas que si quelque capitaine des grands grenadiers lit jamais cet ouvrage, il ne hausse de deux grands pieds au moins les bonnets de sa troupe ; mais je l'avertis qu'il aura beau faire, et que lui et les siens ne seront jamais que des infiniment petits.

Quelle adresse merveilleuse ne fallut-il donc pas à notre philosophe de Sirius pour apercevoir les atomes dont je viens de parler ! Quand Leuwenhoek et Hartsoeker virent les premiers, ou crurent voir, la graine dont nous sommes formés, ils ne firent pas à beaucoup près une si étonnante découverte. Quel plaisir sentit Micromégas en voyant remuer ces petites machines, en examinant tous leurs tours, en les suivant dans toutes leurs opérations ! comme il s'écria ! comme il mit avec joie un de ses microscopes dans les mains de son compagnon

de voyage ! « Je les vois, disaient-ils tous deux à la fois ; ne les voyez-vous pas qui portent des fardeaux, qui se baissent, qui se relèvent ? » En parlant ainsi, les mains leur tremblaient, par le plaisir de voir des objets si nouveaux et par la crainte de les perdre. Le Saturnien, passant d'un excès de défiance à un excès de crédulité, crut apercevoir qu'ils travaillaient à la propagation. *Ah !* disait-il, *j'ai pris la nature sur le fait.* Mais il se trompait sur les apparences, ce qui n'arrive que trop, soit qu'on se serve ou non de microscopes.

## Chapitre VI
## Ce qui leur arriva
## avec des hommes

Micromégas, bien meilleur observateur que son nain, vit clairement que les atomes se parlaient ; et il le fit remarquer à son compagnon, qui, honteux de s'être mépris sur l'article de la génération, ne voulut point croire que de pareilles espèces pussent se communiquer des idées. Il avait le don des langues, aussi bien que le Sirien ; il n'entendait point parler nos atomes, et il supposait qu'ils ne parlaient pas. D'ailleurs, comment ces êtres imperceptibles auraient-ils les organes de la voix, et qu'auraient-ils à dire ? Pour parler, il faut penser, ou à peu près ; mais, s'ils pensaient, ils auraient donc l'équivalent d'une âme. Or, attribuer l'équivalent d'une âme à cette espèce, cela lui paraissait absurde. « Mais, dit le Sirien, vous avez cru tout à l'heure qu'ils faisaient l'amour. Est-ce que vous croyez qu'on puisse faire l'amour sans penser et sans proférer quelque parole, ou du moins sans se faire entendre ? Supposez-vous d'ailleurs qu'il soit plus difficile de produire un argument qu'un enfant ? Pour moi, l'un et l'autre me paraissent de grands mystères. — Je n'ose plus ni croire ni nier, dit le nain ; je n'ai plus d'opinion. Il faut tâcher d'examiner ces insectes, nous raisonnerons après. — C'est fort bien dit », reprit Micromégas ; et aussitôt il tira une paire de ciseaux dont il se coupa les ongles, et d'une rognure de l'ongle de son pouce, il fit sur-le-champ une espèce de grande

trompette parlante comme un vaste entonnoir, dont il mit le tuyau dans son oreille. La circonférence de l'entonnoir enveloppait le vaisseau et tout l'équipage. La voix la plus faible entrait dans les fibres circulaires de l'ongle ; de sorte que, grâce à son industrie, le philosophe de là-haut entendit parfaitement le bourdonnement de nos insectes de là-bas. En peu d'heures il parvint à distinguer les paroles, et enfin à entendre le français. Le nain en fit autant, quoique avec plus de difficulté. L'étonnement des voyageurs redoublait à chaque instant. Ils entendaient des mites parler d'assez bon sens : ce jeu de la nature leur paraissait inexplicable. Vous croyez bien que le Sirien et son nain brûlaient d'impatience de lier conversation avec les atomes : il craignait que sa voix de tonnerre, et surtout celle de Micromégas, n'assourdît les mites sans en être entendue. Il fallait en diminuer la force. Ils se mirent dans la bouche des espèces de petits curedents, dont le bout fort effilé venait donner auprès du vaisseau. Le Sirien tenait le nain sur ses genoux, et le vaisseau avec l'équipage sur un ongle. Il baissait la tête et parlait bas. Enfin, moyennant toutes ces précautions et bien d'autres encore, il commença ainsi son discours :

« Insectes invisibles, que la main du Créateur s'est plu à faire naître dans l'abîme de l'infiniment petit, je le remercie de ce qu'il a daigné me découvrir des secrets qui semblaient impénétrables. Peut-être ne daignerait-on pas vous regarder à ma cour ; mais je ne méprise personne, et je vous offre ma protection. »

Si jamais il y a eu quelqu'un d'étonné, ce furent les gens qui entendirent ces paroles. Ils ne pouvaient deviner d'où elles partaient. L'aumônier du vaisseau récita les prières des exorcismes, les matelots jurèrent, et les philosophes du vaisseau firent un système ; mais, quelque système qu'ils fissent, ils ne purent jamais deviner qui leur parlait. Le nain de Saturne, qui avait la voix plus douce que Micromégas, leur apprit alors en peu de mots à quelles espèces ils avaient affaire. Il leur conta le voyage de Saturne, les mit au fait de ce qu'était M. Micromégas ; et, après les avoir plaints d'être si petits, il leur demanda s'ils avaient toujours été dans ce misérable état si voisin de l'anéantissement, ce qu'ils faisaient dans un globe qui paraissait appartenir à des baleines, s'ils étaient heureux, s'ils multipliaient, s'ils avaient une âme, et cent autres questions de cette nature.

Un raisonneur de la troupe, plus hardi que les autres et choqué de ce qu'on doutait de son âme, observa l'interlocuteur avec des pinnules braquées sur un quart de cercle, fit deux stations, et, à la troisième, il parla ainsi : « Vous croyez donc, monsieur, parce que vous avez mille toises depuis la tête jusqu'aux pieds, que vous êtes un... — Mille toises ! s'écria le nain. Juste ciel ! d'où peut-il savoir ma hauteur ? mille toises ! Il ne se trompe pas d'un pouce. Quoi ! cet atome m'a mesuré ! Il est géomètre, il connaît ma grandeur ; et moi, qui ne le vois qu'a travers un microscope, je ne connais pas encore la sienne ! — Oui, je vous ai mesuré, dit le physicien, et je mesurerai bien encore votre grand compagnon. » La proposition fut acceptée ; Son Excellence se coucha de son long, car, s'il se fût tenu debout, sa tête eût été trop au-dessus des nuages. Nos philosophes lui plantèrent un grand arbre dans un endroit que le docteur Swift nommerait, mais que je me garderai bien d'appeler par son nom, à cause de mon grand respect pour les dames. Puis, par une suite de triangles liés ensemble, ils conclurent que ce qu'ils voyaient était en effet un jeune homme de cent vingt mille pieds de roi.

Alors Micromégas prononça ces paroles : « Je vois plus que jamais qu'il ne faut juger de rien sur sa grandeur apparente. Ô Dieu, qui avez donné une intelligence à des substances qui paraissent si méprisables, l'infiniment petit vous coûte aussi peu que l'infiniment grand ; et, s'il est possible qu'il y ait des êtres plus petits que ceux-ci, ils peuvent encore avoir un esprit supérieur à ceux de ces superbes animaux que j'ai vus dans le ciel, dont le pied seul couvrirait le globe où je suis descendu. »

Un des philosophes lui répondit qu'il pouvait en toute sûreté croire qu'il est en effet des êtres intelligents beaucoup plus petits que l'homme. Il lui conta, non pas tout ce que Virgile a dit de fabuleux sur les abeilles, mais ce que Swammerdam a découvert, et ce que Réaumur a disséqué. Il lui apprit enfin qu'il y a des animaux qui sont pour les abeilles ce que les abeilles sont pour l'homme, ce que le Sirien lui-même était pour ces animaux si vastes dont il parlait, et ce que ces grands animaux sont pour d'autres substances devant lesquelles ils ne paraissent que comme des atomes. Peu à peu la conversation devint intéressante, et Micromégas parla ainsi.

## Chapitre VII
## Conversation avec les hommes

« Ô atomes intelligents, dans qui l'Être éternel s'est plu à manifester son adresse et sa puissance, vous devez sans doute goûter des joies bien pures sur votre globe; car, ayant si peu de matière et paraissant tout esprit, vous devez passer votre vie à aimer et à penser, c'est la véritable vie des esprits. Je n'ai vu nulle part le vrai bonheur, mais il est ici sans doute. » À ce discours, tous les philosophes secouèrent la tête; et l'un d'eux, plus franc que les autres, avoua de bonne foi que, si l'on en excepte un petit nombre d'habitants fort peu considérés, tout le reste est un assemblage de fous, de méchants et de malheureux. « Nous avons plus de matière qu'il ne nous en faut, dit-il, pour faire beaucoup de mal, si le mal vient de la matière, et trop d'esprit, si le mal vient de l'esprit. Savez-vous bien, par exemple, qu'à l'heure que je vous parle il y a cent mille fous de notre espèce, couverts de chapeaux, qui tuent cent mille autres animaux couverts d'un turban, ou qui sont massacrés par eux, et que, presque par toute la terre, c'est ainsi qu'on en use de temps immémorial? » Le Sirien frémit et demanda quel pouvait être le sujet de ces horribles querelles entre de si chétifs animaux. « Il s'agit, dit le philosophe, de quelques tas de boue grands comme votre talon. Ce n'est pas qu'aucun de ces millions d'hommes qui se font égorger prétende un fétu sur ces tas de boue. Il ne s'agit que de savoir s'il appartiendra à un certain homme qu'on nomme *Sultan* ou à un autre qu'on nomme, je ne sais pourquoi, *César*. Ni l'un ni l'autre n'a jamais vu ni ne verra jamais le petit coin de terre dont il s'agit, et presque aucun de ces animaux qui s'égorgent mutuellement n'a jamais vu l'animal pour lequel ils s'égorgent. »

— Ah, malheureux! s'écria le Sirien avec indignation, peut-on concevoir cet excès de rage forcenée? Il me prend envie de faire trois pas, et d'écraser de trois coups de pied toute cette fourmilière d'assassins ridicules. — Ne vous en donnez pas la peine, lui répondit-on; ils travaillent assez à leur ruine. Sachez qu'au bout de dix ans il ne reste jamais la centième partie de ces misérables; sachez que, quand même ils n'auraient pas tiré

l'épée, la faim, la fatigue ou l'intempérance les emportent presque tous. D'ailleurs, ce n'est pas eux qu'il faut punir : ce sont ces barbares sédentaires qui, du fond de leur cabinet, ordonnent, dans le temps de leur digestion, le massacre d'un million d'hommes, et qui ensuite en font remercier Dieu solennellement.

Le voyageur se sentait ému de pitié pour la petite race humaine, dans laquelle il découvrait de si étonnants contrastes. « Puisque vous êtes du petit nombre des sages, dit-il à ces messieurs, et qu'apparemment vous ne tuez personne pour de l'argent, dites-moi, je vous en prie, à quoi vous vous occupez. — Nous disséquons des mouches, dit le philosophe, nous mesurons des lignes, nous assemblons des nombres, nous sommes d'accord sur deux ou trois points que nous entendons, et nous disputons sur deux ou trois mille que nous n'entendons pas. » Il prit aussitôt fantaisie au Sirien et au Saturnien d'interroger ces atomes pensants pour savoir les choses dont ils convenaient.

« Combien comptez-vous, dit-il, de l'étoile de la Canicule à la grande étoile des Gémeaux? » Ils répondirent tous à la fois : « Trente-deux degrés et demi. — Combien comptez-vous d'ici à la lune? — Soixante demi-diamètres de la terre en nombre rond. — Combien pèse votre air? » Il croyait les attraper, mais tous lui dirent que l'air pèse environ neuf cents fois moins qu'un pareil volume de l'eau la plus légère, et dix-neuf cents fois moins que l'or de ducat. Le petit nain de Saturne, étonné de leurs réponses, fut tenté de prendre pour des sorciers ces mêmes gens auxquels il avait refusé une âme un quart d'heure auparavant.

Enfin Micromégas leur dit : « Puisque vous savez si bien ce qui est hors de vous, sans doute vous savez encore mieux ce qui est en dedans. Dites-moi ce que c'est que votre âme, et comment vous formez vos idées. » Les philosophes parlèrent tous à la fois comme auparavant; mais ils furent tous de différents avis. Le plus vieux citait Aristote, l'autre prononçait le nom de Descartes, celui-ci, de Malebranche, cet autre, de Leibnitz, cet autre, de Locke. Un vieux péripatéticien dit tout haut avec confiance : « L'âme est une *entéléchie*, et une raison par quoi elle a la puissance d'être ce qu'elle est. C'est ce que déclare

expressément Aristote, page 633 de l'édition du Louvre.'Εντε-λέχεια ἐστι etc. Je n'entends pas trop bien le grec, dit le géant. — Ni moi non plus, dit la mite philosophique. — Pourquoi donc, reprit le Sirien, citez-vous un certain Aristote en grec? — C'est, répliqua le savant, qu'il faut bien citer ce qu'on ne comprend point du tout dans la langue qu'on entend le moins. »

Le cartésien prit la parole, et dit : « L'âme est un esprit pur, qui a reçu dans le ventre de sa mère toutes les idées métaphysiques, et qui, en sortant de là, est obligée d'aller à l'école, et d'apprendre tout de nouveau ce qu'elle a si bien su et qu'elle ne saura plus. — Ce n'était donc pas la peine, répondit l'animal de huit lieues, que ton âme fût si savante dans le ventre de ta mère, pour être si ignorante quand tu aurais de la barbe au menton. Mais qu'entends-tu par esprit? — Que me demandez-vous là? dit le raisonneur, je n'en ai point d'idée : on dit que ce n'est pas de la matière. — Mais sais-tu au moins ce que c'est que de la matière? — Très bien, répondit l'homme. Par exemple, cette pierre est grise et d'une telle forme, elle a ses trois dimensions, elle est pesante et divisible. — Eh bien! dit le Sirien, cette chose qui te paraît être divisible, pesante et grise, me dirais-tu bien ce que c'est? Tu vois quelques attributs; mais le fond de la chose, le connais-tu? — Non, dit l'autre. — Tu ne sais donc point ce que c'est que la matière. »

Alors M. Micromégas, adressant la parole à un autre sage qu'il tenait sur son pouce, lui demanda ce que c'était que son âme, et ce qu'elle faisait. « Rien du tout, répondit le philosophe malebranchiste; c'est Dieu qui fait tout pour moi; je vois tout en lui, je fais tout en lui : c'est lui qui fait tout sans que je m'en mêle. — Autant vaudrait ne pas être, reprit le sage de Sirius. Et toi, mon ami, dit-il à un leibnitzien qui était là, qu'est-ce que ton âme? — C'est, répondit le leibnitzien, une aiguille qui montre les heures pendant que mon corps carillonne, ou bien, si vous voulez, c'est elle qui carillonne pendant que mon corps montre l'heure; ou bien mon âme est le miroir de l'univers, et mon corps est la bordure du miroir : cela est clair. »

Un petit partisan de Locke était là tout auprès; et quand on lui eut enfin adressé la parole : « Je ne sais pas, dit-il, comment je pense, mais je sais que je n'ai jamais pensé qu'à l'occasion de mes sens. Qu'il y ait des substances immatérielles et intelligentes,

c'est de quoi je ne doute pas ; mais qu'il soit impossible à Dieu de communiquer la pensée à la matière, c'est de quoi je doute fort. Je révère la puissance éternelle, il ne m'appartient pas de la borner ; je n'affirme rien, je me contente de croire qu'il y a plus de choses possibles qu'on ne pense. »

L'animal de Sirius sourit : il ne trouva pas celui-là le moins sage ; et le nain de Saturne aurait embrassé le sectateur de Locke, sans l'extrême disproportion. Mais il y avait là, par malheur, un petit animalcule en bonnet carré, qui coupa la parole à tous les animalcules philosophes ; il dit qu'il savait tout le secret, que cela se trouvait dans la *Somme* de saint Thomas ; il regarda de haut en bas les deux habitants célestes ; il leur soutint que leurs personnes, leurs mondes, leurs soleils, leurs étoiles, tout était fait uniquement pour l'homme. À ce discours, nos deux voyageurs se laissèrent aller l'un sur l'autre en étouffant de ce rire inextinguible qui, selon Homère, est le partage des dieux ; leurs épaules et leurs ventres allaient et venaient, et dans ces convulsions le vaisseau, que le Sirien avait sur son ongle, tomba dans une poche de la culotte du Saturnien. Ces deux bonnes gens le cherchèrent longtemps ; enfin ils retrouvèrent l'équipage, et le rajustèrent fort proprement. Le Sirien reprit les petites mites ; il leur parla encore avec beaucoup de bonté, quoiqu'il fût un peu fâché dans le fond du cœur de voir que les infiniment petits eussent un orgueil presque infiniment grand. Il leur promit de leur faire un beau livre de philosophie, écrit fort menu pour leur usage, et que dans ce livre ils verraient le bout des choses. Effectivement, il leur donna ce volume avant son départ : on le porta à Paris, à l'Académie des sciences ; mais, quand le secrétaire l'eut ouvert, il ne vit rien qu'un livre tout blanc : « Ah ! dit-il, je m'en étais bien douté. »

# Candide ou l'optimisme

TRADUIT DE L'ALLEMAND

*de M. le docteur Ralph,
avec les additions qu'on a trouvées dans la poche
du docteur, lorsqu'il mourut à Minden,
l'an de grâce 1759*

## Chapitre I
## Comment Candide fut élevé
## dans un beau château,
## et comment il fut chassé d'icelui

Il y avait en Westphalie, dans le château de monsieur le baron de Thunder-ten-tronckh, un jeune garçon à qui la nature avait donné les mœurs les plus douces. Sa physionomie annonçait son âme. Il avait le jugement assez droit, avec l'esprit le plus simple ; c'est, je crois, pour cette raison qu'on le nommait Candide. Les anciens domestiques de la maison soupçonnaient qu'il était fils de la sœur de monsieur le baron, et d'un bon et honnête gentilhomme du voisinage, que cette demoiselle ne voulut jamais épouser parce qu'il n'avait pu prouver que soixante et onze quartiers, et que le reste de son arbre généalogique avait été perdu par l'injure du temps.

Monsieur le baron était un des plus puissants seigneurs de la Westphalie, car son château avait une porte et des fenêtres. Sa grande salle même était ornée d'une tapisserie. Tous les chiens de ses basses-cours composaient une meute dans le besoin; ses palefreniers étaient ses piqueurs; le vicaire du village était son grand aumônier. Ils l'appelaient tous Monseigneur, et ils riaient quand il faisait des contes.

Madame la baronne, qui pesait environ trois cent cinquante livres, s'attirait par là une très grande considération, et faisait les honneurs de la maison avec une dignité qui la rendait encore plus respectable. Sa fille Cunégonde, âgée de dix-sept ans, était haute en couleur, fraîche, grasse, appétissante. Le fils du baron paraissait en tout digne de son père. Le précepteur Pangloss était l'oracle de la maison, et le petit Candide écoutait ses leçons avec toute la bonne foi de son âge et de son caractère.

Pangloss enseignait la métaphysico-théologo-cosmolonigologie. Il prouvait admirablement qu'il n'y a point d'effet sans cause, et que, dans ce meilleur des mondes possibles, le château de monseigneur le baron était le plus beau des châteaux, et madame la meilleure des baronnes possibles.

« Il est démontré, disait-il, que les choses ne peuvent être autrement : car tout étant fait pour une fin, tout est nécessairement pour la meilleure fin. Remarquez bien que les nez ont été faits pour porter des lunettes; aussi avons-nous des lunettes. Les jambes sont visiblement instituées pour être chaussées, et nous avons des chausses. Les pierres ont été formées pour être taillées et pour en faire des châteaux; aussi monseigneur a un très beau château : le plus grand baron de la province doit être le mieux logé; et les cochons étant faits pour être mangés, nous mangeons du porc toute l'année. Par conséquent, ceux qui ont avancé que tout est bien ont dit une sottise : il fallait dire que tout est au mieux. »

Candide écoutait attentivement, et croyait innocemment : car il trouvait mademoiselle Cunégonde extrêmement belle, quoiqu'il ne prît jamais la hardiesse de le lui dire. Il concluait qu'après le bonheur d'être né baron de Thunder-ten-tronckh, le second degré de bonheur était d'être mademoiselle Cunégonde; le troisième, de la voir tous les jours; et le quatrième, d'entendre maître Pangloss, le plus grand philosophe de la province, et par conséquent de toute la terre.

Un jour, Cunégonde, en se promenant auprès du château, dans le petit bois qu'on appelait parc, vit entre des broussailles le docteur Pangloss qui donnait une leçon de physique expérimentale à la femme de chambre de sa mère, petite brune très jolie et très docile. Comme mademoiselle Cunégonde avait beaucoup de disposition pour les sciences, elle observa, sans souffler, les expériences réitérées dont elle fut témoin ; elle vit clairement la raison suffisante du docteur, les effets et les causes, et s'en retourna tout agitée, toute pensive, toute remplie du désir d'être savante, songeant qu'elle pourrait bien être la raison suffisante du jeune Candide, qui pouvait aussi être la sienne.

Elle rencontra Candide en revenant au château, et rougit ; Candide rougit aussi ; elle lui dit bonjour d'une voix entrecoupée, et Candide lui parla sans savoir ce qu'il disait. Le lendemain, après le dîner, comme on sortait de table, Cunégonde et Candide se trouvèrent derrière un paravent ; Cunégonde laissa tomber son mouchoir, Candide le ramassa ; elle lui prit innocemment la main ; le jeune homme baisa innocemment la main de la jeune demoiselle avec une vivacité, une sensibilité, une grâce toute particulière ; leurs bouches se rencontrèrent, leurs yeux s'enflammèrent, leurs genoux tremblèrent, leurs mains s'égarèrent. Monsieur le baron de Thunder-ten-tronckh passa auprès du paravent, et, voyant cette cause et cet effet, chassa Candide du château à grands coups de pied dans le derrière ; Cunégonde s'évanouit : elle fut souffletée par madame la baronne dès qu'elle fut revenue à elle-même ; et tout fut consterné dans le plus beau et le plus agréable des châteaux possibles.

## Chapitre II
## Ce que devint Candide
## parmi les Bulgares

Candide, chassé du paradis terrestre, marcha longtemps sans savoir où, pleurant, levant les yeux au ciel, les tournant souvent vers le plus beau des châteaux, qui renfermait la plus belle des baronnettes ; il se coucha sans souper au milieu des champs entre

deux sillons ; la neige tombait à gros flocons. Candide, tout transi, se traîna le lendemain vers la ville voisine, qui s'appelle Valdberghoff-trarbk-dikdorff, n'ayant point d'argent, mourant de faim, et de lassitude. Il s'arrêta tristement à la porte d'un cabaret.

Deux hommes habillés de bleu le remarquèrent : « Camarade, dit l'un, voilà un jeune homme très bien fait, et qui a la taille requise. » Ils s'avancèrent vers Candide, et le prièrent à dîner très civilement. « Messieurs, leur dit Candide avec une modestie charmante, vous me faites beaucoup d'honneur, mais je n'ai pas de quoi payer mon écot. — Ah ! monsieur, lui dit un des bleus, les personnes de votre figure et de votre mérite ne payent jamais rien : n'avez-vous pas cinq pieds cinq pouces de haut ? — Oui, messieurs, c'est ma taille, dit-il en faisant la révérence. — Ah ! monsieur, mettez-vous à table ; non seulement nous vous défrayerons, mais nous ne souffrirons jamais qu'un homme comme vous manque d'argent ; les hommes ne sont faits que pour se secourir les uns les autres. — Vous avez raison, dit Candide ; c'est ce que monsieur Pangloss m'a toujours dit, et je vois bien que tout est au mieux. » On le prie d'accepter quelques écus, il les prend et veut faire son billet ; on n'en veut point, on se met à table. « N'aimez-vous pas tendrement ?... — Oh ! oui, répond-il, j'aime tendrement mademoiselle Cunégonde. — Non, dit l'un de ces messieurs, nous vous demandons si vous n'aimez pas tendrement le roi des Bulgares ? — Point du tout, dit-il, car je ne l'ai jamais vu. — Comment ! c'est le plus charmant des rois, et il faut boire à sa santé. — Oh ! très volontiers, messieurs. » Et il boit. « C'en est assez, lui dit-on, vous voilà l'appui, le soutien, le défenseur, le héros des Bulgares ; votre fortune est faite, et votre gloire est assurée. »

On lui met sur-le-champ les fers aux pieds, et on le mène au régiment. On le fait tourner à droite, à gauche, hausser la baguette, remettre la baguette, coucher en joue, tirer, doubler le pas, et on lui donne trente coups de bâton ; le lendemain, il fait l'exercice un peu moins mal, et il ne reçoit que vingt coups ; le surlendemain, on ne lui en donne que dix, et il est regardé par ses camarades comme un prodige.

Candide, tout stupéfait, ne démêlait pas encore trop bien comment il était un héros. Il s'avisa un beau jour de printemps de s'aller promener, marchant tout droit devant lui, croyant que c'était un privilège de l'espèce humaine, comme de l'espèce animale, de se

servir de ses jambes à son plaisir. Il n'eut pas fait deux lieues que voilà quatre autres héros de six pieds qui l'atteignent, qui le lient, qui le mènent dans un cachot. On lui demanda juridiquement ce qu'il aimait le mieux d'être fustigé trente-six fois par tout le régiment, ou de recevoir à la fois douze balles de plomb dans la cervelle. Il eut beau dire que les volontés sont libres, et qu'il ne voulait ni l'un ni l'autre, il fallut faire un choix : il se détermina, en vertu du don de Dieu qu'on nomme *liberté*, à passer trente-six fois par les baguettes; il essuya deux promenades. Le régiment était composé de deux mille hommes. Cela lui composa quatre mille coups de baguettes, qui, depuis la nuque du cou jusqu'au cul, lui découvrirent les muscles et les nerfs. Comme on allait procéder à la troisième course, Candide, n'en pouvant plus, demanda en grâce qu'on voulût bien avoir la bonté de lui casser la tête : il obtint cette faveur; on lui bande les yeux; on le fait mettre à genoux. Le roi des Bulgares passe dans ce moment, s'informe du crime du patient; et comme ce roi avait un grand génie, il comprit, par tout ce qu'il apprit de Candide, que c'était un jeune métaphysicien fort ignorant des choses de ce monde, et il lui accorda sa grâce avec une clémence qui sera louée dans tous les journaux et dans tous les siècles. Un brave chirurgien guérit Candide en trois semaines avec les émollients enseignés par Dioscoride. Il avait déjà un peu de peau, et pouvait marcher, quand le roi des Bulgares livra bataille au roi des Abares.

### Chapitre III
### Comment Candide se sauva d'entre les Bulgares, et ce qu'il devint

Rien n'était si beau, si leste, si brillant, si bien ordonné que les deux armées. Les trompettes, les fifres, les hautbois, les tambours, les canons, formaient une harmonie telle qu'il n'y en eut jamais en enfer. Les canons renversèrent d'abord à peu près six mille hommes de chaque côté; ensuite la mousqueterie ôta du meilleur des mondes environ neuf à dix mille coquins qui en

infectaient la surface. La baïonnette fut aussi la raison suffi-
sante de la mort de quelques milliers d'hommes. Le tout pou-
vait bien se monter à une trentaine de mille âmes. Candide, qui
tremblait comme un philosophe, se cacha du mieux qu'il put
pendant cette boucherie héroïque.

Enfin, tandis que les deux rois faisaient chanter des *Te Deum*
chacun dans son camp, il prit le parti d'aller raisonner ailleurs
des effets et des causes. Il passa par-dessus des tas de morts et
de mourants, et gagna d'abord un village voisin; il était en
cendres : c'était un village abare que les Bulgares avaient brûlé,
selon les lois du droit public. Ici des vieillards criblés de coups
regardaient mourir leurs femmes égorgées, qui tenaient leurs
enfants à leurs mamelles sanglantes; là des filles, éventrées
après avoir assouvi les besoins naturels de quelques héros, ren-
daient les derniers soupirs; d'autres, à demi brûlées, criaient
qu'on achevât de leur donner la mort. Des cervelles étaient
répandues sur la terre à côté de bras et de jambes coupés.

Candide s'enfuit au plus vite dans un autre village : il appar-
tenait à des Bulgares, et les héros abares l'avaient traité de
même. Candide, toujours marchant sur des membres palpitants,
ou à travers des ruines, arriva enfin hors du théâtre de la guerre,
portant quelques petites provisions dans son bissac, et n'ou-
bliant jamais mademoiselle Cunégonde. Ses provisions lui
manquèrent quand il fut en Hollande; mais ayant entendu dire
que tout le monde était riche dans ce pays-là, et qu'on y était
chrétien, il ne douta pas qu'on ne le traitât aussi bien qu'il
l'avait été dans le château de monsieur le baron, avant qu'il en
eût été chassé pour les beaux yeux de mademoiselle Cuné-
gonde.

Il demanda l'aumône à plusieurs graves personnages, qui lui
répondirent tous que, s'il continuait à faire ce métier, on l'en-
fermerait dans une maison de correction pour lui apprendre à
vivre.

Il s'adressa ensuite à un homme qui venait de parler tout seul
une heure de suite sur la charité dans une grande assemblée.
Cet orateur, le regardant de travers, lui dit : « Que venez-vous
faire ici? y êtes-vous pour la bonne cause? — Il n'y a point
d'effet sans cause, répondit modestement Candide; tout est
enchaîné nécessairement, et arrangé pour le mieux. Il a fallu

que je fusse chassé d'auprès de mademoiselle Cunégonde, que j'aie passé par les baguettes, et il faut que je demande mon pain, jusqu'à ce que je puisse en gagner; tout cela ne pouvait être autrement. — Mon ami, lui dit l'orateur, croyez-vous que le pape soit l'Antéchrist? — Je ne l'avais pas encore entendu dire, répondit Candide; mais, qu'il le soit ou qu'il ne le soit pas, je manque de pain. — Tu ne mérites pas d'en manger, dit l'autre; va, coquin; va, misérable, ne m'approche de ta vie. » La femme de l'orateur ayant mis la tête à la fenêtre, et avisant un homme qui doutait que le pape fût antéchrist, lui répandit sur le chef un plein... Ô ciel! à quel excès se porte le zèle de la religion dans les dames!

Un homme qui n'avait point été baptisé, un bon anabaptiste, nommé Jacques, vit la manière cruelle et ignominieuse dont on traitait ainsi un de ses frères, un être à deux pieds, sans plumes, qui avait une âme; il l'emmena chez lui, le nettoya, lui donna du pain et de la bière, lui fit présent de deux florins, et voulut même lui apprendre à travailler dans ses manufactures aux étoffes de Perse qu'on fabrique en Hollande. Candide, se prosternant presque devant lui, s'écriait : « Maître Pangloss me l'avait bien dit que tout est au mieux dans ce monde, car je suis infiniment plus touché de votre extrême générosité que de la dureté de ce monsieur à manteau noir, et de madame son épouse. »

Le lendemain, en se promenant, il rencontra un gueux tout couvert de pustules, les yeux morts, le bout du nez rongé, la bouche de travers, les dents noires, et parlant de la gorge, tourmenté d'une toux violente, et crachant une dent à chaque effort.

## Chapitre IV

# Comment Candide rencontra son ancien maître de philosophie, le docteur Pangloss, et ce qui en advint

Candide, plus ému encore de compassion que d'horreur, donna à cet épouvantable gueux les deux florins qu'il avait reçus de son honnête anabaptiste Jacques. Le fantôme le regarda fixement, versa des larmes, et sauta à son cou. Candide, effrayé, recule. « Hélas! dit le misérable à l'autre misérable, ne reconnaissez-vous plus votre cher Pangloss? — Qu'entends-je? Vous, mon cher maître! vous, dans cet état horrible! Quel malheur vous est-il donc arrivé? Pourquoi n'êtes-vous plus dans le plus beau des châteaux? Qu'est devenue mademoiselle Cunégonde, la perle des filles, le chef-d'œuvre de la nature? — Je n'en peux plus, dit Pangloss. »

Aussitôt Candide le mena dans l'étable de l'anabaptiste, où il lui fit manger un peu de pain; et quand Pangloss fut refait: « Eh bien! lui dit-il, Cunégonde? — Elle est morte, reprit l'autre. » Candide s'évanouit à ce mot; son ami rappela ses sens avec un peu de mauvais vinaigre qui se trouva par hasard dans l'étable. Candide rouvre les yeux. « Cunégonde est morte! Ah! meilleur des mondes, où êtes-vous? Mais de quelle maladie est-elle morte? Ne serait-ce point de m'avoir vu chasser du beau château de monsieur son père à grands coups de pied? — Non, dit Pangloss, elle a été éventrée par des soldats bulgares, après avoir été violée autant qu'on peut l'être; ils ont cassé la tête à monsieur le baron, qui voulait la défendre; madame la baronne a été coupée en morceaux; mon pauvre pupille, traité précisément comme sa sœur; et quant au château, il n'est pas resté pierre sur pierre, pas une grange, pas un mouton, pas un canard, pas un arbre; mais nous avons été bien vengés, car les Abares en ont fait autant dans une baronnie voisine qui appartenait à un seigneur bulgare. »

À ce discours, Candide s'évanouit encore; mais, revenu à soi et ayant dit tout ce qu'il devait dire, il s'enquit de la cause et de l'effet, et de la raison suffisante qui avaient mis Pangloss dans un si piteux état. « Hélas! dit l'autre, c'est l'amour: l'amour, le conso-

lateur du genre humain, le conservateur de l'univers, l'âme de tous les êtres sensibles, le tendre amour. — Hélas ! dit Candide, je l'ai connu, cet amour, ce souverain des cœurs, cette âme de notre âme ; il ne m'a jamais valu qu'un baiser et vingt coups de pied au cul. Comment cette belle cause a-t-elle pu produire en vous un effet si abominable ? »

Pangloss répondit en ces termes : « Ô mon cher Candide ! vous avez connu Paquette, cette jolie suivante de notre auguste baronne ; j'ai goûté dans ses bras les délices du paradis, qui ont produit ces tourments d'enfer dont vous me voyez dévoré ; elle en était infectée, elle en est peut-être morte. Paquette tenait ce présent d'un cordelier très savant qui avait remonté à la source, car il l'avait eu d'une vieille comtesse, qui l'avait reçu d'un capitaine de cavalerie, qui le devait à une marquise, qui le tenait d'un page, qui l'avait reçu d'un jésuite qui, étant novice, l'avait eu en droite ligne d'un des compagnons de Christophe Colomb. Pour moi, je ne le donnerai à personne, car je me meurs. »

— Ô Pangloss ! s'écria Candide, voilà une étrange généalogie ! n'est-ce pas le diable qui en fut la souche ? — Point du tout, répliqua ce grand homme ; c'était une chose indispensable dans le meilleur des mondes, un ingrédient nécessaire : car si Colomb n'avait pas attrapé dans une île de l'Amérique cette maladie qui empoisonne la source de la génération, qui souvent même empêche la génération, et qui est évidemment l'opposé du grand but de la nature, nous n'aurions ni le chocolat ni la cochenille ; il faut encore observer que jusqu'aujourd'hui, dans notre continent, cette maladie nous est particulière, comme la controverse. Les Turcs, les Indiens, les Persans, les Chinois, les Siamois, les Japonais, ne la connaissent pas encore ; mais il y a une raison suffisante pour qu'ils la connaissent à leur tour dans quelques siècles. En attendant, elle a fait un merveilleux progrès parmi nous, et surtout dans ces grandes armées composées d'honnêtes stipendiaires bien élevés, qui décident du destin des États ; on peut assurer que, quand trente mille hommes combattent en bataille rangée contre des troupes égales en nombre, il y a environ vingt mille vérolés de chaque côté.

— Voilà qui est admirable, dit Candide ; mais il faut vous faire guérir. — Et comment le puis-je ? dit Pangloss ; je n'ai pas le sou, mon ami, et dans toute l'étendue de ce globe on ne peut ni se

faire saigner, ni prendre un lavement sans payer, ou sans qu'il y ait quelqu'un qui paye pour nous.

Ce dernier discours détermina Candide ; il alla se jeter aux pieds de son charitable anabaptiste Jacques, et lui fit une peinture si touchante de l'état où son ami était réduit, que le bonhomme n'hésita pas à recueillir le docteur Pangloss ; il le fit guérir à ses dépens. Pangloss, dans la cure, ne perdit qu'un œil et une oreille. Il écrivait bien, et savait parfaitement l'arithmétique. L'anabaptiste Jacques en fit son teneur de livres. Au bout de deux mois, étant obligé d'aller à Lisbonne pour les affaires de son commerce, il mena dans son vaisseau ses deux philosophes. Pangloss lui expliqua comment tout était on ne peut mieux. Jacques n'était pas de cet avis. « Il faut bien, disait-il, que les hommes aient un peu corrompu la nature, car ils ne sont point nés loups, et ils sont devenus loups. Dieu ne leur a donné ni canons de vingt-quatre, ni baïonnettes ; et ils se sont fait des baïonnettes et des canons pour se détruire. Je pourrais mettre en ligne de compte les banqueroutes, et la justice, qui s'empare des biens des banqueroutiers pour en frustrer les créanciers. — Tout cela était indispensable, répliquait le docteur borgne, et les malheurs particuliers font le bien général ; de sorte que plus il y a de malheurs particuliers, et plus tout est bien. »

Tandis qu'il raisonnait, l'air s'obscurcit, les vents soufflèrent des quatre coins du monde, et le vaisseau fut assailli de la plus horrible tempête, à la vue du port de Lisbonne.

## Chapitre V
### Tempête, naufrage, tremblement de terre, et ce qui advint du docteur Pangloss, de Candide, et de l'anabaptiste Jacques

La moitié des passagers affaiblis, expirants de ces angoisses inconcevables que le roulis d'un vaisseau porte dans les nerfs et dans toutes les humeurs du corps agitées en sens contraires, n'avait pas même la force de s'inquiéter du danger. L'autre moitié jetait des cris et faisait des prières ; les voiles étaient déchi-

rées, les mâts brisés, le vaisseau entrouvert. Travaillait qui pouvait, personne ne s'entendait, personne ne commandait. L'anabaptiste aidait un peu à la manœuvre ; il était sur le tillac ; un matelot furieux le frappe rudement et l'étend sur les planches ; mais du coup qu'il lui donna, il eut lui-même une si violente secousse qu'il tomba hors du vaisseau, la tête la première. Il restait suspendu et accroché à une partie de mât rompue. Le bon Jacques court à son secours, l'aide à remonter, et de l'effort qu'il fait il est précipité dans la mer à la vue du matelot, qui le laissa périr sans daigner seulement le regarder. Candide approche, voit son bienfaiteur qui reparaît un moment, et qui est englouti pour jamais. Il veut se jeter après lui dans la mer : le philosophe Pangloss l'en empêche, en lui prouvant que la rade de Lisbonne avait été formée exprès pour que cet anabaptiste s'y noyât. Tandis qu'il le prouvait *a priori*, le vaisseau s'entrouvre ; tout périt, à la réserve de Pangloss, de Candide, et de ce brutal de matelot qui avait noyé le vertueux anabaptiste : le coquin nagea heureusement jusqu'au rivage, où Pangloss et Candide furent portés sur une planche.

Quand ils furent revenus un peu à eux, ils marchèrent vers Lisbonne ; il leur restait quelque argent, avec lequel ils espéraient se sauver de la faim après avoir échappé à la tempête.

À peine ont-ils mis le pied dans la ville, en pleurant la mort de leur bienfaiteur, qu'ils sentent la terre trembler sous leurs pas, la mer s'élève en bouillonnant dans le port, et brise les vaisseaux qui sont à l'ancre. Des tourbillons de flammes et de cendres couvrent les rues et les places publiques ; les maisons s'écroulent, les toits sont renversés sur les fondements, et les fondements se dispersent ; trente mille habitants de tout âge et de tout sexe sont écrasés sous des ruines. Le matelot disait en sifflant et en jurant : « Il y aura quelque chose à gagner ici. — Quelle peut être la raison suffisante de ce phénomène ? disait Pangloss. — Voici le dernier jour du monde ! s'écriait Candide. »

Le matelot court incontinent au milieu des débris, affronte la mort pour trouver de l'argent, en trouve, s'en empare, s'enivre, et, ayant cuvé son vin, achète les faveurs de la première fille de bonne volonté qu'il rencontre sur les ruines des maisons détruites, et au milieu des mourants et des morts. Pangloss le

tirait cependant par la manche : « Mon ami, lui disait-il, cela n'est pas bien, vous manquez à la raison universelle, vous prenez mal votre temps. — Tête et sang, répondit l'autre, je suis matelot et né à Batavia ; j'ai marché quatre fois sur le crucifix dans quatre voyages au Japon ; tu as bien trouvé ton homme avec ta raison universelle ! »

Quelques éclats de pierre avaient blessé Candide ; il était étendu dans la rue et couvert de débris. Il disait à Pangloss : « Hélas ! procure-moi un peu de vin et d'huile ; je me meurs. — Ce tremblement de terre n'est pas une chose nouvelle, répondit Pangloss ; la ville de Lima éprouva les mêmes secousses en Amérique l'année passée ; mêmes causes, mêmes effets : il y a certainement une traînée de soufre sous terre depuis Lima jusqu'à Lisbonne. — Rien n'est plus probable, dit Candide ; mais, pour Dieu, un peu d'huile et de vin. — Comment, probable ? répliqua le philosophe, je soutiens que la chose est démontrée. » Candide perdit connaissance, et Pangloss lui apporta un peu d'eau d'une fontaine voisine.

Le lendemain, ayant trouvé quelques provisions de bouche en se glissant à travers des décombres, ils réparèrent un peu leurs forces. Ensuite ils travaillèrent comme les autres à soulager les habitants échappés à la mort. Quelques citoyens, secourus par eux, leur donnèrent un aussi bon dîner qu'on le pouvait dans un tel désastre : il est vrai que le repas était triste ; les convives arrosaient leur pain de leurs larmes ; mais Pangloss les consola, en les assurant que les choses ne pouvaient être autrement : « Car, dit-il, tout ceci est ce qu'il y a de mieux ; car s'il y a un volcan à Lisbonne, il ne pouvait être ailleurs ; car il est impossible que les choses ne soient pas où elles sont ; car tout est bien. »

Un petit homme noir, familier de l'Inquisition, lequel était à côté de lui, prit poliment la parole et dit : « Apparemment que monsieur ne croit pas au péché originel ; car si tout est au mieux, il n'y a donc eu ni chute ni punition. — Je demande très humblement pardon à Votre Excellence, répondit Pangloss encore plus poliment, car la chute de l'homme et la malédiction entraient nécessairement dans le meilleur des mondes possibles. — Monsieur ne croit donc pas à la liberté ? dit le familier. — Votre Excellence m'excusera, dit Pangloss ; la liberté peut subsister avec la nécessité absolue : car il était nécessaire que nous

fussions libres ; car enfin la volonté déterminée... » Pangloss était au milieu de sa phrase, quand le familier fit un signe de tête à son estafier qui lui servait à boire du vin de Porto ou d'Oporto.

## Chapitre VI
## Comment on fit un bel auto-da-fé pour empêcher les tremblements de terre, et comment Candide fut fessé

Après le tremblement de terre qui avait détruit les trois quarts de Lisbonne, les sages du pays n'avaient pas trouvé un moyen plus efficace pour prévenir une ruine totale que de donner au peuple un bel auto-da-fé ; il était décidé par l'université de Coïmbre que le spectacle de quelques personnes brûlées à petit feu, en grande cérémonie, est un secret infaillible pour empêcher la terre de trembler.

On avait en conséquence saisi un Biscayen convaincu d'avoir épousé sa commère, et deux Portugais qui en mangeant un poulet en avaient arraché le lard : on vint lier après le dîner le docteur Pangloss et son disciple Candide, l'un pour avoir parlé, et l'autre pour avoir écouté avec un air d'approbation : tous deux furent menés séparément dans des appartements d'une extrême fraîcheur, dans lesquels on n'était jamais incommodé du soleil : huit jours après ils furent tous deux revêtus d'un *san-benito*, et on orna leurs têtes de mitres de papier : la mitre et le san-benito de Candide étaient peints de flammes renversées, et de diables qui n'avaient ni queues ni griffes ; mais les diables de Pangloss portaient griffes et queues, et les flammes étaient droites. Ils marchèrent en procession ainsi vêtus, et entendirent un sermon très pathétique, suivi d'une belle musique en faux-bourdon. Candide fut fessé en cadence, pendant qu'on chantait ; le Biscayen et les deux hommes qui n'avaient point voulu manger de lard furent brûlés, et Pangloss fut pendu, quoique ce ne soit pas la coutume. Le même jour, la terre trembla de nouveau avec un fracas épouvantable.

Candide, épouvanté, interdit, éperdu, tout sanglant, tout palpitant, se disait à lui-même : « Si c'est ici le meilleur des mondes possibles, que sont donc les autres ? Passe encore si je n'étais que fessé, je l'ai été chez les Bulgares ; mais, ô mon cher Pangloss ! le plus grand des philosophes, faut-il vous avoir vu pendre, sans que je sache pourquoi ! Ô mon cher anabaptiste ! le meilleur des hommes, faut-il que vous ayez été noyé dans le port ! ô mademoiselle Cunégonde ! la perle des filles, faut-il qu'on vous ait fendu le ventre ! »

Il s'en retournait, se soutenant à peine, prêché, fessé, absous et béni, lorsqu'une vieille l'aborda, et lui dit : « Mon fils, prenez courage, suivez-moi. »

# Chapitre VII

## Comment une vieille prit soin de Candide, et comment il retrouva ce qu'il aimait

Candide ne prit point courage, mais il suivit la vieille dans une masure : elle lui donna un pot de pommade pour se frotter, lui laissa à manger et à boire ; elle lui montra un petit lit assez propre ; il y avait auprès du lit un habit complet. « Mangez, buvez, dormez, lui dit-elle, et que Notre Dame d'Atocha, monseigneur saint Antoine de Padoue, et monseigneur saint Jacques de Compostelle prennent soin de vous ! je reviendrai demain. » Candide, toujours étonné de tout ce qu'il avait vu, de tout ce qu'il avait souffert, et encore plus de la charité de la vieille, voulut lui baiser la main. « Ce n'est pas ma main qu'il faut baiser, dit la vieille ; je reviendrai demain. Frottez-vous de pommade, mangez et dormez. »

Candide, malgré tant de malheurs, mangea et dormit. Le lendemain, la vieille lui apporte à déjeuner, visite son dos, le frotte elle-même d'une autre pommade ; elle lui apporte ensuite à dîner ; elle revient sur le soir, et apporte à souper. Le surlendemain, elle fit encore les mêmes cérémonies. « Qui êtes-vous ? lui disait toujours Candide ; qui vous a inspiré tant de bonté ? quelles grâces puis-je vous rendre ? » La bonne femme ne

répondait jamais rien ; elle revint sur le soir, et n'apporta point à souper : « Venez avec moi, dit-elle, et ne dites mot. » Elle le prend sous le bras, et marche avec lui dans la campagne environ un quart de mille : ils arrivent à une maison isolée, entourée de jardins et de canaux. La vieille frappe à une petite porte. On ouvre ; elle mène Candide, par un escalier dérobé, dans un cabinet doré, le laisse sur un canapé de brocart, referme la porte, et s'en va. Candide croyait rêver, et regardait toute sa vie comme un songe funeste, et le moment présent comme un songe agréable.

La vieille reparut bientôt ; elle soutenait avec peine une femme tremblante, d'une taille majestueuse, brillante de pierreries, et couverte d'un voile. « Ôtez ce voile », dit la vieille à Candide. Le jeune homme approche ; il lève le voile d'une main timide. Quel moment ! quelle surprise ! il croit voir mademoiselle Cunégonde ; il la voyait en effet, c'était elle-même. La force lui manque, il ne peut proférer une parole, il tombe à ses pieds. Cunégonde tombe sur le canapé. La vieille les accable d'eaux spiritueuses, ils reprennent leurs sens, ils se parlent ; ce sont d'abord des mots entrecoupés, des demandes et des réponses qui se croisent, des soupirs, des larmes, des cris. La vieille leur recommande de faire moins de bruit, et les laisse en liberté. « Quoi ! c'est vous, lui dit Candide ; vous vivez ! je vous retrouve en Portugal ! On ne vous a donc pas violée ? On ne vous a point fendu le ventre, comme le philosophe Pangloss me l'avait assuré ? — Si fait, dit la belle Cunégonde ; mais on ne meurt pas toujours de ces deux accidents. — Mais votre père et votre mère ont-ils été tués ? — Il n'est que trop vrai, dit Cunégonde en pleurant. — Et votre frère ? — Mon frère a été tué aussi. — Et pourquoi êtes-vous en Portugal ? et comment avez-vous su que j'y étais et par quelle étrange aventure m'avez-vous fait conduire dans cette maison ? — Je vous dirai tout cela, répliqua la dame ; mais il faut auparavant que vous m'appreniez tout ce qui vous est arrivé depuis le baiser innocent que vous me donnâtes, et les coups de pied que vous reçûtes. »

Candide lui obéit avec un profond respect ; et quoiqu'il fût interdit, quoique sa voix fût faible et tremblante, quoique l'échine lui fît encore un peu mal, il lui raconta de la manière la plus naïve tout ce qu'il avait éprouvé depuis le moment de leur

séparation. Cunégonde levait les yeux au ciel : elle donna des larmes à la mort du bon anabaptiste et de Pangloss ; après quoi elle parla en ces termes à Candide, qui ne perdait pas une parole, et qui la dévorait des yeux.

## Chapitre VIII
## Histoire de Cunégonde

« J'étais dans mon lit et je dormais profondément, quand il plut au Ciel d'envoyer les Bulgares dans notre beau château de Thunder-ten-tronckh ; ils égorgèrent mon père et mon frère, et coupèrent ma mère par morceaux. Un grand Bulgare, haut de six pieds, voyant qu'à ce spectacle j'avais perdu connaissance, se mit à me violer ; cela me fit revenir, je repris mes sens, je criai, je me débattis, je mordis, j'égratignai, je voulais arracher les yeux à ce grand Bulgare, ne sachant pas que tout ce qui arrivait dans le château de mon père était une chose d'usage : le brutal me donna un coup de couteau dans le flanc gauche dont je porte encore la marque. — Hélas ! j'espère bien la voir, dit le naïf Candide. — Vous la verrez, dit Cunégonde ; mais continuons. — Continuez », dit Candide.

Elle reprit ainsi le fil de son histoire : « Un capitaine bulgare entra, il me vit toute sanglante, et le soldat ne se dérangeait pas. Le capitaine se mit en colère du peu de respect que lui témoignait ce brutal, et le tua sur mon corps. Ensuite il me fit panser, et m'emmena prisonnière de guerre dans son quartier. Je blanchissais le peu de chemises qu'il avait, je faisais sa cuisine ; il me trouvait fort jolie, il faut l'avouer ; et je ne nierai pas qu'il ne fût très bien fait, et qu'il n'eût la peau blanche et douce ; d'ailleurs peu d'esprit, peu de philosophie : on voyait bien qu'il n'avait pas été élevé par le docteur Pangloss. Au bout de trois mois, ayant perdu tout son argent, et s'étant dégoûté de moi, il me vendit à un juif nommé don Issachar, qui trafiquait en Hollande et en Portugal, et qui aimait passionnément les femmes. Ce juif s'attacha beaucoup à ma personne, mais il ne pouvait en triompher ; je lui ai mieux résisté qu'au soldat bulgare : une personne d'honneur peut être violée une fois, mais sa vertu s'en affermit. Le juif, pour m'apprivoiser, me mena dans cette maison de campagne que vous voyez.

J'avais cru jusque-là qu'il n'y avait rien sur la terre de si beau que le château de Thunder-ten-tronckh ; j'ai été détrompée

Le grand inquisiteur m'aperçut un jour à la messe ; il me lorgna beaucoup, et me fit dire qu'il avait à me parler pour des affaires secrètes. Je fus conduite à son palais ; je lui appris ma naissance ; il me représenta combien il était au-dessous de mon rang d'appartenir à un israélite. On proposa de sa part à don Issachar de me céder à Monseigneur. Don Issachar, qui est le banquier de la cour, et homme de crédit, n'en voulut rien faire. L'inquisiteur le menaça d'un auto-da-fé. Enfin mon juif, intimidé, conclut un marché par lequel la maison et moi leur appartiendraient à tous deux en commun ; que le juif aurait pour lui les lundis, mercredis et le jour du sabbat, et que l'inquisiteur aurait les autres jours de la semaine. Il y a six mois que cette convention subsiste. Ce n'a pas été sans querelles ; car souvent il a été indécis si la nuit du samedi au dimanche appartenait à l'ancienne loi ou à la nouvelle. Pour moi, j'ai résisté jusqu'à présent à toutes les deux ; et je crois que c'est pour cette raison que j'ai toujours été aimée.

Enfin, pour détourner le fléau des tremblements de terre, et pour intimider don Issachar, il plut à monseigneur l'inquisiteur de célébrer un auto-da-fé. Il me fit l'honneur de m'y inviter. Je fus très bien placée ; on servit aux dames des rafraîchissements entre la messe et l'exécution. Je fus, à la vérité, saisie d'horreur en voyant brûler ces deux juifs et cet honnête Biscayen qui avait épousé sa commère ; mais quelle fut ma surprise, mon effroi, mon trouble, quand je vis, dans un san-benito et sous une mitre, une figure qui ressemblait à celle de Pangloss ! Je me frottai les yeux, je regardai attentivement, je le vis pendre ; je tombai en faiblesse. À peine reprenais-je mes sens que je vous vis dépouillé tout nu ; ce fut là le comble de l'horreur, de la consternation, de la douleur, du désespoir. Je vous dirai, avec vérité, que votre peau est encore plus blanche, et d'un incarnat plus parfait que celle de mon capitaine des Bulgares. Cette vue redoubla tous les sentiments qui m'accablaient, qui me dévoraient. Je m'écriai, je voulus dire : « Arrêtez, barbares ! » Mais la voix me manqua, et mes cris auraient été inutiles. Quand vous eûtes été bien fessé : « Comment se peut-il faire, disais-je, que l'aimable Candide et le sage Pangloss se trouvent à Lisbonne, l'un pour recevoir cent coups de fouet, et l'autre pour être pendu par l'ordre de monseigneur

l'inquisiteur, dont je suis la bien-aimée? Pangloss m'a donc bien cruellement trompée, quand il me disait que tout va le mieux du monde. »

Agitée, éperdue, tantôt hors de moi-même, et tantôt prête de mourir de faiblesse, j'avais la tête remplie du massacre de mon père, de ma mère, de mon frère, de l'insolence de mon vilain soldat bulgare, du coup de couteau qu'il me donna, de ma servitude, de mon métier de cuisinière, de mon capitaine bulgare, de mon vilain don Issachar, de mon abominable inquisiteur, de la pendaison du docteur Pangloss, de ce grand *miserere* en faux-bourdon pendant lequel on vous fessait, et surtout du baiser que je vous avais donné derrière un paravent, le jour que je vous avais vu pour la dernière fois. Je louai Dieu, qui vous ramenait à moi par tant d'épreuves. Je recommandai à ma vieille d'avoir soin de vous, et de vous amener ici dès qu'elle le pourrait. Elle a très bien exécuté ma commission ; j'ai goûté le plaisir inexprimable de vous revoir, de vous entendre, de vous parler. Vous devez avoir une faim dévorante ; j'ai grand appétit ; commençons par souper. »

Les voilà qui se mettent tous deux à table ; et, après le souper, ils se replacent sur ce beau canapé dont on a déjà parlé ; ils y étaient quand le signor don Issachar, l'un des maîtres de la maison, arriva. C'était le jour du sabbat. Il venait jouir de ses droits, et expliquer son tendre amour.

## Chapitre IX
### Ce qui advint de Cunégonde, de Candide, du grand inquisiteur, et d'un juif

Cet Issachar était le plus colérique Hébreu qu'on eût vu dans Israël, depuis la captivité en Babylone. « Quoi ! dit-il, chienne de Galiléenne, ce n'est pas assez de monsieur l'inquisiteur ? Il faut que ce coquin partage aussi avec moi ? » En disant cela il tire un long poignard dont il était toujours pourvu, et, ne croyant pas que son adverse partie eût des armes, il se jette sur Candide ; mais notre bon Westphalien avait reçu une belle épée de la vieille avec l'habit complet. Il tire son épée, quoiqu'il eût les mœurs fort douces, et

vous étend l'israélite roide mort sur le carreau, aux pieds de la belle Cunégonde.

« Sainte Vierge ! s'écria-t-elle, qu'allons-nous devenir ? Un homme tué chez moi ! si la justice vient, nous sommes perdus. — Si Pangloss n'avait pas été pendu, dit Candide, il nous donnerait un bon conseil dans cette extrémité, car c'était un grand philosophe. À son défaut, consultons la vieille. »

Elle était fort prudente, et commençait à dire son avis quand une autre petite porte s'ouvrit. Il était une heure après minuit, c'était le commencement du dimanche. Ce jour appartenait à monseigneur l'inquisiteur. Il entre et voit le fessé Candide, l'épée à la main, un mort étendu par terre, Cunégonde effarée, et la vieille donnant des conseils.

Voici dans ce moment ce qui se passa dans l'âme de Candide, et comment il raisonna : « Si ce saint homme appelle du secours, il me fera infailliblement brûler, il pourra en faire autant de Cunégonde ; il m'a fait fouetter impitoyablement ; il est mon rival ; je suis en train de tuer ; il n'y a pas à balancer. » Ce raisonnement fut net et rapide ; et, sans donner le temps à l'inquisiteur de revenir de sa surprise, il le perce d'outre en outre, et le jette à côté du juif. « En voici bien d'une autre, dit Cunégonde ; il n'y a plus de rémission ; nous sommes excommuniés, notre dernière heure est venue ! Comment avez-vous fait, vous qui êtes né si doux, pour tuer en deux minutes un juif et un prélat ? — Ma belle demoiselle, répondit Candide, quand on est amoureux, jaloux, et fouetté par l'Inquisition, on ne se connaît plus. »

La vieille prit alors la parole, et dit : « Il y a trois chevaux andalous dans l'écurie, avec leurs selles et leurs brides : que le brave Candide les prépare ; madame a des moyadors et des diamants, montons vite à cheval, quoique je ne puisse me tenir que sur une fesse, et allons à Cadix ; il fait le plus beau temps du monde, et c'est un grand plaisir de voyager pendant la fraîcheur de la nuit. »

Aussitôt Candide selle les trois chevaux. Cunégonde, la vieille, et lui, font trente milles d'une traite. Pendant qu'ils s'éloignaient, la sainte Hermandad arrive dans la maison, on enterre monseigneur dans une belle église et on jette Issachar à la voirie.

Candide, Cunégonde, et la vieille, étaient déjà dans la petite ville d'Avacéna, au milieu des montagnes de la Sierra-Morena ; et ils parlaient ainsi dans un cabaret.

# Chapitre X
## Dans quelle détresse Candide, Cunégonde et la vieille arrivent à Cadix, et de leur embarquement

« Qui a donc pu me voler mes pistoles et mes diamants? disait en pleurant Cunégonde; de quoi vivrons-nous? comment ferons-nous? où trouver des inquisiteurs et des juifs qui m'en donnent d'autres? — Hélas! dit la vieille, je soupçonne fort un révérend père cordelier qui coucha hier dans la même auberge que nous à Badajos; Dieu me garde de faire un jugement téméraire! mais il entra deux fois dans notre chambre, et il partit longtemps avant nous. — Hélas! dit Candide, le bon Pangloss m'avait souvent prouvé que les biens de la terre sont communs à tous les hommes, que chacun y a un droit égal. Ce cordelier devait bien, suivant ces principes, nous laisser de quoi achever notre voyage. Il ne vous reste donc rien du tout, ma belle Cunégonde? — Pas un maravédis, dit-elle. — Quel parti prendre? dit Candide. — Vendons un des chevaux, dit la vieille; je monterai en croupe derrière mademoiselle, quoique je ne puisse me tenir que sur une fesse, et nous arriverons à Cadix. »

Il y avait dans la même hôtellerie un prieur de bénédictins; il acheta le cheval bon marché. Candide, Cunégonde, et la vieille passèrent par Lucena, par Chillas, par Lebrixa, et arrivèrent enfin à Cadix. On y équipait une flotte, et on y assemblait des troupes pour mettre à la raison les révérends pères jésuites du Paraguai, qu'on accusait d'avoir fait révolter une de leurs hordes contre les rois d'Espagne et de Portugal, auprès de la ville du Saint Sacrement. Candide, ayant servi chez les Bulgares, fit l'exercice bulgarien devant le général de la petite armée avec tant de grâce, de célérité, d'adresse, de fierté, d'agilité, qu'on lui donna une compagnie d'infanterie à commander. Le voilà capitaine; il s'embarque avec mademoiselle Cunégonde, la vieille, deux valets, et les deux chevaux andalous qui avaient appartenu à monsieur le grand inquisiteur de Portugal.

Pendant toute la traversée ils raisonnèrent beaucoup sur la philosophie du pauvre Pangloss. « Nous allons dans un autre univers, disait Candide; c'est dans celui-là, sans doute, que tout est bien.

Car il faut avouer qu'on pourrait gémir un peu de ce qui se passe dans le nôtre en physique et en morale. — Je vous aime de tout mon cœur, disait Cunégonde ; mais j'ai encore l'âme tout effarouchée de ce que j'ai vu, de ce que j'ai éprouvé. — Tout ira bien, répliquait Candide ; la mer de ce nouveau monde vaut déjà mieux que les mers de notre Europe ; elle est plus calme, les vents plus constants. C'est certainement le nouveau monde qui est le meilleur des univers possibles. — Dieu le veuille ! disait Cunégonde ; mais j'ai été si horriblement malheureuse dans le mien que mon cœur est presque fermé à l'espérance. — Vous vous plaignez, leur dit la vieille ; hélas ! vous n'avez pas éprouvé des infortunes telles que les miennes. » Cunégonde se mit presque à rire, et trouva cette bonne femme fort plaisante de prétendre être plus malheureuse qu'elle. « Hélas ! lui dit-elle, ma bonne, à moins que vous n'ayez été violée par deux Bulgares, que vous n'ayez reçu deux coups de couteau dans le ventre, qu'on n'ait démoli deux de vos châteaux, qu'on n'ait égorgé à vos yeux deux mères et deux pères, et que vous n'ayez vu deux de vos amants fouettés dans un auto-da-fé, je ne vois pas que vous puissiez l'emporter sur moi ; ajoutez que je suis née baronne avec soixante et douze quartiers, et que j'ai été cuisinière. — Mademoiselle, répondit la vieille, vous ne savez pas quelle est ma naissance ; et si je vous montrais mon derrière, vous ne parleriez pas comme vous faites, et vous suspendriez votre jugement. » Ce discours fit naître une extrême curiosité dans l'esprit de Cunégonde et de Candide. La vieille leur parla en ces termes.

## Chapitre XI
## Histoire de la vieille

« Je n'ai pas eu toujours les yeux éraillés et bordés d'écarlate ; mon nez n'a pas toujours touché à mon menton, et je n'ai pas toujours été servante. Je suis la fille du pape Urbain X et de la princesse de Palestrine *. On m'éleva jusqu'à

---

*. Voyez l'extrême discrétion de l'auteur ; il n'y eut jusqu'à présent aucun pape nommé Urbain X ; il craint de donner une bâtarde à un pape connu. Quelle circonspection ! quelle délicatesse de conscience !

quatorze ans dans un palais auquel tous les châteaux de vos barons allemands n'auraient pas servi d'écurie; et une de mes robes valait mieux que toutes les magnificences de la Westphalie. Je croissais en beauté, en grâces, en talents, au milieu des plaisirs, des respects, et des espérances. J'inspirais déjà de l'amour; ma gorge se formait; et quelle gorge! blanche, ferme, taillée comme celle de la Vénus de Médicis; et quels yeux! quelles paupières! quels sourcils noirs! quelles flammes brillaient dans mes deux prunelles, et effaçaient la scintillation des étoiles, comme me disaient les poètes du quartier. Les femmes qui m'habillaient et qui me déshabillaient tombaient en extase en me regardant par-devant et par-derrière; et tous les hommes auraient voulu être à leur place.

Je fus fiancée à un prince souverain de Massa-Carrara. Quel prince! aussi beau que moi, pétri de douceur et d'agréments, brillant d'esprit et brûlant d'amour. Je l'aimais comme on aime pour la première fois, avec idolâtrie, avec emportement. Les noces furent préparées. C'était une pompe, une magnificence inouïe; c'étaient des fêtes, des carrousels, des opéra-buffa continuels; et toute l'Italie fit pour moi des sonnets dont il n'y eut pas un seul de passable. Je touchais au moment de mon bonheur, quand une vieille marquise qui avait été maîtresse de mon prince l'invita à prendre du chocolat chez elle. Il mourut en moins de deux heures avec des convulsions épouvantables. Mais ce n'est qu'une bagatelle. Ma mère, au désespoir, et bien moins affligée que moi, voulut s'arracher pour quelque temps à un séjour si funeste. Elle avait une très belle terre auprès de Gaïète. Nous nous embarquâmes sur une galère du pays, dorée comme l'autel de Saint-Pierre de Rome. Voilà qu'un corsaire de Salé fond sur nous et nous aborde; nos soldats se défendirent comme des soldats du pape: ils se mirent tous à genoux en jetant leurs armes, et en demandant au corsaire une absolution *in articulo mortis*.

Aussitôt on les dépouilla nus comme des singes, et ma mère aussi, nos filles d'honneur aussi, et moi aussi. C'est une chose admirable que la diligence avec laquelle ces messieurs déshabillent le monde. Mais ce qui me surprit davantage, c'est qu'ils nous mirent à tous le doigt dans un endroit où nous autres femmes nous ne nous laissons mettre d'ordinaire que des

canules. Cette cérémonie me paraissait bien étrange : voilà comme on juge de tout quand on n'est pas sorti de son pays. J'appris bientôt que c'était pour voir si nous n'avions pas caché là quelques diamants : c'est un usage établi de temps immémorial parmi les nations policées qui courent sur mer. J'ai su que messieurs les religieux chevaliers de Malte n'y manquent jamais quand ils prennent des Turcs et des Turques ; c'est une loi du droit des gens à laquelle on n'a jamais dérogé.

Je ne vous dirai point combien il est dur pour une jeune princesse d'être menée esclave à Maroc avec sa mère. Vous concevez assez tout ce que nous eûmes à souffrir dans le vaisseau corsaire. Ma mère était encore très belle ; nos filles d'honneur, nos simples femmes de chambre, avaient plus de charmes qu'on n'en peut trouver dans toute l'Afrique. Pour moi, j'étais ravissante, j'étais la beauté, la grâce même, et j'étais pucelle. Je ne le fus pas longtemps : cette fleur, qui avait été réservée pour le beau prince de Massa-Carrara, me fut ravie par le capitaine corsaire ; c'était un nègre abominable, qui croyait encore me faire beaucoup d'honneur. Certes il fallait que madame la princesse de Palestrine et moi fussions bien fortes pour résister à tout ce que nous éprouvâmes jusqu'à notre arrivée à Maroc. Mais, passons ; ce sont des choses si communes qu'elles ne valent pas la peine qu'on en parle.

Maroc nageait dans le sang quand nous arrivâmes. Cinquante fils de l'empereur Mulei-Ismaël avaient chacun leur parti : ce qui produisait en effet cinquante guerres civiles, de noirs contre noirs, de noirs contre basanés, de basanés contre basanés, de mulâtres contre mulâtres : c'était un carnage continuel dans toute l'étendue de l'empire.

À peine fûmes-nous débarquées que des noirs d'une faction ennemie de celle de mon corsaire se présentèrent pour lui enlever son butin. Nous étions, après les diamants et l'or, ce qu'il avait de plus précieux. Je fus témoin d'un combat tel que vous n'en voyez jamais dans vos climats d'Europe. Les peuples septentrionaux n'ont pas le sang assez ardent. Ils n'ont pas la rage des femmes au point où elle est commune en Afrique. Il semble que vos Européens aient du lait dans les veines ; c'est du vitriol, c'est du feu qui coule dans celles des habitants du mont Atlas et des pays voisins. On combattit avec la fureur des lions, des

tigres et des serpents de la contrée, pour savoir à qui nous aurait. Un Maure saisit ma mère par le bras droit, le lieutenant de mon capitaine la retint par le bras gauche; un soldat maure la prit par une jambe, un de nos pirates la tenait par l'autre. Nos filles se trouvèrent presque toutes en un moment tirées ainsi à quatre soldats. Mon capitaine me tenait cachée derrière lui. Il avait le cimeterre au poing, et tuait tout ce qui s'opposait à sa rage. Enfin je vis toutes nos Italiennes et ma mère déchirées, coupées, massacrées par les monstres qui se les disputaient. Les captifs, mes compagnons, ceux qui les avaient pris, soldats, matelots, noirs, basanés, blancs, mulâtres, et enfin mon capitaine, tout fut tué, et je demeurai mourante sur un tas de morts. Des scènes pareilles se passaient, comme on sait, dans l'étendue de plus de trois cents lieues, sans qu'on manquât aux cinq prières par jour ordonnées par Mahomet.

Je me débarrassai avec beaucoup de peine de la foule de tant de cadavres sanglants entassés, et je me traînai sous un grand oranger au bord d'un ruisseau voisin; j'y tombai d'effroi, de lassitude, d'horreur, de désespoir et de faim. Bientôt après, mes sens accablés se livrèrent à un sommeil qui tenait plus de l'évanouissement que du repos. J'étais dans cet état de faiblesse et d'insensibilité, entre la mort et la vie, quand je me sentis pressée de quelque chose qui s'agitait sur mon corps; j'ouvris les yeux, je vis un homme blanc et de bonne mine qui soupirait, et qui disait entre ses dents : *O che sciagura d'essere senza c...!* »

## Chapitre XII
## Suite des malheurs de la vieille

« Étonnée et ravie d'entendre la langue de ma patrie, et non moins surprise des paroles que proférait cet homme, je lui répondis qu'il y avait de plus grands malheurs que celui dont il se plaignait. Je l'instruisis en peu de mots des horreurs que j'avais essuyées, et je retombai en faiblesse. Il m'emporta dans une maison voisine, me fit mettre au lit, me fit donner à manger, me servit, me consola, me flatta, me dit qu'il n'avait rien vu de si beau que moi, et que jamais il n'avait tant regretté ce

que personne ne pouvait lui rendre. « Je suis né à Naples, me dit-il ; on y chaponne deux ou trois mille enfants tous les ans ; les uns en meurent, les autres acquièrent une voix plus belle que celle des femmes, les autres vont gouverner des États. On me fit cette opération avec un très grand succès, et j'ai été musicien de la chapelle de madame la princesse de Palestrine. » — De ma mère ! m'écriai-je. — De votre mère ! s'écria-t-il en pleurant ; quoi ! vous seriez cette jeune princesse que j'ai élevée jusqu'à l'âge de six ans, et qui promettait déjà d'être aussi belle que vous êtes ? — C'est moi-même ; ma mère est à quatre cents pas d'ici, coupée en quartiers sous un tas de morts…

Je lui contai tout ce qui m'était arrivé ; il me conta aussi ses aventures, et m'apprit comment il avait été envoyé chez le roi de Maroc par une puissance chrétienne, pour conclure avec ce monarque un traité par lequel on lui fournirait de la poudre, des canons, et des vaisseaux, pour l'aider à exterminer le commerce des autres chrétiens. « Ma mission est faite, dit cet honnête eunuque ; je vais m'embarquer à Ceuta, et je vous ramènerai en Italie. *Ma che sciagura d'essere senza c…!* »

Je le remerciai avec des larmes d'attendrissement ; et au lieu de me mener en Italie, il me conduisit à Alger, et me vendit au dey de cette province. À peine fus-je vendue que cette peste qui a fait le tour de l'Afrique, de l'Asie et de l'Europe, se déclara dans Alger avec fureur. Vous avez vu des tremblements de terre ; mais, mademoiselle, avez-vous jamais eu la peste ? — Jamais, répondit la baronne.

— Si vous l'aviez eue, reprit la vieille, vous avoueriez qu'elle est bien au-dessus d'un tremblement de terre. Elle est fort commune en Afrique ; j'en fus attaquée. Figurez-vous quelle situation pour la fille d'un pape, âgée de quinze ans, qui en trois mois de temps avait éprouvé la pauvreté, l'esclavage, avait été violée presque tous les jours, avait vu couper sa mère en quatre, avait essuyé la faim et la guerre, et mourait pestiférée dans Alger. Je n'en mourus pourtant pas ; mais mon eunuque et le dey, et presque tout le sérail d'Alger périrent.

Quand les premiers ravages de cette épouvantable peste furent passés, on vendit les esclaves du dey. Un marchand m'acheta, et me mena à Tunis ; il me vendit à un autre marchand, qui me revendit à Tripoli ; de Tripoli je fus revendue à

Alexandrie, d'Alexandrie revendue à Smyrne, de Smyrne à Constantinople. J'appartins enfin à un aga des janissaires, qui fut bientôt commandé pour aller défendre Azof contre les Russes, qui l'assiégeaient.

L'aga, qui était un très galant homme, mena avec lui tout son sérail, et nous logea dans un petit fort sur les Palus-Méotides, gardé par deux eunuques noirs et vingt soldats. On tua prodigieusement de Russes, mais ils nous le rendirent bien. Azof fut mis à feu et à sang, et on ne pardonna ni au sexe, ni à l'âge ; il ne resta que notre petit fort ; les ennemis voulurent nous prendre par famine. Les vingt janissaires avaient juré de ne se jamais rendre. Les extrémités de la faim où ils furent réduits les contraignirent à manger nos deux ennuques, de peur de violer leur serment. Au bout de quelques jours ils résolurent de manger les femmes.

Nous avions un iman très pieux et très compatissant, qui leur fit un beau sermon par lequel il leur persuada de ne nous pas tuer tout à fait. « Coupez, dit-il, seulement une fesse à chacune de ces dames, vous ferez très bonne chère ; s'il faut y revenir, vous en aurez encore autant dans quelques jours ; le ciel vous saura gré d'une action si charitable, et vous serez secourus. »

Il avait beaucoup d'éloquence ; il les persuada. On nous fit cette horrible opération. L'iman nous appliqua le même baume qu'on met aux enfants qu'on vient de circoncire. Nous étions toutes à la mort.

À peine les janissaires eurent-ils fait le repas que nous leur avions fourni, que les Russes arrivent sur des bateaux plats : il ne réchappa pas un janissaire. Les Russes ne firent aucune attention à l'état où nous étions. Il y a partout des chirurgiens français ; un d'eux, qui était fort adroit, prit soin de nous ; il nous guérit, et je me souviendrai toute ma vie que, quand mes plaies furent bien fermées, il me fit des propositions. Au reste, il nous dit à toutes de nous consoler ; il nous assura que dans plusieurs sièges pareille chose était arrivée, et que c'était la loi de la guerre.

Dès que mes compagnes purent marcher, on les fit aller à Moscou. J'échus en partage à un boïard qui me fit sa jardinière, et qui me donnait vingt coups de fouet par jour ; mais ce seigneur ayant été roué au bout de deux ans avec une trentaine de

boïards pour quelque tracasserie de cour, je profitai de cette aventure : je m'enfuis ; je traversai toute la Russie ; je fus longtemps servante de cabaret à Riga, puis à Rostock, à Vismar, à Leipsick, à Cassel, à Utrecht, à Leyde, à La Haye, à Rotterdam ; j'ai vieilli dans la misère et dans l'opprobre, n'ayant que la moitié d'un derrière, me souvenant toujours que j'étais fille d'un pape ; je voulus cent fois me tuer, mais j'aimais encore la vie. Cette faiblesse ridicule est peut-être un de nos penchants les plus funestes : car y a-t-il rien de plus sot que de vouloir porter continuellement un fardeau qu'on veut toujours jeter par terre ? d'avoir son être en horreur, et de tenir à son être ? Enfin de caresser le serpent qui nous dévore, jusqu'à ce qu'il nous ait mangé le cœur ?

J'ai vu dans les pays que le sort m'a fait parcourir, et dans les cabarets où j'ai servi, un nombre prodigieux de personnes qui avaient leur existence en exécration ; mais je n'en ai vu que douze qui aient mis volontairement fin à leur misère : trois nègres, quatre Anglais, quatre Genevois, et un professeur allemand nommé Robeck. J'ai fini par être servante chez le juif don Issachar ; il me mit auprès de vous, ma belle demoiselle ; je me suis attachée à votre destinée, et j'ai été plus occupée de vos aventures que des miennes. Je ne vous aurais même jamais parlé de mes malheurs si vous ne m'aviez pas un peu piquée, et s'il n'était d'usage, dans un vaisseau, de conter des histoires pour se désennuyer. Enfin, mademoiselle, j'ai de l'expérience, je connais le monde ; donnez-vous un plaisir, engagez chaque passager à vous conter son histoire, et s'il s'en trouve un seul qui n'ait souvent maudit sa vie, qui ne se soit souvent dit à lui-même qu'il était le plus malheureux des hommes, jetez-moi dans la mer la tête la première. »

### Chapitre XIII

## Comment Candide fut obligé de se séparer de la belle Cunégonde et de la vieille

La belle Cunégonde, ayant entendu l'histoire de la vieille, lui fit toutes les politesses qu'on devait à une personne de son rang et de son mérite. Elle accepta la proposition ; elle engagea tous les passagers, l'un après l'autre, à lui conter leurs aventures. Candide et elle avouèrent que la vieille avait raison. « C'est bien dommage, disait Candide, que le sage Pangloss ait été pendu contre la coutume dans un auto-da-fé ; il nous dirait des choses admirables sur le mal physique et sur le mal moral qui couvrent la terre et la mer, et je me sentirais assez de force pour oser lui faire respectueusement quelques objections. »

À mesure que chacun racontait son histoire, le vaisseau avançait. On aborda dans Buenos-Ayres. Cunégonde, le capitaine Candide et la vieille allèrent chez le gouverneur don Fernando d'Ibaraa, y Figueora, y Mascarenes, y Lampourdos, y Souza. Ce seigneur avait une fierté convenable à un homme qui portait tant de noms. Il parlait aux hommes avec le dédain le plus noble, portant le nez si haut, élevant si impitoyablement la voix, prenant un ton si imposant, affectant une démarche si altière, que tous ceux qui le saluaient étaient tentés de le battre. Il aimait les femmes à la fureur. Cunégonde lui parut ce qu'il avait jamais vu de plus beau. La première chose qu'il fit fut de demander si elle n'était point la femme du capitaine. L'air dont il fit cette question alarma Candide : il n'osa pas dire qu'elle était sa femme, parce qu'en effet elle ne l'était point ; il n'osait pas dire que c'était sa sœur, parce qu'elle ne l'était pas non plus ; et quoique ce mensonge officieux eût été autrefois très à la mode chez les anciens, et qu'il pût être utile aux modernes, son âme était trop pure pour trahir la vérité. « Mademoiselle Cunégonde, dit-il, doit me faire l'honneur de m'épouser et nous supplions Votre Excellence de daigner faire notre noce. »

Don Fernando d'Ibaraa, y Figueora, y Mascarenes, y Lampourdos, y Souza, relevant sa moustache, sourit amèrement, et ordonna au capitaine Candide d'aller faire la revue de sa com-

pagnie. Candide obéit ; le gouverneur demeura avec mademoi-
selle Cunégonde. Il lui déclara sa passion, lui protesta que le
lendemain il l'épouserait à la face de l'Église, ou autrement,
ainsi qu'il plairait à ses charmes. Cunégonde lui demanda un
quart d'heure pour se recueillir, pour consulter la vieille, et
pour se déterminer.

La vieille dit à Cunégonde : « Mademoiselle, vous avez
soixante et douze quartiers et pas une obole ; il ne tient qu'à
vous d'être la femme du plus grand seigneur de l'Amérique
méridionale, qui a une très belle moustache ; est-ce à vous de
vous piquer d'une fidélité à toute épreuve ? Vous avez été violée
par les Bulgares ; un juif et un inquisiteur ont eu vos bonnes
grâces : les malheurs donnent des droits. J'avoue que, si j'étais
à votre place, je ne ferais aucun scrupule d'épouser monsieur le
gouverneur, et de faire la fortune de monsieur le capitaine Can-
dide. » Tandis que la vieille parlait avec toute la prudence que
l'âge et l'expérience donnent, on vit entrer dans le port un petit
vaisseau : il portait un alcade et des alguazils, et voici ce qui
était arrivé.

La vieille avait très bien deviné que ce fut un cordelier à la
grande manche qui vola l'argent et les bijoux de Cunégonde
dans la ville de Badajos, lorsqu'elle fuyait en hâte avec Can-
dide. Ce moine voulut vendre quelques-unes des pierreries à un
joaillier. Le marchand les reconnut pour celles du grand inqui-
siteur. Le cordelier, avant d'être pendu, avoua qu'il les avait
volées : il indiqua les personnes, et la route qu'elles prenaient.
La fuite de Cunégonde et de Candide était déjà connue. On les
suivit à Cadix : on envoya sans perdre de temps, un vaisseau à
leur poursuite. Le vaisseau était déjà dans le port de Buenos-
Ayres. Le bruit se répandit qu'un alcade allait débarquer, et
qu'on poursuivait les meurtriers de monseigneur le grand inqui-
siteur. La prudente vieille vit dans l'instant tout ce qui était à
faire. « Vous ne pouvez fuir, dit-elle à Cunégonde, et vous
n'avez rien à craindre : ce n'est pas vous qui avez tué monsei-
gneur, et d'ailleurs le gouverneur, qui vous aime, ne souffrira
pas qu'on vous maltraite ; demeurez. » Elle court sur-le-champ
à Candide : « Fuyez, dit-elle, ou dans une heure vous allez être
brûlé. » Il n'y avait pas un moment à perdre ; mais comment se
séparer de Cunégonde, et où se réfugier ?

## Chapitre XIV
## Comment Candide et Cacambo
## furent reçus chez les jésuites du Paraguai

Candide avait amené de Cadix un valet tel qu'on en trouve beaucoup sur les côtes d'Espagne et dans les colonies. C'était un quart d'Espagnol, né d'un métis dans le Tucuman ; il avait été enfant de chœur, sacristain, matelot, moine, facteur, soldat, laquais. Il s'appelait Cacambo, et aimait fort son maître, parce que son maître était un fort bon homme. Il sella au plus vite les deux chevaux andalous. « Allons, mon maître, suivons le conseil de la vieille ; partons, et courons sans regarder derrière nous. » Candide versa des larmes : « Ô ma chère Cunégonde ! faut-il vous abandonner dans le temps que monsieur le gouverneur va faire nos noces ! Cunégonde amenée de si loin, que deviendrez-vous ? — Elle deviendra ce qu'elle pourra, dit Cacambo ; les femmes ne sont jamais embarrassées d'elles ; Dieu y pourvoit ; courons. — Où me mènes-tu ? où allons-nous ? que ferons-nous sans Cunégonde ? disait Candide. — Par saint Jacques de Compostelle, dit Cacambo, vous alliez faire la guerre aux jésuites ; allons la faire pour eux : je sais assez les chemins, je vous mènerai dans leur royaume, ils seront charmés d'avoir un capitaine qui fasse l'exercice à la bulgare ; vous ferez une fortune prodigieuse : quand on n'a pas son compte dans un monde, on le trouve dans un autre. C'est un très grand plaisir de voir et de faire des choses nouvelles. »

—Tu as donc été déjà dans le Paraguai ? dit Candide.

—Eh vraiment oui ! dit Cacambo ; j'ai été cuistre dans le collège de l'Assomption, et je connais le gouvernement de Los Padres comme je connais les rues de Cadix. C'est une chose admirable que ce gouvernement. Le royaume a déjà plus de trois cents lieues de diamètre ; il est divisé en trente provinces. Los Padres y ont tout, et les peuples rien ; c'est le chef-d'œuvre de la raison et de la justice. Pour moi, je ne vois rien de si divin que Los Padres, qui font ici la guerre au roi d'Espagne et au roi de Portugal, et qui en Europe confessent ces rois ; qui tuent ici des Espagnols, et qui à Madrid les envoient au ciel : cela me

ravit; avançons : vous allez être le plus heureux de tous les hommes. Quel plaisir auront Los Padres quand ils sauront qu'il leur vient un capitaine qui sait l'exercice bulgare !

Dès qu'ils furent arrivés à la première barrière, Cacambo dit à la garde avancée qu'un capitaine demandait à parler à monseigneur le commandant. On alla avertir la grande garde. Un officier paraguain courut aux pieds du commandant lui donner part de la nouvelle. Candide et Cacambo furent d'abord désarmés; on se saisit de leurs deux chevaux andalous. Les deux étrangers sont introduits au milieu de deux files de soldats; le commandant était au bout, le bonnet à trois cornes en tête, la robe retroussée, l'épée au côté, l'esponton à la main. Il fit un signe; aussitôt vingt-quatre soldats entourent les deux nouveaux venus. Un sergent leur dit qu'il faut attendre, que le commandant ne peut leur parler, que le révérend père provincial ne permet pas qu'aucun Espagnol ouvre la bouche qu'en sa présence, et demeure plus de trois heures dans le pays.

« Et où est le révérend père provincial? dit Cacambo. — Il est à la parade après avoir dit sa messe, répondit le sergent, et vous ne pourrez baiser ses éperons que dans trois heures. — Mais, dit Cacambo, monsieur le capitaine, qui meurt de faim comme moi, n'est point espagnol, il est allemand; ne pourrions-nous point déjeuner en attendant Sa Révérence? »

Le sergent alla sur-le-champ rendre compte de ce discours au commandant. « Dieu soit béni ! dit ce seigneur, puisqu'il est allemand, je peux lui parler; qu'on le mène dans ma feuillée. » Aussitôt on conduit Candide dans un cabinet de verdure, orné d'une très jolie colonnade de marbre vert et or, et de treillages qui renfermaient des perroquets, des colibris, des oiseaux-mouches, des pintades, et tous les oiseaux les plus rares. Un excellent déjeuner était préparé dans des vases d'or; et tandis que les Paraguains mangèrent du maïs dans des écuelles de bois, en plein champ, à l'ardeur du soleil, le révérend père commandant entra dans la feuillée.

C'était un très beau jeune homme, le visage plein, assez blanc, haut en couleur, le sourcil relevé, l'œil vif, l'oreille rouge, les lèvres vermeilles, l'air fier, mais d'une fierté qui n'était ni celle d'un Espagnol ni celle d'un jésuite. On rendit à Candide et à Cacambo leurs armes, qu'on leur avait saisies,

ainsi que les deux chevaux andalous; Cacambo leur fit manger l'avoine auprès de la feuillée ayant toujours l'œil sur eux, crainte de surprise.

Candide baisa d'abord le bas de la robe du commandant, ensuite ils se mirent à table.

« Vous êtes donc allemand? lui dit le jésuite en cette langue. — Oui, mon révérend père », dit Candide.

L'un et l'autre, en prononçant ces paroles, se regardaient avec une extrême surprise, et une émotion dont ils n'étaient pas les maîtres. « Et de quel pays d'Allemagne êtes-vous? dit le jésuite. — De la sale province de Westphalie, dit Candide; je suis né dans le château de Thunder-ten-tronckh. — Ô ciel! est-il possible! s'écria le commandant. — Quel miracle! s'écria Candide. — Serait-ce vous? dit le commandant. — Cela n'est pas possible », dit Candide. Ils se laissent tomber tous deux à la renverse, ils s'embrassent, ils versent des ruisseaux de larmes. « Quoi! serait-ce vous, mon révérend père? vous, le frère de la belle Cunégonde! vous, qui fûtes tué par les Bulgares! vous, le fils de monsieur le baron! vous, jésuite au Paraguai! Il faut avouer que ce monde est une étrange chose. Ô Pangloss! Pangloss! que vous seriez aise si vous n'aviez pas été pendu! »

Le commandant fit retirer les esclaves nègres et les Paraguains qui servaient à boire dans des gobelets de cristal de roche. Il remercia Dieu et saint Ignace mille fois; il serrait Candide entre ses bras, leurs visages étaient baignés de pleurs.

« Vous seriez bien plus étonné, plus attendri, plus hors de vous-même, dit Candide, si je vous disais que mademoiselle Cunégonde, votre sœur, que vous avez crue éventrée, est pleine de santé. — Où? — Dans votre voisinage, chez monsieur le gouverneur de Buenos-Ayres; et je venais pour vous faire la guerre. »

Chaque mot qu'ils prononcèrent dans cette longue conversation accumulait prodige sur prodige. Leur âme tout entière volait sur leur langue, était attentive dans leurs oreilles, et étincelante dans leurs yeux. Comme ils étaient allemands, ils tinrent table longtemps, en attendant le révérend père provincial; et le commandant parla ainsi à son cher Candide.

## Chapitre XV
## Comment Candide tua le frère
## de sa chère Cunégonde

« J'aurai toute ma vie présent à la mémoire le jour horrible où je vis tuer mon père et ma mère, et violer ma sœur. Quand les Bulgares furent retirés, on ne trouva point cette sœur adorable, et on mit dans une charrette ma mère, mon père, et moi, deux servantes et trois petits garçons égorgés, pour nous aller enterrer dans une chapelle de jésuites, à deux lieues du château de mes pères. Un jésuite nous jeta de l'eau bénite ; elle était horriblement salée ; il en entra quelques gouttes dans mes yeux : le père s'aperçut que ma paupière faisait un petit mouvement : il mit la main sur mon cœur, et le sentit palpiter ; je fus secouru, et au bout de trois semaines il n'y paraissait pas. Vous savez, mon cher Candide, que j'étais fort joli ; je le devins encore davantage ; aussi le révérend père Croust, supérieur de la maison, prit pour moi la plus tendre amitié : il me donna l'habit de novice ; quelque temps après je fus envoyé à Rome. Le père général avait besoin d'une recrue de jeunes jésuites allemands. Les souverains du Paraguai reçoivent le moins qu'ils peuvent de jésuites espagnols ; ils aiment mieux les étrangers, dont ils se croient plus maîtres. Je fus jugé propre par le révérend père général pour aller travailler dans cette vigne. Nous partîmes, un Polonais, un Tyrolien, et moi. Je fus honoré, en arrivant, du sous-diaconat et d'une lieutenance ; je suis aujourd'hui colonel et prêtre. Nous recevons vigoureusement les troupes du roi d'Espagne ; je vous réponds qu'elles seront excommuniées et battues. La Providence vous envoie ici pour nous seconder. Mais est-il bien vrai que ma chère sœur Cunégonde soit dans le voisinage, chez le gouverneur de Buenos-Ayres ? » Candide l'assura par serment que rien n'était plus vrai. Leurs larmes recommencèrent à couler.

Le baron ne pouvait se lasser d'embrasser Candide ; il l'appelait son frère, son sauveur. « Ah ! peut-être, lui dit-il, nous pourrons ensemble, mon cher Candide, entrer en vainqueurs dans la ville, et reprendre ma sœur Cunégonde. — C'est tout ce que je

souhaite, dit Candide ; car je comptais l'épouser, et je l'espère encore. — Vous, insolent ! répondit le baron, vous auriez l'impudence d'épouser ma sœur, qui a soixante et douze quartiers ! Je vous trouve bien effronté d'oser me parler d'un dessein si téméraire ! » Candide, pétrifié d'un tel discours, lui répondit : « Mon révérend père, tous les quartiers du monde n'y font rien ; j'ai tiré votre sœur des bras d'un juif et d'un inquisiteur ; elle m'a assez d'obligations, elle veut m'épouser. Maître Pangloss m'a toujours dit que les hommes sont égaux ; et assurément je l'épouserai. — C'est ce que nous verrons, coquin ! » dit le jésuite baron de Thunder-ten-tronckh ; et en même temps il lui donna un grand coup du plat de son épée sur le visage. Candide dans l'instant tire la sienne, et l'enfonce jusqu'à la garde dans le ventre du baron jésuite ; mais en la retirant toute fumante, il se mit à pleurer : « Hélas ! mon Dieu, dit-il, j'ai tué mon ancien maître, mon ami, mon beau-frère ; je suis le meilleur homme du monde, et voilà déjà trois hommes que je tue ; et dans ces trois il y a deux prêtres. »

Cacambo, qui faisait sentinelle à la porte de la feuillée, accourut. « Il ne nous reste qu'à vendre cher notre vie, lui dit son maître ; on va, sans doute, entrer dans la feuillée ; il faut mourir les armes à la main. » Cacambo, qui en avait bien vu d'autres, ne perdit point la tête ; il prit la robe de jésuite que portait le baron, la mit sur le corps de Candide, lui donna le bonnet carré du mort, et le fit monter à cheval. Tout cela se fit en un clin d'œil. « Galopons, mon maître ; tout le monde vous prendra pour un jésuite qui va donner des ordres ; et nous aurons passé les frontières avant qu'on puisse courir après nous. » Il volait déjà en prononçant ces paroles, et en criant en espagnol : « Place, place pour le révérend père colonel ! »

# Chapitre XVI
## Ce qui advient aux deux voyageurs avec deux filles, deux singes, et les sauvages nommés Oreillons

Candide et son valet furent au-delà des barrières, et personne ne savait encore dans le camp la mort du jésuite allemand. Le vigilant Cacambo avait eu soin de remplir sa valise de pain, de chocolat, de jambon, de fruits et de quelques mesures de vin. Ils s'enfoncèrent avec leurs chevaux andalous dans un pays inconnu où ils ne découvrirent aucune route. Enfin une belle prairie entrecoupée de ruisseaux se présenta devant eux. Nos deux voyageurs font repaître leurs montures. Cacambo propose à son maître de manger, et lui en donne l'exemple. « Comment veux-tu, disait Candide, que je mange du jambon, quand j'ai tué le fils de monsieur le baron, et que je me vois condamné à ne revoir la belle Cunégonde de ma vie ? À quoi me servira de prolonger mes misérables jours, puisque je dois les traîner loin d'elle dans les remords et dans le désespoir ? Et que dira le Journal de Trévoux ? »

En parlant ainsi, il ne laissa pas de manger. Le soleil se couchait. Les deux égarés entendirent quelques petits cris qui paraissaient poussés par des femmes. Ils ne savaient si ces cris étaient de douleur ou de joie ; mais ils se levèrent précipitamment avec cette inquiétude et cette alarme que tout inspire dans un pays inconnu. Ces clameurs partaient de deux filles toutes nues qui couraient légèrement au bord de la prairie, tandis que deux singes les suivaient en leur mordant les fesses. Candide fut touché de pitié ; il avait appris à tirer chez les Bulgares, et il aurait abattu une noisette dans un buisson sans toucher aux feuilles. Il prend son fusil espagnol à deux coups, tire, et tue les deux singes. « Dieu soit loué, mon cher Cacambo ! j'ai délivré d'un grand péril ces deux pauvres créatures : si j'ai commis un péché en tuant un inquisiteur et un jésuite, je l'ai bien réparé en sauvant la vie à deux filles. Ce sont peut-être deux demoiselles de condition, et cette aventure nous peut procurer de très grands avantages dans le pays. »

Il allait continuer, mais sa langue devint percluse quand il vit ces deux filles embrasser tendrement les deux singes, fondre en larmes sur leurs corps, et remplir l'air des cris les plus douloureux. « Je ne m'attendais pas à tant de bonté d'âme », dit-il enfin à Cacambo ; lequel lui répliqua : « Vous avez fait là un beau chef-d'œuvre, mon maître ; vous avez tué les deux amants de ces demoiselles. — Leurs amants ! serait-il possible ? Vous vous moquez de moi, Cacambo ; le moyen de vous croire ? — Mon cher maître, repartit Cacambo, vous êtes toujours étonné de tout ; pourquoi trouvez-vous si étrange que dans quelques pays il y ait des singes qui obtiennent les bonnes grâces des dames ? Ils sont des quarts d'homme, comme je suis un quart d'Espagnol. — Hélas ! reprit Candide, je me souviens d'avoir entendu dire à maître Pangloss qu'autrefois pareils accidents étaient arrivés, et que ces mélanges avaient produit des égypans, des faunes, des satyres ; que plusieurs grands personnages de l'Antiquité en avaient vu ; mais je prenais cela pour des fables. — Vous devez être convaincu à présent, dit Cacambo, que c'est une vérité, et vous voyez comment en usent les personnes qui n'ont pas reçu une certaine éducation ; tout ce que je crains, c'est que ces dames ne nous fassent quelque méchante affaire. »

Ces réflexions solides engagèrent Candide à quitter la prairie, et à s'enfoncer dans un bois. Il y soupa avec Cacambo ; et tous deux, après avoir maudit l'inquisiteur de Portugal, le gouverneur de Buenos-Ayres, et le baron, s'endormirent sur de la mousse. À leur réveil, ils sentirent qu'ils ne pouvaient remuer ; la raison en était que pendant la nuit les Oreillons, habitants du pays, à qui les deux dames les avaient dénoncés, les avaient garrottés avec des cordes d'écorces d'arbre. Ils étaient entourés d'une cinquantaine d'Oreillons tout nus, armés de flèches, de massues, et de haches de caillou : les uns faisaient bouillir une grande chaudière ; les autres préparaient des broches, et tous criaient : « C'est un jésuite, c'est un jésuite ! nous serons vengés, et nous ferons bonne chère ; mangeons du jésuite, mangeons du jésuite ! »

« Je vous l'avais bien dit, mon cher maître, s'écria tristement Cacambo, que ces deux filles nous joueraient d'un mauvais tour. » Candide, apercevant la chaudière et les broches, s'écria :

« Nous allons certainement être rôtis ou bouillis. Ah ! que dirait
maître Pangloss, s'il voyait comme la pure nature est faite ?
Tout est bien ; soit, mais j'avoue qu'il est bien cruel d'avoir
perdu mademoiselle Cunégonde et d'être mis à la broche par
des Oreillons. »

Cacambo ne perdait jamais la tête. « Ne désespérez de rien,
dit-il au désolé Candide ; j'entends un peu le jargon de ces
peuples, je vais leur parler. — Ne manquez pas, dit Candide, de
leur représenter quelle est l'inhumanité affreuse de faire cuire
des hommes, et combien cela est peu chrétien... »

« Messieurs, dit Cacambo, vous comptez donc manger
aujourd'hui un jésuite ? C'est très bien fait ; rien n'est plus juste
que de traiter ainsi ses ennemis. En effet le droit naturel nous
enseigne à tuer notre prochain, et c'est ainsi qu'on en agit dans
toute la terre. Si nous n'usons pas du droit de le manger, c'est
que nous avons d'ailleurs de quoi faire bonne chère ; mais vous
n'avez pas les mêmes ressources que nous : certainement il
vaut mieux manger ses ennemis que d'abandonner aux cor-
beaux et aux corneilles le fruit de sa victoire. Mais, messieurs,
vous ne voudriez pas manger vos amis. Vous croyez aller mettre
un jésuite en broche, et c'est votre défenseur, c'est l'ennemi de
vos ennemis que vous allez rôtir. Pour moi, je suis né dans votre
pays ; monsieur que vous voyez est mon maître, et bien loin
d'être jésuite, il vient de tuer un jésuite, il en porte les
dépouilles ; voilà le sujet de votre méprise. Pour vérifier ce que
je vous dis, prenez sa robe, portez-la à la première barrière du
royaume de Los Padres ; informez-vous si mon maître n'a pas
tué un officier jésuite. Il vous faudra peu de temps ; vous pour-
rez toujours nous manger, si vous trouvez que je vous ai menti.
Mais, si je vous ai dit la vérité, vous connaissez trop les prin-
cipes du droit public, les mœurs et les lois, pour ne nous pas
faire grâce. »

Les Oreillons trouvèrent ce discours très raisonnable ; ils
députèrent deux notables pour aller en diligence s'informer de
la vérité ; les deux députés s'acquittèrent de leur commission en
gens d'esprit, et revinrent bientôt apporter de bonnes nouvelles.
Les Oreillons délièrent leurs deux prisonniers, leur firent toutes
sortes de civilités, leur offrirent des filles, leur donnèrent des
rafraîchissements, et les reconduisirent jusqu'aux confins de

leurs États, en criant avec allégresse : « Il n'est point jésuite, il n'est point jésuite ! »

Candide ne se lassait point d'admirer le sujet de sa délivrance. « Quel peuple ! disait-il, quels hommes ! quelles mœurs ! si je n'avais pas eu le bonheur de donner un grand coup d'épée au travers du corps du frère de mademoiselle Cunégonde, j'étais mangé sans rémission. Mais, après tout, la pure nature est bonne, puisque ces gens-ci, au lieu de me manger, m'ont fait mille honnêtetés dès qu'ils ont su que je n'étais pas jésuite. »

### Chapitre XVII
### Arrivée de Candide et de son valet
### au pays d'Eldorado, et ce qu'ils y virent

Quand ils furent aux frontières des Oreillons : « Vous voyez, dit Cacambo à Candide, que cet hémisphère-ci ne vaut pas mieux que l'autre ; croyez-moi, retournons en Europe par le plus court. — Comment y retourner, dit Candide ; et où aller ? Si je vais dans mon pays, les Bulgares et les Abares y égorgent tout ; si je retourne en Portugal, j'y suis brûlé ; si nous restons dans ce pays-ci, nous risquons à tout moment d'être mis en broche. Mais comment se résoudre à quitter la partie du monde que mademoiselle Cunégonde habite ? »

— Tournons vers la Cayenne, dit Cacambo, nous y trouverons des Français, qui vont par tout le monde ; ils pourront nous aider. Dieu aura peut-être pitié de nous.

Il n'était pas facile d'aller à la Cayenne ; ils savaient bien à peu près de quel côté il fallait marcher ; mais des montagnes, des fleuves, des précipices, des brigands, des sauvages, étaient partout de terribles obstacles. Leurs chevaux moururent de fatigue ; leurs provisions furent consumées ; ils se nourrirent un mois entier de fruits sauvages, et se trouvèrent enfin auprès d'une petite rivière bordée de cocotiers, qui soutinrent leur vie et leurs espérances.

Cacambo, qui donnait toujours d'aussi bons conseils que la vieille, dit à Candide : « Nous n'en pouvons plus, nous avons

assez marché ; j'aperçois un canot vide sur le rivage, emplissons-le de cocos, jetons-nous dans cette petite barque, laissons-nous aller au courant ; une rivière mène toujours à quelque endroit habité. Si nous ne trouvons pas des choses agréables, nous trouverons du moins des choses nouvelles. »

— Allons, dit Candide, recommandons-nous à la Providence.

Ils voguèrent quelques lieues entre des bords tantôt fleuris, tantôt arides, tantôt unis, tantôt escarpés. La rivière s'élargissait toujours ; enfin elle se perdait sous une voûte de rochers épouvantables qui s'élevaient jusqu'au ciel. Les deux voyageurs eurent la hardiesse de s'abandonner aux flots sous cette voûte. Le fleuve, resserré en cet endroit, les porta avec une rapidité et un bruit horrible. Au bout de vingt-quatre heures ils revirent le jour ; mais leur canot se fracassa contre les écueils ; il fallut se traîner de rocher en rocher pendant une lieue entière ; enfin ils découvrirent un horizon immense, bordé de montagnes inaccessibles. Le pays était cultivé pour le plaisir comme pour le besoin ; partout l'utile était agréable. Les chemins étaient couverts ou plutôt ornés de voitures d'une forme et d'une matière brillante, portant des hommes et des femmes d'une beauté singulière, traînés rapidement par de gros moutons rouges qui surpassaient en vitesse les plus beaux chevaux d'Andalousie, de Tétuan et de Méquinez.

« Voilà pourtant, dit Candide, un pays qui vaut mieux que la Westphalie. » Il mit pied à terre avec Cacambo auprès du premier village qu'il rencontra. Quelques enfants du village, couverts de brocarts d'or tout déchirés, jouaient au palet à l'entrée du bourg ; nos deux hommes de l'autre monde s'amusèrent à les regarder : leurs palets étaient d'assez larges pièces rondes, jaunes, rouges, vertes, qui jetaient un éclat singulier. Il prit envie aux voyageurs d'en ramasser quelques-uns ; c'était de l'or, c'était des émeraudes, des rubis, dont le moindre aurait été le plus grand ornement du trône du Mogol. « Sans doute, dit Cacambo, ces enfants sont les fils du roi du pays, qui jouent au petit palet. » Le magister du village parut dans ce moment pour les faire rentrer à l'école. « Voilà, dit Candide, le précepteur de la famille royale. »

Les petits gueux quittèrent aussitôt le jeu, en laissant à terre leurs palets, et tout ce qui avait servi à leurs divertissements.

Candide les ramasse, court au précepteur, et les lui présente humblement, lui faisant entendre par signes que leurs altesses royales avaient oublié leur or et leurs pierreries. Le magister du village, en souriant, les jeta par terre, regarda un moment la figure de Candide avec beaucoup de surprise, et continua son chemin.

Les voyageurs ne manquèrent pas de ramasser l'or, les rubis, et les émeraudes. « Où sommes-nous ? s'écria Candide. Il faut que les enfants des rois de ce pays soient bien élevés, puisqu'on leur apprend à mépriser l'or et les pierreries. » Cacambo était aussi surpris que Candide. Ils approchèrent enfin de la première maison du village ; elle était bâtie comme un palais d'Europe. Une foule de monde s'empressait à la porte, et encore plus dans le logis ; une musique très agréable se faisait entendre, et une odeur délicieuse de cuisine se faisait sentir. Cacambo s'approcha de la porte, et entendit qu'on parlait péruvien ; c'était sa langue maternelle ; car tout le monde sait que Cacambo était né au Tucuman, dans un village où l'on ne connaissait que cette langue. « Je vous servirai d'interprète, dit-il à Candide : entrons, c'est ici un cabaret. »

Aussitôt deux garçons et deux filles de l'hôtellerie, vêtus de drap d'or, et les cheveux renoués avec des rubans, les invitent à se mettre à la table de l'hôte. On servit quatre potages garnis chacun de deux perroquets, un contour bouilli qui pesait deux cents livres, deux singes rôtis d'un goût excellent, trois cents colibris dans un plat, et six cents oiseaux-mouches dans un autre ; des ragoûts exquis, des pâtisseries délicieuses ; le tout dans des plats d'une espèce de cristal de roche. Les garçons et les filles de l'hôtellerie versaient plusieurs liqueurs faites de canne de sucre.

Les convives étaient pour la plupart des marchands et des voituriers, tous d'une politesse extrême, qui firent quelques questions à Cacambo avec la discrétion la plus circonspecte, et qui répondirent aux siennes d'une manière à le satisfaire.

Quand le repas fut fini, Cacambo crut, ainsi que Candide, bien payer son écot en jetant sur la table de l'hôte deux de ces larges pièces d'or qu'il avait ramassées ; l'hôte et l'hôtesse éclatèrent de rire, et se tinrent longtemps les côtés. Enfin ils se remirent. « Messieurs, dit l'hôte, nous voyons bien que vous

êtes des étrangers; nous ne sommes pas accoutumés à en voir. Pardonnez-nous si nous nous sommes mis à rire quand vous nous avez offert en payement les cailloux de nos grands chemins. Vous n'avez pas sans doute de la monnaie du pays, mais il n'est pas nécessaire d'en avoir pour dîner ici. Toutes les hôtelleries établies pour la commodité du commerce sont payées par le gouvernement. Vous avez fait mauvaise chère ici, parce que c'est un pauvre village; mais partout ailleurs vous serez reçus comme vous méritez de l'être. » Cacambo expliquait à Candide tous les discours de l'hôte, et Candide les écoutait avec la même admiration et le même égarement que son ami Cacambo les rendait. « Quel est donc ce pays, disaient-ils l'un et l'autre, inconnu à tout le reste de la terre, et où toute la nature est d'une espèce si différente de la nôtre? C'est probablement le pays où tout va bien : car il faut absolument qu'il y en ait un de cette espèce. Et, quoi qu'en dît maître Pangloss, je me suis souvent aperçu que tout allait mal en Westphalie. »

## Chapitre XVIII
## Ce qu'ils virent dans le pays d'Eldorado

Cacambo témoigna à son hôte toute sa curiosité; l'hôte lui dit : « Je suis fort ignorant, et je m'en trouve bien; mais nous avons ici un vieillard retiré de la cour qui est le plus savant homme du royaume, et le plus communicatif. » Aussitôt il mène Cacambo chez le vieillard. Candide ne jouait plus que le second personnage, et accompagnait son valet. Ils entrèrent dans une maison fort simple, car la porte n'était que d'argent, et les lambris des appartements n'étaient que d'or, mais travaillés avec tant de goût que les plus riches lambris ne l'effaçaient pas. L'antichambre n'était à la vérité incrustée que de rubis et d'émeraudes; mais l'ordre dans lequel tout était arrangé réparait bien cette extrême simplicité.

Le vieillard reçut les deux étrangers sur un sofa matelassé de plumes de colibri, et leur fit présenter des liqueurs dans des vases de diamant; après quoi il satisfit à leur curiosité en ces termes :

« Je suis âgé de cent soixante et douze ans, et j'ai appris de feu

mon père, écuyer du roi, les étonnantes révolutions du Pérou dont il avait été témoin. Le royaume où nous sommes est l'ancienne patrie des Incas, qui en sortirent très imprudemment pour aller subjuguer une partie du monde et qui furent enfin détruits par les Espagnols. Les princes de leur famille qui restèrent dans leur pays natal furent plus sages ; ils ordonnèrent, du consentement de la nation, qu'aucun habitant ne sortirait jamais de notre petit royaume ; et c'est ce qui nous a conservé notre innocence et notre félicité. Les Espagnols ont eu une connaissance confuse de ce pays, ils l'ont appelé *El Dorado* ; et un Anglais, nommé le chevalier Raleigh, en a même approché il y a environ cent années ; mais, comme nous sommes entourés de rochers inabordables et de précipices, nous avons toujours été jusqu'à présent à l'abri de la rapacité des nations de l'Europe, qui ont une fureur inconcevable pour les cailloux et pour la fange de notre terre, et qui, pour en avoir, nous tueraient tous jusqu'au dernier. »

La conversation fut longue ; elle roula sur la forme du gouvernement, sur les mœurs, sur les femmes, sur les spectacles publics, sur les arts. Enfin Candide, qui avait toujours du goût pour la métaphysique, fit demander par Cacambo si dans le pays il y avait une religion.

Le vieillard rougit un peu. « Comment donc ! dit-il ; en pouvez-vous douter ? Est-ce que vous nous prenez pour des ingrats ? » Cacambo demanda humblement quelle était la religion d'Eldorado. Le vieillard rougit encore : « Est-ce qu'il peut y avoir deux religions ? dit-il. Nous avons, je crois, la religion de tout le monde ; nous adorons Dieu du soir jusqu'au matin. — N'adorez-vous qu'un seul Dieu ? dit Cacambo, qui servait toujours d'interprète aux doutes de Candide. — Apparemment, dit le vieillard, qu'il n'y en a ni deux, ni trois, ni quatre. Je vous avoue que les gens de votre monde font des questions bien singulières. » Candide ne se lassait pas de faire interroger ce bon vieillard ; il voulut savoir comment on priait Dieu dans l'Eldorado. « Nous ne le prions point, dit le bon et respectable sage ; nous n'avons rien à lui demander, il nous a donné tout ce qu'il nous faut ; nous le remercions sans cesse. » Candide eut la curiosité de voir des prêtres ; il fit demander où ils étaient. Le bon vieillard sourit. « Mes amis, dit-il, nous sommes tous prêtres ; le roi et tous les chefs de famille chantent des cantiques d'actions de grâces solennellement tous les

matins, et cinq ou six mille musiciens les accompagnent.
— Quoi ! Vous n'avez point de moines qui enseignent, qui dispu-
tent, qui gouvernent, qui cabalent, et qui font brûler les gens qui
ne sont pas de leur avis ? — Il faudrait que nous fussions fous, dit
le vieillard ; nous sommes tous ici du même avis, et nous n'enten-
dons pas ce que vous voulez dire avec vos moines. » Candide à
tous ces discours demeurait en extase, et disait en lui-même :
« Ceci est bien différent de la Westphalie et du château de mon-
sieur le baron : si notre ami Pangloss avait vu Eldorado, il n'aurait
plus dit que le château de Thunder-ten-tronckh était ce qu'il y
avait de mieux sur la terre ; il est certain qu'il faut voyager. »

Après cette longue conversation, le bon vieillard fit atteler un
carrosse à six moutons, et donna douze de ses domestiques aux
deux voyageurs pour les conduire à la cour. « Excusez-moi, leur
dit-il, si mon âge me prive de l'honneur de vous accompagner. Le
roi vous recevra d'une manière dont vous ne serez pas mécon-
tents, et vous pardonnerez sans doute aux usages du pays, s'il y en
a quelques-uns qui vous déplaisent. »

Candide et Cacambo montent en carrosse ; les six moutons
volaient, et en moins de quatre heures on arriva au palais du roi,
situé à un bout de la capitale. Le portail était de deux cent vingt
pieds de haut, et de cent de large ; il est impossible d'exprimer
quelle en était la matière. On voit assez quelle supériorité prodi-
gieuse elle devait avoir sur ces cailloux et sur ce sable que nous
nommons or et pierreries.

Vingt belles filles de la garde reçurent Candide et Cacambo à la
descente du carrosse, les conduisirent aux bains, les vêtirent de
robes d'un tissu de duvet de colibri ; après quoi les grands offi-
ciers et les grandes officières de la couronne les menèrent à l'ap-
partement de Sa Majesté au milieu de deux files, chacune de
mille musiciens, selon l'usage ordinaire. Quand ils approchèrent
de la salle du trône, Cacambo demanda à un grand officier com-
ment il fallait s'y prendre pour saluer Sa Majesté : si on se jetait à
genoux ou ventre à terre ; si on mettait les mains sur la tête ou sur
le derrière ; si on léchait la poussière de la salle ; en un mot, quelle
était la cérémonie. « L'usage, dit le grand officier, est d'embrasser
le roi et de le baiser des deux côtés. » Candide et Cacambo sautè-
rent au cou de Sa Majesté, qui les reçut avec toute la grâce imagi-
nable, et qui les pria poliment à souper.

En attendant, on leur fit voir la ville, les édifices publics éle-
vés jusqu'aux nues, les marchés ornés de mille colonnes, les
fontaines d'eau pure, les fontaines d'eau rose, celles de liqueurs
de canne de sucre qui coulaient continuellement dans de
grandes places pavées d'une espèce de pierreries qui répan-
daient une odeur semblable à celle du girofle et de la cannelle.
Candide demanda à voir la cour de justice, le parlement ; on lui
dit qu'il n'y en avait point, et qu'on ne plaidait jamais. Il s'in-
forma s'il y avait des prisons, et on lui dit que non. Ce qui le
surprit davantage, et qui lui fit le plus de plaisir, ce fut le palais
des sciences, dans lequel il vit une galerie de deux mille pas,
toute pleine d'instruments de mathématique et de physique.

Après avoir parcouru toute l'après-dînée à peu près la mil-
lième partie de la ville, on les ramena chez le roi. Candide se
mit à table entre Sa Majesté, son valet Cacambo, et plusieurs
dames. Jamais on ne fit meilleure chère, et jamais on n'eut plus
d'esprit à souper qu'en eut Sa Majesté. Cacambo expliquait les
bons mots du roi à Candide, et quoique traduits, ils paraissaient
toujours des bons mots. De tout ce qui étonnait Candide, ce
n'était pas ce qui l'étonna le moins.

Ils passèrent un mois dans cet hospice. Candide ne cessait de
dire à Cacambo : « Il est vrai, mon ami, encore une fois, que le
château où je suis né ne vaut pas le pays où nous sommes ; mais
enfin mademoiselle Cunégonde n'y est pas, et vous avez sans
doute quelque maîtresse en Europe. Si nous restons ici, nous
n'y serons que comme les autres ; au lieu que si nous retour-
nons dans notre monde, seulement avec douze moutons chargés
de cailloux d'Eldorado, nous serons plus riches que tous les
rois ensemble, nous n'aurons plus d'inquisiteurs à craindre, et
nous pourrons aisément reprendre mademoiselle Cunégonde. »

Ce discours plut à Cacambo ; on aime tant à courir, à se faire
valoir chez les siens, à faire parade de ce qu'on a vu dans ses
voyages, que les deux heureux résolurent de ne plus l'être, et de
demander leur congé à Sa Majesté.

« Vous faites une sottise, leur dit le roi ; je sais bien que mon
pays est peu de chose ; mais, quand on est passablement
quelque part, il faut y rester. Je n'ai pas assurément le droit de
retenir des étrangers ; c'est une tyrannie qui n'est ni dans nos
mœurs ni dans nos lois : tous les hommes sont libres ; partez

quand vous voudrez, mais la sortie est bien difficile. Il est impossible de remonter la rivière rapide sur laquelle vous êtes arrivés par miracle, et qui court sous des voûtes de rochers. Les montagnes qui entourent tout mon royaume ont dix mille pieds de hauteur, et sont droites comme des murailles : elles occupent chacune en largeur un espace de plus de dix lieues ; on ne peut en descendre que par des précipices. Cependant, puisque vous voulez absolument partir, je vais donner ordre aux intendants des machines d'en faire une qui puisse vous transporter commodément. Quand on vous aura conduits au revers des montagnes, personne ne pourra vous accompagner : car mes sujets ont fait vœu de ne jamais sortir de leur enceinte, et ils sont trop sages pour rompre leur vœu. Demandez-moi d'ailleurs tout ce qu'il vous plaira. — Nous ne demandons à Votre Majesté, dit Cacambo, que quelques moutons chargés de vivres, de cailloux, et de la boue du pays. » Le roi rit : « Je ne conçois pas, dit-il, quel goût vos gens d'Europe ont pour notre boue jaune ; mais emportez-en tant que vous voudrez, et grand bien vous fasse. »

Il donna l'ordre sur-le-champ à ses ingénieurs de faire une machine pour guinder ces deux hommes extraordinaires hors du royaume. Trois mille bons physiciens y travaillèrent ; elle fut prête au bout de quinze jours, et ne coûta pas plus de vingt millions de livres sterling, monnaie du pays. On mit sur la machine Candide et Cacambo ; il y avait deux grands moutons rouges sellés et bridés pour leur servir de monture quand ils auraient franchi les montagnes, vingt moutons de bât chargés de vivres, trente qui portaient des présents de ce que le pays a de plus curieux, et cinquante chargés d'or, de pierreries et de diamants. Le roi embrassa tendrement les deux vagabonds.

Ce fut un beau spectacle que leur départ, et la manière ingénieuse dont ils furent hissés, eux et leurs moutons, au haut des montagnes. Les physiciens prirent congé d'eux après les avoir mis en sûreté, et Candide n'eut plus d'autre désir et d'autre objet que d'aller présenter ses moutons à mademoiselle Cunégonde. « Nous avons, dit-il, de quoi payer le gouverneur de Buenos-Ayres, si mademoiselle Cunégonde peut être mise à prix. Marchons vers la Cayenne, embarquons-nous, et nous verrons ensuite quel royaume nous pourrons acheter. »

## Chapitre XIX
## Ce qui leur arriva à Surinam,
## et comment Candide fit connaissance
## avec Martin

La première journée de nos deux voyageurs fut assez agréable. Ils étaient encouragés par l'idée de se voir possesseurs de plus de trésors que l'Asie, l'Europe et l'Afrique n'en pouvaient rassembler. Candide, transporté, écrivit le nom de Cunégonde sur les arbres. À la seconde journée, deux de leurs moutons s'enfoncèrent dans des marais, et y furent abîmés avec leurs charges ; deux autres moutons moururent de fatigue quelques jours après ; sept ou huit périrent ensuite de faim dans un désert ; d'autres tombèrent au bout de quelques jours dans des précipices. Enfin, après cent jours de marche, il ne leur resta que deux moutons. Candide dit à Cacambo : « Mon ami, vous voyez comme les richesses de ce monde sont périssables ; il n'y a rien de solide que la vertu et le bonheur de revoir mademoiselle Cunégonde. — Je l'avoue, dit Cacambo ; mais il nous reste encore deux moutons avec plus de trésors que n'en aura jamais le roi d'Espagne ; et je vois de loin une ville que je soupçonne être Surinam, appartenante aux Hollandais. Nous sommes au bout de nos peines et au commencement de notre félicité. »

En approchant de la ville, ils rencontrèrent un nègre étendu par terre, n'ayant plus que la moitié de son habit, c'est-à-dire d'un caleçon de toile bleue ; il manquait à ce pauvre homme la jambe gauche et la main droite. « Eh ! mon Dieu ! lui dit Candide en hollandais, que fais-tu là, mon ami, dans l'état horrible où je te vois ? — J'attends mon maître, M. Vanderdendur, le fameux négociant, répondit le nègre. — Est-ce M. Vanderdendur, dit Candide, qui t'a traité ainsi ? — Oui, monsieur, dit le nègre, c'est l'usage. On nous donne un caleçon de toile pour tout vêtement deux fois l'année. Quand nous travaillons aux sucreries, et que la meule nous attrape le doigt, on nous coupe la main ; quand nous voulons nous enfuir, on nous coupe la jambe : je me suis trouvé dans les deux cas. C'est à ce prix que

vous mangez du sucre en Europe. Cependant, lorsque ma mère me vendit dix écus patagons sur la côte de Guinée, elle me disait : « Mon cher enfant, bénis nos fétiches, adore-les toujours, ils te feront vivre heureux ; tu as l'honneur d'être esclave de nos seigneurs les blancs, et tu fais par là la fortune de ton père et de ta mère. » Hélas ! je ne sais pas si j'ai fait leur fortune, mais ils n'ont pas fait la mienne. Les chiens, les singes et les perroquets sont mille fois moins malheureux que nous ; les fétiches hollandais qui m'ont converti me disent tous les dimanches que nous sommes tous enfants d'Adam, blancs et noirs. Je ne suis pas généalogiste ; mais si ces prêcheurs disent vrai, nous sommes tous cousins issus de germain. Or vous m'avouerez qu'on ne peut pas en user avec ses parents d'une manière plus horrible. »

— Ô Pangloss ! s'écria Candide, tu n'avais pas deviné cette abomination ; c'en est fait, il faudra qu'à la fin je renonce à ton optimisme. — Qu'est-ce qu'optimisme ? disait Cacambo. — Hélas ! dit Candide, c'est la rage de soutenir que tout est bien quand on est mal » ; et il versait des larmes en regardant son nègre ; et en pleurant, il entra dans Surinam.

La première chose dont ils s'informent, c'est s'il n'y a point au port quelque vaisseau qu'on pût envoyer à Buenos-Ayres. Celui à qui ils s'adressèrent était justement un patron espagnol qui s'offrit à faire avec eux un marché honnête. Il leur donna rendez-vous dans un cabaret. Candide et le fidèle Cacambo allèrent l'y attendre avec leurs deux moutons.

Candide, qui avait le cœur sur les lèvres, conta à l'Espagnol toutes ses aventures, et lui avoua qu'il voulait enlever mademoiselle Cunégonde. « Je me garderai bien de vous passer à Buenos-Ayres, dit le patron ; je serais pendu, et vous aussi ; la belle Cunégonde est la maîtresse favorite de monseigneur. » Ce fut un coup de foudre pour Candide, il pleura longtemps ; enfin il tira à part Cacambo. « Voici, mon cher ami, lui dit-il, ce qu'il faut que tu fasses. Nous avons chacun dans nos poches pour cinq ou six millions de diamants ; tu es plus habile que moi ; va prendre mademoiselle Cunégonde à Buenos-Ayres. Si le gouverneur fait quelque difficulté, donne-lui un million ; s'il ne se rend pas, donne-lui-en deux ; tu n'as point tué d'inquisiteur, on ne se défiera point de toi. J'équiperai un autre vaisseau, j'irai

t'attendre à Venise : c'est un pays libre où l'on n'a rien à craindre ni des Bulgares, ni des Abares, ni des juifs, ni des inquisiteurs. » Cacambo applaudit à cette sage résolution. Il était au désespoir de se séparer d'un bon maître devenu son ami intime ; mais le plaisir de lui être utile l'emporta sur la douleur de le quitter. Ils s'embrassèrent en versant des larmes : Candide lui recommanda de ne point oublier la bonne vieille. Cacambo partit dès le jour même : c'était un très bon homme que ce Cacambo.

Candide resta encore quelque temps à Surinam, et attendit qu'un autre patron voulût le mener en Italie, lui et les deux moutons qui lui restaient. Il prit des domestiques, et acheta tout ce qui lui était nécessaire pour un long voyage ; enfin monsieur Vanderdendur, maître d'un gros vaisseau, vint se présenter à lui. « Combien voulez-vous, demanda-t-il à cet homme, pour me mener en droiture à Venise, moi, mes gens, mon bagage, et les deux moutons que voilà ? » Le patron s'accorda à dix mille piastres ; Candide n'hésita pas.

« Oh ! oh ! dit à part soi le prudent Vanderdendur, cet étranger donne dix mille piastres tout d'un coup ! il faut qu'il soit bien riche. » Puis, revenant un moment après, il signifia qu'il ne pouvait partir à moins de vingt mille. « Eh ! bien vous les aurez », dit Candide.

— Ouais, se dit tout bas le marchand, cet homme donne vingt mille piastres aussi aisément que dix mille. Il revint encore, et dit qu'il ne pouvait le conduire à Venise à moins de trente mille piastres. « Vous en aurez donc trente mille », répondit Candide.

— Oh ! oh ! se dit encore le marchand hollandais, trente mille piastres ne coûtent rien à cet homme-ci ; sans doute les deux moutons portent des trésors immenses : n'insistons pas davantage ; faisons-nous d'abord payer les trente mille piastres, et puis nous verrons. Candide vendit deux petits diamants, dont le moindre valait plus que tout l'argent que demandait le patron. Il le paya d'avance. Les deux moutons furent embarqués. Candide suivait dans un petit bateau pour joindre le vaisseau à la rade ; le patron prend son temps, met à la voile, démarre ; le vent le favorise. Candide, éperdu et stupéfait, le perd bientôt de vue. « Hélas ! cria-t-il, voilà un tour digne de l'ancien monde. » Il retourne au rivage, abîmé dans la douleur : car enfin il avait perdu de quoi faire la fortune de vingt monarques.

Il se transporte chez le juge hollandais; et, comme il était un peu troublé, il frappe rudement à la porte; il entre, expose son aventure, et crie un peu plus haut qu'il ne convenait. Le juge commença par lui faire payer dix mille piastres pour le bruit qu'il avait fait; ensuite il l'écouta patiemment, lui promit d'examiner son affaire sitôt que le marchand serait revenu, et se fit payer dix mille autres piastres pour les frais de l'audience.

Ce procédé acheva de désespérer Candide; il avait à la vérité essuyé des malheurs mille fois plus douloureux; mais le sang-froid du juge, et celui du patron dont il était volé, alluma sa bile, et le plongea dans une noire mélancolie. La méchanceté des hommes se présentait à son esprit dans toute sa laideur, il ne se nourrissait que d'idées tristes. Enfin un vaisseau français étant sur le point de partir pour Bordeaux, comme il n'avait plus de moutons chargés de diamants à embarquer, il loua une chambre du vaisseau à juste prix, et fit signifier dans la ville qu'il payerait le passage, la nourriture, et donnerait deux mille piastres à un honnête homme qui voudrait faire le voyage avec lui, à condition que cet homme serait le plus dégoûté de son état et le plus malheureux de la province.

Il se présenta une foule de prétendants qu'une flotte n'aurait pu contenir. Candide voulant choisir entre les plus apparents, il distingua une vingtaine de personnes qui lui paraissaient assez sociables, et qui toutes prétendaient mériter la préférence. Il les assembla dans son cabaret, et leur donna à souper, à condition que chacun ferait serment de raconter fidèlement son histoire, promettant de choisir celui qui lui paraîtrait le plus à plaindre et le plus mécontent de son état, à plus juste titre, et de donner aux autres quelques gratifications.

La séance dura jusqu'à quatre heures du matin. Candide, en écoutant toutes leurs aventures, se ressouvenait de ce que lui avait dit la vieille en allant à Buenos-Ayres, et de la gageure qu'elle avait faite, qu'il n'y avait personne sur le vaisseau à qui il ne fût arrivé de très grands malheurs. Il songeait à Pangloss à chaque aventure qu'on lui contait. « Ce Pangloss, disait-il, serait bien embarrassé à démontrer son système. Je voudrais qu'il fût ici. Certainement si tout va bien, c'est dans Eldorado, et non pas dans le reste de la terre. » Enfin il se détermina en faveur d'un pauvre savant qui avait travaillé dix ans pour les libraires à

Amsterdam. Il jugea qu'il n'y avait point de métier au monde
dont on dût être plus dégoûté.

Ce savant, qui était d'ailleurs un bon homme, avait été volé
par sa femme, battu par son fils, et abandonné de sa fille, qui
s'était fait enlever par un Portugais. Il venait d'être privé d'un
petit emploi duquel il subsistait ; et les prédicants de Surinam le
persécutaient parce qu'ils le prenaient pour un socinien. Il faut
avouer que les autres étaient pour le moins aussi malheureux
que lui ; mais Candide espérait que le savant le désennuierait
dans le voyage. Tous ses autres rivaux trouvèrent que Candide
leur faisait une grande injustice ; mais il les apaisa en leur don-
nant à chacun cent piastres.

## Chapitre XX
## Ce qui arriva sur mer
## à Candide et à Martin

Le vieux savant, qui s'appelait Martin, s'embarqua donc pour
Bordeaux avec Candide. L'un et l'autre avaient beaucoup vu et
beaucoup souffert ; et quand le vaisseau aurait dû faire voile de
Surinam au Japon par le cap de Bonne-Espérance, ils auraient
eu de quoi s'entretenir du mal moral et du mal physique pen-
dant tout le voyage.

Cependant Candide avait un grand avantage sur Martin, c'est
qu'il espérait toujours revoir mademoiselle Cunégonde, et que
Martin n'avait rien à espérer ; de plus il avait de l'or et des dia-
mants ; et quoiqu'il eût perdu cent gros moutons rouges chargés
des plus grands trésors de la terre, quoiqu'il eût toujours sur le
cœur la friponnerie du patron hollandais, cependant, quand il
songeait à ce qui lui restait dans ses poches, et quand il parlait
de Cunégonde, surtout à la fin du repas, il penchait alors pour
le système de Pangloss.

« Mais vous, monsieur Martin, dit-il au savant, que pensez-
vous de tout cela ? Quelle est votre idée sur le mal moral et le
mal physique ? — Monsieur, répondit Martin, mes prêtres

m'ont accusé d'être socinien; mais la vérité du fait est que je suis manichéen. — Vous vous moquez de moi, dit Candide; il n'y a plus de manichéens dans le monde. — Il y a moi, dit Martin; je ne sais qu'y faire, mais je ne peux penser autrement. — Il faut que vous ayez le diable au corps, dit Candide. — Il se mêle si fort des affaires de ce monde, dit Martin, qu'il pourrait bien être dans mon corps, comme partout ailleurs; mais je vous avoue qu'en jetant la vue sur ce globe, ou plutôt sur ce globule, je pense que Dieu l'a abandonné à quelque être malfaisant; j'en excepte toujours Eldorado. Je n'ai guère vu de ville qui ne désirât la ruine de la ville voisine, point de famille qui ne voulût exterminer quelque autre famille. Partout les faibles ont en exécration les puissants devant lesquels ils rampent, et les puissants les traitent comme des troupeaux dont on vend la laine et la chair. Un million d'assassins enrégimentés, courant d'un bout de l'Europe à l'autre, exerce le meurtre et le brigandage avec discipline pour gagner son pain, parce qu'il n'a pas de métier plus honnête; et dans les villes qui paraissent jouir de la paix, et où les arts fleurissent, les hommes sont dévorés de plus d'envie, de soins et d'inquiétudes qu'une ville assiégée n'éprouve de fléaux. Les chagrins secrets sont encore plus cruels que les misères publiques. En un mot, j'en ai tant vu et tant éprouvé que je suis manichéen. »

— Il y a pourtant du bon, répliquait Candide. — Cela peut-être, disait Martin; mais je ne le connais pas.

Au milieu de cette dispute, on entendit un bruit de canon. Le bruit redouble de moment en moment. Chacun prend sa lunette. On aperçoit deux vaisseaux qui combattaient à la distance d'environ trois milles : le vent les amena l'un et l'autre si près du vaisseau français qu'on eut le plaisir de voir le combat tout à son aise. Enfin l'un des deux vaisseaux lâcha à l'autre une bordée si bas et si juste, qu'il le coula à fond. Candide et Martin aperçurent distinctement une centaine d'hommes sur le tillac du vaisseau qui s'enfonçait; ils levaient tous les mains au ciel, et jetaient des clameurs effroyables : en un moment tout fut englouti.

« Eh bien! dit Martin, voilà comme les hommes se traitent les uns les autres. — Il est vrai, dit Candide, qu'il y a quelque chose de diabolique dans cette affaire. » En parlant ainsi, il aper-

çut je ne sais quoi d'un rouge éclatant, qui nageait auprès de son vaisseau. On détacha la chaloupe pour voir ce que ce pouvait être : c'était un de ses moutons. Candide eut plus de joie de retrouver ce mouton qu'il n'avait été affligé d'en perdre cent tous chargés de gros diamants d'Eldorado.

Le capitaine français aperçut bientôt que le capitaine du vaisseau submergeant était espagnol, et que celui du vaisseau submergé était un pirate hollandais ; c'était celui-là même qui avait volé Candide. Les richesses immenses dont ce scélérat s'était emparé furent ensevelies avec lui dans la mer, et il n'y eut qu'un mouton de sauvé. « Vous voyez, dit Candide à Martin, que le crime est puni quelquefois ; ce coquin de patron hollandais a eu le sort qu'il méritait. — Oui, dit Martin ; mais fallait-il que les passagers qui étaient sur son vaisseau périssent aussi ? Dieu a puni ce fripon, le diable a noyé les autres. »

Cependant le vaisseau français et l'espagnol continuèrent leur route, et Candide continua ses conversations avec Martin. Ils disputèrent quinze jours de suite, et au bout de quinze jours ils étaient aussi avancés que le premier. Mais enfin ils parlaient, ils se communiquaient des idées, ils se consolaient. Candide caressait son mouton. « Puisque je t'ai retrouvé, dit-il, je pourrai bien retrouver Cunégonde. »

## Chapitre XXI
### Candide et Martin
### approchent des côtes de France,
### et raisonnent

On aperçut enfin les côtes de France. « Avez-vous jamais été en France, monsieur Martin ? dit Candide. — Oui, dit Martin, j'ai parcouru plusieurs provinces. Il y en a où la moitié des habitants est folle, quelques-unes où l'on est trop rusé, d'autres où l'on est communément assez doux et assez bête, d'autres où l'on fait le bel esprit ; et, dans toutes, la principale occupation est l'amour ; la seconde, de médire ; et la troisième, de dire des sottises. — Mais, monsieur Martin, avez-vous vu Paris ?

— Oui, j'ai vu Paris ; il tient de toutes ces espèces-là ; c'est un chaos, c'est une presse dans laquelle tout le monde cherche le plaisir, et où presque personne ne le trouve, du moins à ce qu'il m'a paru. J'y ai séjourné peu ; j'y fus volé, en arrivant, de tout ce que j'avais, par des filous, à la foire Saint-Germain ; on me prit moi-même pour un voleur, et je fus huit jours en prison ; après quoi je me fis correcteur d'imprimerie pour gagner de quoi retourner à pied en Hollande. Je connus la canaille écrivante, la canaille cabalante, et la canaille convulsionnaire. On dit qu'il y a des gens fort polis dans cette ville-là : je le veux croire. »

— Pour moi, je n'ai nulle curiosité de voir la France, dit Candide ; vous devinez aisément que quand on a passé un mois dans Eldorado, on ne se soucie plus de rien voir sur la terre que mademoiselle Cunégonde : je vais l'attendre à Venise ; nous traverserons la France pour aller en Italie ; ne m'accompagnerez-vous pas ? — Très volontiers, dit Martin ; on dit que Venise n'est bonne que pour les nobles vénitiens, mais que cependant on y reçoit très bien les étrangers quand ils ont beaucoup d'argent : je n'en ai point ; vous en avez, je vous suivrai partout. —

À propos, dit Candide, pensez-vous que la terre ait été originairement une mer, comme on l'assure dans ce gros livre qui appartient au capitaine du vaisseau ? — Je n'en crois rien du tout, dit Martin, non plus que toutes les rêveries qu'on nous débite depuis quelque temps. — Mais à quelle fin ce monde a-t-il donc été formé ? dit Candide. — Pour nous faire enrager, répondit Martin. — N'êtes-vous pas bien étonné, continua Candide, de l'amour que ces deux filles du pays des Oreillons avaient pour ces deux singes, et dont je vous ai conté l'aventure ? — Point du tout, dit Martin ; je ne vois pas ce que cette passion a d'étrange : j'ai tant vu de choses extraordinaires qu'il n'y a plus rien d'extraordinaire. — Croyez-vous, dit Candide, que les hommes se soient toujours mutuellement massacrés comme ils font aujourd'hui ? qu'ils aient toujours été menteurs, fourbes, perfides, ingrats, brigands, faibles, volages, lâches, envieux, gourmands, ivrognes, avares, ambitieux, sanguinaires, calomniateurs, débauchés, fanatiques, hypocrites et sots ? — Croyez-vous, dit Martin, que les éperviers aient toujours mangé des pigeons quand ils en ont trouvé ? — Oui,

sans doute, dit Candide. — Eh bien! dit Martin, si les éperviers ont toujours eu le même caractère, pourquoi voulez-vous que les hommes aient changé le leur? — Oh! dit Candide, il y a bien de la différence, car le libre arbitre... »

En raisonnant ainsi, ils arrivèrent à Bordeaux.

## Chapitre XXII
### Ce qui arriva en France à Candide et à Martin

Candide ne s'arrêta dans Bordeaux qu'autant de temps qu'il en fallait pour vendre quelques cailloux du Dorado, et pour s'accommoder d'une bonne chaise à deux places; car il ne pouvait plus se passer de son philosophe Martin; il fut seulement très fâché de se séparer de son mouton, qu'il laissa à l'Académie des sciences de Bordeaux, laquelle proposa pour le sujet du prix de cette année de trouver pourquoi la laine de ce mouton était rouge; et le prix fut adjugé à un savant du Nord, qui démontra par A, plus B, moins C divisé par Z, que le mouton devait être rouge, et mourir de la clavelée.

Cependant tous les voyageurs que Candide rencontra dans les cabarets de la route lui disaient : « Nous allons à Paris. » Cet empressement général lui donna enfin l'envie de voir cette capitale; ce n'était pas beaucoup se détourner du chemin de Venise.

Il entra par le faubourg Saint-Marceau, et crut être dans le plus vilain village de la Westphalie.

À peine Candide fut-il dans son auberge, qu'il fut attaqué d'une maladie légère, causée par ses fatigues. Comme il avait au doigt un diamant énorme, et qu'on avait aperçu dans son équipage une cassette prodigieusement pesante, il eut aussitôt auprès de lui deux médecins qu'il n'avait pas mandés, quelques amis intimes qui ne le quittèrent pas, et deux dévotes qui faisaient chauffer ses bouillons. Martin disait : « Je me souviens d'avoir été malade aussi à Paris dans mon premier voyage; j'étais fort pauvre : aussi n'eus-je ni amis, ni dévotes, ni médecins, et je guéris. »

Cependant, à force de médecines et de saignées, la maladie de

Candide devint sérieuse. Un habitué du quartier vint avec douceur lui demander un billet payable au porteur pour l'autre monde : Candide n'en voulut rien faire. Les dévotes l'assurèrent que c'était une nouvelle mode ; Candide répondit qu'il n'était point homme à la mode. Martin voulut jeter l'habitué par les fenêtres. Le clerc jura qu'on n'enterrerait point Candide. Martin jura qu'il enterrerait le clerc s'il continuait à les importuner. La querelle s'échauffa : Martin le prit par les épaules, et le chassa rudement ; ce qui causa un grand scandale, dont on fit un procès-verbal.

Candide guérit ; et pendant sa convalescence il eut très bonne compagnie à souper chez lui. On jouait gros jeu. Candide était tout étonné que jamais les as ne lui vinssent ; et Martin ne s'en étonnait pas.

Parmi ceux qui lui faisaient les honneurs de la ville, il y avait un petit abbé périgourdin, l'un de ces gens empressés, toujours alertes, toujours serviables, effrontés, caressants, accommodants, qui guettent les étrangers à leur passage, leur content l'histoire scandaleuse de la ville, et leur offrent des plaisirs à tout prix. Celui-ci mena d'abord Candide et Martin à la comédie. On y jouait une tragédie nouvelle. Candide se trouva placé auprès de quelques beaux esprits. Cela ne l'empêcha pas de pleurer à des scènes jouées parfaitement. Un des raisonneurs qui étaient à ses côtés lui dit dans un entracte : « Vous avez grand tort de pleurer, cette actrice est fort mauvaise ; l'acteur qui joue avec elle est plus mauvais acteur encore ; la pièce est encore plus mauvaise que les acteurs ; l'auteur ne sait pas un mot d'arabe, et cependant la scène est en Arabie ; et, de plus, c'est un homme qui ne croit pas aux idées innées ; je vous apporterai demain vingt brochures contre lui. — Monsieur, combien avez-vous de pièces de théâtre en France ? » dit Candide à l'abbé ; lequel répondit : « Cinq ou six mille. — C'est beaucoup, dit Candide ; combien y en a-t-il de bonnes ? — Quinze ou seize, répliqua l'autre. — C'est beaucoup », dit Martin.

Candide fut très content d'une actrice qui faisait la reine Élizabeth, dans une assez plate tragédie que l'on joue quelquefois. « Cette actrice, dit-il à Martin, me plaît beaucoup ; elle a un faux air de mademoiselle Cunégonde ; je serais bien aise de la saluer. »

L'abbé périgourdin s'offrit à l'introduire chez elle. Candide,

élevé en Allemagne, demanda quelle était l'étiquette, et comment
on traitait en France les reines d'Angleterre. « Il faut distinguer,
dit l'abbé ; en province, on les mène au cabaret ; à Paris, on les
respecte quand elles sont belles, et on les jette à la voirie quand
elles sont mortes. — Des reines à la voirie ! dit Candide. — Oui
vraiment, dit Martin ; monsieur l'abbé a raison : j'étais à Paris
quand mademoiselle Monime passa, comme on dit, de cette vie à
l'autre ; on lui refusa ce que ces gens-ci appellent *les honneurs de
la sépulture,* c'est-à-dire de pourrir avec tous les gueux du quar-
tier dans un vilain cimetière ; elle fut enterrée toute seule de sa
bande au coin de la rue de Bourgogne ; ce qui dut lui faire une
peine extrême, car elle pensait très noblement. — Cela est bien
impoli, dit Candide. — Que voulez-vous ? dit Martin ; ces gens-ci
sont ainsi faits. Imaginez toutes les contradictions, toutes les
incompatibilités possibles, vous les verrez dans le gouvernement,
dans les tribunaux, dans les églises, dans les spectacles de cette
drôle de nation. — Est-il vrai qu'on rit toujours à Paris ? dit Can-
dide. — Oui, dit l'abbé ; mais c'est en enrageant : car on s'y
plaint de tout avec de grands éclats de rire ; même on y fait en
riant les actions les plus détestables. »

— Quel est, dit Candide, ce gros cochon qui me disait tant de
mal de la pièce où j'ai tant pleuré, et des acteurs qui m'ont fait
tant de plaisir ? — C'est un mal vivant, répondit l'abbé, qui
gagne sa vie à dire du mal de toutes les pièces et de tous les
livres ; il hait quiconque réussit, comme les eunuques haïssent les
jouissants ; c'est un de ces serpents de la littérature qui se nour-
rissent de fange et de venin ; c'est un folliculaire. — Qu'appelez-
vous folliculaire ? dit Candide. — C'est, dit l'abbé, un faiseur de
feuilles, un Fréron.

C'est ainsi que Candide, Martin, et le Périgourdin, raisonnaient
sur l'escalier, en voyant défiler le monde au sortir de la pièce.
« Quoique je sois très empressé de revoir mademoiselle Cuné-
gonde, dit Candide, je voudrais pourtant souper avec mademoi-
selle Clairon, car elle m'a paru admirable. »

L'abbé n'était pas homme à approcher de mademoiselle Clai-
ron, qui ne voyait que bonne compagnie. « Elle est engagée pour
ce soir, dit-il ; mais j'aurai l'honneur de vous mener chez une
dame de qualité, et là vous connaîtrez Paris comme si vous y
aviez été quatre ans. »

Candide, qui était naturellement curieux, se laissa mener chez la dame, au fond du faubourg Saint-Honoré ; on y était occupé d'un pharaon ; douze tristes pontes tenaient chacun en main un petit livre de cartes, registre cornu de leurs infortunes. Un profond silence régnait, la pâleur était sur le front des pontes, l'inquiétude sur celui du banquier ; et la dame du logis, assise auprès de ce banquier impitoyable, remarquait avec des yeux de lynx tous les parolis, tous les sept-et-le-va de campagne, dont chaque joueur cornait ses cartes ; elle les faisait décorner avec une attention sévère, mais polie, et ne se fâchait point, de peur de perdre ses pratiques. La dame se faisait appeler la marquise de Parolignac. Sa fille, âgée de quinze ans, était au nombre des pontes, et avertissait d'un clin d'œil des friponneries de ces pauvres gens qui tâchaient de réparer les cruautés du sort. L'abbé périgourdin, Candide, et Martin, entrèrent ; personne ne se leva, ni les salua, ni les regarda ; tous étaient profondément occupés de leurs cartes. « Madame la baronne de Thunder-ten-tronckh était plus civile », dit Candide.

Cependant l'abbé s'approcha de l'oreille de la marquise, qui se leva à moitié, honora Candide d'un sourire gracieux, et Martin d'un air de tête tout à fait noble ; elle fit donner un siège et un jeu de cartes à Candide, qui perdit cinquante mille francs en deux tailles : après quoi on soupa très gaiement ; et tout le monde était étonné que Candide ne fût pas ému de sa perte ; les laquais disaient entre eux, dans leur langage de laquais : « Il faut que ce soit quelque milord anglais. »

Le souper fut comme la plupart des soupers de Paris : d'abord du silence, ensuite un bruit de paroles qu'on ne distingue point, puis des plaisanteries dont la plupart sont insipides, de fausses nouvelles, de mauvais raisonnements, un peu de politique, et beaucoup de médisance ; on parla même de livres nouveaux. « Avez-vous vu, dit l'abbé périgourdin, le roman du sieur Gauchat, docteur en théologie ? — Oui, répondit un des convives ; mais je n'ai pu l'achever. Nous avons une foule d'écrits impertinents ; mais tous ensemble n'approchent pas de l'impertinence de Gauchat, docteur en théologie ; je suis si rassasié de cette immensité de détestables livres qui nous inondent que je me suis mis à ponter au pharaon. — Et les *Mélanges* de l'archidiacre T..., qu'en dites-vous ? dit l'abbé. — Ah ! dit madame de Parolignac,

l'ennuyeux mortel ! comme il vous dit curieusement ce que tout le monde sait ! comme il discute pesamment ce qui ne vaut pas la peine d'être remarqué légèrement ! comme il s'approprie, sans esprit, l'esprit des autres ! comme il gâte ce qu'il pille ! comme il me dégoûte ! mais il ne me dégoûtera plus ; c'est assez d'avoir lu quelques pages de l'archidiacre. »

Il y avait à table un homme savant et de goût qui appuya ce que disait la marquise. On parla ensuite de tragédies ; la dame demanda pourquoi il y avait des tragédies qu'on jouait quelquefois, et qu'on ne pouvait lire. L'homme de goût expliqua très bien comment une pièce pouvait avoir quelque intérêt, et n'avoir presque aucun mérite ; il prouva en peu de mots que ce n'était pas assez d'amener une ou deux de ces situations qu'on trouve dans tous les romans, et qui séduisent toujours les spectateurs, mais qu'il faut être neuf sans être bizarre, souvent sublime et toujours naturel ; connaître le cœur humain et le faire parler ; être grand poète sans que jamais aucun personnage de la pièce paraisse poète ; savoir parfaitement sa langue, la parler avec pureté, avec une harmonie continue, sans que jamais la rime coûte rien au sens. « Quiconque, ajouta-t-il, n'observe pas toutes ces règles peut faire une ou deux tragédies applaudies au théâtre, mais il ne sera jamais compté au rang des bons écrivains ; il y a très peu de bonnes tragédies : les unes sont des idylles en dialogues bien écrits et bien rimés ; les autres, des raisonnements politiques qui endorment, ou des amplifications qui rebutent ; les autres, des rêves d'énergumène, en style barbare, des propos interrompus, de longues apostrophes aux dieux, parce qu'on ne sait point parler aux hommes, des maximes fausses, des lieux communs ampoulés. »

Candide écouta ce propos avec attention, et conçut une grande idée du discoureur ; et, comme la marquise avait eu soin de le placer à côté d'elle, il s'approcha de son oreille, et prit la liberté de lui demander qui était cet homme qui parlait si bien. « C'est un savant, dit la dame, qui ne ponte point, et que l'abbé m'amène quelquefois à souper : il se connaît parfaitement en tragédies et en livres, et il a fait une tragédie sifflée, et un livre dont on n'a jamais vu hors de la boutique de son libraire qu'un exemplaire, qu'il m'a dédié. — Le grand homme ! dit Candide, c'est un autre Pangloss. »

Alors, se tournant vers lui, il lui dit : « Monsieur, vous pensez, sans doute, que tout est au mieux dans le monde physique et dans le moral, et que rien ne pouvait être autrement? — Moi, monsieur, lui répondit le savant, je ne pense rien de tout cela : je trouve que tout va de travers chez nous; que personne ne sait ni quel est son rang, ni quelle est sa charge, ni ce qu'il fait, ni ce qu'il doit faire, et qu'excepté le souper, qui est assez gai, et où il paraît assez d'union, tout le reste du temps se passe en querelles impertinentes : jansénistes contre molinistes, gens du parlement contre gens d'église, gens de lettres contre gens de lettres, courtisans contre courtisans, financiers contre le peuple, femmes contre maris, parents contre parents; c'est une guerre éternelle. »

Candide lui répliqua : « J'ai vu pis : mais un sage, qui depuis a eu le malheur d'être pendu, m'apprit que tout cela est à merveille : ce sont des ombres à un beau tableau. — Votre pendu se moquait du monde, dit Martin; vos ombres sont des taches horribles. — Ce sont les hommes qui font les taches, dit Candide, et ils ne peuvent pas s'en dispenser. — Ce n'est donc pas leur faute, dit Martin. » La plupart des pontes, qui n'entendaient rien à ce langage, buvaient; et Martin raisonna avec le savant, et Candide raconta une partie de ses aventures à la dame du logis.

Après souper, la marquise mena Candide dans son cabinet, et le fit asseoir sur un canapé. « Eh bien! lui dit-elle, vous aimez donc toujours éperdument mademoiselle Cunégonde de Thunder-ten-tronckh? »

— Oui madame, répondit Candide. La marquise lui répliqua avec un sourire tendre : « Vous me répondez comme un jeune homme de Westphalie; un Français m'aurait dit : « Il est vrai que j'ai aimé mademoiselle Cunégonde; mais, en vous voyant, madame, je crains de ne la plus aimer. » — Hélas! madame, dit Candide, je répondrai comme vous voudrez. — Votre passion pour elle, dit la marquise, a commencé en ramassant son mouchoir; je veux que vous ramassiez ma jarretière. — De tout mon cœur », dit Candide; et il la ramassa. « Mais je veux que vous me la remettiez », dit la dame; et Candide la lui remit. « Voyez-vous, dit la dame, vous êtes étranger; je fais quelquefois languir mes amants de Paris quinze jours, mais je me rends à vous dès la première nuit, parce qu'il faut faire les honneurs de son pays à un jeune homme de Westphalie » La belle, ayant aperçu deux

énormes diamants aux deux mains de son jeune étranger, les loua de si bonne foi que des doigts de Candide ils passèrent aux doigts de la marquise.

Candide, en s'en retournant avec son abbé périgourdin, sentit quelques remords d'avoir fait une infidélité à mademoiselle Cunégonde ; monsieur l'abbé entra dans sa peine ; il n'avait qu'une légère part aux cinquante mille livres perdues au jeu par Candide, et à la valeur des deux brillants moitié donnés, moitié extorqués. Son dessein était de profiter, autant qu'il le pourrait, des avantages que la connaissance de Candide pouvait lui procurer. Il lui parla beaucoup de Cunégonde, et Candide lui dit qu'il demanderait bien pardon à cette belle de son infidélité, quand il la verrait à Venise.

Le Périgourdin redoublait de politesses et d'attentions, et prenait un intérêt tendre à tout ce que Candide disait, à tout ce qu'il faisait, à tout ce qu'il voulait faire. « Vous avez donc, monsieur, lui dit-il, un rendez-vous à Venise ? — Oui, monsieur l'abbé, dit Candide ; il faut absolument que j'aille trouver mademoiselle Cunégonde. » Alors, engagé par le plaisir de parler de ce qu'il aimait, il conta, selon son usage, une partie de ses aventures avec cette illustre Westphalienne.

« Je crois, dit l'abbé, que mademoiselle Cunégonde a bien de l'esprit, et qu'elle écrit des lettres charmantes. — Je n'en ai jamais reçu, dit Candide ; car, figurez-vous qu'ayant été chassé du château pour l'amour d'elle, je ne pus lui écrire ; que bientôt après j'appris qu'elle était morte, qu'ensuite je la retrouvai, et que je la perdis, et que je lui ai envoyé à deux mille cinq cents lieues d'ici un exprès dont j'attends la réponse. »

L'abbé écoutait attentivement, et paraissait un peu rêveur. Il prit bientôt congé des deux étrangers, après les avoir tendrement embrassés. Le lendemain Candide reçut à son réveil une lettre conçue en ces termes :

« Monsieur mon très cher amant, il y a huit jours que je suis malade en cette ville ; j'apprends que vous y êtes. Je volerais dans vos bras si je pouvais remuer. J'ai su votre passage à Bordeaux ; j'y ai laissé le fidèle Cacambo et la vieille, qui doivent bientôt me suivre. Le gouverneur de Buenos-Ayres a tout pris, mais il me reste votre cœur. Venez ; votre présence me rendra la vie ou me fera mourir de plaisir. »

Cette lettre charmante, cette lettre inespérée, transporta Candide d'une joie inexprimable ; et la maladie de sa chère Cunégonde l'accabla de douleur. Partagé entre ces deux sentiments, il prend son or et ses diamants, et se fait conduire avec Martin à l'hôtel où mademoiselle Cunégonde demeurait. Il entre en tremblant d'émotion, son cœur palpite, sa voix sanglote ; il veut ouvrir les rideaux du lit ; il veut faire apporter de la lumière. « Gardez-vous-en bien, lui dit la suivante ; la lumière la tue » ; et soudain elle referme le rideau. « Ma chère Cunégonde, dit Candide en pleurant, comment vous portez-vous ? si vous ne pouvez me voir, parlez-moi du moins. — Elle ne peut parler », dit la suivante. La dame alors tire du lit une main potelée que Candide arrose longtemps de ses larmes, et qu'il remplit ensuite de diamants, en laissant un sac plein d'or sur le fauteuil.

Au milieu de ses transports arrive un exempt suivi de l'abbé périgourdin et d'une escouade. « Voilà donc, dit-il, ces deux étrangers suspects ? » Il les fait incontinent saisir, et ordonne à ses braves de les traîner en prison. « Ce n'est pas ainsi qu'on traite les voyageurs dans le Dorado, dit Candide. — Je suis plus manichéen que jamais, dit Martin. — Mais, monsieur, où nous menez vous ? dit Candide. — Dans un cul-de-basse-fosse », dit l'exempt.

Martin, ayant repris son sang-froid, jugea que la dame qui se prétendait Cunégonde était une friponne, monsieur l'abbé périgourdin un fripon qui avait abusé au plus vite de l'innocence de Candide, et l'exempt un autre fripon dont on pouvait aisément se débarrasser.

Plutôt que de s'exposer aux procédures de la justice, Candide, éclairé par son conseil, et d'ailleurs toujours impatient de revoir la véritable Cunégonde, propose à l'exempt trois petits diamants d'environ trois mille pistoles chacun. « Ah ! monsieur, lui dit l'homme au bâton d'ivoire, eussiez-vous commis tous les crimes imaginables, vous êtes le plus honnête homme du monde. Trois diamants ! chacun de trois mille pistoles ! Monsieur ! je me ferais tuer pour vous, au lieu de vous mener dans un cachot. On arrête tous les étrangers, mais laissez-moi faire ; j'ai un frère à Dieppe en Normandie ; je vais vous y mener ; et si vous avez quelque diamant à lui donner, il aura soin de vous comme moi-même. — Et pourquoi arrête-t-on tous les étran-

gers ? » dit Candide. L'abbé périgourdin prit alors la parole, et
dit : « C'est parce qu'un gueux du pays d'Atrébatie a entendu
dire des sottises : cela seul lui a fait commettre un parricide,
non pas tel que celui de 1610 au mois de mai, mais tel que celui
de 1594 au mois de décembre, et tel que plusieurs autres com-
mis dans d'autres années et dans d'autres mois par d'autres
gueux qui avaient entendu dire des sottises. »

L'exempt alors expliqua de quoi il s'agissait. « Ah ! les
monstres ! s'écria Candide ; quoi ! de telles horreurs chez un
peuple qui danse et qui chante ! Ne pourrai-je sortir au plus vite
de ce pays où des singes agacent des tigres ? J'ai vu des ours
dans mon pays ; je n'ai vu des hommes que dans le Dorado. Au
nom de Dieu, monsieur l'exempt, menez-moi à Venise, où je
dois attendre mademoiselle Cunégonde. — Je ne peux vous
mener qu'en Basse-Normandie », dit le barigel.

Aussitôt il lui fait ôter ses fers, dit qu'il s'est mépris, renvoie
ses gens, et emmène à Dieppe Candide et Martin, et les laisse
entre les mains de son frère. Il y avait un petit vaisseau hollan-
dais à la rade. Le Normand, à l'aide de trois autres diamants
devenu le plus serviable des hommes, embarque Candide et ses
gens dans le vaisseau qui allait faire voile pour Portsmouth en
Angleterre. Ce n'était pas le chemin de Venise ; mais Candide
croyait être délivré de l'enfer ; et il comptait bien reprendre la
route de Venise à la première occasion.

## Chapitre XXIII

### Candide et Martin
### vont sur les côtes d'Angleterre ;
### ce qu'ils y voient

« Ah ! Pangloss ! Pangloss ! Ah ! Martin ! Martin ! Ah ! ma
chère Cunégonde ! qu'est-ce que ce monde-ci ? disait Candide
sur le vaisseau hollandais. — Quelque chose de bien fou et de
bien abominable, répondait Martin. — Vous connaissez l'An-
gleterre ; y est-on aussi fou qu'en France ? — C'est une autre
espèce de folie, dit Martin. Vous savez que ces deux nations

sont en guerre pour quelques arpents de neige vers le Canada, et qu'elles dépensent pour cette belle guerre beaucoup plus que tout le Canada ne vaut. De vous dire précisément s'il y a plus de gens à lier dans un pays que dans un autre, c'est ce que mes faibles lumières ne me permettent pas ; je sais seulement qu'en général les gens que nous allons voir sont fort atrabilaires. »

En causant ainsi ils abordèrent à Portsmouth ; une multitude de peuple couvrait le rivage, et regardait attentivement un assez gros homme qui était à genoux, les yeux bandés, sur le tillac d'un des vaisseaux de la flotte ; quatre soldats, postés vis-à-vis de cet homme, lui tirèrent chacun trois balles dans le crâne, le plus paisiblement du monde ; et toute l'assemblée s'en retourna extrêmement satisfaite. « Qu'est-ce donc que tout ceci ? dit Candide ; et quel démon exerce partout son empire ? » Il demanda qui était ce gros homme qu'on venait de tuer en cérémonie. « C'est un amiral, lui répondit-on. — Et pourquoi tuer cet amiral ? — C'est, lui dit-on, parce qu'il n'a pas fait tuer assez de monde ; il a livré un combat à un amiral français, et on a trouvé qu'il n'était pas assez près de lui. — Mais, dit Candide, l'amiral français était aussi loin de l'amiral anglais que celui-ci l'était de l'autre ! — Cela est incontestable, lui répliqua-t-on ; mais dans ce pays-ci il est bon de tuer de temps en temps un amiral pour encourager les autres. »

Candide fut si étourdi et si choqué de ce qu'il voyait et de ce qu'il entendait qu'il ne voulut pas seulement mettre pied à terre, et qu'il fit son marché avec le patron hollandais (dût-il le voler comme celui de Surinam) pour le conduire sans délai à Venise.

Le patron fut prêt au bout de deux jours. On côtoya la France ; on passa à la vue de Lisbonne, et Candide frémit. On entra dans le détroit et dans la Méditerranée ; enfin on aborda à Venise. « Dieu soit loué ! dit Candide, en embrassant Martin ; c'est ici que je reverrai la belle Cunégonde. Je compte sur Cacambo comme sur moi-même. Tout est bien, tout va bien, tout va le mieux qu'il soit possible. »

# Chapitre XXIV
# De Paquette,
# et de frère Giroflée

Dès qu'il fut à Venise, il fit chercher Cacambo dans tous les cabarets, dans tous les cafés, chez toutes les filles de joie, et ne le trouva point. Il envoyait tous les jours à la découverte de tous les vaisseaux et de toutes les barques : nulles nouvelles de Cacambo. « Quoi ! disait-il à Martin, j'ai eu le temps de passer de Surinam à Bordeaux, d'aller de Bordeaux à Paris, de Paris à Dieppe, de Dieppe à Portsmouth, de côtoyer le Portugal et l'Espagne, de traverser toute la Méditerranée, de passer quelques mois à Venise, et la belle Cunégonde n'est point venue ! Je n'ai rencontré au lieu d'elle qu'une drôlesse et un abbé périgourdin ! Cunégonde est morte, sans doute ; je n'ai plus qu'à mourir. Ah ! il valait mieux rester dans le paradis du Dorado que de revenir dans cette maudite Europe. Que vous avez raison, mon cher Martin ! tout n'est qu'illusion et calamité. »

Il tomba dans une mélancolie noire, et ne prit aucune part à l'opéra *alla moda,* ni aux autres divertissements du carnaval ; pas une dame ne lui donna la moindre tentation. Martin lui dit : « Vous êtes bien simple, en vérité, de vous figurer qu'un valet métis qui a cinq ou six millions dans ses poches ira chercher votre maîtresse au bout du monde et vous l'amènera à Venise. Il la prendra pour lui, s'il la trouve. S'il ne la trouve pas, il en prendra une autre : je vous conseille d'oublier votre valet Cacambo et votre maîtresse Cunégonde. » Martin n'était pas consolant. La mélancolie de Candide augmenta, et Martin ne cessait de lui prouver qu'il y avait peu de vertu et peu de bonheur sur la terre ; excepté peut-être dans Eldorado, où personne ne pouvait aller.

En disputant sur cette matière importante, et en attendant Cunégonde, Candide aperçut un jeune théatin dans la place Saint-Marc, qui tenait sous le bras une fille. Le théatin paraissait frais, potelé, vigoureux ; ses yeux étaient brillants, son air assuré, sa mine haute, sa démarche fière. La fille était très jolie,

et chantait; elle regardait amoureusement son théatin, et de temps en temps lui pinçait ses grosses joues. « Vous m'avouerez du moins, dit Candide à Martin, que ces gens-ci sont heureux. Je n'ai trouvé jusqu'à présent dans toute la terre habitable, excepté dans Eldorado, que des infortunés; mais pour cette fille et ce théatin, je gage que ce sont des créatures très heureuses. — Je gage que non, dit Martin. — Il n'y a qu'à les prier à dîner, dit Candide, et vous verrez si je me trompe. »

Aussitôt il les aborde, il leur fait son compliment, et les invite à venir à son hôtellerie manger des macaronis, des perdrix de Lombardie, des œufs d'esturgeon, et à boire du vin de Montepulciano, du lacryma-christi, du chypre, et du samos. La demoiselle rougit, le théatin accepta la partie, et la fille le suivit en regardant Candide avec des yeux de surprise et de confusion, qui furent obscurcis de quelques larmes. À peine fut-elle entrée dans la chambre de Candide, qu'elle lui dit : « Eh quoi! monsieur Candide ne reconnaît plus Paquette! »

À ces mots, Candide, qui ne l'avait pas considérée jusque-là avec attention, parce qu'il n'était occupé que de Cunégonde, lui dit : « Hélas! ma pauvre enfant, c'est donc vous qui avez mis le docteur Pangloss dans le bel état où je l'ai vu? »

— Hélas! monsieur, c'est moi-même, dit Paquette; je vois que vous êtes instruit de tout. J'ai su les malheurs épouvantables arrivés à toute la maison de madame la baronne et à la belle Cunégonde. Je vous jure que ma destinée n'a guère été moins triste. J'étais fort innocente quand vous m'avez vue. Un cordelier, qui était mon confesseur, me séduisit aisément. Les suites en furent affreuses; je fus obligée de sortir du château quelque temps après que monsieur le baron vous eut renvoyé à grands coups de pied dans le derrière. Si un fameux médecin n'avait pas pris pitié de moi, j'étais morte. Je fus quelque temps par reconnaissance la maîtresse de ce médecin. Sa femme, qui était jalouse à la rage, me battait tous les jours impitoyablement; c'était une furie. Ce médecin était le plus laid de tous les hommes, et moi la plus malheureuse de toutes les créatures d'être battue continuellement pour un homme que je n'aimais pas. Vous savez, monsieur, combien il est dangereux pour une femme acariâtre d'être l'épouse d'un médecin. Celui-ci, outré des procédés de sa femme, lui donna un jour, pour la guérir

d'un petit rhume, une médecine si efficace qu'elle en mourut en deux heures de temps dans des convulsions horribles. Les parents de madame intentèrent à monsieur un procès criminel; il prit la fuite, et moi, je fus mise en prison. Mon innocence ne m'aurait pas sauvée si je n'avais été un peu jolie. Le juge m'élargit, à condition qu'il succéderait au médecin. Je fus bientôt supplantée par une rivale, chassée sans récompense, et obligée de continuer ce métier abominable qui vous paraît si plaisant à vous autres hommes, et qui n'est pour nous qu'un abîme de misère. J'allai exercer la profession à Venise. Ah! monsieur, si vous pouviez vous imaginer ce que c'est que d'être obligée de caresser indifféremment un vieux marchand, un avocat, un moine, un gondolier, un abbé; d'être exposée à toutes les insultes, à toutes les avanies; d'être souvent réduite à emprunter une jupe pour aller se la faire lever par un homme dégoûtant; d'être volée par l'un de ce qu'on a gagné avec l'autre; d'être rançonnée par les officiers de justice, et de n'avoir en perspective qu'une vieillesse affreuse, un hôpital, et un fumier, vous concluriez que je suis une des plus malheureuses créatures du monde.

Paquette ouvrait ainsi son cœur au bon Candide, dans un cabinet, en présence de Martin, qui disait à Candide : « Vous voyez que j'ai déjà gagné la moitié de la gageure. »

Frère Giroflée était resté dans la salle à manger, et buvait un coup en attendant le dîner. « Mais, dit Candide à Paquette, vous aviez l'air si gai, si content, quand je vous ai rencontrée; vous chantiez, vous caressiez le théatin avec une complaisance naturelle; vous m'avez paru aussi heureuse que vous prétendez être infortunée. — Ah! monsieur, répondit Paquette, c'est encore là une des misères du métier. J'ai été hier volée et battue par un officier, et il faut aujourd'hui que je paraisse de bonne humeur pour plaire à un moine. »

Candide n'en voulut pas davantage; il avoua que Martin avait raison. On se mit à table avec Paquette et le théatin; le repas fut assez amusant, et sur la fin on se parla avec quelque confiance. « Mon père, dit Candide au moine, vous me paraissez jouir d'une destinée que tout le monde doit envier; la fleur de la santé brille sur votre visage, votre physionomie annonce le bonheur; vous avez une très jolie fille pour votre récréation, et vous paraissez très content de votre état de théatin. »

— Ma foi, monsieur, dit frère Giroflée, je voudrais que tous les théatins fussent au fond de la mer. J'ai été tenté cent fois de mettre le feu au couvent, et d'aller me faire turc. Mes parents me forcèrent, à l'âge de quinze ans, d'endosser cette détestable robe, pour laisser plus de fortune à un maudit frère aîné que Dieu confonde ! La jalousie, la discorde, la rage, habitent dans le couvent. Il est vrai que j'ai prêché quelques mauvais sermons qui m'ont valu un peu d'argent dont le prieur me vole la moitié : le reste me sert à entretenir des filles ; mais quand je rentre le soir dans le monastère, je suis prêt de me casser la tête contre les murs du dortoir ; et tous mes confrères sont dans le même cas.

Martin se tournant vers Candide avec son sang-froid ordinaire : « Et bien ! lui dit-il, n'ai-je pas gagné la gageure tout entière ? » Candide donna deux mille piastres à Paquette et mille piastres à frère Giroflée. « Je vous réponds, dit-il, qu'avec cela ils seront heureux. — Je n'en crois rien du tout, dit Martin ; vous les rendrez peut-être avec ces piastres beaucoup plus malheureux encore. — Il en sera ce qui pourra, dit Candide ; mais une chose me console, je vois qu'on retrouve souvent les gens qu'on ne croyait jamais retrouver : il se pourra bien faire qu'ayant rencontré mon mouton rouge et Paquette, je rencontre aussi Cunégonde. — Je souhaite, dit Martin, qu'elle fasse un jour votre bonheur ; mais c'est de quoi je doute fort. — Vous êtes bien dur, dit Candide. — C'est que j'ai vécu, dit Martin. — Mais regardez ces gondoliers, dit Candide ; ne chantent-ils pas sans cesse ? — Vous ne les voyez pas dans leur ménage, avec leurs femmes et leurs marmots d'enfants, dit Martin. Le doge a ses chagrins, les gondoliers ont les leurs. Il est vrai qu'à tout prendre le sort d'un gondolier est préférable à celui d'un doge ; mais je crois la différence si médiocre que cela ne vaut pas la peine d'être examiné. »

— On parle, dit Candide, du sénateur Pococuranté, qui demeure dans ce beau palais sur la Brenta, et qui reçoit assez bien les étrangers. On prétend que c'est un homme qui n'a jamais eu de chagrin. — Je voudrais voir une espèce si rare, dit Martin.

Candide aussitôt fit demander au seigneur Pococuranté la permission de venir le voir le lendemain.

## Chapitre XXV
## Visite chez le seigneur Pococuranté, noble Vénitien

Candide et Martin allèrent en gondole sur la Brenta, et arrivèrent au palais du noble Pococuranté. Les jardins étaient bien entendus, et ornés de belles statues de marbre ; le palais, d'une belle architecture. Le maître du logis, homme de soixante ans, fort riche, reçut très poliment les deux curieux, mais avec très peu d'empressement, ce qui déconcerta Candide et ne déplut point à Martin.

D'abord deux filles jolies et proprement mises servirent du chocolat, qu'elles firent très bien mousser. Candide ne put s'empêcher de les louer sur leur beauté, sur leur bonne grâce, et sur leur adresse. « Ce sont d'assez bonnes créatures, dit le sénateur Pococuranté ; je les fais quelquefois coucher dans mon lit : car je suis bien las des dames de la ville, de leurs coquetteries, de leurs jalousies, de leurs querelles, de leurs humeurs, de leurs petitesses, de leur orgueil, de leurs sottises, et des sonnets qu'il faut faire ou commander pour elles ; mais, après tout, ces deux filles commencent fort à m'ennuyer. »

Candide, après le déjeuner, se promenant dans une longue galerie, fut surpris de la beauté des tableaux. Il demanda de quel maître étaient les deux premiers. « Ils sont de Raphaël, dit le sénateur ; je les achetai fort cher par vanité, il y a quelques années ; on dit que c'est ce qu'il y a de plus beau en Italie, mais ils ne me plaisent point du tout : la couleur en est très rembrunie, les figures ne sont pas assez arrondies, et ne sortent point assez ; les draperies ne ressemblent en rien à une étoffe : en un mot, quoi qu'on en dise, je ne trouve point là une imitation vraie de la nature. Je n'aimerai un tableau que quand je croirai voir la nature elle-même : il n'y en a point de cette espèce. J'ai beaucoup de tableaux, mais je ne les regarde plus. »

Pococuranté, en attendant le dîner, se fit donner un concerto. Candide trouva la musique délicieuse. « Ce bruit, dit Pococuranté, peut amuser une demi-heure ; mais s'il dure plus long-temps, il fatigue tout le monde, quoique personne n'ose

l'avouer. La musique aujourd'hui n'est plus que l'art d'exécuter des choses difficiles, et ce qui n'est que difficile ne plaît point à la longue.

J'aimerais peut-être mieux l'opéra, si on n'avait pas trouvé le secret d'en faire un monstre qui me révolte. Ira voir qui voudra de mauvaises tragédies en musique, où les scènes ne sont faites que pour amener très mal à propos deux ou trois chansons ridicules qui font valoir le gosier d'une actrice ; se pâmera de plaisir qui voudra ou qui pourra en voyant un châtré fredonner le rôle de César et de Caton, et se promener d'un air gauche sur des planches ; pour moi, il y a longtemps que j'ai renoncé à ces pauvretés, qui font aujourd'hui la gloire de l'Italie, et que des souverains payent si chèrement. » Candide disputa un peu, mais avec discrétion. Martin fut entièrement de l'avis du sénateur.

On se mit à table ; et, après un excellent dîner, on entra dans la bibliothèque. Candide, en voyant un Homère magnifiquement relié, loua l'illustrissime sur son bon goût. « Voilà, dit-il, un livre qui faisait les délices du grand Pangloss, le meilleur philosophe de l'Allemagne. »

— Il ne fait pas les miennes, dit froidement Pococuranté ; on me fit accroire autrefois que j'avais du plaisir en le lisant ; mais cette répétition continuelle de combats qui se ressemblent tous, ces dieux qui agissent toujours pour ne rien faire de décisif, cette Hélène qui est le sujet de la guerre, et qui à peine est une actrice de la pièce ; cette Troie qu'on assiège, et qu'on ne prend point : tout cela me causait le plus mortel ennui. J'ai demandé quelquefois à des savants s'ils s'ennuyaient autant que moi à cette lecture : tous les gens sincères m'ont avoué que le livre leur tombait des mains, mais qu'il fallait toujours l'avoir dans sa bibliothèque, comme un monument de l'antiquité, et comme ces médailles rouillées qui ne peuvent être de commerce. »

— Votre Excellence ne pense pas ainsi de Virgile ? dit Candide. — Je conviens, dit Pococuranté, que le second, le quatrième et le sixième livre de son *Énéide,* sont excellents ; mais pour son pieux Énée, et le fort Cloanthe, et l'ami Achates, et le petit Ascanius, et l'imbécile roi Latinus, et la bourgeoise Amata, et l'insipide Lavinia, je ne crois pas qu'il y ait rien de si froid et de plus désagréable. J'aime mieux le Tasse et les contes à dormir debout de l'Arioste.

— Oserais-je vous demander, monsieur, dit Candide, si vous n'avez pas un grand plaisir à lire Horace ? — Il y a des maximes, dit Pococuranté, dont un homme du monde peut faire son profit, et qui, étant resserrées dans des vers énergiques, se gravent plus aisément dans la mémoire ; mais je me soucie fort peu de son voyage à Brindes, et de sa description d'un mauvais dîner, et de la querelle de crocheteurs entre je ne sais quel Pupilus dont les paroles, dit-il, *étaient pleines de pus,* et un autre dont les paroles *étaient du vinaigre.* Je n'ai lu qu'avec un extrême dégoût ses vers grossiers contre des vieilles et contre des sorcières ; et je ne vois pas quel mérite il peut y avoir à dire à son ami Mecenas, que, s'il est mis par lui au rang des poètes lyriques, il frappera les astres de son front sublime. Les sots admirent tout dans un auteur estimé. Je ne lis que pour moi ; je n'aime que ce qui est à mon usage. Candide, qui avait été élevé à ne jamais juger de rien par lui-même, était fort étonné de ce qu'il entendait ; et Martin trouvait la façon de penser de Pococuranté assez raisonnable. « Oh ! voici un Cicéron, dit Candide ; pour ce grand homme-là, je pense que vous ne vous lassez point de le lire ? — Je ne le lis jamais, répondit le Vénitien. Que m'importe qu'il ait plaidé pour Rabirius ou pour Cluentius ? J'ai bien assez des procès que je juge ; je me serais mieux accommodé de ses œuvres philosophiques ; mais quand j'ai vu qu'il doutait de tout, j'ai conclu que j'en savais autant que lui, et que je n'avais besoin de personne pour être ignorant. »

— Ah ! voilà quatre-vingts volumes de recueils d'une académie des sciences, s'écria Martin ; il se peut qu'il y ait là du bon. — Il y en aurait, dit Pococuranté, si un seul des auteurs de ces fatras avait inventé seulement l'art de faire des épingles ; mais il n'y a dans tous ces livres que de vains systèmes, et pas une seule chose utile.

— Que de pièces de théâtre je vois là, dit Candide, en italien, en espagnol, en français ! — Oui, dit le sénateur, il y en a trois mille, et pas trois douzaines de bonnes. Pour ces recueils de sermons, qui tous ensemble ne valent pas une page de Sénèque, et tous ces gros volumes de théologie, vous pensez bien que je ne les ouvre jamais, ni moi, ni personne.

Martin aperçut des rayons chargés de livres anglais. « Je crois, dit-il, qu'un républicain doit se plaire à la plupart de ces

ouvrages écrits si librement. — Oui, répondit Pococuranté ; il est beau d'écrire ce qu'on pense : c'est le privilège de l'homme. Dans toute notre Italie, on n'écrit que ce qu'on ne pense pas ; ceux qui habitent la patrie des Césars et des Antonins n'osent avoir une idée sans la permission d'un jacobin. Je serais content de la liberté qui inspire les génies anglais si la passion et l'esprit de parti ne corrompaient pas tout ce que cette précieuse liberté a d'estimable. »

Candide, apercevant un Milton, lui demanda s'il ne regardait pas cet auteur comme un grand homme.

« Qui ? dit Pococuranté, ce barbare qui fait un long commentaire du premier chapitre de la *Genèse* en dix livres de vers durs ? ce grossier imitateur des Grecs, qui défigure la création, et qui, tandis que Moïse représente l'Être éternel produisant le monde par la parole, fait prendre un grand compas par le Messiah dans une armoire du ciel pour tracer son ouvrage ? Moi, j'estimerais celui qui a gâté l'enfer et le diable du Tasse ; qui déguise Lucifer tantôt en crapaud, tantôt en pygmée ; qui lui fait rebattre cent fois les mêmes discours ; qui le fait disputer sur la théologie ; qui, en imitant sérieusement l'invention comique des armes à feu de l'Arioste, fait tirer le canon dans le ciel par les diables ? Ni moi, ni personne en Italie n'a pu se plaire à toutes ces tristes extravagances. Le mariage du péché et de la mort, et des couleuvres dont le péché accouche, font vomir tout homme qui a le goût un peu délicat ; et sa longue description d'un hôpital n'est bonne que pour un fossoyeur. Ce poème obscur, bizarre et dégoûtant, fut méprisé à sa naissance ; je le traite aujourd'hui comme il fut traité dans sa patrie par les contemporains. Au reste, je dis ce que je pense, et je me soucie fort peu que les autres pensent comme moi. » Candide était affligé de ces discours ; il respectait Homère, il aimait un peu Milton. « Hélas ! dit-il tout bas à Martin, j'ai bien peur que cet homme-ci n'ait un souverain mépris pour nos poètes allemands. — Il n'y aurait pas grand mal à cela, dit Martin. — Oh ! quel homme supérieur ! disait encore Candide entre ses dents, quel grand génie que ce Pococuranté ! rien ne peut lui plaire. »

Après avoir fait ainsi la revue de tous les livres, ils descendirent dans le jardin. Candide en loua toutes les beautés. « Je ne sais rien de si mauvais goût, dit le maître : nous n'avons ici que

des colifichets, mais je vais dès demain en faire planter un d'un dessin plus noble. »

Quand les deux curieux eurent pris congé de Son Excellence : « Or çà, dit Candide à Martin, vous conviendrez que voilà le plus heureux de tous les hommes, car il est au-dessus de tout ce qu'il possède. — Ne voyez-vous pas, dit Martin, qu'il est dégoûté de tout ce qu'il possède ? Platon a dit, il y a longtemps, que les meilleurs estomacs ne sont pas ceux qui rebutent tous les aliments. — Mais, dit Candide, n'y a-t-il pas du plaisir à tout critiquer, à sentir des défauts où les autres hommes croient voir des beautés ? — C'est-à-dire, reprit Martin, qu'il y a du plaisir à n'avoir pas de plaisir ? — Oh bien ! dit Candide, il n'y a donc d'heureux que moi, quand je reverrai mademoiselle Cunégonde. — C'est toujours bien fait d'espérer », dit Martin.

Cependant les jours, les semaines s'écoulaient ; Cacambo ne revenait point, et Candide était si abîmé dans sa douleur qu'il ne fit pas même réflexion que Paquette et frère Giroflée n'étaient pas venus seulement le remercier.

# Chapitre XXVI
## D'un souper que Candide et Martin firent avec six étrangers, et qui ils étaient

Un soir que Candide, suivi de Martin, allait se mettre à table avec les étrangers qui logeaient dans la même hôtellerie, un homme à visage couleur de suie l'aborda par-derrière, et, le prenant par le bras, lui dit : « Soyez prêt à partir avec nous, n'y manquez pas. » Il se retourne, et voit Cacambo. Il n'y avait que la vue de Cunégonde qui pût l'étonner et lui plaire davantage. Il fut sur le point de devenir fou de joie. Il embrasse son cher ami. « Cunégonde est ici, sans doute ? Où est-elle ? Mène-moi vers elle, que je meure de joie avec elle. — Cunégonde n'est point ici, dit Cacambo, elle est à Constantinople. — Ah ciel ! à Constantinople ! mais fût-elle à la Chine, j'y vole, partons. — Nous partirons après souper, reprit Cacambo ; je ne peux

vous en dire davantage ; je suis esclave, mon maître m'attend ; il faut que j'aille le servir à table : ne dites mot ; soupez, et tenez-vous prêt. »

Candide, partagé entre la joie et la douleur, charmé d'avoir revu son agent fidèle, étonné de le voir esclave, plein de l'idée de retrouver sa maîtresse, le cœur agité, l'esprit bouleversé, se mit à table avec Martin, qui voyait de sang-froid toutes ces aventures, et avec six étrangers qui étaient venus passer le carnaval à Venise.

Cacambo, qui versait à boire à l'un de ces étrangers, s'approcha de l'oreille de son maître, sur la fin du repas, et lui dit : « Sire, Votre Majesté partira quand elle voudra, le vaisseau est prêt. » Ayant dit ces mots, il sortit. Les convives, étonnés, se regardaient sans proférer une seule parole, lorsqu'un autre domestique, s'approchant de son maître, lui dit : « Sire, la chaise de Votre Majesté est à Padoue, et la barque est prête. » Le maître fit un signe, et le domestique partit. Tous les convives se regardèrent encore, et la surprise commune redoubla. Un troisième valet, s'approchant aussi d'un troisième étranger, lui dit : « Sire, croyez-moi, Votre Majesté ne doit pas rester ici plus longtemps : je vais tout préparer » ; et aussitôt il disparut.

Candide et Martin ne doutèrent pas alors que ce ne fût une mascarade du carnaval. Un quatrième domestique dit au quatrième maître : « Votre Majesté partira quand elle voudra », et sortit comme les autres. Le cinquième valet en dit autant au cinquième maître. Mais le sixième valet parla différemment au sixième étranger, qui était auprès de Candide ; il lui dit : « Ma foi, Sire, on ne veut plus faire crédit à Votre Majesté ni à moi non plus, et nous pourrions bien être coffrés cette nuit, vous et moi ; je vais pourvoir à mes affaires, adieu. »

Tous les domestiques ayant disparu, les six étrangers, Candide et Martin, demeurèrent dans un profond silence. Enfin Candide le rompit : « Messieurs, dit-il, voilà une singulière plaisanterie. Pourquoi êtes-vous tous rois ? Pour moi, je vous avoue que ni moi ni Martin nous ne le sommes. »

Le maître de Cacambo prit alors gravement la parole, et dit en italien : « Je ne suis point plaisant, je m'appelle Achmet III ; j'ai été grand sultan plusieurs années ; je détrônai mon frère ; mon neveu m'a détrôné ; on a coupé le cou à mes vizirs ;

j'achève ma vie dans le vieux sérail ; mon neveu le grand sultan Mahmoud me permet de voyager quelquefois pour ma santé ; et je suis venu passer le carnaval à Venise. »

Un jeune homme qui était auprès d'Achmet parla après lui, et dit : « Je m'appelle Ivan ; j'ai été empereur de toutes les Russies ; j'ai été détrôné au berceau ; mon père et ma mère ont été enfermés ; on m'a élevé en prison ; j'ai quelquefois la permission de voyager, accompagné de ceux qui me gardent ; et je suis venu passer le carnaval à Venise. »

Le troisième dit : « Je suis Charles-Édouard, roi d'Angleterre ; mon père m'a cédé ses droits au royaume ; j'ai combattu pour les soutenir ; on a arraché le cœur à huit cents de mes partisans, et on leur en a battu les joues ; j'ai été mis en prison ; je vais à Rome faire une visite au roi mon père, détrôné ainsi que moi et mon grand-père ; et je suis venu passer le carnaval à Venise. »

Le quatrième prit alors la parole et dit : « Je suis roi des Polaques ; le sort de la guerre m'a privé de mes États héréditaires ; mon père a éprouvé les mêmes revers ; je me résigne à la Providence comme le sultan Achmet, l'empereur Ivan, et le roi Charles-Édouard, à qui Dieu donne une longue vie ; et je suis venu passer le carnaval à Venise. »

Le cinquième dit : « Je suis aussi roi des Polaques ; j'ai perdu mon royaume deux fois ; mais la Providence m'a donné un autre État dans lequel j'ai fait plus de bien que tous les rois des Sarmates ensemble n'en ont jamais pu faire sur les bords de la Vistule. Je me résigne aussi à la Providence ; et je suis venu passer le carnaval à Venise. »

Il restait au sixième monarque à parler. « Messieurs, dit-il, je ne suis pas si grand seigneur que vous ; mais enfin j'ai été roi tout comme un autre ; je suis Théodore ; on m'a élu roi en Corse ; on m'a appelé *Votre Majesté,* et à présent à peine m'appelle-t-on *Monsieur* ; j'ai fait frapper de la monnaie, et je ne possède pas un denier ; j'ai eu deux secrétaires d'État, et j'ai à peine un valet ; je me suis vu sur un trône, et j'ai longtemps été à Londres en prison sur la paille ; j'ai bien peur d'être traité de même ici, quoique je sois venu, comme Vos Majestés, passer le carnaval à Venise. »

Les cinq autres rois écoutèrent ce discours avec une noble compassion. Chacun d'eux donna vingt sequins au roi Théodore

pour avoir des habits et des chemises ; Candide lui fit présent d'un diamant de deux mille sequins. « Quel est donc, disaient les cinq rois, ce simple particulier qui est en état de donner cent fois autant que chacun de nous, et qui le donne ? »

Dans l'instant qu'on sortait de table, il arriva dans la même hôtellerie quatre altesses sérénissimes qui avaient aussi perdu leurs États par le sort de la guerre, et qui venaient passer le reste du carnaval à Venise. Mais Candide ne prit pas seulement garde à ces nouveaux venus. Il n'était occupé que d'aller trouver sa chère Cunégonde à Constantinople.

## Chapitre XXVII
## Voyage de Candide à Constantinople

Le fidèle Cacambo avait déjà obtenu du patron turc qui allait reconduire le sultan Achmet à Constantinople qu'il recevrait Candide et Martin sur son bord. L'un et l'autre s'y rendirent après s'être prosternés devant Sa misérable Hautesse. Candide, chemin faisant, disait à Martin : « Voilà pourtant six rois détrônés avec qui nous avons soupé ! et encore dans ces six rois il y en a un à qui j'ai fait l'aumône. Peut-être y a-t-il beaucoup d'autres princes plus infortunés. Pour moi, je n'ai perdu que cent moutons, et je vole dans les bras de Cunégonde. Mon cher Martin, encore une fois, Pangloss avait raison, tout est bien. — Je le souhaite, dit Martin. — Mais, dit Candide, voilà une aventure bien peu vraisemblable que nous avons eue à Venise. On n'avait jamais vu ni ouï conter que six rois détrônés soupassent ensemble au cabaret. — Cela n'est pas plus extraordinaire, dit Martin, que la plupart des choses qui nous sont arrivées. Il est très commun que des rois soient détrônés ; et à l'égard de l'honneur que nous avons eu de souper avec eux, c'est une bagatelle qui ne mérite pas notre attention. »

À peine Candide fut-il dans le vaisseau qu'il sauta au cou de son ancien valet, de son ami Cacambo. « Eh bien ! lui dit-il, que fait Cunégonde ? Est-elle toujours un prodige de beauté ? M'aime-t-elle toujours ? Comment se porte-t-elle ? Tu lui as sans doute acheté un palais à Constantinople ? »

— Mon cher maître, répondit Cacambo, Cunégonde lave les écuelles sur le bord de la Propontide, chez un prince qui a très peu d'écuelles ; elle est esclave dans la maison d'un ancien souverain, nommé Ragotski, à qui le Grand Turc donne trois écus par jour dans son asile ; mais, ce qui est bien plus triste, c'est qu'elle a perdu sa beauté, et qu'elle est devenue horriblement laide. — Ah ! belle ou laide, dit Candide, je suis honnête homme, et mon devoir est de l'aimer toujours. Mais comment peut-elle être réduite à un état si abject avec les cinq ou six millions que tu avais apportés ? — Bon, dit Cacambo, ne m'en a-t-il pas fallu donner deux millions au señor don Fernando d'Ibaraa, y Figueora, y Mascarenes, y Lampourdos, y Souza, gouverneur de Buenos-Ayres, pour avoir la permission de reprendre mademoiselle Cunégonde ? Et un pirate ne nous a-t-il pas bravement dépouillés de tout le reste ? Ce pirate ne nous a-t-il pas menés au cap de Matapan, à Milo, à Nicarie, à Samos, à Petra, aux Dardanelles, à Marmora, à Scutari ! Cunégonde et la vieille servent chez ce prince dont je vous ai parlé, et moi, je suis esclave du sultan détrôné. — Que d'épouvantables calamités enchaînées les unes aux autres ! dit Candide. Mais, après tout, j'ai encore quelques diamants ; je délivrerai aisément Cunégonde. C'est bien dommage qu'elle soit devenue si laide.

Ensuite, se tournant vers Martin : « Que pensez-vous, dit-il, qui soit le plus à plaindre, de l'empereur Achmet, de l'empereur Ivan, du roi Charles-Édouard, ou de moi ? — Je n'en sais rien, dit Martin ; il faudrait que je fusse dans vos cœurs pour le savoir. — Ah ! dit Candide, si Pangloss était ici, il le saurait, et nous l'apprendrait. — Je ne sais, dit Martin, avec quelles balances votre Pangloss aurait pu peser les infortunes des hommes, et apprécier leurs douleurs. Tout ce que je présume, c'est qu'il y a des millions d'hommes sur la terre cent fois plus à plaindre que le roi Charles-Édouard, l'empereur Ivan, et le sultan Achmet. — Cela pourrait bien être, dit Candide. »

On arriva en peu de jours sur le canal de la mer Noire. Candide commença par racheter Cacambo fort cher ; et sans perdre de temps, il se jeta dans une galère, avec ses compagnons, pour aller sur le rivage de la Propontide chercher Cunégonde, quelque laide qu'elle pût être.

Il y avait dans la chiourme deux forçats qui ramaient fort mal,

et à qui le levanti patron appliquait de temps en temps quelques coups de nerf de bœuf sur leurs épaules nues; Candide, par un mouvement naturel, les regarda plus attentivement que les autres galériens, et s'approcha d'eux avec pitié. Quelques traits de leurs visages défigurés lui parurent avoir un peu de ressemblance avec Pangloss et avec ce malheureux jésuite, ce baron, ce frère de mademoiselle Cunégonde. Cette idée l'émut et l'attrista. Il les considéra encore plus attentivement. « En vérité, dit-il à Cacambo, si je n'avais pas vu pendre maître Pangloss, et si je n'avais pas eu le malheur de tuer le baron, je croirais que ce sont eux qui rament dans cette galère. »

Au nom du baron et de Pangloss les deux forçats poussèrent un grand cri, s'arrêtèrent sur leur banc, et laissèrent tomber leurs rames. Le levanti patron accourait sur eux, et les coups de nerf de bœuf redoublaient. « Arrêtez! arrêtez! seigneur, s'écria Candide; je vous donnerai tant d'argent que vous voudrez. — Quoi! c'est Candide! disait l'un des forçats. — Quoi! c'est Candide! disait l'autre. — Est-ce un songe? dit Candide; veillé-je? suis-je dans cette galère? Est-ce là monsieur le baron, que j'ai tué? Est-ce là maître Pangloss, que j'ai vu pendre? — C'est nous-mêmes, c'est nous-mêmes, répondaient-ils. — Quoi! c'est là ce grand philosophe? disait Martin. — Eh! monsieur le levanti patron, dit Candide, combien voulez-vous d'argent pour la rançon de monsieur de Thunder-ten-tronckh, un des premiers barons de l'empire, et de monsieur Pangloss, le plus profond métaphysicien d'Allemagne? — Chien de chrétien, répondit le levanti patron, puisque ces deux chiens de forçats chrétiens sont des barons et des métaphysiciens, ce qui est sans doute une grande dignité dans leur pays, tu m'en donneras cinquante mille sequins. — Vous les aurez, monsieur; ramenez-moi comme un éclair à Constantinople, et vous serez payé sur-le-champ. Mais non, menez-moi chez mademoiselle Cunégonde. » Le levanti patron, sur la première offre de Candide, avait déjà tourné la proue vers la ville, et il faisait ramer plus vite qu'un oiseau ne fend les airs.

Candide embrassa cent fois le baron et Pangloss. « Et comment ne vous ai-je pas tué, mon cher baron? et mon cher Pangloss, comment êtes-vous en vie après avoir été pendu? et pourquoi êtes-vous tous deux aux galères en Turquie? — Est-il

bien vrai que ma chère sœur soit dans ce pays? disait le baron.
— Oui, répondait Cacambo. — Je revois donc mon cher Can-
dide », s'écriait Pangloss.

Candide leur présentait Martin et Cacambo. Ils s'embras-
saient tous ; ils parlaient tous à la fois. La galère volait, ils
étaient déjà dans le port. On fit venir un juif, à qui Candide
vendit pour cinquante mille sequins un diamant de la valeur de
cent mille, et qui lui jura par Abraham qu'il n'en pouvait don-
ner davantage. Il paya incontinent la rançon du baron et de Pan-
gloss. Celui-ci se jeta aux pieds de son libérateur, et les baigna
de larmes ; l'autre le remercia par un signe de tête, et lui promit
de lui rendre cet argent à la première occasion. « Mais est-il
bien possible que ma sœur soit en Turquie? disait-il. — Rien
n'est si possible, reprit Cacambo, puisqu'elle récure la vaisselle
chez un prince de Transylvanie. » On fit aussitôt venir deux
juifs : Candide vendit encore des diamants ; et ils repartirent
tous dans une autre galère pour aller délivrer Cunégonde.

# Chapitre XXVIII
## Ce qui arriva à Candide, à Cunégonde,
## à Pangloss, à Martin, etc.

« Pardon, encore une fois, dit Candide au baron ; pardon, mon
révérend père, de vous avoir donné un grand coup d'épée au
travers du corps. — N'en parlons plus, dit le baron ; je fus un
peu trop vif, je l'avoue ; mais puisque vous voulez savoir par
quel hasard vous m'avez vu aux galères, je vous dirai qu'après
avoir été guéri de ma blessure par le frère apothicaire du col-
lège, je fus attaqué et enlevé par un parti espagnol ; on me mit
en prison à Buenos-Ayres dans le temps que ma sœur venait
d'en partir. Je demandai à retourner à Rome auprès du père
général. Je fus nommé pour aller servir d'aumônier à Constan-
tinople auprès de monsieur l'ambassadeur de France. Il n'y
avait pas huit jours que j'étais entré en fonction, quand je trou-
vai sur le soir un jeune icoglan très bien fait. Il faisait fort
chaud : le jeune homme voulut se baigner ; je pris cette occa-

sion de me baigner aussi. Je ne savais pas que ce fût un crime capital pour un chrétien d'être trouvé tout nu avec un jeune musulman. Un cadi me fit donner cent coups de bâton sous la plante des pieds, et me condamna aux galères. Je ne crois pas qu'on ait fait une plus horrible injustice. Mais je voudrais bien savoir pourquoi ma sœur est dans la cuisine d'un souverain de Transylvanie réfugié chez les Turcs. »

— Mais vous, mon cher Pangloss, dit Candide, comment se peut-il que je vous revoie ? — Il est vrai, dit Pangloss, que vous m'avez vu pendre ; je devais naturellement être brûlé : mais vous vous souvenez qu'il plut à verse lorsqu'on allait me cuire : l'orage fut si violent qu'on désespéra d'allumer le feu ; je fus pendu, parce qu'on ne put mieux faire : un chirurgien acheta mon corps, m'emporta chez lui, et me disséqua. Il me fit d'abord une incision cruciale depuis le nombril jusqu'à la clavicule. On ne pouvait pas avoir été plus mal pendu que je l'avais été. L'exécuteur des hautes œuvres de la sainte Inquisition, lequel était sous-diacre, brûlait à la vérité les gens à merveille, mais il n'était pas accoutumé à pendre : la corde était mouillée et glissa mal, elle fut nouée ; enfin je respirais encore : l'incision cruciale me fit jeter un si grand cri que mon chirurgien tomba à la renverse ; et, croyant qu'il disséquait le diable, il s'enfuit en mourant de peur, et tomba encore sur l'escalier en fuyant. Sa femme accourut au bruit, d'un cabinet voisin : elle me vit sur la table étendu avec mon incision cruciale ; elle eut encore plus peur que son mari, s'enfuit, et tomba sur lui. Quand ils furent un peu revenus à eux, j'entendis la chirurgienne qui disait au chirurgien : « Mon bon, de quoi vous avisez-vous de disséquer un hérétique ? Ne savez-vous pas que le diable est toujours dans le corps de ces gens-là ? Je vais vite chercher un prêtre pour l'exorciser. » Je frémis à ce propos, et je ramassai le peu de forces qui me restaient pour crier : « Ayez pitié de moi ! » Enfin le barbier portugais s'enhardit : il recousit ma peau ; sa femme même eut soin de moi ; je fus sur pied au bout de quinze jours. Le barbier me trouva une condition, et me fit laquais d'un chevalier de Malte qui allait à Venise ; mais mon maître n'ayant pas de quoi me payer, je me mis au service d'un marchand vénitien, et je le suivis à Constantinople.

Un jour il me prit fantaisie d'entrer dans une mosquée ; il n'y

avait qu'un vieux iman et une jeune dévote très jolie qui disait ses
patenôtres ; sa gorge était toute découverte : elle avait entre ses
deux tétons un beau bouquet de tulipes, de roses, d'anémones, de
renoncules, d'hyacinthes, et d'oreilles d'ours ; elle laissa tomber
son bouquet ; je le ramassai, et je le lui remis avec un empresse-
ment très respectueux. Je fus si longtemps à le lui remettre que
l'iman se mit en colère, et, voyant que j'étais chrétien, il cria à
l'aide. On me mena chez le cadi, qui me fit donner cent coups de
latte sur la plante des pieds, et m'envoya aux galères. Je fus
enchaîné précisément dans la même galère et au même banc que
monsieur le baron. Il y avait dans cette galère quatre jeunes gens
de Marseille, cinq prêtres napolitains, et deux moines de Corfou,
qui nous dirent que de pareilles aventures arrivaient tous les jours.
Monsieur le baron prétendait qu'il avait essuyé une plus grande
injustice que moi ; je prétendais, moi, qu'il était beaucoup plus
permis de remettre un bouquet sur la gorge d'une femme que
d'être tout nu avec un icoglan. Nous disputions sans cesse, et nous
recevions vingt coups de nerf de bœuf par jour, lorsque l'enchaî-
nement des événements de cet univers vous a conduit dans notre
galère, et que vous nous avez rachetés.

— Eh bien ! mon cher Pangloss, lui dit Candide, quand vous
avez été pendu, disséqué, roué de coups, et que vous avez ramé
aux galères, avez-vous toujours pensé que tout allait le mieux du
monde ?

— Je suis toujours de mon premier sentiment, répondit Pan-
gloss ; car enfin je suis philosophe : il ne me convient pas de me
dédire, Leibnitz ne pouvant pas avoir tort, et l'harmonie préétablie
étant d'ailleurs la plus belle chose du monde, aussi bien que le
plein et la matière subtile.

## Chapitre XXIX

## Comment Candide retrouva
## Cunégonde et la vieille

Pendant que Candide, le baron, Pangloss, Martin, et Cacambo, contaient leurs aventures, qu'ils raisonnaient sur les événements contingents ou non contingents de cet univers, qu'ils disputaient sur les effets et les causes, sur le mal moral et sur le mal physique, sur la liberté et la nécessité, sur les consolations que l'on peut éprouver lorsqu'on est aux galères en Turquie, ils abordèrent sur le rivage de la Propontide, à la maison du prince de Transylvanie. Les premiers objets qui se présentèrent furent Cunégonde et la vieille, qui étendaient des serviettes sur des ficelles pour les faire sécher.

Le baron pâlit à cette vue. Le tendre amant Candide, en voyant sa belle Cunégonde rembrunie, les yeux éraillés, la gorge sèche, les joues ridées, les bras rouges et écaillés, recula trois pas, saisi d'horreur, et avança ensuite par bon procédé. Elle embrassa Candide et son frère; on embrassa la vieille : Candide les racheta toutes deux.

Il y avait une petite métairie dans le voisinage; la vieille proposa à Candide de s'en accommoder, en attendant que toute la troupe eût une meilleure destinée. Cunégonde ne savait pas qu'elle était enlaidie, personne ne l'en avait avertie : elle fit souvenir Candide de ses promesses avec un ton si absolu que le bon Candide n'osa pas la refuser. Il signifia donc au baron qu'il allait se marier avec sa sœur. « Je ne souffrirai jamais, dit le baron, une telle bassesse de sa part, et une telle insolence de la vôtre; cette infamie ne me sera jamais reprochée : les enfants de ma sœur ne pourraient entrer dans les chapitres d'Allemagne. Non, jamais ma sœur n'épousera qu'un baron de l'Empire. » Cunégonde se jeta à ses pieds, et les baigna de larmes; il fut inflexible. « Maître fou, lui dit Candide, je t'ai réchappé des galères, j'ai payé ta rançon, j'ai payé celle de ta sœur; elle lavait ici des écuelles, elle est laide, j'ai la bonté d'en faire ma femme; et tu prétends encore t'y opposer! Je te retuerais si j'en croyais ma colère. — Tu peux me tuer encore, dit le baron, mais tu n'épouseras pas ma sœur de mon vivant. »

# Chapitre XXX
# Conclusion

Candide, dans le fond de son cœur, n'avait aucune envie d'épouser Cunégonde; mais l'impertinence extrême du baron le déterminait à conclure le mariage, et Cunégonde le pressait si vivement qu'il ne pouvait s'en dédire. Il consulta Pangloss, Martin, et le fidèle Cacambo. Pangloss fit un beau mémoire par lequel il prouvait que le baron n'avait nul droit sur sa sœur, et qu'elle pouvait, selon toutes les lois de l'Empire, épouser Candide de la main gauche. Martin conclut à jeter le baron dans la mer; Cacambo décida qu'il fallait le rendre au levanti patron, et le remettre aux galères, après quoi on l'enverrait à Rome au père général par le premier vaisseau. L'avis fut trouvé fort bon; la vieille l'approuva; on n'en dit rien à sa sœur; la chose fut exécutée pour quelque argent, et on eut le plaisir d'attraper un jésuite, et de punir l'orgueil d'un baron allemand.

Il était tout naturel d'imaginer qu'après tant de désastres Candide, marié avec sa maîtresse et vivant avec le philosophe Pangloss, le philosophe Martin, le prudent Cacambo, et la vieille, ayant d'ailleurs rapporté tant de diamants de la patrie des anciens Incas, mènerait la vie du monde la plus agréable; mais il fut tant friponné par les juifs qu'il ne lui resta plus rien que sa petite métairie; sa femme, devenant tous les jours plus laide, devint acariâtre et insupportable; la vieille était infirme, et fut encore de plus mauvaise humeur que Cunégonde. Cacambo, qui travaillait au jardin, et qui allait vendre des légumes à Constantinople, était excédé de travail, et maudissait sa destinée. Pangloss était au désespoir de ne pas briller dans quelque université d'Allemagne. Pour Martin, il était fermement persuadé qu'on est également mal partout; il prenait les choses en patience. Candide, Martin, et Pangloss, disputaient quelquefois de métaphysique et de morale. On voyait souvent passer sous les fenêtres de la métairie des bateaux chargés d'effendis, de bachas, de cadis, qu'on envoyait en exil à Lemnos, à Mytilène, à Erzeroum; on voyait venir d'autres cadis, d'autres bachas, d'autres effendis, qui prenaient la place des expulsés, et qui étaient expulsés à leur tour. On voyait des têtes proprement

empaillées qu'on allait présenter à la Sublime-Porte. Ces spectacles faisaient redoubler les dissertations ; et quand on ne disputait pas, l'ennui était si excessif que la vieille osa un jour leur dire : « Je voudrais savoir lequel est le pire, ou d'être violée cent fois par des pirates nègres, d'avoir une fesse coupée, de passer par les baguettes chez les Bulgares, d'être fouetté et pendu dans un auto-da-fé, d'être disséqué, de ramer en galère, d'éprouver enfin toutes les misères par lesquelles nous avons tous passé, ou bien de rester ici à ne rien faire ? — C'est une grande question », dit Candide.

Ce discours fit naître de nouvelles réflexions, et Martin surtout conclut que l'homme était né pour vivre dans les convulsions de l'inquiétude, ou dans la léthargie de l'ennui. Candide n'en convenait pas, mais il n'assurait rien. Pangloss avouait qu'il avait toujours horriblement souffert ; mais ayant soutenu une fois que tout allait à merveille, il le soutenait toujours, et n'en croyait rien.

Une chose acheva de confirmer Martin dans ses détestables principes, de faire hésiter plus que jamais Candide, et d'embarrasser Pangloss. C'est qu'ils virent un jour aborder dans leur métairie Paquette et le frère Giroflée, qui étaient dans la plus extrême misère ; ils avaient bien vite mangé leurs trois mille piastres, s'étaient quittés, s'étaient raccommodés, s'étaient brouillés, avaient été mis en prison ; s'étaient enfuis, et enfin frère Giroflée s'était fait turc. Paquette continuait son métier partout, et n'y gagnait plus rien. « Je l'avais bien prévu, dit Martin à Candide, que vos présents seraient bientôt dissipés et ne les rendraient que plus misérables. Vous avez regorgé de millions de piastres, vous et Cacambo, et vous n'êtes pas plus heureux que frère Giroflée et Paquette. — Ah ! ah ! dit Pangloss à Paquette, le Ciel vous ramène donc ici parmi nous, ma pauvre enfant ! savez-vous bien que vous m'avez coûté le bout du nez, un œil, et une oreille ? Comme vous voilà faite ! eh ! qu'est-ce que ce monde ! » Cette nouvelle aventure les engagea à philosopher plus que jamais.

Il y avait dans le voisinage un derviche très fameux qui passait pour le meilleur philosophe de la Turquie ; ils allèrent le consulter ; Pangloss porta la parole, et lui dit : « Maître, nous venons vous prier de nous dire pourquoi un aussi étrange

animal que l'homme a été formé. — De quoi te mêles-tu ? lui dit
le derviche ; est-ce là ton affaire ? — Mais, mon révérend père,
dit Candide, il y a horriblement de mal sur la terre. — Qu'im-
porte, dit le derviche, qu'il y ait du mal ou du bien ? Quand Sa
Hautesse envoie un vaisseau en Égypte, s'embarrasse-t-elle si
les souris qui sont dans le vaisseau sont à leur aise ou non ? —
Que faut-il donc faire ? dit Pangloss. — Te taire, dit le derviche.
— Je me flattais, dit Pangloss, de raisonner un peu avec vous
des effets et des causes, du meilleur des mondes possibles, de
l'origine du mal, de la nature de l'âme, et de l'harmonie prééta-
blie. » Le derviche, à ces mots, leur ferma la porte au nez.

Pendant cette conversation, la nouvelle s'était répandue qu'on
venait d'étrangler à Constantinople deux vizirs du banc et le
muphti, et qu'on avait empalé plusieurs de leurs amis. Cette
catastrophe faisait partout un grand bruit pendant quelques
heures. Pangloss, Candide, et Martin, en retournant à la petite
métairie, rencontrèrent un bon vieillard qui prenait le frais à sa
porte sous un berceau d'orangers. Pangloss, qui était aussi
curieux que raisonneur, lui demanda comment se nommait le
muphti qu'on venait d'étrangler. « Je n'en sais rien, répondit le
bonhomme ; et je n'ai jamais su le nom d'aucun muphti ni d'au-
cun vizir. J'ignore absolument l'aventure dont vous me parlez ;
je présume qu'en général ceux qui se mêlent des affaires
publiques périssent quelquefois misérablement, et qu'ils le méri-
tent ; mais je ne m'informe jamais de ce qu'on fait à Constanti-
nople ; je me contente d'y envoyer vendre les fruits du jardin que
je cultive. » Ayant dit ces mots, il fit entrer les étrangers dans sa
maison ; ses deux filles et ses deux fils leur présentèrent plu-
sieurs sortes de sorbets qu'ils faisaient eux-mêmes, du kaïmak
piqué d'écorces de cédrat confit, des oranges, des citrons, des
limons, des ananas, des pistaches, du café de Moka qui n'était
point mêlé avec le mauvais café de Batavia et des îles. Après
quoi les deux filles de ce bon musulman parfumèrent les barbes
de Candide, de Pangloss, et de Martin.

« Vous devez avoir, dit Candide au Turc, une vaste et magni-
fique terre ? — Je n'ai que vingt arpents, répondit le Turc ; je les
cultive avec mes enfants ; le travail éloigne de nous trois grands
maux, l'ennui, le vice, et le besoin. »

Candide, en retournant dans sa métairie, fit de profondes

réflexions sur le discours du Turc. Il dit à Pangloss et à Martin :
« Ce bon vieillard me paraît s'être fait un sort bien préférable à
celui des six rois avec qui nous avons eu l'honneur de souper.
— Les grandeurs, dit Pangloss, sont fort dangereuses, selon le
rapport de tous les philosophes : car enfin Eglon, roi des Moa-
bites, fut assassiné par Aod ; Absalon fut pendu par les cheveux
et percé de trois dards ; le roi Nadab, fils de Jéroboam, fut tué
par Baasa ; le roi Ela, par Zambri ; Ochosias, par Jéhu ; Athalia,
par Joïada ; les rois Joachim, Jéchonias, Sédécias, furent
esclaves. Vous savez comment périrent Crésus, Astyage, Darius,
Denys de Syracuse, Pyrrhus, Persée, Annibal, Jugurtha, Ario-
viste, César, Pompée, Néron, Othon, Vitellius, Domitien,
Richard II d'Angleterre, Édouard II, Henri VI, Richard III,
Marie Stuart, Charles I$^{er}$, les trois Henri de France, l'empereur
Henri IV ! Vous savez… — Je sais aussi, dit Candide, qu'il faut
cultiver notre jardin. — Vous avez raison, dit Pangloss ; car
quand l'homme fut mis dans le jardin d'Éden, il y fut mis *ut
operaretur eum,* pour qu'il travaillât : ce qui prouve que
l'homme n'est pas né pour le repos. — Travaillons sans raison-
ner, dit Martin ; c'est le seul moyen de rendre la vie
supportable. »

Toute la petite société entra dans ce louable dessein ; chacun
se mit à exercer ses talents. La petite terre rapporta beaucoup.
Cunégonde était, à la vérité, bien laide ; mais elle devint une
excellente pâtissière ; Paquette broda ; la vieille eut soin du
linge. Il n'y eut pas jusqu'à frère Giroflée qui ne rendît service ;
il fut un très bon menuisier, et même devint honnête homme ; et
Pangloss disait quelquefois à Candide : « Tous les événements
sont enchaînés dans le meilleur des mondes possibles : car enfin
si vous n'aviez pas été chassé d'un beau château à grands coups
de pied dans le derrière pour l'amour de mademoiselle Cuné-
gonde, si vous n'aviez pas été mis à l'Inquisition, si vous n'aviez
pas couru l'Amérique à pied, si vous n'aviez pas donné un bon
coup d'épée au baron, si vous n'aviez pas perdu tous vos mou-
tons du bon pays d'Eldorado, vous ne mangeriez pas ici des
cédrats confits et des pistaches. — Cela est bien dit, répondit
Candide, mais il faut cultiver notre jardin. »

# Jeannot et Colin

Plusieurs personnes dignes de foi ont vu Jeannot et Colin à l'école dans la ville d'Issoire, en Auvergne, ville fameuse dans tout l'univers par son collège, et par ses chaudrons. Jeannot était fils d'un marchand de mulets très renommé, et Colin devait le jour à un brave laboureur des environs, qui cultivait la terre avec quatre mulets, et qui, après avoir payé la taille, le taillon, les aides et gabelles, le sou pour livre, la capitation et les vingtièmes, ne se trouvait pas puissamment riche au bout de l'année.

Jeannot et Colin étaient fort jolis pour des Auvergnats ; ils s'aimaient beaucoup, et ils avaient ensemble de petites privautés, de petites familiarités, dont on se ressouvient toujours avec agrément quand on se rencontre ensuite dans le monde.

Le temps de leurs études était sur le point de finir, quand un tailleur apporta à Jeannot un habit de velours à trois couleurs, avec une veste de Lyon de fort bon goût : le tout était accompagné d'une lettre à monsieur de La Jeannotière. Colin admira l'habit, et ne fut point jaloux ; mais Jeannot prit un air de supériorité qui affligea Colin. Dès ce moment Jeannot n'étudia plus, se regarda au miroir et méprisa tout le monde. Quelque temps après un valet de chambre arrive en poste, et apporte une seconde lettre à monsieur le marquis de La Jeannotière ; c'était un ordre de monsieur son père de faire venir monsieur son fils à Paris. Jeannot monta en chaise en tendant la main à Colin avec un sourire de protection assez noble. Colin sentit son néant et pleura. Jeannot partit dans toute la pompe de sa gloire.

Les lecteurs qui aiment à s'instruire doivent savoir que monsieur Jeannot le père avait acquis assez rapidement des biens

immenses dans les affaires. Vous demandez comment on fait ces grandes fortunes ? C'est parce qu'on est heureux. M. Jeannot était bien fait, sa femme aussi, et elle avait encore de la fraîcheur. Ils allèrent à Paris pour un procès qui les ruinait, lorsque la fortune, qui élève et qui abaisse les hommes à son gré, les présenta à la femme d'un entrepreneur des hôpitaux des armées, homme d'un grand talent, et qui pouvait se vanter d'avoir tué plus de soldats en un an que le canon n'en fait périr en dix. Jeannot plut à madame : la femme de Jeannot plut à monsieur. Jeannot fut bientôt de part dans l'entreprise ; il entra dans d'autres affaires. Dès qu'on est dans le fil de l'eau, il n'y a qu'à se laisser aller ; on fait sans peine une fortune immense. Les gredins qui du rivage vous regardent voguer à pleines voiles, ouvrent des yeux étonnés ; ils ne savent comment vous avez pu parvenir ; ils vous envient au hasard, et font contre vous des brochures que vous ne lisez point. C'est ce qui arriva à Jeannot le père, qui fut bientôt monsieur de la Jeannotière, et qui, ayant acheté un marquisat au bout de six mois, retira de l'école monsieur le marquis son fils, pour le mettre à Paris dans le beau monde.

Colin, toujours tendre, écrivit une lettre de compliments à son ancien camarade, *et lui fit ces lignes pour le congratuler*. Le petit marquis ne lui fit point de réponse. Colin en fut malade de douleur.

Le père et la mère donnèrent d'abord un gouverneur au jeune marquis : ce gouverneur, qui était un homme du bel air, et qui ne savait rien, ne put rien enseigner à son pupille. Monsieur voulait que son fils apprît le latin, madame ne le voulait pas. Ils prirent pour arbitre un auteur qui était célèbre alors par des ouvrages agréables. Il fut prié à dîner. Le maître de la maison commença par lui dire d'abord : « Monsieur, comme vous savez le latin, et que vous êtes un homme de la cour... — Moi, monsieur, du latin ! je n'en sais pas un mot, répondit le bel esprit, et bien m'en a pris : il est clair qu'on parle beaucoup mieux sa langue quand on ne partage pas son application entre elle et des langues étrangères. Voyez toutes nos dames : elles ont l'esprit plus agréable que les hommes ; leurs lettres sont écrites avec cent fois plus de grâce, elles n'ont sur nous cette supériorité que parce qu'elles ne savent pas le latin. »

— Eh bien! n'avais-je pas raison? dit madame. Je veux que mon fils soit un homme d'esprit, qu'il réussisse dans le monde; et vous voyez bien que, s'il savait le latin, il serait perdu. Joue-t-on, s'il vous plaît, la comédie et l'opéra en latin? Plaide-t-on en latin quand on a un procès? Fait-on l'amour en latin?

Monsieur, ébloui de ces raisons, passa condamnation, et il fut conclu que le jeune marquis ne perdrait point son temps à connaître Cicéron, Horace et Virgile. Mais qu'apprendra-t-il donc? car encore faut-il qu'il sache quelque chose; ne pourrait-on pas lui montrer un peu de géographie? « À quoi cela lui servira-t-il? répondit le gouverneur. Quand monsieur le marquis ira dans ses terres, les postillons ne sauront-ils pas les chemins? ils ne l'égareront certainement pas. On n'a pas besoin d'un quart de cercle pour voyager, et on va très commodément de Paris en Auvergne sans qu'il soit besoin de savoir sous quelle latitude on se trouve. »

— Vous avez raison, répliqua le père; mais j'ai entendu parler d'une belle science qu'on appelle, je crois, l'*astronomie*. — Quelle pitié! repartit le gouverneur; se conduit-on par les astres dans ce monde? et faudra-t-il que monsieur le marquis se tue à calculer une éclipse, quand il la trouve à point nommé dans l'almanach, qui lui enseigne de plus les fêtes mobiles, l'âge de la lune, et celui de toutes les princesses de l'Europe?

Madame fut entièrement de l'avis du gouverneur. Le petit marquis était au comble de la joie; le père était très indécis. « Que faudra-t-il donc apprendre à mon fils? disait-il. — À être aimable, répondit l'ami que l'on consultait; et, s'il sait *les moyens de plaire,* il saura tout : c'est un art qu'il apprendra chez madame sa mère, sans que ni l'un ni l'autre ne se donnent la moindre peine. »

Madame, à ce discours, embrassa le gracieux ignorant, et lui dit : « On voit bien, monsieur, que vous êtes l'homme du monde le plus savant; mon fils vous devra toute son éducation. Je m'imagine pourtant qu'il ne serait pas mal qu'il sût un peu d'histoire. — Hélas! madame, à quoi cela est-il bon? répondit-il; il n'y a certainement d'agréable et d'utile que l'histoire du jour. Toutes les histoires anciennes, comme le disait un de nos beaux esprits, ne sont que des fables convenues; et, pour les modernes, c'est un chaos qu'on ne peut débrouiller. Qu'importe

à monsieur votre fils que Charlemagne ait institué les douze pairs de France, et que son successeur ait été bègue. »

— Rien n'est mieux dit ! s'écria le gouverneur ; on étouffe l'esprit des enfants sous un amas de connaissances inutiles ; mais de toutes les sciences, la plus absurde à mon avis, et celle qui est la plus capable d'étouffer toute espèce de génie, c'est la géométrie. Cette science ridicule a pour objet des surfaces, des lignes et des points qui n'existent pas dans la nature. On fait passer en esprit cent mille lignes courbes entre un cercle et une ligne droite qui le touche, quoique dans la réalité on n'y puisse pas passer un fétu. La géométrie, en vérité, n'est qu'une mauvaise plaisanterie.

Monsieur et Madame n'entendaient pas trop ce que le gouverneur voulait dire ; mais ils furent entièrement de son avis.

« Un seigneur comme monsieur le marquis, continua-t-il, ne doit pas se dessécher le cerveau dans ces vaines études. Si un jour il a besoin d'un géomètre sublime pour lever le plan de ses terres, il les fera arpenter pour son argent. S'il veut débrouiller l'antiquité de sa noblesse, qui remonte aux temps les plus reculés, il enverra chercher un bénédictin. Il en est de même de tous les arts. Un jeune seigneur heureusement né n'est ni peintre, ni musicien, ni architecte, ni sculpteur ; mais il fait fleurir tous ces arts en les encourageant par sa magnificence. Il vaut sans doute mieux les protéger que de les exercer ; il suffit que monsieur le marquis ait du goût ; c'est aux artistes à travailler pour lui ; et c'est en quoi on a très grande raison de dire que les gens de qualité (*j'entends ceux qui sont très riches*) savent tout sans avoir rien appris, parce qu'en effet ils savent à la longue juger de toutes les choses qu'ils commandent et qu'ils payent. »

L'aimable ignorant prit alors la parole, et dit : « Vous avez très bien remarqué, madame, que la grande fin de l'homme est de réussir dans la société. De bonne foi, est-ce par les sciences qu'on obtient ce succès ? S'est-on jamais avisé dans la bonne compagnie de parler de géométrie ? Demande-t-on jamais à un honnête homme quel astre se lève aujourd'hui avec le soleil ? S'informe-t-on à souper si Clodion le Chevelu passa le Rhin ? — Non, sans doute, s'écria la marquise de la Jeannotière, que ses charmes avaient initiée quelquefois dans le beau monde ; et monsieur mon fils ne doit point éteindre son génie par l'étude de tous ces fatras ; mais enfin que lui apprendra-t-on ? Car il est bon

qu'un jeune seigneur puisse briller dans l'occasion, comme dit monsieur mon mari. Je me souviens d'avoir ouï dire à un abbé que la plus agréable des sciences était une chose dont j'ai oublié le nom, mais qui commence par un *B*. — Par un *B,* madame ? ne serait-ce point la botanique ? — Non, ce n'était point de botanique qu'il me parlait ; elle commençait, vous dis-je, par un *B,* et finissait par un *on.* — Ah ! j'entends, madame, c'est le blason : c'est, à la vérité, une science fort profonde, mais elle n'est plus à la mode depuis qu'on a perdu l'habitude de faire peindre ses armes aux portières de son carrosse ; c'était la chose du monde la plus utile dans un État bien policé. D'ailleurs, cette étude serait infinie : il n'y a point aujourd'hui de barbier qui n'ait ses armoiries ; et vous savez que tout ce qui devient commun est peu fêté. » Enfin, après avoir examiné le fort et le faible des sciences, il fut décidé que monsieur le marquis apprendrait à danser.

La nature, qui fait tout, lui avait donné un talent qui se développa bientôt avec un succès prodigieux : c'était de chanter agréablement des vaudevilles. Les grâces de la jeunesse, jointes à ce don supérieur, le firent regarder comme le jeune homme de la plus grande espérance. Il fut aimé des femmes, et ayant la tête toute pleine de chansons, il en fit pour ses maîtresses. Il pillait *Bacchus et l'Amour* dans un vaudeville, *la Nuit et le Jour* dans un autre, *les Charmes et les Alarmes* dans un troisième. Mais, comme il y avait toujours dans ses vers quelques pieds de plus ou de moins qu'il ne fallait, il les faisait corriger moyennant vingt louis d'or par chanson, et il fut mis dans l'*Année littéraire* au rang des La Fare, des Chaulieu, des Hamilton, des Sarrazin et des Voiture.

Madame la marquise crut alors être la mère d'un bel esprit, et donna à souper aux beaux esprits de Paris. La tête du jeune homme fut bientôt renversée ; il acquit l'art de parler sans s'entendre, et se perfectionna dans l'habitude de n'être propre à rien. Quand son père le vit si éloquent, il regretta vivement de ne lui avoir pas fait apprendre le latin, car il lui aurait acheté une grande charge dans la robe. La mère, qui avait des sentiments plus nobles, se chargea de solliciter un régiment pour son fils ; et en attendant il fit l'amour. L'amour est quelquefois plus cher qu'un régiment. Il dépensa beaucoup, pendant que ses parents s'épuisaient encore davantage à vivre en grands seigneurs.

Une jeune veuve de qualité leur voisine, qui n'avait qu'une fortune médiocre, voulut bien se résoudre à mettre en sûreté les grands biens de monsieur et de madame de la Jeannotière, en se les appropriant, et en épousant le jeune marquis. Elle l'attira chez elle, se laissa aimer, lui fit entrevoir qu'il ne lui était pas indifférent, le conduisit par degrés, l'enchanta, le subjugua sans peine. Elle lui donnait tantôt des éloges, tantôt des conseils ; elle devint la meilleure amie du père et de la mère. Une vieille voisine proposa le mariage. Les parents, éblouis de la splendeur de cette alliance, acceptèrent avec joie la proposition. Ils donnèrent leur fils unique à leur amie intime. Le jeune marquis allait épouser une femme qu'il adorait et dont il était aimé ; les amis de la maison le félicitaient, on allait rédiger les articles en travaillant aux habits de noce et à l'épithalame.

Il était un matin aux genoux de sa charmante épouse, que l'amour, l'estime et l'amitié allaient lui donner ; ils goûtaient dans une conversation tendre et animée les prémices de leur bonheur ; ils s'arrangeaient pour mener une vie délicieuse, lorsqu'un valet de chambre de madame la mère arrive tout effaré. « Voici bien d'autres nouvelles, dit-il ; des huissiers déménagent la maison de monsieur et de madame ; tout est saisi par des créanciers : on parle de prise de corps, et je vais faire mes diligences pour être payé de mes gages. — Voyons un peu, dit le marquis, ce que c'est que ça, ce que c'est que cette aventure-là. — Oui, dit la veuve, allez punir ces coquins-là, allez vite. » Il y court, il arrive à la maison ; son père était déjà emprisonné : tous les domestiques avaient fui chacun de leur côté, en emportant tout ce qu'ils avaient pu. Sa mère était seule, sans secours, sans consolation, noyée dans les larmes ; il ne lui restait rien que le souvenir de sa fortune, de sa beauté, de ses fautes, et de ses folles dépenses.

Après que le fils eut longtemps pleuré avec la mère, il lui dit enfin : « Ne nous désespérons pas ; cette jeune veuve m'aime éperdument, elle est plus généreuse encore que riche, je réponds d'elle, je vole à elle, et je vais vous l'amener. » Il retourne donc chez sa maîtresse, il la trouve tête à tête avec un jeune officier fort aimable. « Quoi ! c'est vous monsieur de la Jeannotière, que venez-vous faire ici ? Abandonne-t-on ainsi sa mère ? Allez chez cette pauvre femme, et dites-lui que je lui veux toujours du bien : j'ai besoin d'une femme de chambre, et je lui donnerai la préfé-

rence. — Mon garçon, tu me parais assez bien tourné, lui dit l'officier, si tu veux entrer dans ma compagnie, je te donnerai un bon engagement. »

Le marquis stupéfait, la rage dans le cœur, alla chercher son ancien gouverneur, déposa ses douleurs dans son sein, et lui demanda des conseils. Celui-ci lui proposa de se faire, comme lui, gouverneur d'enfants. « Hélas ! je ne sais rien, vous ne m'avez rien appris, et vous êtes la première cause de mon malheur »; et il sanglotait en lui parlant ainsi. « Faites des romans, lui dit un bel esprit qui était là, c'est une excellente ressource à Paris. »

Le jeune homme, plus désespéré que jamais, courut chez le confesseur de sa mère : c'était un théatin très accrédité, qui ne dirigeait que les femmes de la première considération; dès qu'il le vit, il se précipita vers lui. « Eh ! mon Dieu ! monsieur le marquis, où est votre carrosse ? comment se porte la respectable madame la marquise votre mère ? » Le pauvre malheureux lui conta le désastre de sa famille. À mesure qu'il s'expliquait, le théatin prenait une mine plus grave, plus indifférente, plus imposante : « Mon fils, voilà où Dieu vous voulait : les richesses ne servent qu'à corrompre le cœur. Dieu a donc fait la grâce à votre mère de la réduire à la mendicité ? — Oui, monsieur. — Tant mieux, elle est sûre de son salut. — Mais, mon père, en attendant n'y aurait-il pas moyen d'obtenir quelque secours dans ce monde ? — Adieu, mon fils; il y a une dame de la cour qui m'attend. »

Le marquis fut prêt à s'évanouir; il fut traité à peu près de même par ses amis, et apprit mieux à connaître le monde dans une demi-journée que dans tout le reste de sa vie.

Comme il était plongé dans l'accablement du désespoir, il vit avancer une chaise roulante à l'antique, espèce de tombereau couvert, accompagné de rideaux de cuir, suivi de quatre charrettes énormes toutes chargées. Il y avait dans la chaise un jeune homme grossièrement vêtu; c'était un visage rond et frais qui respirait la douceur et la gaieté. Sa petite femme, brune et assez grossièrement agréable, était cahotée à côté de lui. La voiture n'allait pas comme le char d'un petit-maître. Le voyageur eut tout le temps de contempler le marquis immobile, abîmé dans sa douleur. « Eh ! mon Dieu ! s'écria-t-il, je crois que c'est là

Jeannot. » À ce nom, le marquis lève les yeux, la voiture s'arrête : « C'est Jeannot lui-même, c'est Jeannot. » Le petit homme rebondi ne fait qu'un saut et court embrasser son ancien camarade. Jeannot reconnut Colin ; la honte et les pleurs couvrirent son visage. « Tu m'as abandonné, dit Colin, mais tu as beau être grand seigneur, je t'aimerai toujours. » Jeannot, confus et attendri, lui conta en sanglotant une partie de son histoire. « Viens dans l'hôtellerie où je loge me conter le reste, lui dit Colin ; embrasse ma petite femme, et allons dîner ensemble. »

Ils vont tous trois à pied, suivis du bagage. « Qu'est-ce donc que tout cet attirail ? Vous appartient-il ? — Oui, tout est à moi et à ma femme. Nous arrivons du pays ; je suis à la tête d'une bonne manufacture de fer étamé et de cuivre. J'ai épousé la fille d'un riche négociant en ustensiles nécessaires aux grands et aux petits ; nous travaillons beaucoup ; Dieu nous bénit ; nous n'avons point changé d'état, nous sommes heureux, nous aiderons notre ami Jeannot. Ne sois plus marquis ; toutes les grandeurs de ce monde ne valent pas un bon ami. Tu reviendras avec moi au pays, je t'apprendrai le métier, il n'est pas bien difficile ; je te mettrai de part, et nous vivrons gaiement dans le coin de terre où nous sommes nés »

Jeannot, éperdu, se sentait partagé entre la douleur et la joie, la tendresse et la honte ; et il se disait tout bas : « Tous mes amis du bel air m'ont trahi, et Colin, que j'ai méprisé, vient seul à mon secours. Quelle instruction ! » La bonté d'âme de Colin développa dans le cœur de Jeannot le germe du bon naturel, que le monde n'avait pas encore étouffé. Il sentit qu'il ne pouvait abandonner son père et sa mère. « Nous aurons soin de ta mère, dit Colin ; et quant à ton bonhomme de père, qui est en prison, j'entends un peu les affaires ; ses créanciers, voyant qu'il n'a plus rien, s'accommoderont pour peu de chose, je me charge de tout. » Colin fit tant qu'il tira le père de prison. Jeannot retourna dans sa patrie avec ses parents, qui reprirent leur première profession. Il épousa une sœur de Colin, laquelle, étant de même humeur que le frère, le rendit très heureux. Et Jeannot le père, et Jeannotte la mère, et Jeannot le fils, virent que le bonheur n'est pas dans la vanité.

# Pot-pourri

## I

Brioché fut le père de Polichinelle, non pas son propre père, mais père de génie. Le père de Brioché était Guillot Gorju, qui fut fils de Gilles, qui fut fils de Gros-René, qui tirait son origine du prince des sots et de la mère sotte ; c'est ainsi que l'écrit l'auteur de l'*Almanach de la foire*. Monsieur Parfaict, écrivain non moins digne de foi, donne pour père à Brioché Tabarin, à Tabarin Gros-Guillaume, à Gros-Guillaume Jean-Boudin, mais en remontant toujours au prince des sots. Si ces deux historiens se contredisent, c'est une preuve de la vérité du fait pour le père Daniel, qui les concilie avec une merveilleuse sagacité, et qui détruit par là le pyrrhonisme de l'histoire.

## II

Comme je finissais ce premier paragraphe des cahiers de Merry Hissing dans mon cabinet, dont la fenêtre donne sur la rue Saint-Antoine, j'ai vu passer les syndics des apothicaires, qui allaient saisir des drogues et du vert-de-gris que les jésuites de la rue Saint-Antoine vendaient en contrebande ; mon voisin monsieur Husson, qui est une bonne tête, est venu chez moi, et m'a dit : « Mon ami, vous riez de voir les jésuites vilipendés ;

vous êtes bien aise de savoir qu'ils sont convaincus d'un parricide en Portugal, et d'une rébellion au Paraguai ; le cri public qui s'élève en France contre eux, la haine qu'on leur porte, les opprobres multipliés dont ils sont couverts, semblent être pour vous une consolation ; mais sachez que, s'ils sont perdus comme tous les honnêtes gens le désirent, vous n'y gagnerez rien : vous serez accablé par la faction des jansénistes. Ce sont des enthousiastes féroces, des âmes de bronze, pires que les presbytériens qui renversèrent le trône de Charles Ier Songez que les fanatiques sont plus dangereux que les fripons. On ne peut jamais faire entendre raison à un énergumène ; les fripons l'entendent. »

Je disputai longtemps contre monsieur Husson ; je lui dis enfin : « Monsieur, consolez-vous ; peut-être que les jansénistes seront un jour aussi adroits que les jésuites. » Je tâchai de l'adoucir ; mais c'est une tête de fer qu'on ne fait jamais changer de sentiment.

## III

Brioché, voyant que Polichinelle était bossu par-devant et par-derrière, lui voulut apprendre à lire et à écrire. Polichinelle, au bout de deux ans, épela assez passablement ; mais il ne put jamais parvenir à se servir d'une plume. Un des écrivains de sa vie remarque qu'il essaya un jour d'écrire son nom, mais que personne ne put le lire.

Brioché était fort pauvre ; sa femme et lui n'avaient pas de quoi nourrir Polichinelle, encore moins de quoi lui faire apprendre un métier. Polichinelle leur dit : « Mon père et ma mère, je suis bossu, et j'ai de la mémoire ; trois ou quatre de mes amis, et moi, nous pouvons établir des marionnettes : je gagnerai quelque argent ; les hommes ont toujours aimé les marionnettes ; il y a quelquefois de la perte à en vendre de nouvelles, mais aussi il y a de grands profits. »

Monsieur et madame Brioché admirèrent le bon sens du jeune homme ; la troupe se forma, et elle alla établir ses petits tréteaux dans une bourgade suisse, sur le chemin d'Appenzel à Milan.

C'était justement dans ce village que les charlatans d'Orviète avaient établi le magasin de leur orviétan. Ils s'aperçurent qu'insensiblement la canaille allait aux marionnettes, et qu'ils vendaient dans le pays la moitié moins de savonnettes et d'onguent pour la brûlure. Ils accusèrent Polichinelle de plusieurs mauvais déportements, et portèrent leurs plaintes devant le magistrat. La requête disait que c'était un ivrogne dangereux ; qu'un jour il avait donné cent coups de pied dans le ventre, en plein marché, à des paysans qui vendaient des nèfles.

On prétendit aussi qu'il avait molesté un marchand de coqs d'Inde ; enfin, ils l'accusèrent d'être sorcier. Monsieur Parfaict, dans son *Histoire du Théâtre,* prétend qu'il fut avalé par un crapaud ; mais le père Daniel pense, ou du moins parle autrement. On ne sait pas ce que devint Brioché. Comme il n'était que le père putatif de Polichinelle, l'historien n'a pas jugé à propos de nous dire de ses nouvelles.

# IV

Feu monsieur Dumarsais assurait que le plus grand des abus était la vénalité des charges. « C'est un grand malheur pour l'État, disait-il, qu'un homme de mérite, sans fortune, ne puisse parvenir à rien. Que de talents enterrés, et que de sots en place ! Quelle détestable politique d'avoir éteint l'émulation ! » Monsieur Dumarsais, sans y penser, plaidait sa propre cause ; il a été réduit à enseigner le latin, et il aurait rendu de grands services à l'État s'il avait été employé. Je connais des barbouilleurs de papier qui eussent enrichi une province s'ils avaient été à la place de ceux qui l'ont volée. Mais, pour avoir cette place, il faut être fils d'un riche qui vous laisse de quoi acheter une charge, un office, et ce qu'on appelle *une dignité.*

Dumarsais assurait qu'un Montaigne, un Charron, un Descartes, un Gassendi, un Bayle, n'eussent jamais condamné aux galères des écoliers soutenant thèse contre la philosophie d'Aristote, ni n'auraient fait brûler le curé Urbain Grandier, le curé Gaufrédi, et qu'ils n'eussent point, etc., etc.

# V

Il n'y a pas longtemps que le chevalier Roginante, gentil-homme ferrarois, qui voulait faire une collection de tableaux de l'école flamande, alla faire des emplettes dans Amsterdam. Il marchanda un assez beau Christ chez le sieur Vandergru. « Est-il possible, dit le Ferrarois au Batave, que, vous qui n'êtes pas chrétien (car vous êtes Hollandais), vous ayez chez vous un Jésus ? — Je suis chrétien et catholique », répondit monsieur Vandergru sans se fâcher ; et il vendit son tableau assez cher. « Vous croyez donc Jésus-Christ Dieu ? lui dit Roginante. — Assurément », dit Vandergru.

Un autre curieux logeait à la porte attenante, c'était un socinien ; il lui vendit une Sainte Famille. « Que pensez-vous de l'enfant ? dit le Ferrarois. — Je pense, répondit l'autre, que ce fut la créature la plus parfaite que Dieu ait mise sur la terre. »

De là le Ferrarois alla chez Moïse Mansebo, qui n'avait que de beaux paysages, et point de Sainte Famille. Roginante lui demanda pourquoi on ne trouvait pas chez lui de pareils sujets. « C'est, dit-il, que nous avons cette famille en exécration. »

Roginante passa chez un fameux anabaptiste, qui avait les plus jolis enfants du monde ; il leur demanda dans quelle église ils avaient été baptisés. « Fi donc ! monsieur, lui dirent les enfants ; grâce à Dieu, nous ne sommes point encore baptisés. »

Roginante n'était pas au milieu de la rue qu'il avait déjà vu une douzaine de sectes entièrement opposées les unes aux autres. Son compagnon de voyage, monsieur Sacrito, lui dit : « Enfuyons-nous vite, voilà l'heure de la Bourse ; tous ces gens-ci vont s'égorger sans doute, selon l'antique usage, puisqu'ils pensent tous diversement ; et la populace nous assommera pour être sujets du pape. »

Il furent bien étonnés quand ils virent toutes ces bonnes gens-là sortir de leurs maisons avec leurs commis, se saluer civilement, et aller à la Bourse de compagnie. Il y avait ce jour-là, de compte fait, cinquante-trois religions sur la place, en comptant les arminiens et les jansénistes. On fit pour cinquante-trois millions d'affaires le plus paisiblement du monde, et le Ferrarois retourna dans son pays, où il trouva plus d'*Agnus Dei* que de lettres de change.

On voit tous les jours la même scène à Londres, à Hambourg, à Dantzick, à Venise même, etc. Mais ce que j'ai vu de plus édifiant, c'est à Constantinople.

J'eus l'honneur d'assister, il y a cinquante ans, à l'installation d'un patriarche grec par le sultan Achmet III, dont Dieu veuille avoir l'âme. Il donna à ce prêtre chrétien l'anneau, et le bâton fait en forme de béquille. Il y eut ensuite une procession de chrétiens dans la rue Cléobule; deux janissaires marchèrent à la tête de la procession. J'eus le plaisir de communier publiquement dans l'église patriarcale, et il ne tint qu'à moi d'obtenir un canonicat.

J'avoue qu'à mon retour à Marseille je fus fort étonné de ne point y trouver de mosquée. J'en marquai ma surprise à monsieur l'intendant et à monsieur l'évêque. Je leur dis que cela était fort incivil, et que si les chrétiens avaient des églises chez les musulmans on pouvait au moins faire aux Turcs la galanterie de quelques chapelles. Ils me promirent tous deux qu'ils en écriraient en cour; mais l'affaire en demeure là, à cause de la constitution *Unigenitus*.

Ô mes frères les jésuites! vous n'avez pas été tolérants, et on ne l'est pas pour vous. Consolez-vous; d'autres à leur tour deviendront persécuteurs, et à leur tour ils seront abhorrés.

# VI

Je contais ces choses, il y a quelques jours, à monsieur de Boucacous, Languedocien très chaud et huguenot très zélé. « *Cavalisque!* me dit-il, on nous traite donc en France comme les Turcs; on leur refuse des mosquées, et on ne nous accorde point de temples! — Pour des mosquées, lui dis-je, les Turcs ne nous en ont encore point demandé; et j'ose me flatter qu'ils en obtiendront quand ils voudront, parce qu'ils sont nos bons alliés; mais je doute fort qu'on rétablisse vos temples, malgré toute la politesse dont nous nous piquons : la raison en est que vous êtes un peu nos ennemis. — Vos ennemis! s'écria monsieur de Boucacous, nous qui sommes les plus ardents serviteurs du roi! — Vous êtes fort ardents, lui répliquai-je, et si ardents que vous avez fait neuf guerres civiles, sans compter les

massacres des Cévennes. — Mais, dit-il, si nous avons fait des guerres civiles, c'est que vous nous cuisiez en place publique ; on se lasse à la longue d'être brûlé, il n'y a patience de saint qui puisse y tenir : qu'on nous laisse en repos, et je vous jure que nous serons des sujets très fidèles. — C'est précisément ce qu'on fait, lui dis-je ; on ferme les yeux sur vous, on vous laisse faire votre commerce, vous avez une liberté assez honnête. — Voilà une plaisante liberté ! dit monsieur de Boucacous ; nous ne pouvons nous assembler en pleine campagne quatre ou cinq mille seulement, avec des psaumes à quatre parties, que sur-le-champ il ne vienne un régiment de dragons qui nous fait rentrer chacun chez nous. Est-ce là vivre ? est-ce là être libre ? »

Alors je lui parlai ainsi : « Il n'y a aucun pays dans le monde où l'on puisse s'attrouper sans l'ordre du souverain ; tout attroupement est contre les lois. Servez Dieu à votre mode dans vos maisons ; n'étourdissez personne par des hurlements que vous appelez *musique*. Pensez-vous que Dieu soit bien content de vous quand vous chantez ses commandements sur l'air de *Réveillez-vous, belle endormie* ? Et quand vous dites avec les juifs, en parlant d'un peuple voisin :

> *Heureux qui doit te détruire à jamais !*
> *Qui, t'arrachant les enfants des mamelles,*
> *Écrasera leurs têtes infidèles !*

Dieu veut-il absolument qu'on écrase les cervelles des petits enfants ? Cela est-il humain ? De plus, Dieu aime-t-il tant les mauvais vers et la mauvaise musique ? »

Monsieur de Boucacous m'interrompit, et me demanda si le latin de cuisine de nos psaumes valait mieux. « Non, sans doute, lui dis-je ; je conviens même qu'il y a un peu de stérilité d'imagination à ne prier Dieu que dans une traduction très vicieuse de vieux cantiques d'un peuple que nous abhorrons ; nous sommes tous juifs à vêpres, comme nous sommes tous païens à l'Opéra.

Ce qui me déplaît seulement, c'est que les *Métamorphoses* d'Ovide sont, par la malice du démon, bien mieux écrites, et plus agréables que les cantiques juifs : car il faut avouer que cette montagne de Sion, et ces gueules de basilic, et ces collines

qui sautent comme des béliers, et toutes ces répétitions fasti-
dieuses, ne valent ni la poésie grecque, ni la latine, ni la fran-
çaise. Le froid petit Racine a beau faire, cet enfant dénaturé
n'empêchera pas, profanement parlant, que son père ne soit un
meilleur poète que David.

Mais enfin, nous sommes la religion dominante chez nous; il
ne vous est pas permis de vous attrouper en Angleterre : pour-
quoi voudriez-vous avoir cette liberté en France? Faites ce qu'il
vous plaira dans vos maisons, et j'ai parole de monsieur le gou-
verneur et de monsieur l'intendant qu'en étant sages vous serez
tranquilles : l'imprudence seule fit et fera les persécutions. Je
trouve très mauvais que vos mariages, l'état de vos enfants, le
droit d'héritage, souffrent la moindre difficulté. Il n'est pas
juste de vous saigner et de vous purger parce que vos pères ont
été malades; mais que voulez-vous? ce monde est un grand
Bedlam où des fous enchaînent d'autres fous. »

# VII

Les compagnons de Polichinelle réduits à la mendicité, qui
était leur état naturel, s'associèrent avec quelques bohèmes, et
coururent de village en village. Ils arrivèrent dans une petite
ville, et logèrent dans un quatrième étage, où ils se mirent à
composer des drogues dont la vente les aida quelque temps à
subsister. Ils guérirent même de la gale l'épagneul d'une dame
de considération; les voisins crièrent au prodige, mais malgré
toute leur industrie la troupe ne fit pas fortune.

Ils se lamentaient de leur obscurité et de leur misère, lors-
qu'un jour ils entendirent un bruit sur leur tête, comme celui
d'une brouette qu'on roule sur le plancher. Ils montèrent au cin-
quième étage, et y trouvèrent un petit homme qui faisait des
marionnettes pour son compte : il s'appelait le sieur Bienfait; il
avait tout juste le génie qu'il fallait pour son art.

On n'entendait pas un mot de ce qu'il disait; mais il avait un
galimatias fort convenable, et il ne faisait pas mal ses bam-
boches. Un compagnon, qui excellait aussi en galimatias, lui
parla ainsi :

« Nous croyons que vous êtes destiné à relever nos marion-
nettes ; car nous avons lu dans Nostradamus ces propres
paroles : *Nelle chi li po rate icsus res fait en bi,* lesquelles prises
à rebours font évidemment : *Bienfait ressuscitera Polichinelle.*
Le nôtre a été avalé par un crapaud ; mais nous avons retrouvé
son chapeau, sa bosse, et sa pratique. Vous fournirez le fil d'ar-
chal. Je crois d'ailleurs qu'il vous sera aisé de lui faire une
moustache toute semblable à celle qu'il avait, et quand nous
serons unis ensemble, il est à croire que nous aurons beaucoup
de succès. Nous ferons valoir Polichinelle par Nostradamus, et
Nostradamus par Polichinelle. »

Le sieur Bienfait accepta la proposition. On lui demanda ce
qu'il voulait pour sa peine. « Je veux, dit-il, beaucoup d'hon-
neurs et beaucoup d'argent. — Nous n'avons rien de cela, dit
l'orateur de la troupe ; mais avec le temps on a de tout. » Le
sieur Bienfait se lia donc avec les bohèmes, et tous ensemble
allèrent à Milan établir leur théâtre, sous la protection de
madame Carminetta. On afficha que le même Polichinelle, qui
avait été mangé par un crapaud du village du canton d'Appen-
zel, reparaîtrait sur le théâtre de Milan, et qu'il danserait avec
madame Gigogne. Tous les vendeurs d'orviétan eurent beau s'y
opposer, le sieur Bienfait, qui avait aussi le secret de l'orviétan,
soutint que le sien était le meilleur : il en vendit beaucoup aux
femmes, qui étaient folles de Polichinelle, et il devint si riche
qu'il se mit à la tête de la troupe.

Dès qu'il eut ce qu'il voulait (et que tout le monde veut), des
honneurs et du bien, il fut très ingrat envers madame Carmi-
netta. Il acheta une belle maison vis-à-vis de celle de sa bienfai-
trice, et il trouva le secret de la faire payer par ses associés. On
ne le vit plus faire sa cour à madame Carminetta ; au contraire,
il voulut qu'elle vînt déjeuner chez lui, et un jour qu'elle daigna
y venir il lui fit fermer la porte au nez, etc.

# VIII

N'ayant rien entendu au précédent chapitre de Merry His-
sing, je me transportai chez mon ami monsieur Husson, pour
lui en demander l'explication. Il me dit que c'était une pro-
fonde allégorie sur le père La Valette, marchand banqueroutier
d'Amérique, mais que d'ailleurs il y avait longtemps qu'il ne
s'embarrassait plus de ces sottises, qu'il n'allait jamais aux
marionnettes ; qu'on jouait ce jour-là *Polyeucte,* et qu'il voulait
l'entendre. Je l'accompagnai à la comédie.

Monsieur Husson, pendant le premier acte, branlait toujours
la tête. Je lui demandai dans l'entracte pourquoi sa tête branlait
tant. « J'avoue, dit-il, que je suis indigné contre ce sot Poly-
eucte et contre cet impudent Néarque. Que diriez-vous d'un
gendre de monsieur le gouverneur de Paris, qui serait huguenot,
et qui, accompagnant son beau-père le jour de Pâques à Notre-
Dame, irait mettre en pièces le ciboire et le calice, et donner des
coups de pied dans le ventre à monsieur l'archevêque et aux
chanoines ? Serait-il bien justifié, en nous disant que nous
sommes des idolâtres ; qu'il l'a entendu dire au sieur Lubolier,
prédicant d'Amsterdam, et au sieur Morfyé, compilateur à Ber-
lin, auteur de la *Bibliothèque germanique,* qui le tenait du pré-
dicant Urieju ? C'est là le fidèle portrait de la conduite de
Polyeucte. Peut-on s'intéresser à ce plat fanatique, séduit par le
fanatique Néarque ? »

Monsieur Husson me disait ainsi son avis amicalement dans
les entractes. Il se mit à rire quand il vit Polyeucte résigner sa
femme à son rival ; et il la trouva un peu bourgeoise quand elle
dit à son amant qu'elle va dans sa chambre, au lieu d'aller avec
lui à l'église :

> Adieu, trop vertueux objet, et trop charmant ;
> Adieu, trop généreux et trop parfait amant ;
> Je vais seule en ma chambre enfermer mes regrets.

Mais il admira la scène où elle demande à son amant la grâce de
son mari.

« Il y a là, dit-il, un gouverneur d'Arménie qui est bien le plus lâche, le plus bas des hommes ; ce père de Pauline avoue même qu'il a les sentiments d'un coquin :

> *Polyeucte est ici l'appui de ma famille ;*
> *Mais si par son trépas l'autre épousait ma fille,*
> *J'acquerrais bien par là de plus puissants appuis,*
> *Qui me mettraient plus haut cent fois que je ne suis.*

Un procureur au Châtelet ne pourrait guère ni penser, ni s'exprimer autrement. Il y a des bonnes âmes qui avalent tout cela ; je ne suis pas du nombre. Si ces pauvretés peuvent entrer dans une tragédie du pays des Gaules, il faut brûler l'*Œdipe* des Grecs. »

Monsieur Husson est un rude homme. J'ai fait ce que j'ai pu pour l'adoucir ; mais je n'ai pu en venir à bout. Il a persisté dans son avis, et moi dans le mien.

# IX

Nous avons laissé le sieur Bienfait fort riche et fort insolent. Il fit tant par ses menées qu'il fut reconnu pour entrepreneur d'un grand nombre de marionnettes. Dès qu'il fut revêtu de cette dignité, il fit promener Polichinelle dans toutes les villes, et afficha que tout le monde serait tenu de l'appeler *Monsieur* ; sans quoi il ne jouerait point. C'est de là que, dans toutes les représentations des marionnettes, il ne répond jamais à son compère que quand le compère l'appelle monsieur Polichinelle. Peu à peu Polichinelle devint si important qu'on ne donna plus aucun spectacle sans lui payer une rétribution, comme les Opéras des provinces en payent une à l'Opéra de Paris.

Un jour, un de ses domestiques, receveur des billets et ouvreur de loges, ayant été cassé aux gages, se souleva contre Bienfait, et institua d'autres marionnettes qui décrièrent toutes les danses de madame Gigogne et tous les tours de passe-passe de Bienfait. Il retrancha plus de cinquante ingrédients qui entraient dans l'orviétan, composa le sien de cinq ou six

drogues, et, le vendant beaucoup meilleur marché, il enleva une infinité de pratiques à Bienfait, ce qui excita un furieux procès, et on se battit longtemps à la porte des marionnettes, dans le préau de la foire.

# X

Monsieur Husson me parlait hier de ses voyages : en effet, il a passé plusieurs années dans les Échelles du Levant ; il est allé en Perse ; il a demeuré longtemps dans les Indes, et a vu toute l'Europe. « J'ai remarqué, me disait-il, qu'il y a un nombre prodigieux de juifs qui attendent le Messie, et qui se feraient empaler plutôt que de convenir qu'il est venu. J'ai vu mille Turcs persuadés que Mahomet avait mis la moitié de la lune dans sa manche. Le petit peuple, d'un bout du monde à l'autre, croit fermement les choses les plus absurdes. Cependant, qu'un philosophe ait un écu à partager avec le plus imbécile de ces malheureux, en qui la raison humaine est si horriblement obscurcie, il est sûr que s'il y a un sou à gagner l'imbécile l'emportera sur le philosophe. Comment des taupes, si aveugles sur le plus grand des intérêts, sont-elles lynx sur les plus petits ? Pourquoi le même juif qui vous égorge le vendredi ne voudrait-il pas voler un liard le jour du sabbat ? Cette contradiction de l'espèce humaine mérite qu'on l'examine. »

— N'est-ce pas, dis-je à monsieur Husson, que les hommes sont superstitieux par coutume, et coquins par instinct ?

— J'y rêverai, me dit-il ; cette idée me paraît assez bonne.

# XI

Polichinelle, depuis l'aventure de l'ouvreur de loges, a essuyé bien des disgrâces. Les Anglais, qui sont raisonneurs et sombres, lui ont préféré Shakespeare ; mais ailleurs ses farces ont été fort en vogue, et, sans l'Opéra-Comique, son théâtre

était le premier des théâtres. Il a eu de grandes querelles avec
Scaramouche et Arlequin, et on ne sait pas encore qui l'empor-
tera. Mais…

# XII

« Mais, mon cher monsieur, disais-je, comment peut-on être à
la fois si barbare et si drôle ? Comment, dans l'histoire d'un
peuple, trouve-t-on à la fois la Saint-Barthélemy et les *Contes*
de La Fontaine, etc. ? Est-ce l'effet du climat ? Est-ce l'effet des
lois ? »

— Le genre humain, répondit monsieur Husson, est capable
de tout. Néron pleura quand il fallut signer l'arrêt de mort d'un
criminel, joua des farces, et assassina sa mère. Les singes font
des tours extrêmement plaisants, et étouffent leurs petits. Rien
n'est plus doux, plus timide qu'une levrette ; mais elle déchire
un lièvre, et baigne son long museau dans son sang.

— Vous devriez, lui dis-je, nous faire un beau livre qui déve-
loppât toutes ces contradictions.

— Ce livre est tout fait, dit-il ; vous n'avez qu'à regarder une
girouette ; elle tourne tantôt au doux souffle du zéphyr, tantôt au
vent violent du nord : voilà l'homme.

# XIII

Rien n'est souvent plus convenable que d'aimer sa cousine.
On peut aussi aimer sa nièce ; mais il en coûte dix-huit mille
livres, payables à Rome, pour épouser une cousine, et quatre-
vingt mille francs pour coucher avec sa nièce en légitime
mariage.

Je suppose quarante nièces par an, mariées avec leurs oncles,
et deux cents cousins et cousines conjoints : cela fait en sacre-
ments six millions huit cent mille livres par an, qui sortent du
royaume. Ajoutez-y environ six cent mille francs pour ce qu'on

appelle *les annates des terres de France,* que le roi de France donne à des Français en bénéfices ; joignez-y encore quelques menus frais : c'est environ huit millions quatre cent mille livres que nous donnons libéralement au Saint-Père par chacun an. Nous exagérons peut-être un peu ; mais on conviendra que si nous avons beaucoup de cousines et de nièces jolies, et si la mortalité se met parmi les bénéficiers, la somme peut aller au double. Le fardeau serait lourd, tandis que nous avons des vaisseaux à construire, des armées et des rentiers à payer.

Je m'étonne que, dans l'énorme quantité de livres dont les auteurs ont gouverné l'État depuis vingt ans, aucun n'ait pensé à réformer ces abus. J'ai prié un docteur de Sorbonne, de mes amis, de me dire dans quel endroit de l'Écriture on trouve que la France doive payer à Rome la somme susdite : il n'a jamais pu le trouver. J'en ai parlé à un jésuite ; il m'a répondu que cet impôt fut mis par saint Pierre sur les Gaules, dès la première année qu'il vint à Rome ; et comme je doutais que saint Pierre eût fait ce voyage, il m'en a convaincu en me disant qu'on voit encore à Rome les clefs du paradis qu'il portait toujours à sa ceinture. « Il est vrai, m'a-t-il dit, que nul auteur canonique ne parle de ce voyage de ce Simon Barjone ; mais nous avons une belle lettre de lui, datée de Babylone ; or, certainement Babylone veut dire Rome, donc vous devez de l'argent au pape quand vous épousez vos cousines. » J'avoue que j'ai été frappé de la force de cet argument.

# XIV

J'ai un vieux parent qui a servi le roi cinquante-deux ans. Il s'est retiré dans la haute Alsace, où il a une petite terre qu'il cultive, dans le diocèse de Porentru. Il voulut un jour faire donner le dernier labour à son champ ; la saison avançait, l'ouvrage pressait. Ses valets refusèrent le service, et dirent pour raison que c'était la fête de sainte Barbe, la sainte la plus fêtée à Porentru. « Eh ! mes amis, leur dit mon parent, vous avez été à la messe en l'honneur de Barbe, vous avez rendu à Barbe ce qui lui appartient ; rendez-moi ce que vous me devez : cultivez mon

champ, au lieu d'aller au cabaret. Sainte Barbe ordonne-t-elle qu'on s'enivre pour lui faire honneur, et que je manque de blé cette année ? » Le maître-valet lui dit : « Monsieur, vous voyez bien que je serais damné si je travaillais dans un si saint jour. Sainte Barbe est la plus grande sainte du paradis ; elle grava le signe de la croix sur une colonne de marbre avec le bout du doigt ; et du même doigt, et du même signe, elle fit tomber toutes les dents d'un chien qui lui avait mordu les fesses : je ne travaillerai point le jour de sainte Barbe. »

Mon parent envoya chercher des laboureurs luthériens, et son champ fut cultivé. L'évêque de Porentru l'excommunia. Mon parent en appela comme d'abus ; le procès n'est pas encore jugé. Personne assurément n'est plus persuadé que mon parent qu'il faut honorer les saints ; mais il prétend aussi qu'il faut cultiver la terre.

Je suppose en France environ cinq millions d'ouvriers, soit manœuvres, soit artisans, qui gagnent chacun, l'un portant l'autre, vingt sous par jour, et qu'on force saintement de ne rien gagner pendant trente jours de l'année, indépendamment des dimanches : cela fait cent cinquante millions de moins dans la circulation, et cent cinquante millions de moins en main-d'œuvre. Quelle prodigieuse supériorité ne doivent point avoir sur nous les royaumes voisins, qui n'ont ni sainte Barbe, ni d'évêque de Porentru ! On répondait à cette objection que les cabarets, ouverts les saints jours de fête, produisent beaucoup aux fermes générales. Mon parent en convenait ; mais il prétendait que c'est un léger dédommagement ; et que d'ailleurs, si on peut travailler après la messe, on peut aller au cabaret après le travail. Il soutient que cette affaire est purement de police, et point du tout épiscopale ; il soutient qu'il vaut encore mieux labourer que de s'enivrer. J'ai bien peur qu'il ne perde son procès.

# XV

Il y a quelques années qu'en passant par la Bourgogne avec monsieur Évrard que vous connaissez tous, nous vîmes un vaste palais, dont une partie commençait à s'élever. Je demandai à quel prince il appartenait. Un maçon me répondit que c'était à monseigneur l'abbé de Cîteaux ; que le marché avait été fait à dix-sept cent mille livres, mais que probablement il en coûterait bien davantage.

Je bénis Dieu qui avait mis son serviteur en état d'élever un si beau monument, et de répandre tant d'argent dans le pays. « Vous moquez-vous ? dit monsieur Évrard ; n'est-il pas abominable que l'oisiveté soit récompensée par deux cent cinquante mille livres de rente, et que la vigilance d'un pauvre curé de campagne soit punie par une portion congrue de cent écus ? Cette inégalité n'est-elle pas la chose du monde la plus injuste et la plus odieuse ? Qu'en reviendra-t-il à l'État quand un moine sera logé dans un palais de deux millions ? Vingt familles de pauvres officiers, qui partageraient ces deux millions, auraient chacune un bien honnête, et donneraient au roi de nouveaux officiers. Les petits moines, qui sont aujourd'hui les sujets inutiles d'un de leurs moines élu par eux, deviendraient des membres de l'État au lieu qu'ils ne sont que des chancres qui le rongent. »

Je répondis à monsieur Évrard : « Vous allez trop loin, et trop vite ; ce que vous dites arrivera certainement dans deux ou trois cents ans ; ayez patience. — Et c'est précisément, répondit-il, parce que la chose n'arrivera que dans deux ou trois siècles que je perds toute patience ; je suis las de tous les abus que je vois : il me semble que je marche dans les déserts de la Libye, où notre sang est sucé par des insectes quand les lions ne nous dévorent pas.

J'avais, continua-t-il, une sœur assez imbécile pour être janséniste de bonne foi, et non par esprit de parti. La belle aventure des billets de confession la fit mourir de désespoir. Mon frère avait un procès qu'il avait gagné en première instance ; sa fortune en dépendait. Je ne sais comment il est arrivé que les juges ont cessé de rendre la justice, et mon frère a été ruiné. J'ai

un vieil oncle criblé de blessures, qui faisait passer ses meubles et sa vaisselle d'une province à une autre; des commis alertes ont saisi le tout sur un petit manque de formalité; mon oncle n'a pu payer les trois vingtièmes, et il est mort en prison. »

Monsieur Évrard me conta des aventures de cette espèce pendant deux heures entières. Je lui dis : « Mon cher monsieur Évrard, j'en ai essuyé plus que vous; les hommes sont ainsi faits d'un bout du monde à l'autre : nous nous imaginons que les abus ne règnent que chez nous; nous sommes tous deux comme Astolphe et Joconde, qui pensaient d'abord qu'il n'y avait que leurs femmes d'infidèles; ils se mirent à voyager, et ils trouvèrent partout des gens de leur confrérie. »

— Oui, dit monsieur Évrard, mais ils eurent le plaisir de rendre partout ce qu'on avait eu la bonté de leur prêter chez eux.

— Tâchez, lui dis-je, d'être seulement pendant trois ans directeur de..., ou de..., ou de..., ou de..., et vous vous vengerez avec usure.

Monsieur Évrard me crut : c'est à présent l'homme de France qui vole le roi, l'État et les particuliers de la manière la plus dégagée et la plus noble, qui fait la meilleure chère, et qui juge le plus fièrement d'une pièce nouvelle.

# L'Ingénu

HISTOIRE VÉRITABLE
TIRÉE DES MANUSCRITS DU PÈRE QUESNEL

## Chapitre I
## Comment le prieur
## de Notre-Dame de la Montagne
## et Mademoiselle sa sœur
## rencontrèrent un Huron

Un jour saint Dunstan, Irlandais de nation et saint de profession, partit d'Irlande sur une petite montagne qui vogua vers les côtes de France, et arriva par cette voiture à la baie de Saint-Malo. Quand il fut à bord, il donna la bénédiction à sa montagne, qui lui fit de profondes révérences et s'en retourna en Irlande par le même chemin qu'elle était venue.

Dunstan fonda un petit prieuré dans ces quartiers-là et lui donna le nom de *prieuré de la Montagne,* qu'il porte encore, comme un chacun sait.

En l'année 1689, le 15 juillet au soir, l'abbé de Kerkabon, prieur de Notre-Dame de la Montagne, se promenait sur le bord de la mer avec Mlle de Kerkabon, sa sœur, pour prendre le frais. Le prieur, déjà un peu sur l'âge, était un très bon ecclésiastique, aimé de ses voisins, après l'avoir été autrefois de ses voisines. Ce qui lui avait donné surtout une grande considération, c'est qu'il était le seul bénéficier du pays qu'on ne fût pas

obligé de porter dans son lit quand il avait soupé avec ses confrères. Il savait assez honnêtement de théologie ; et quand il était las de lire saint Augustin, il s'amusait avec Rabelais : aussi tout le monde disait du bien de lui.

Mlle de Kerkabon, qui n'avait jamais été mariée, quoiqu'elle eût grande envie de l'être, conservait de la fraîcheur à l'âge de quarante-cinq ans ; son caractère était bon et sensible ; elle aimait le plaisir et était dévote.

Le prieur disait à sa sœur, en regardant la mer : « Hélas ! c'est ici que s'embarqua notre pauvre frère avec notre chère belle-sœur, Mme de Kerkabon sa femme, sur la frégate *L'Hirondelle,* en 1669, pour aller servir en Canada. S'il n'avait pas été tué, nous pourrions espérer de le revoir encore. »

— Croyez-vous, disait Mlle de Kerkabon, que notre belle-sœur ait été mangée par les Iroquois, comme on nous l'a dit ? Il est certain que, si elle n'avait pas été mangée, elle serait revenue au pays. Je la pleurerai toute ma vie : c'était une femme charmante ; et notre frère, qui avait beaucoup d'esprit, aurait fait assurément une grande fortune.

Comme ils s'attendrissaient l'un et l'autre à ce souvenir, ils virent entrer dans la baie de Rance un petit bâtiment qui arrivait avec la marée : c'étaient des Anglais qui venaient vendre quelques denrées de leur pays. Ils sautèrent à terre, sans regarder monsieur le prieur ni mademoiselle sa sœur, qui fut très choquée du peu d'attention qu'on avait pour elle.

Il n'en fut pas de même d'un jeune homme très bien fait, qui s'élança d'un saut par-dessus la tête de ses compagnons, et se trouva vis-à-vis mademoiselle. Il lui fit un signe de tête, n'étant pas dans l'usage de faire la révérence. Sa figure et son ajustement attirèrent les regards du frère et de la sœur. Il était nu-tête et nu-jambes, les pieds chaussés de petites sandales, le chef orné de longs cheveux en tresses, un petit pourpoint qui serrait une taille fine et dégagée ; l'air martial et doux. Il tenait dans sa main une petite bouteille d'eau des Barbades, et dans l'autre une espèce de bourse dans laquelle était un gobelet et de très bon biscuit de mer. Il parlait français fort intelligiblement. Il présenta de son eau des Barbades à Mlle de Kerkabon et à monsieur son frère ; il en but avec eux ; il leur en fit reboire encore, et tout cela d'un air si simple et si naturel que le frère et la sœur en furent charmés. Ils lui offrirent leurs services,

en lui demandant qui il était et où il allait. Le jeune homme leur répondit qu'il n'en savait rien, qu'il était curieux, qu'il avait voulu voir comment les côtes de France étaient faites, qu'il était venu, et allait s'en retourner.

Monsieur le prieur, jugeant à son accent qu'il n'était pas anglais, prit la liberté de lui demander de quel pays il était. « Je suis huron », lui répondit le jeune homme.

Mlle de Kerkabon, étonnée et enchantée de voir un Huron qui lui avait fait des politesses, pria le jeune homme à souper; il ne se fit pas prier deux fois, et tous trois allèrent de compagnie au prieuré de Notre-Dame de la Montagne.

La courte et ronde demoiselle le regardait de tous ses petits yeux, et disait de temps en temps au prieur : « Ce grand garçon-là a un teint de lis et de rose ! qu'il a une belle peau pour un Huron ! — Vous avez raison, ma sœur », disait le prieur. Elle faisait cent questions coup sur coup, et le voyageur répondait toujours fort juste.

Le bruit se répandit bientôt qu'il y avait un Huron au prieuré. La bonne compagnie du canton s'empressa d'y venir souper. L'abbé de Saint-Yves y vint avec mademoiselle sa sœur, jeune Basse-Brette, fort jolie et très bien élevée. Le bailli, le receveur des tailles et leurs femmes furent du souper. On plaça l'étranger entre Mlle de Kerkabon et Mlle de Saint-Yves. Tout le monde le regardait avec admiration; tout le monde lui partait et l'interrogeait à la fois; le Huron ne s'en émouvait pas. Il semblait qu'il eût pris pour sa devise celle de milord Bolingbroke : *nihil admirari*. Mais à la fin, excédé de tant de bruit, il leur dit avec assez de douceur, mais avec un peu de fermeté : « Messieurs, dans mon pays on parle l'un après l'autre; comment voulez-vous que je vous réponde quand vous m'empêchez de vous entendre? » La raison fait toujours rentrer les hommes en eux-mêmes pour quelques moments. Il se fit un grand silence. Monsieur le bailli, qui s'emparait toujours des étrangers dans quelque maison qu'il se trouvât, et qui était le plus grand questionneur de la province, lui dit en ouvrant la bouche d'un demi-pied : « Monsieur, comment vous nommez-vous? — On m'a toujours appelé l'*Ingénu*, reprit le Huron, et on m'a confirmé ce nom en Angleterre, parce que je dis toujours naïvement ce que je pense, comme je fais tout ce que je veux.

— Comment, étant né huron, avez-vous pu, monsieur, venir en Angleterre? — C'est qu'on m'y a mené; j'ai été fait, dans un

combat, prisonnier par les Anglais, après m'être assez bien
défendu ; et les Anglais, qui aiment la bravoure, parce qu'ils sont
braves et qu'ils sont aussi honnêtes que nous, m'ayant proposé
de me rendre à mes parents ou de venir en Angleterre, j'acceptai
le dernier parti, parce que de mon naturel j'aime passionnément
à voir du pays.

— Mais, monsieur, dit le bailli avec son ton imposant, com-
ment avez-vous pu abandonner ainsi père et mère ? — C'est que
je n'ai jamais connu ni père ni mère », dit l'étranger. La compa-
gnie s'attendrit, et tout le monde répétait : *Ni père, ni mère !*
« Nous lui en servirons, dit la maîtresse de la maison à son frère
le prieur ; que ce monsieur le Huron est intéressant ! » L'Ingénu
la remercia avec une cordialité noble et fière, et lui fit com-
prendre qu'il n'avait besoin de rien.

« Je m'aperçois, monsieur l'Ingénu, dit le grave bailli, que
vous parlez mieux français qu'il n'appartient à un Huron. — Un
Français, dit-il, que nous avions pris dans ma grande jeunesse en
Huronie, et pour qui je conçus beaucoup d'amitié, m'enseigna
sa langue ; j'apprends très vite ce que je veux apprendre. J'ai
trouvé en arrivant à Plymouth un de vos Français réfugiés que
vous appelez *huguenots,* je ne sais pourquoi ; il m'a fait faire
quelques progrès dans la connaissance de votre langue ; et, dès
que j'ai pu m'exprimer intelligiblement, je suis venu voir votre
pays, parce que j'aime assez les Français quand ils ne font pas
trop de questions. »

L'abbé de Saint-Yves, malgré ce petit avertissement, lui
demanda laquelle des trois langues lui plaisait davantage, la
huronne, l'anglaise ou la française. « La huronne, sans contredit,
répondit l'Ingénu. — Est-il possible ? s'écria Mlle de Kerkabon ;
j'avais toujours cru que le français était la plus belle de toutes
les langues après le bas-breton. »

Alors ce fut à qui demanderait à l'Ingénu comment on disait
en huron du tabac, et il répondait *taya* ; comment on disait man-
ger, et il répondait *essenten.* Mlle de Kerkabon voulut absolu-
ment savoir comment on disait faire l'amour ; il lui répondît
*trovander* *, et soutint, non sans apparence de raison, que ces
mots-là valaient bien les mots français et anglais qui leur corres-
pondaient. *Trovander* parut très joli à tous les convives.

---

* Tous ces noms sont en effet hurons.

Monsieur le prieur, qui avait dans sa bibliothèque la grammaire huronne dont le révérend père Sagard-Théodat, récollet, fameux missionnaire, lui avait fait présent, sortit de table un moment pour l'aller consulter. Il revint tout haletant de tendresse et de joie. Il reconnut l'Ingénu pour un vrai Huron. On disputa un peu sur la multiplicité des langues, et on convint que, sans l'aventure de la tour de Babel, toute la terre aurait parlé français.

L'interrogant bailli, qui jusque-là s'était défié un peu du personnage, conçut pour lui un profond respect ; il lui parla avec plus de civilité qu'auparavant, de quoi l'Ingénu ne s'aperçut pas.

Mlle de Saint-Yves était fort curieuse de savoir comment on faisait l'amour au pays des Hurons. « En faisant de belles actions, répondit-il, pour plaire aux personnes qui vous ressemblent. « Tous les convives applaudirent avec étonnement. Mlle de Saint-Yves rougit, et fut fort aise. Mlle de Kerkabon rougit aussi, mais elle n'était pas si aise ; elle fut un peu piquée que la galanterie ne s'adressât pas à elle, mais elle était si bonne personne que son affection pour le Huron n'en fut point du tout altérée. Elle lui demanda, avec beaucoup de bonté, combien il avait eu de maîtresses en Huronie. « Je n'en ai jamais eu qu'une, dit l'Ingénu ; c'était Mlle Abacaba, la bonne amie de ma chère nourrice ; les joncs ne sont pas plus droits, l'hermine n'est pas plus blanche, les moutons sont moins doux, les aigles moins fiers, et les cerfs ne sont pas si légers que l'était Abacaba. Elle poursuivait un jour un lièvre dans notre voisinage, environ à cinquante lieues de notre habitation. Un Algonquin mal élevé, qui habitait cent lieues plus loin, vint lui prendre son lièvre ; je le sus, j'y courus, je terrassai l'Algonquin d'un coup de massue, je l'amenai aux pieds de ma maîtresse, pieds et poings liés. Les parents d'Abacaba voulurent le manger, mais je n'eus jamais de goût pour ces sortes de festins ; je lui rendis sa liberté, j'en fis un ami. Abacaba fut si touchée de mon procédé qu'elle me préféra à tous ses amants. Elle m'aimerait encore si elle n'avait pas été mangée par un ours. J'ai puni l'ours, j'ai porté longtemps sa peau, mais cela ne m'a pas consolé. »

Mlle de Saint-Yves, à ce récit, sentait un plaisir secret d'apprendre que l'Ingénu n'avait eu qu'une maîtresse, et qu'Abacaba n'était plus ; mais elle ne démêlait pas la cause de son

plaisir. Tout le monde fixait les yeux sur l'Ingénu ; on le louait beaucoup d'avoir empêché ses camarades de manger un Algonquin.

L'impitoyable bailli, qui ne pouvait réprimer sa fureur de questionner, poussa enfin la curiosité jusqu'à s'informer de quelle religion était monsieur le Huron ; s'il avait choisi la religion anglicane, ou la gallicane, ou la huguenote. « Je suis de ma religion, dit-il, comme vous de la vôtre. — Hélas ! s'écria la Kerkabon, je vois bien que ces malheureux Anglais n'ont pas seulement songé à le baptiser. — Eh ! mon Dieu, disait Mlle de Saint-Yves, comment se peut-il que les Hurons ne soient pas catholiques ? Est-ce que les RR. PP. jésuites ne les ont pas tous convertis ? » L'Ingénu l'assura que dans son pays on ne convertissait personne ; que jamais un vrai Huron n'avait changé d'opinion, et que même il n'y avait point dans sa langue de terme qui signifiât *inconstance*. Ces derniers mots plurent extrêmement à Mlle de Saint-Yves.

« Nous le baptiserons, nous le baptiserons, disait la Kerkabon à monsieur le prieur ; vous en aurez l'honneur, mon cher frère ; je veux absolument être sa marraine ; M. l'abbé de Saint-Yves le présentera sur les fonts : ce sera une cérémonie bien brillante ; il en sera parlé dans toute la Basse-Bretagne, et cela nous fera un honneur infini. » Toute la compagnie seconda la maîtresse de la maison ; tous les convives criaient : « Nous le baptiserons ! » L'Ingénu répondit qu'en Angleterre on laissait vivre les gens à leur fantaisie. Il témoigna que la proposition ne lui plaisait point du tout, et que la loi des Hurons valait pour le moins la loi des Bas-Bretons ; enfin, il dit qu'il repartait le lendemain. On acheva de vider sa bouteille d'eau des Barbades, et chacun s'alla coucher.

Quand on eut reconduit l'Ingénu dans sa chambre, Mlle de Kerkabon et son amie Mlle de Saint-Yves ne purent se tenir de regarder par le trou d'une large serrure pour voir comment dormait un Huron. Elles virent qu'il avait étendu la couverture du lit sur le plancher, et qu'il reposait dans la plus belle attitude du monde.

## Chapitre II
## Le Huron, nommé l'Ingénu,
## reconnu de ses parents

L'Ingénu, selon sa coutume, s'éveilla avec le soleil au chant du coq, qu'on appelle en Angleterre et en Huronie *la trompette du jour*. Il n'était pas comme la bonne compagnie qui languit dans un lit oiseux jusqu'à ce que le soleil ait fait la moitié de son tour, qui ne peut ni dormir ni se lever, qui perd tant d'heures précieuses dans cet état mitoyen entre la vie et la mort, et qui se plaint encore que la vie est trop courte.

Il avait déjà fait deux ou trois lieues, il avait tué trente pièces de gibier à balle seule, lorsqu'en rentrant il trouva monsieur le prieur de Notre-Dame de la Montagne et sa discrète sœur, se promenant en bonnet de nuit dans leur petit jardin. Il leur présenta toute sa chasse, et, en tirant de sa chemise une espèce de petit talisman qu'il portait toujours à son cou, il les pria de l'accepter en reconnaissance de leur bonne réception. « C'est ce que j'ai de plus précieux, leur dit-il ; on m'a assuré que je serais toujours heureux tant que je porterais ce petit brimborion sur moi, et je vous le donne afin que vous soyez toujours heureux. »

Le prieur et mademoiselle sourirent avec attendrissement de la naïveté de l'Ingénu. Ce présent consistait en deux petits portraits assez mal faits, attachés ensemble avec une courroie fort grasse.

Mlle de Kerkabon lui demanda s'il y avait des peintres en Huronie. « Non, dit l'Ingénu, cette rareté me vient de ma nourrice ; son mari l'avait eue par conquête, en dépouillant quelques Français du Canada qui nous avaient fait la guerre ; c'est tout ce que j'en ai su. »

Le prieur regardait attentivement ces portraits ; il changea de couleur, il s'émut, ses mains tremblèrent. « Par Notre-Dame de la Montagne, s'écria-t-il, je crois que voilà le visage de mon frère le capitaine et de sa femme ! » Mademoiselle, après les avoir considérés avec la même émotion, en jugea de même. Tous deux étaient saisis d'étonnement et d'une joie mêlée de

douleur ; tous deux s'attendrissaient ; tous deux pleuraient ; leur cœur palpitait ; ils poussaient des cris ; ils s'arrachaient les portraits ; chacun d'eux les prenait et les rendait vingt fois en une seconde ; ils dévoraient des yeux les portraits et le Huron ; ils lui demandaient l'un après l'autre, et tous deux à la fois, en quel lieu, en quel temps, comment ces miniatures étaient tombées entre les mains de sa nourrice ; ils rapprochaient, ils comptaient les temps depuis le départ du capitaine ; ils se souvenaient d'avoir eu nouvelle qu'il avait été jusqu'au pays des Hurons, et que depuis ce temps ils n'en avaient jamais entendu parler.

L'Ingénu leur avait dit qu'il n'avait connu ni père ni mère. Le prieur, qui était homme de sens, remarqua que L'Ingénu avait un peu de barbe ; il savait très bien que les Hurons n'en ont point. « Son menton est cotonné, il est donc fils d'un homme d'Europe. Mon frère et ma belle-sœur ne parurent plus après l'expédition contre les Hurons en 1669 ; mon neveu devait alors être à la mamelle ; la nourrice huronne lui a sauvé la vie et lui a servi de mère. » Enfin, après cent questions et cent réponses, le prieur et sa sœur conclurent que le Huron était leur propre neveu. Ils l'embrassaient en versant des larmes ; et l'Ingénu riait, ne pouvant s'imaginer qu'un Huron fût neveu d'un prieur bas-breton.

Toute la compagnie descendit ; M. de Saint-Yves, qui était grand physionomiste, compara les deux portraits avec le visage de l'Ingénu ; il fit très habilement remarquer qu'il avait les yeux de sa mère, le front et le nez de feu M. le capitaine de Kerkabon, et des joues qui tenaient de l'un et de l'autre.

Mlle de Saint-Yves, qui n'avait jamais vu le père ni la mère, assura que l'Ingénu leur ressemblait parfaitement. Ils admiraient tous la Providence et l'enchaînement des événements de ce monde. Enfin on était si persuadé, si convaincu de la naissance de l'Ingénu, qu'il consentit lui-même à être neveu de monsieur le prieur, en disant qu'il aimait autant l'avoir pour son oncle qu'un autre.

On alla rendre grâce à Dieu dans l'église de Notre-Dame de la Montagne, tandis que le Huron, d'un air indifférent, s'amusait à boire dans la maison.

Les Anglais qui l'avaient amené, et qui étaient prêts à mettre à la voile, vinrent lui dire qu'il était temps de partir. « Apparemment, leur dit-il, que vous n'avez pas retrouvé vos oncles et vos

tantes : je reste ici ; retournez à Plymouth, je vous donne toutes mes hardes, je n'ai plus besoin de rien au monde, puisque je suis le neveu d'un prieur. » Les Anglais mirent à la voile, en se souciant fort peu que l'Ingénu eût des parents ou non en Basse-Bretagne.

Après que l'oncle, la tante et la compagnie eurent chanté le *Te Deum* ; après que le bailli eut encore accablé l'Ingénu de questions ; après qu'on eut épuisé tout ce que l'étonnement, la joie, la tendresse peuvent faire dire, le prieur de la Montagne et l'abbé de Saint-Yves conclurent à faire baptiser l'Ingénu au plus vite. Mais il n'en était pas d'un grand Huron de vingt-deux ans comme d'un enfant qu'on régénère sans qu'il en sache rien. Il fallait l'instruire, et cela paraissait difficile : car l'abbé de Saint-Yves supposait qu'un homme qui n'était pas né en France n'avait pas le sens commun.

Le prieur fit observer à la compagnie que, si en effet monsieur l'Ingénu, son neveu, n'avait pas eu le bonheur d'être élevé en Basse-Bretagne, il n'en avait pas moins d'esprit ; qu'on en pouvait juger par toutes ses réponses ; et que sûrement la nature l'avait beaucoup favorisé, tant du côté paternel que du maternel.

On lui demanda d'abord s'il avait jamais lu quelque livre. Il dit qu'il avait lu Rabelais traduit en anglais, et quelques morceaux de Shakespeare qu'il savait par cœur, qu'il avait trouvé ces livres chez le capitaine du vaisseau qui l'avait amené de l'Amérique à Plymouth et qu'il en était fort content. Le bailli ne manqua pas de l'interroger sur ces livres. « Je vous avoue, dit l'Ingénu, que j'ai cru en deviner quelque chose, et que je n'ai pas entendu le reste. »

L'abbé de Saint-Yves, à ce discours, fit réflexion que c'était ainsi que lui-même avait toujours lu, et que la plupart des hommes ne lisaient guère autrement. « Vous avez sans doute lu la Bible ? dit-il au Huron. — Point du tout, monsieur l'abbé ; elle n'était pas parmi les livres de mon capitaine ; je n'en ai jamais entendu parler. — Voilà comme sont ces maudits Anglais, criait Mlle de Kerkabon ; ils feront plus de cas d'une pièce de Shakespeare, d'un plumbpouding et d'une bouteille de rhum que du Pentateuque. Aussi n'ont-ils jamais converti personne en Amérique. Certainement ils sont maudits de Dieu ; et nous leur prendrons la Jamaïque et la Virginie avant qu'il soit peu de temps. »

Quoi qu'il en soit, on fit venir le plus habile tailleur de Saint-Malo pour habiller l'Ingénu de pied en cap. La compagnie se sépara ; le bailli alla faire ses questions ailleurs. Mlle de Saint-Yves, en partant, se retourna plusieurs fois pour regarder l'Ingénu ; et il lui fit des révérences plus profondes qu'il n'en avait jamais fait à personne en sa vie.

Le bailli, avant de prendre congé, présenta à Mlle de Saint-Yves un grand nigaud de fils qui sortait du collège ; mais à peine le regarda-t-elle, tant elle était occupée de la politesse du Huron.

## Chapitre III
## Le Huron,
## nommé l'Ingénu, converti

Monsieur le prieur, voyant qu'il était un peu sur l'âge, et que Dieu lui envoyait un neveu pour sa consolation, se mit en tête qu'il pourrait lui résigner son bénéfice s'il réussissait à le baptiser et à le faire entrer dans les ordres.

L'Ingénu avait une mémoire excellente. La fermeté des organes de Basse-Bretagne, fortifiée par le climat du Canada, avait rendu sa tète si vigoureuse que, quand on frappait dessus, à peine le sentait-il ; et, quand on gravait dedans, rien ne s'effaçait ; il n'avait jamais rien oublié. Sa conception était d'autant plus vive et plus nette que, son enfance n'ayant point été chargée des inutilités et des sottises qui accablent la nôtre, les choses entraient dans sa cervelle sans nuage. Le prieur résolut enfin de lui faire lire le Nouveau Testament. L'Ingénu le dévora avec beaucoup de plaisir ; mais, ne sachant ni dans quel temps ni dans quel pays toutes les aventures rapportées dans ce livre étaient arrivées, il ne douta point que le lieu de le scène ne fût en Basse-Bretagne, et il jura qu'il couperait le nez et les oreilles à Caïphe et à Pilate si jamais il rencontrait ces marauds-là.

Son oncle, charmé de ces bonnes dispositions, le mit au fait en peu de temps ; il loua son zèle, mais il lui apprit que ce zèle était inutile, attendu que ces gens-là étaient morts il y avait

environ seize cent quatre-vingt-dix années. L'Ingénu sut bientôt presque tout le livre par cœur. Il proposait quelquefois des difficultés qui mettaient le prieur fort en peine. Il était obligé souvent de consulter l'abbé de Saint-Yves qui, ne sachant que répondre, fit venir un jésuite bas-breton pour achever la conversion du Huron.

Enfin la grâce opéra; l'Ingénu promit de se faire chrétien; il ne douta pas qu'il ne dût commencer par être circoncis : « Car, disait-il, je, ne vois pas dans le livre qu'on m'a fait lire un seul personnage qui ne l'ait été; il est donc évident que je dois faire le sacrifice de mon prépuce : le plus tôt c'est le mieux. » Il envoya chercher le chirurgien du village et le pria de lui faire l'opération, comptant réjouir infiniment Mlle de Kerkabon et toute la compagnie quand une fois la chose serait faite. Le frater, qui n'avait point encore fait cette opération, en avertit la famille, qui jeta les hauts cris. La bonne Kerkabon trembla que son neveu, qui paraissait résolu et expéditif, ne se fît lui-même l'opération très maladroitement, et qu'il n'en résultât de tristes effets auxquels les dames s'intéressent toujours par bonté d'âme.

Le prieur redressa les idées du Huron; il lui remontra que la circoncision n'était plus de mode, le baptême était beaucoup plus doux et plus salutaire, que la loi de grâce n'était pas comme la loi de rigueur. L'Ingénu, qui avait beaucoup de bon sens et de droiture, disputa, mais reconnut son erreur, ce qui est assez rare en Europe aux gens qui disputent; enfin il promit de se faire baptiser quand on voudrait.

Il fallait auparavant se confesser, et c'était là le plus difficile. L'Ingénu avait toujours en poche le livre que son oncle lui avait donné. Il n'y trouvait pas qu'un seul apôtre se fût confessé, et cela le rendait très rétif. Le prieur lui ferma la bouche en lui montrant dans l'épître de saint Jacques le Mineur, ces mots qui font tant de peine aux hérétiques : *Confessez vos péchés les uns aux autres*. Le Huron se tut, et se confessa à un récollet. Quand il eut fini, il tira le récollet du confessionnal, et, saisissant son homme d'un bras vigoureux, il se mit à sa place et le fit mettre à genoux devant lui : « Allons, mon ami, il est dit : *Confessez-vous les uns aux autres*; je t'ai conté mes péchés, tu ne sortiras pas d'ici que tu ne m'aies conté les tiens. » En parlant ainsi, il

appuyait son large genou contre la poitrine de son adverse partie. Le récollet pousse des hurlements qui font retentir l'église. On accourt au bruit, on voit le catéchumène qui gourmait le moine au nom de saint Jacques le Mineur. La joie de baptiser un Bas-Breton huron et anglais était si grande qu'on passa pardessus ces singularités. Il y eut même beaucoup de théologiens qui pensèrent que la confession n'était pas nécessaire, puisque le baptême tenait lieu de tout.

On prit jour avec l'évêque de Saint-Malo, qui, flatté, comme on peut le croire, de baptiser un Huron, arriva dans un pompeux équipage, suivi de son clergé. Mlle de Saint-Yves, en bénissant Dieu, mit sa plus belle robe et fit venir une coiffeuse de Saint-Malo, pour briller à la cérémonie. L'interrogant bailli accourut avec toute la contrée. L'église était magnifiquement parée ; mais, quand il fallut prendre le Huron pour le mener aux fonts baptismaux, on ne le trouva point.

L'oncle et la tante le cherchèrent partout. On crut qu'il était à la chasse, selon sa coutume. Tous les conviés à la fête parcoururent les bois et les villages voisins : point de nouvelles du Huron.

On commençait à craindre qu'il ne fût retourné en Angleterre. On se souvenait de lui avoir entendu dire qu'il aimait fort ce pays-là. Monsieur le prieur et sa sœur étaient persuadés qu'on n'y baptisait personne, et tremblaient pour l'âme de leur neveu. L'évêque était confondu et prêt à s'en retourner ; le prieur et l'abbé de Saint-Yves se désespéraient ; le bailli interrogeait tous les passants avec sa gravité ordinaire. Mlle de Kerkabon pleurait ; Mlle de Saint-Yves ne pleurait pas, mais elle poussait de profonds soupirs qui semblaient témoigner son goût pour les sacrements. Elles se promenaient tristement le long des saules et des roseaux qui bordent la petite rivière de Rance, lorsqu'elles aperçurent au milieu de la rivière une grande figure assez blanche, les deux mains croisées sur la poitrine. Elles jetèrent un grand cri et se détournèrent. Mais, la curiosité l'emportant bientôt sur toute autre considération, elles se coulèrent doucement entre les roseaux, et quand elles furent bien sûres de n'être point vues, elles voulurent voir de quoi il s'agissait.

## Chapitre IV
# L'Ingénu baptisé

Le prieur et l'abbé, étant accourus, demandèrent à l'Ingénu ce qu'il faisait là. « Eh parbleu! messieurs, j'attends le baptême. Il y a une heure que je suis dans l'eau jusqu'au cou, et il n'est pas honnête de me laisser morfondre. »

— Mon cher neveu, lui dit tendrement le prieur, ce n'est pas ainsi qu'on baptise en Basse-Bretagne; reprenez vos habits et venez avec nous.

Mlle de Saint-Yves, en entendant ce discours, disait tout bas à sa compagne : « Mademoiselle, croyez-vous qu'il reprenne sitôt ses habits? »

Le Huron cependant repartit au prieur : « Vous ne m'en ferez pas accroire cette fois-ci comme l'autre; j'ai bien étudié depuis ce temps-là, et je suis très certain qu'on ne se baptise pas autrement. L'eunuque de la reine Candace fut baptisé dans un ruisseau; je vous défie de me montrer dans le livre que vous m'avez donné qu'on s'y soit jamais pris d'une autre façon. Je ne serai point baptisé du tout, ou je le serai dans la rivière. » On eut beau lui démontrer que les usages avaient changé. L'Ingénu était têtu, car il était breton et huron. Il revenait toujours à l'eunuque de la reine Candace. Et, quoique mademoiselle sa tante et Mlle de Saint-Yves, qui l'avaient observé entre les saules, fussent en droit de lui dire qu'il ne lui appartenait pas de citer un pareil homme, elles n'en firent pourtant rien; tant était grande leur discrétion. L'évêque vint lui-même lui parler, ce qui est beaucoup; mais il ne gagna rien; le Huron disputa contre l'évêque.

« Montrez-moi, lui dit-il, dans le livre que m'a donné mon oncle, un seul homme qui n'ait pas été baptisé dans la rivière, et je ferai tout ce que vous voudrez. »

La tante, désespérée, avait remarqué que, la première fois que son neveu avait fait la révérence, il en avait fait une plus profonde à Mlle de Saint-Yves qu'à aucune autre personne de la compagnie; qu'il n'avait pas même salué monsieur l'évêque avec ce respect mêlé de cordialité qu'il avait témoigné à cette belle demoiselle. Elle prit le parti de s'adresser à elle dans ce grand embarras; elle la pria d'interposer son crédit pour engager le

Huron à se faire baptiser de la même manière que les Bretons, ne croyant pas que son neveu pût jamais être chrétien s'il persistait à vouloir être baptisé dans l'eau courante.

Mlle de Saint-Yves rougit du plaisir secret qu'elle sentait d'être chargée d'une si importante commission. Elle s'approcha modestement de l'Ingénu, et lui serrant la main d'une manière tout à fait noble : « Est-ce que vous ne ferez rien pour moi ? » lui dit-elle ; et, en prononçant ces mots, elle baissait les yeux et les relevait avec une grâce attendrissante. « Ah ! tout ce que vous voudrez, mademoiselle, tout ce que vous me commanderez : baptême d'eau, baptême de feu, baptême de sang ; il n'y a rien que je vous refuse. » Mlle de Saint-Yves eut la gloire de faire en deux paroles ce que ni les empressements du prieur, ni les interrogations réitérées du bailli, ni les raisonnements même de monsieur l'évêque n'avaient pu faire. Elle sentit son triomphe ; mais elle n'en sentait pas encore toute l'étendue.

Le baptême fut administré et reçu avec toute la décence, toute la magnificence, tout l'agrément possibles. L'oncle et la tante cédèrent à M. l'abbé de Saint-Yves et à sa sœur l'honneur de tenir l'Ingénu sur les fonts. Mlle de Saint-Yves rayonnait de joie de se voir marraine. Elle ne savait pas à quoi ce grand titre l'asservissait ; elle accepta cet honneur sans en connaître les fatales conséquences.

Comme il n'y eut jamais de cérémonie qui ne fût suivie d'un grand dîner, on se mit à table au sortir du baptême. Les goguenards de Basse-Bretagne dirent qu'il ne fallait pas baptiser son vin. Monsieur le prieur disait que le vin, selon Salomon, réjouit le cœur de l'homme. Monsieur l'évêque ajoutait que le patriarche Juda devait lier son ânon à la vigne, et tremper son manteau dans le sang du raisin, et qu'il était bien triste qu'on n'en pût faire autant en Basse-Bretagne, à laquelle Dieu a dénié les vignes. Chacun tâchait de dire un bon mot sur le baptême de l'Ingénu, et des galanteries à la marraine. Le bailli, toujours interrogant, demandait au Huron s'il serait fidèle à ses promesses. « Comment voulez-vous que je manque à mes promesses, puisque je les ai faites entre les mains de Mlle de Saint-Yves ? »

Le Huron s'échauffa ; il but beaucoup à la santé de sa marraine. « Si j'avais été baptisé de votre main, dit-il, je sens que l'eau froide qu'on m'a versée sur le chignon m'aurait brûlé. » Le bailli

trouva cela trop poétique, ne sachant pas combien l'allégorie est familière au Canada. Mais la marraine en fut extrêmement contente.

On avait donné le nom d'Hercule au baptisé. L'évêque de Saint-Malo demandait toujours quel était ce patron dont il n'avait jamais entendu parler. Le jésuite, qui était fort savant, lui dit que c'était un saint qui avait fait douze miracles. Il y en avait un treizième qui valait les douze autres, mais dont il ne convenait pas à un jésuite de parler : c'était celui d'avoir changé cinquante filles en femmes en une seule nuit. Un plaisant qui se trouva là releva ce miracle avec énergie. Toutes les dames baissèrent les yeux, et jugèrent à la physionomie de l'Ingénu qu'il était digne du saint dont il portait le nom.

## Chapitre V
## L'Ingénu amoureux

Il faut avouer que depuis ce baptême et ce dîner, Mlle de Saint-Yves souhaita passionnément que monsieur l'évêque la fit encore participante de quelque beau sacrement avec M. Hercule l'Ingénu. Cependant, comme elle était bien élevée et fort modeste, elle n'osait convenir tout à fait avec elle-même de ses tendres sentiments ; mais s'il lui échappait un regard, un mot, un geste, une pensée, elle enveloppait tout cela d'un voile de pudeur infiniment aimable. Elle était tendre, vive et sage.

Dès que monsieur l'évêque fut parti, l'Ingénu et Mlle de Saint-Yves se rencontrèrent sans avoir fait réflexion qu'ils se cherchaient. Ils se parlèrent sans avoir imaginé ce qu'ils se diraient. L'Ingénu lui dit d'abord qu'il l'aimait de tout son cœur, et que la belle Abacaba, dont il avait été fou dans son pays, n'approchait pas d'elle. Mademoiselle lui répondit, avec sa modestie ordinaire, qu'il fallait en parler au plus vite à monsieur le prieur son oncle et à mademoiselle sa tante, et que de son côté elle en dirait deux mots à son cher frère l'abbé de Saint-Yves, et qu'elle se flattait d'un consentement commun.

L'Ingénu lui répond qu'il n'avait besoin du consentement de personne ; qu'il lui paraissait extrêmement ridicule d'aller demander

à d'autres ce qu'on devait faire ; que, quand deux parties sont d'accord, on n'a pas besoin d'un tiers pour les accommoder. « Je ne consulte personne, dit-il, quand j'ai envie de déjeuner, ou de chasser, ou de dormir. Je sais bien qu'en amour il n'est pas mal d'avoir le consentement de la personne à qui on en veut ; mais, comme ce n'est ni de mon oncle ni de ma tante que je suis amoureux, ce n'est pas à eux que je dois m'adresser dans cette affaire ; et, si vous m'en croyez, vous vous passerez aussi de M. l'abbé de Saint-Yves. »

On peut juger que la belle Bretonne employa toute la délicatesse de son esprit à réduire son Huron aux termes de la bienséance. Elle se fâcha même, et bientôt se radoucit. Enfin on ne sait comment aurait fini cette conversation, si, le jour baissant, monsieur l'abbé n'avait ramené sa sœur à son abbaye. L'Ingénu laissa coucher son oncle et sa tante, qui étaient un peu fatigués de la cérémonie et de leur long dîner. Il passa une partie de la nuit à faire des vers en langue huronne pour sa bien-aimée : car il faut savoir qu'il n'y a aucun pays de la terre où l'amour n'ait rendu les amants poètes.

Le lendemain, son oncle lui parla ainsi après le déjeuner, en présence de Mlle Kerkabon, qui était tout attendrie : « Le ciel soit loué de ce que vous avez l'honneur, mon cher neveu, d'être chrétien et Bas-Breton ! mais cela ne suffit pas ; je suis un peu sur l'âge ; mon frère n'a laissé qu'un petit coin de terre qui est très peu de chose ; j'ai un bon prieuré : si vous voulez seulement vous faire sous-diacre, comme je l'espère, je vous résignerai mon prieuré, et vous vivrez fort à votre aise, après avoir été la consolation de ma vieillesse. »

L'Ingénu répondit : « Mon oncle, grand bien vous fasse ! vivez tant que vous pourrez. Je ne sais pas ce que c'est que d'être sous-diacre ni que de résigner ; mais tout me sera bon pourvu que j'aie Mlle de Saint-Yves à ma disposition. — Eh, mon Dieu ! mon neveu, que me dites-vous là ? Vous aimez donc cette belle demoiselle à la folie ? — Oui, mon oncle. — Hélas ! mon neveu, il est impossible que vous l'épousiez. — Cela est très possible, mon oncle ; car non seulement elle m'a serré la main en me quittant, mais elle m'a promis qu'elle me demanderait en mariage ; et assurément je l'épouserai. — Cela est impossible, vous dis-je : elle est votre marraine ; c'est un péché

épouvantable à une marraine de serrer la main de son filleul; il n'est pas permis d'épouser sa marraine; les lois divines et humaines s'y opposent. — Morbleu! mon oncle, vous vous moquez de moi; pourquoi serait-il défendu d'épouser sa marraine, quand elle est jeune et jolie? Je n'ai point vu dans le livre que vous m'avez donné qu'il fût mal d'épouser les filles qui ont aidé les gens à être baptisés. Je m'aperçois tous les jours qu'on fait ici une infinité de choses qui ne sont point dans votre livre, et qu'on n'y fait rien de tout ce qu'il dit. Je vous avoue que cela m'étonne et me fâche. Si on me prive de la belle Saint-Yves sous prétexte de mon baptême, je vous avertis que je l'enlève et que je me débaptise. »

Le prieur fut confondu; sa sœur pleura. « Mon cher frère, dit-elle, il ne faut pas que notre neveu se damne; notre saint-père le pape peut lui donner dispense, et alors il pourra être chrétiennement heureux avec ce qu'il aime. » L'Ingénu embrassa sa tante. « Quel est donc, dit-il, cet homme charmant qui favorise avec tant de bonté les garçons et les filles dans leurs amours? je veux lui aller parler tout à l'heure. »

On lui expliqua ce que c'était que le pape, et l'Ingénu fut encore plus étonné qu'auparavant. « Il n'y a pas un mot de tout cela dans votre livre, mon cher oncle; j'ai voyagé, je connais la mer; nous sommes ici sur la côte de l'Océan, et je quitterais Mlle de Saint-Yves pour aller demander la permission de l'aimer à un homme qui demeure vers la Méditerranée, à quatre cents lieues d'ici, et dont je n'entends point la langue! Cela est d'un ridicule incompréhensible! Je vais sur-le-champ chez M. l'abbé de Saint-Yves, qui ne demeure qu'à une lieue de vous, et je vous réponds que j'épouserai ma maîtresse dans la journée. »

Comme il parlait encore, entra le bailli, qui, selon sa coutume, lui demanda où il allait. « Je vais me marier », dit l'Ingénu en courant; et au bout d'un quart d'heure il était déjà chez sa belle et chère Basse-Brette, qui dormait encore. « Ah! mon frère, disait Mlle de Kerkabon au prieur, jamais vous ne ferez un sous-diacre de notre neveu. »

Le bailli fut très mécontent de ce voyage: car il prétendait que son fils épousât la Saint-Yves; et ce fils était encore plus sot et plus insupportable que son père.

## Chapitre VI
## L'Ingénu court chez sa maîtresse,
## et devient furieux

À peine l'Ingénu était arrivé, qu'ayant demandé à une vieille servante où était la chambre de sa maîtresse, il avait poussé fortement la porte mal fermée et s'était élancé vers le lit. Mlle de Saint-Yves, se réveillant en sursaut, s'était écriée : « Quoi ! c'est vous ! ah ! c'est vous ! arrêtez-vous, que faites-vous ? » Il avait répondu : « Je vous épouse » ; et en effet il l'épousait, si elle ne s'était pas débattue avec toute l'honnêteté d'une personne qui a de l'éducation.

L'Ingénu n'entendait pas raillerie ; il trouvait toutes ces façons-là extrêmement impertinentes. « Ce n'était pas ainsi qu'en usait Mlle Abacaba, ma première maîtresse ; vous n'avez point de probité ; vous m'avez promis mariage, et vous ne voulez point faire mariage : c'est manquer aux premières lois de l'honneur ; je vous apprendrai à tenir votre parole, et je vous remettrai dans le chemin de la vertu. »

L'Ingénu possédait une vertu mâle et intrépide, digne de son patron Hercule, dont on lui avait donné le nom à son baptême ; il allait l'exercer dans toute son étendue, lorsqu'aux cris perçants de la demoiselle plus discrètement vertueuse accourut le sage abbé de Saint-Yves, avec sa gouvernante, un vieux domestique dévot et un prêtre de la paroisse. Cette vue modéra le courage de l'assaillant. « Eh, mon Dieu ! mon cher voisin, lui dit l'abbé, que faites-vous là ? — Mon devoir, répliqua le jeune homme ; je remplis mes promesses, qui sont sacrées. »

Mlle de Saint-Yves se rajusta en rougissant. On emmena l'Ingénu dans un autre appartement. L'abbé lui remontra l'énormité du procédé. L'Ingénu se défendit sur les privilèges de la loi naturelle, qu'il connaissait parfaitement. L'abbé voulut prouver que la loi positive devait avoir tout l'avantage, et que, sans les conventions faîtes entre les hommes, la loi de nature ne serait presque jamais qu'un brigandage naturel. « Il faut, lui disait-il, des notaires, des prêtres, des témoins, des contrats, des dispenses. » L'Ingénu lui répondit par la réflexion que les sauvages

ont toujours faite : « Vous êtes donc de bien malhonnêtes gens, puisqu'il faut entre vous tant de précautions. »

L'abbé eut de la peine à résoudre cette difficulté. « Il y a, dit-il, je l'avoue, beaucoup d'inconstants et de fripons parmi nous, et il y en aurait autant chez les Hurons s'ils étaient rassemblés dans une grande ville ; mais aussi il y a des âmes sages, honnêtes, éclairées, et ce sont ces hommes-là qui ont fait les lois. Plus on est homme de bien, plus on doit s'y soumettre ; on donne l'exemple aux vicieux, qui respectent un frein que la vertu s'est donné elle-même. »

Cette réponse frappa l'Ingénu. On a déjà remarqué qu'il avait l'esprit juste. On l'adoucit par des paroles flatteuses ; on lui donna des espérances : ce sont les deux pièges où les hommes des deux hémisphères se prennent ; on lui présenta même Mlle de Saint-Yves, quand elle eut fait sa toilette. Tout se passa avec la plus grande bienséance. Mais, malgré cette décence, les yeux étincelants de l'Ingénu Hercule firent toujours baisser ceux de sa maîtresse, et trembler la compagnie.

On eut une peine extrême à le renvoyer chez ses parents. Il fallut encore employer le crédit de la belle Saint-Yves ; plus elle sentait son pouvoir sur lui, et plus elle l'aimait. Elle le fit partir, et en fut très affligée ; enfin, quand il fut parti, l'abbé, qui non seulement était le frère très aîné de Mlle de Saint-Yves, mais qui était aussi son tuteur, prit le parti de soustraire sa pupille aux empressements de cet amant redoutable. Il alla consulter le bailli, qui, destinant toujours son fils à la sœur de l'abbé, lui conseilla de mettre la pauvre fille dans une communauté. Ce fut un coup terrible : une indifférente qu'on mettrait au couvent jetterait les hauts cris ; mais une amante, et une amante aussi sage que tendre, c'était de quoi la mettre au désespoir.

L'Ingénu, de retour chez le prieur, raconta tout avec sa naïveté ordinaire. Il essuya les mêmes remontrances, qui firent quelque effet sur son esprit, et aucun sur ses sens ; mais le lendemain, quand il voulut retourner chez sa belle maîtresse pour raisonner avec elle sur la loi naturelle et sur la loi de convention, monsieur le bailli lui apprit avec une joie insultante qu'elle était dans un couvent. « Eh bien ! dit-il, j'irai raisonner dans ce couvent. — Cela ne se peut », dit le bailli. Il lui expliqua fort au long ce que c'était qu'un couvent ou un convent ; que ce mot

venait du latin *conventus,* qui signifie assemblée; et le Huron
ne pouvait comprendre pourquoi il ne pouvait pas être admis
dans l'assemblée. Sitôt qu'il fut instruit que cette assemblée
était une espèce de prison où l'on tenait les filles renfermées,
chose horrible, inconnue chez les Hurons et chez les Anglais, il
devint aussi furieux que le fut son patron Hercule lorsque
Euryte, roi d'Œchalie, non moins cruel que l'abbé de Saint-
Yves, lui refusa la belle Iole sa fille, non moins belle que la
sœur de l'abbé. Il voulait aller mettre le feu au couvent, enlever
sa maîtresse, ou se brûler avec elle. Mlle de Kerkabon, épou-
vantée, renonçait plus que jamais à toutes les espérances de
voir son neveu sous-diacre, et disait en pleurant qu'il avait le
diable au corps depuis qu'il était baptisé.

## Chapitre VII
## L'Ingénu repousse les Anglais

L'Ingénu, plongé dans une sombre et profonde mélancolie, se
promena vers le bord de la mer, son fusil à deux coups sur
l'épaule, son grand coutelas au côté, tirant de temps en temps
sur quelques oiseaux, et souvent tenté de tirer sur lui-même;
mais il aimait encore la vie, à cause de Mlle de Saint-Yves.
Tantôt il maudissait son oncle, sa tante, et toute la Basse-
Bretagne, et son baptême; tantôt il les bénissait puisqu'ils lui
avaient fait connaître celle qu'il aimait. Il prenait sa résolution
d'aller brûler le couvent, et il s'arrêtait tout court, de peur de
brûler sa maîtresse. Les flots de la Manche ne sont pas plus agi-
tés par les vents d'est et d'ouest que son cœur l'était par tant de
mouvements contraires.

Il marchait à grands pas, sans savoir où, lorsqu'il entendit le
son du tambour. Il vit de loin tout un peuple dont une moitié
courait au rivage, et l'autre s'enfuyait.

Mille cris s'élèvent de tous côtés; la curiosité et le courage le
précipitent à l'instant vers l'endroit d'où partaient ces
clameurs; il y vole en quatre bonds. Le commandant de la
milice, qui avait soupé avec lui chez le prieur, le reconnut aussi-
tôt; il court à lui, les bras ouverts: « Ah! c'est l'Ingénu, il com-

battra pour nous. » Et les milices, qui mouraient de peur, se rassurèrent et crièrent aussi : « C'est l'Ingénu ! c'est l'Ingénu ! »

« Messieurs, dit-il, de quoi s'agit-il ? Pourquoi êtes-vous si effarés ? A-t-on mis vos maîtresses dans des couvents ? » Alors cent voix confuses s'écrient : « Ne voyez-vous pas les Anglais qui abordent ? — Eh bien ! répliqua le Huron, ce sont de braves gens ; ils ne m'ont jamais proposé de me faire sous-diacre ; ils ne m'ont point enlevé ma maîtresse. »

Le commandant lui fit entendre que les Anglais venaient piller l'abbaye de la Montagne, boire le vin de son oncle, et peut-être enlever Mlle de Saint-Yves ; que le petit vaisseau sur lequel il avait abordé en Bretagne n'était venu que pour reconnaître la côte ; qu'ils faisaient des actes d'hostilité sans avoir déclaré la guerre au roi de France, et que la province était exposée. « Ah ! si cela est, ils violent la loi naturelle ; laissez-moi faire ; j'ai demeuré longtemps parmi eux, je sais leur langue, je leur parlerai ; je ne crois pas qu'ils puissent avoir un si méchant dessein. »

Pendant cette conversation, l'escadre anglaise approchait ; voilà le Huron qui court vers elle, se jette dans un petit bateau, arrive, monte au vaisseau amiral, et demande s'il est vrai qu'ils viennent ravager le pays sans avoir déclaré la guerre honnêtement. L'amiral et tout son bord firent de grands éclats de rire, lui firent boire du punch, et le renvoyèrent.

L'Ingénu, piqué, ne songea plus qu'à se bien battre contre ses anciens amis pour ses compatriotes et pour monsieur le prieur. Les gentilshommes du voisinage accouraient de toutes parts : il se joint à eux ; on avait quelques canons ; il les charge, il les pointe, il les tire l'un après l'autre. Les Anglais débarquent ; il court à eux, il en tue trois de sa main, il blesse même l'amiral qui s'était moqué de lui. Sa valeur anime le courage de toute la milice ; les Anglais se rembarquent, et toute la côte retentissait des cris de victoire : « Vive le roi ! vive l'Ingénu ! » Chacun l'embrassait, chacun s'empressait d'étancher le sang de quelques blessures légères qu'il avait reçues. « Ah ! disait-il, si Mlle de Saint-Yves était là, elle me mettrait une compresse. »

Le bailli, qui s'était caché dans sa cave pendant le combat, vint lui faire compliment comme les autres. Mais il fut bien surpris quand il entendit Hercule l'Ingénu dire à une douzaine

de jeunes gens de bonne volonté, dont il était entouré : « Mes amis, ce n'est rien d'avoir délivré l'abbaye de la Montagne ; il faut délivrer une fille. » Toute cette bouillante jeunesse prit feu à ces seules paroles. On le suivait déjà en foule, on courait au couvent. Si le bailli n'avait pas sur-le-champ averti le commandant, si on n'avait pas couru après la troupe joyeuse, c'en était fait. On ramena l'Ingénu chez son oncle et sa tante, qui le baignèrent de larmes de joie et de tendresse.

« Je vois bien que vous ne serez jamais ni sous-diacre, ni prieur, lui dit l'oncle ; vous serez un officier encore plus brave que mon frère le capitaine, et probablement aussi gueux. » Et Mlle de Kerkabon pleurait toujours en l'embrassant, et en disant : « Il se fera tuer comme mon frère ; il vaudrait bien mieux qu'il fût sous-diacre. »

L'Ingénu, dans le combat, avait ramassé une grosse bourse remplie de guinées, que probablement l'amiral avait laissé tomber. Il ne douta pas qu'avec cette bourse il ne pût acheter toute la Basse-Bretagne, et surtout faire Mlle de Saint-Yves grande dame. Chacun l'exhorta de faire le voyage de Versailles, pour y recevoir le prix de ses services. Le commandant, les principaux officiers, le comblèrent de certificats. L'oncle et la tante approuvèrent le voyage du neveu. Il devait être, sans difficulté, présenté au roi : cela seul lui donnerait un prodigieux relief dans la province. Ces deux bonnes gens ajoutèrent à la bourse anglaise un présent considérable de leurs épargnes. L'Ingénu disait en lui-même : « Quand je verrai le roi je lui demanderai Mlle de Saint-Yves en mariage, et certainement il ne me refusera pas. » Il partit donc aux acclamations de tout le canton, étouffé d'embrassements, baigné des larmes de sa tante, béni par son oncle, et se recommandant à la belle Saint-Yves.

## Chapitre VIII
## L'Ingénu va en cour.
## Il soupe en chemin avec des huguenots

L'Ingénu prit le chemin de Saumur par le coche, parce qu'il n'y avait peint alors d'autre commodité. Quand il fut à Saumur, il s'étonna de trouver la ville presque déserte, et de voir plusieurs familles qui déménageaient. On lui dit que, six ans auparavant, Saumur contenait plus de quinze mille âmes, et qu'à présent il n'y en avait pas six mille. Il ne manqua pas d'en parler à souper dans son hôtellerie. Plusieurs protestants étaient à table ; les uns se plaignaient amèrement, d'autres frémissaient de colère, d'autres disaient en pleurant : *Nos dulcia linquimus arva, nos patriam fugimus*. L'Ingénu, qui ne savait pas le latin, se fit expliquer ces paroles, qui signifient : « Nous abandonnons nos douces campagnes, nous fuyons notre patrie. »

« Et pourquoi fuyez-vous votre patrie, messieurs ? — C'est qu'on veut que nous reconnaissions le pape. — Et pourquoi ne le reconnaîtriez-vous pas ? Vous n'avez donc point de marraines que vous vouliez épouser ? car on m'a dit que c'était lui qui en donnait la permission. — Ah ! monsieur, ce pape dit qu'il est le maître du domaine des rois ! — Mais, messieurs, de quelle profession êtes-vous ? — Monsieur, nous sommes pour la plupart des drapiers et des fabricants. — Si votre pape dit qu'il est le maître de vos draps et de vos fabriques, vous faites très bien de ne le pas reconnaître ; mais pour les rois, c'est leur affaire : de quoi vous mêlez-vous ? » Alors un petit homme noir prit la parole, et exposa très savamment les griefs de la compagnie. Il parla de la révocation de l'édit de Nantes avec tant d'énergie, il déplora d'une manière si pathétique le sort de cinquante mille familles fugitives et de cinquante mille autres converties par les dragons, que l'Ingénu à son tour versa des larmes. « D'où vient donc, disait-il, qu'un si grand roi, dont la gloire s'étend jusque chez les Hurons, se prive ainsi de tant de cœurs qui l'auraient aimé, et de tant de bras qui l'auraient servi ? »

— C'est qu'on l'a trompé comme les autres grands rois, répondit l'homme noir. On lui a fait croire que, dès qu'il aurait

dit un mot, tous les hommes penseraient comme lui, et qu'il nous ferait changer de religion, comme son musicien Lulli fait changer en un moment les décorations de ses opéras. Non seulement il perd déjà cinq à six cent mille sujets très utiles, mais il s'en fait des ennemis ; et le roi Guillaume, qui est actuellement maître de l'Angleterre, a composé plusieurs régiments de ces mêmes Français qui auraient combattu pour leur monarque.

Un tel désastre est d'autant plus étonnant que le pape régnant, à qui Louis XIV sacrifie une partie de son peuple, est son ennemi déclaré. Ils ont encore tous deux, depuis neuf ans, une querelle violente. Elle a été poussée si loin que la France a espéré enfin de voir briser le joug qui la soumet depuis tant de siècles à cet étranger, et surtout de ne lui plus donner d'argent, ce qui est le premier mobile des affaires de ce monde. Il paraît donc évident qu'on a trompé ce grand roi sur ses intérêts comme sur l'étendue de son pouvoir, et qu'on a donné atteinte à la magnanimité de son cœur.

L'Ingénu, attendri de plus en plus, demanda quels étaient les Français qui trompaient ainsi un monarque si cher aux Hurons. « Ce sont les jésuites, lui répondit-on ; c'est surtout le père de La Chaise, confesseur de Sa Majesté. Il faut espérer que Dieu les en punira un jour, et qu'ils seront chassés comme ils nous chassent. Y a-t-il un malheur égal aux nôtres ? Mons de Louvois nous envoie de tous côtés des jésuites et des dragons. »

— Oh bien ! messieurs, répliqua l'Ingénu, qui ne pouvait plus se contenir, je vais à Versailles recevoir la récompense due à mes services ; je parlerai à ce mons de Louvois : on m'a dit que c'est lui qui fait la guerre, de son cabinet. Je verrai le roi, je lui ferai connaître la vérité ; il est impossible qu'on ne se rende pas à cette vérité quand on la sent. Je reviendrai bientôt pour épouser Mlle de Saint-Yves, et je vous prie à la noce.

Ces bonnes gens le prirent alors pour un grand seigneur qui voyageait *incognito* par le coche. Quelques-uns le prirent pour le fou du roi.

Il y avait à table un jésuite déguisé qui servait d'espion au révérend père de La Chaise. Il lui rendait compte de tout, et le père de La Chaise en instruisait mons de Louvois. L'espion écrivit. L'Ingénu et la lettre arrivèrent presque en même temps à Versailles.

## Chapitre IX
## Arrivée de l'Ingénu à Versailles.
## Sa réception à la cour

L'Ingénu débarque en pot de chambre* dans la cour des cuisines. Il demande aux porteurs de chaise à quelle heure on peut voir le roi. Les porteurs lui rient au nez, tout comme avait fait l'amiral anglais. Il les traita de même, il les battit ; ils voulurent le lui rendre, et la scène allait être sanglante s'il n'eût passé un garde du corps, gentilhomme breton, qui écarta la canaille. « Monsieur, lui dit le voyageur, vous me paraissez un brave homme ; je suis le neveu de monsieur le prieur de Notre-Dame de la Montagne ; j'ai tué des Anglais, je viens parler au roi : je vous prie de me mener dans sa chambre. » Le garde, ravi de trouver un brave de sa province, qui ne paraissait pas au fait des usages de la cour, lui apprit qu'on ne parlait pas ainsi au roi, et qu'il fallait être présenté par Mgr de Louvois. « Eh bien ! menez-moi donc chez ce Mgr de Louvois, qui sans doute me conduira chez Sa Majesté. — Il est encore plus difficile, répliqua le garde, de parler à Mgr de Louvois qu'à Sa Majesté. Mais je vais vous conduire chez M. Alexandre, le premier commis de la guerre : c'est comme si vous parliez au ministre. » Ils vont donc chez ce M. Alexandre, premier commis, et ils ne purent être introduits ; il était en affaire avec une dame de la cour, et il y avait ordre de ne laisser entrer personne. « Eh bien ! dit le garde, il n'y a rien de perdu ; allons chez le premier commis de M. Alexandre : c'est comme si vous parliez à M. Alexandre lui-même. »

Le Huron, tout étonné, le suit ; ils restent ensemble une demi-heure dans une petite antichambre. « Qu'est-ce donc que tout ceci ? dit l'Ingénu ; est-ce que tout le monde est invisible dans ce pays-ci ? Il est bien plus aisé de se battre en Basse-Bretagne contre les Anglais que de rencontrer à Versailles les gens à qui on a affaire. » Il se désennuya en racontant ses amours à son compatriote. Mais l'heure en sonnant rappela le garde du corps

---

* C'est une voiture de Paris à Versailles, laquelle ressemble à un petit tombereau couvert.

à son poste. Ils se promirent de se revoir le lendemain ; et l'Ingénu resta encore une autre demi-heure dans l'antichambre, en rêvant à Mlle de Saint-Yves, et à la difficulté de parler aux rois et aux premiers commis.

Enfin le patron parut. « Monsieur, lui dit l'Ingénu, si j'avais attendu pour repousser les Anglais aussi longtemps que vous m'avez fait attendre mon audience, ils ravageraient actuellement la Basse-Bretagne tout à leur aise. » Ces paroles frappèrent le commis. Il dit enfin au Breton : « Que demandez-vous ? — Récompense, dit l'autre ; voici les titres. » Il lui étala tous ses certificats. Le commis lut, et lui dit que probablement on lui accorderait la permission d'acheter une lieutenance. « Moi ! que je donne de l'argent pour avoir repoussé les Anglais ! que je paye le droit de me faire tuer pour vous, pendant que vous donnez ici vos audiences tranquillement ? Je crois que vous voulez rire. Je veux une compagnie de cavalerie pour rien. Je veux que le roi fasse sortir Mlle de Saint-Yves du couvent, et qu'il me la donne par mariage. Je veux parler au roi en faveur de cinquante mille familles que je prétends lui rendre. En un mot, je veux être utile : qu'on m'emploie et qu'on m'avance. »

— Comment vous nommez-vous, monsieur, qui parlez si haut ? — Oh ! oh ! reprit l'Ingénu, vous n'avez donc pas lu mes certificats ? C'est donc ainsi qu'on en use ? Je m'appelle Hercule de Kerkabon ; je suis baptisé, je loge au Cadran bleu, et je me plaindrai de vous au roi. Le commis conclut, comme les gens de Saumur, qu'il n'avait pas la tête bien saine, et n'y fit pas grande attention.

Ce même jour, le révérend père La Chaise, confesseur de Louis XIV, avait reçu la lettre de son espion, qui accusait le Breton Kerkabon de favoriser dans son cœur les huguenots, et de condamner la conduite des jésuites. M. de Louvois, de son côté, avait reçu une lettre de l'interrogant bailli, qui dépeignait l'Ingénu comme un garnement qui voulait brûler les couvents et enlever les filles.

L'Ingénu, après s'être promené dans les jardins de Versailles, où il s'ennuya, après avoir soupé en Huron et en Bas-Breton, s'était couché dans la douce espérance de voir le roi le lendemain, d'obtenir Mlle de Saint-Yves en mariage, d'avoir au moins une compagnie de cavalerie, et de faire cesser la persécu-

tion contre les huguenots. Il se berçait de ces flatteuses idées, quand la maréchaussée entra dans sa chambre. Elle se saisit d'abord de son fusil à deux coups et de son grand sabre.

On fit un inventaire de son argent comptant, et on le mena dans le château que fit construire le roi Charles V, fils de Jean II, auprès de la rue Saint-Antoine, à la porte des Tournelles.

Quel était en chemin l'étonnement de l'Ingénu, je vous le laisse à penser. Il crut d'abord que c'était un rêve. Il resta dans l'engourdissement; puis tout à coup, transporté d'une fureur qui redoublait ses forces, il prend à la gorge deux de ses conducteurs qui étaient avec lui dans le carrosse, les jette par la portière, se jette après eux, et entraîne le troisième, qui voulait le retenir. Il tombe de l'effort, on le lie, on le remonte dans la voiture. « Voilà donc, disait-il, ce que l'on gagne à chasser les Anglais de la Basse-Bretagne ! Que dirais-tu, belle Saint-Yves, si tu me voyais dans cet état ? »

On arrive enfin au gîte qui lui était destiné. On le porte en silence dans la chambre où il devait être enfermé, comme un mort qu'on porte dans un cimetière. Cette chambre était déjà occupée par un vieux solitaire de Port-Royal, nommé Gordon, qui y languissait depuis deux ans. « Tenez, lui dit le chef des sbires, voilà de la compagnie que je vous amène »; et sur-le-champ on referma les énormes verrous de la porte épaisse, revêtue de larges barres. Les deux captifs restèrent séparés de l'univers entier.

## Chapitre X
## L'Ingénu enfermé à la Bastille
## avec un janséniste

M. Gordon était un vieillard frais et serein, qui savait deux grandes choses : supporter l'adversité et consoler les malheureux. Il s'avança d'un air ouvert et compatissant vers son compagnon, et lui dit en l'embrassant : « Qui que vous soyez qui venez partager mon tombeau, soyez sûr que je m'oublierai toujours moi-même pour adoucir vos tourments dans l'abîme infernal où

nous sommes plongés. Adorons la Providence qui nous y a conduits, souffrons en paix, et espérons. » Ces paroles firent sur l'âme de l'Ingénu l'effet des gouttes d'Angleterre qui rappellent un mourant à la vie, et lui font entrouvrir des yeux étonnés.

Après les premiers compliments, Gordon, sans le presser de lui apprendre la cause de son malheur, lui inspira, par la douceur de son entretien, et par cet intérêt que prennent deux malheureux l'un à l'autre, le désir d'ouvrir son cœur et de déposer le fardeau qui l'accablait ; mais il ne pouvait deviner le sujet de son malheur : cela lui paraissait un effet sans cause, et le bonhomme Gordon était aussi étonné que lui-même.

« Il faut, dit le janséniste au Huron, que Dieu ait de grands desseins sur vous, puisqu'il vous a conduit du lac Ontario en Angleterre et en France, qu'il vous a fait baptiser en Basse-Bretagne, et qu'il vous a mis ici pour votre salut. — Ma foi, répondit l'Ingénu, je crois que le diable s'est mêlé seul de ma destinée. Mes compatriotes d'Amérique ne m'auraient jamais traité avec la barbarie que j'éprouve ; ils n'en ont pas d'idée. On les appelle *sauvages* ; ce sont des gens de bien grossiers, et les hommes de ce pays-ci sont des coquins raffinés. Je suis, à la vérité, bien surpris d'être venu de l'autre monde pour être enfermé dans celui-ci sous quatre verrous avec un prêtre ; mais je fais réflexion au nombre prodigieux d'hommes qui partent d'un hémisphère pour aller se faire tuer dans l'autre, ou qui font naufrage en chemin, et qui sont mangés des poissons : je ne vois pas les gracieux desseins de Dieu sur tous ces gens-là. »

On leur apporta à dîner par un guichet. La conversation roula sur la Providence, sur les lettres de cachet, et sur l'art de ne pas succomber aux disgrâces auxquelles tout homme est exposé dans ce monde. « Il y a deux ans que je suis ici, dit le vieillard, sans autre consolation que moi-même et des livres ; je n'ai pas eu un moment de mauvaise humeur. »

— Ah ! monsieur Gordon, s'écria l'Ingénu, vous n'aimez donc pas votre marraine ? Si vous connaissiez comme moi Mlle de Saint-Yves, vous seriez au désespoir. À ces mots il ne put retenir ses larmes, et il se sentit alors un peu moins oppressé. « Mais, dit-il, pourquoi donc les larmes soulagent-elles ? Il me semble qu'elles devraient faire un effet contraire. — Mon fils, tout est physique en nous, dit le bon vieillard ; toute sécrétion fait du

bien au corps, et tout ce qui le soulage soulage l'âme ; nous sommes les machines de la Providence. »

L'Ingénu, qui, comme nous l'avons dit plusieurs fois, avait un grand fonds d'esprit, fit de profondes réflexions sur cette idée, dont il semblait qu'il avait la semence en lui-même. Après quoi il demanda à son compagnon pourquoi sa machine était depuis deux ans sous quatre verrous. « Par la grâce efficace, répondit Gordon ; je passe pour janséniste ; j'ai connu Arnaud et Nicole ; les jésuites nous ont persécutés. Nous croyons que le pape n'est qu'un évêque comme un autre ; et c'est pour cela que le père de La Chaise a obtenu du roi, son pénitent, un ordre de me ravir, sans aucune formalité de justice, le bien le plus précieux des hommes, la liberté. — Voilà qui est bien étrange, dit l'Ingénu ; tous les malheureux que j'ai rencontrés ne le sont qu'à cause du pape.

À l'égard de votre grâce efficace, je vous avoue que je n'y entends rien ; mais je regarde comme une grande grâce que Dieu m'ait fait trouver dans mon malheur un homme comme vous, qui verse dans mon cœur des consolations dont je me croyais incapable. »

Chaque jour la conversation devenait plus intéressante et plus instructive. Les âmes des deux captifs s'attachaient l'une à l'autre. Le vieillard savait beaucoup, et le jeune homme voulait beaucoup apprendre. Au bout d'un mois il étudia la géométrie ; il la dévorait. Gordon lui fit lire la *Physique* de Rohault, qui était encore à la mode, et il eut le bon esprit de n'y trouver que des incertitudes.

Ensuite il lut le premier volume de la *Recherche de la vérité*. Cette nouvelle lumière l'éclaira. « Quoi ! dit-il, notre imagination et nos sens nous trompent à ce point ! quoi ! les objets ne forment point nos idées, et nous ne pouvons nous les donner nous-mêmes ! » Quand il eut lu le second volume, il ne fut plus si content, et il conclut qu'il est plus aisé de détruire que de bâtir.

Son confrère, étonné qu'un jeune ignorant fit cette réflexion qui n'appartient qu'aux âmes exercées, conçut une grande idée de son esprit et s'attacha à lui davantage.

« Votre Malebranche, lui dit un jour l'Ingénu, me paraît avoir écrit la moitié de son livre avec sa raison, et l'autre avec son imagination et ses préjugés. »

Quelques jours après, Gordon lui demanda : « Que pensez-vous donc de l'âme, de la manière dont nous recevons nos idées, de notre volonté, de la grâce, du libre arbitre ? — Rien, lui repartit l'Ingénu ; si je pensais quelque chose, c'est que nous sommes sous la puissance de l'Être éternel comme les astres et les éléments ; qu'il fait tout en nous, que nous sommes de petites roues de la machine immense dont il est l'âme ; qu'il agit par des lois générales et non par des vues particulières ; cela seul me paraît intelligible, tout le reste est pour moi un abîme de ténèbres. »

— Mais, mon fils, ce serait faire Dieu auteur du péché ! — Mais, mon père, votre grâce efficace ferait Dieu auteur du péché aussi : car il est certain que tous ceux à qui cette grâce serait refusée pécheraient ; et qui nous livre au mal n'est-il pas l'auteur du mal ?

Cette naïveté embarrassait fort le bonhomme ; il sentait qu'il faisait de vains efforts pour se tirer de ce bourbier, et il entassait tant de paroles qui paraissaient avoir du sens et qui n'en avaient point (dans le goût de la prémotion physique) que l'Ingénu en avait pitié. Cette question tenait évidemment à l'origine du bien et du mal ; et alors il fallait que le pauvre Gordon passât en revue la boîte de Pandore, l'œuf d'Orosmade percé par Arimane, l'inimitié entre Typhon et Osiris, et enfin le péché originel ; et ils couraient l'un et l'autre dans cette nuit profonde, sans jamais se rencontrer. Mais enfin ce roman de l'âme détournait leur vue de la contemplation de leur propre misère ; et par un charme étrange, la foule des calamités répandues sur l'univers diminuait la sensation de leurs peines : ils n'osaient se plaindre quand tout souffrait.

Mais dans le repos de la nuit, l'image de la belle Saint-Yves effaçait dans l'esprit de son amant toutes les idées de métaphysique et de morale. Il se réveillait les yeux mouillés de larmes ; et le vieux janséniste oubliait sa grâce efficace, et l'abbé de Saint-Cyran, et Jansénius, pour consoler un jeune homme qu'il croyait en péché mortel.

Après leurs lectures, après leurs raisonnements, ils parlaient encore de leurs aventures ; et après en avoir inutilement parlé, ils lisaient ensemble ou séparément. L'esprit du jeune homme se fortifiait de plus en plus. Il serait surtout allé très loin en

mathématique, sans les distractions que lui donnait Mlle de Saint-Yves.

Il lut des histoires, elles l'attristèrent. Le monde lui parut trop méchant et trop misérable. En effet, l'histoire n'est que le tableau des crimes et des malheurs. La foule des hommes innocents et paisibles disparaît toujours sur ces vastes théâtres. Les personnages ne sont que des ambitieux pervers. Il semble que l'histoire ne plaise que comme la tragédie, qui languit si elle n'est animée par les passions, les forfaits et les grandes infortunes. Il faut armer Clio du poignard comme Melpomène.

Quoique l'histoire de France soit remplie d'horreurs ainsi que toutes les autres, cependant elle lui parut si dégoûtante dans ses commencements, si sèche dans son milieu, si petite enfin, même du temps de Henri IV, toujours si dépourvue de grands monuments, si étrangère à ces belles découvertes qui ont illustré d'autres nations, qu'il était obligé de lutter contre l'ennui pour lire tous ces détails de calamités obscures resserrées dans un coin du monde.

Gordon pensait comme lui. Tous deux riaient de pitié quand il était question des souverains de Fezensac, de Fezansaguet et d'Astarac. Cette étude en effet ne serait bonne que pour leurs héritiers s'ils en avaient. Les beaux siècles de la république romaine le rendirent quelque temps indifférent pour le reste de la terre. Le spectacle de Rome victorieuse et législatrice des nations occupait son âme entière. Il s'échauffait en contemplant ce peuple qui fut gouverné sept cents ans par l'enthousiasme de la liberté et de la gloire.

Ainsi se passaient les jours, les semaines, les mois; et il se serait cru heureux dans le séjour du désespoir, s'il n'avait point aimé.

Son bon naturel s'attendrissait encore sur le prieur de Notre-Dame de la Montagne et sur la sensible Kerkabon. « Que penseront-ils, répétait-il souvent, quand ils n'auront point de mes nouvelles? Ils me croiront un ingrat. » Cette idée le tourmentait; il plaignait ceux qui l'aimaient, beaucoup plus qu'il ne se plaignait lui-même.

## Chapitre XI
# Comment l'Ingénu développe son génie

La lecture agrandit l'âme, et un ami éclairé la console. Notre captif jouissait de ces deux avantages qu'il n'avait pas soupçonnés auparavant. « Je serais tenté, dit-il, de croire aux métamorphoses, car j'ai été changé de brute en homme. » Il se forma une bibliothèque choisie d'une partie de son argent dont on lui permettait de disposer. Son ami l'encouragea à mettre par écrit ses réflexions. Voici ce qu'il écrivit sur l'histoire ancienne :

*Je m'imagine que les nations ont été longtemps comme moi, qu'elles ne se sont instruites que fort tard, qu'elles n'ont été occupées pendant des siècles que du moment présent qui coulait, très peu du passé et jamais de l'avenir. J'ai parcouru cinq ou six cents lieues du Canada, je n'y ai pas trouvé un seul monument ; personne n'y sait rien de ce qu'a fait son bisaïeul. Ne serait-ce pas là l'état naturel de l'homme ? L'espèce de ce continent-ci me paraît supérieure à celle de l'autre. Elle a augmenté son être depuis plusieurs siècles par les arts et par les connaissances. Est-ce parce qu'elle a de la barbe au menton, et que Dieu a refusé la barbe aux Américains ? Je ne le crois pas ; car je vois que les Chinois n'ont presque point de barbe, et qu'ils cultivent les arts depuis plus de cinq mille années. En effet, s'ils ont plus de quatre mille ans d'annales, il faut bien que la nation ait été rassemblée et florissante depuis plus de cinquante siècles.*

*Une chose me frappe surtout dans cette ancienne histoire de la Chine, c'est que presque tout y est vraisemblable et naturel. Je l'admire en ce qu'il n'y a rien de merveilleux.*

*Pourquoi toutes les autres nations se sont-elles donné des origines fabuleuses ? Les anciens chroniqueurs de l'histoire de France, qui ne sont pas fort anciens, font venir les Français d'un Francus, fils d'Hector. Les Romains se disaient issus d'un Phrygien, quoiqu'il n'y eût pas dans leur langue un seul mot qui eût le moindre rapport à la langue de Phrygie. Les dieux avaient habité dix mille ans en Égypte et les diables en Scythie, où ils avaient engendré les Huns. Je ne vois, avant Thucydide, que des*

*romans semblables aux* Amadis, *et beaucoup moins amusants.*
*Ce sont partout des apparitions, des oracles, des prodiges, des*
*sortilèges, des métamorphoses, des songes expliqués, et qui font*
*la destinée des plus grands empires et des plus petits États : ici*
*des bêtes qui parlent, là des bêtes qu'on adore, des dieux trans-*
*formés en hommes, et des hommes transformés en dieux. Ah ! s'il*
*nous faut des fables que ces fables soient du moins l'emblème de*
*la vérité ! J'aime les fables des philosophes, je ris de celles des*
*enfants, et je hais celles des imposteurs.*

Il tomba un jour sur une histoire de l'empereur Justinien. On y
lisait que des apédeutes de Constantinople avaient donné, en très
mauvais grec, un édit contre le plus grand capitaine du siècle,
parce que ce héros avait prononcé ces paroles dans la chaleur de
la conversation : *La vérité luit de sa propre lumière, et on*
*n'éclaire pas les esprits avec les flammes des bûchers.* Les apé-
deutes assurèrent que cette proposition était hérétique, sentant
l'hérésie, et que l'axiome contraire était catholique, universel et
grec : *On n'éclaire les esprits qu'avec la flamme des bûchers, et*
*la vérité ne saurait luire de sa propre lumière.* Ces linostoles
condamnèrent ainsi plusieurs discours du capitaine, et donnèrent
un édit.

« Quoi ! s'écria l'Ingénu, des édits rendus par ces gens-là !
— Ce ne sont point des édits, répliqua Gordon, ce sont des
contre-édits, dont tout le monde se moquait à Constantinople, et
l'empereur tout le premier : c'était un sage prince qui avait su
réduire les apédeutes linostoles à ne pouvoir faire que du bien. Il
savait que ces messieurs-là et plusieurs autres pastophores
avaient lassé de contre-édits la patience des empereurs ses pré-
décesseurs en matière plus grave. — Il fit fort bien, dit l'Ingénu ;
on doit soutenir les pastophores et les contenir. »

Il mit par écrit beaucoup d'autres réflexions qui épouvantèrent
le vieux Gordon. « Quoi ! dit-il en lui-même, j'ai consumé cin-
quante ans à m'instruire, et je crains de ne pouvoir atteindre au
bon sens naturel de cet enfant presque sauvage ! Je tremble
d'avoir laborieusement fortifié des préjugés ; il n'écoute que la
simple nature. »

Le bonhomme avait quelques-uns de ces petits livres de cri-
tique, de ces brochures périodiques où des hommes incapables

de rien produire dénigrent les productions des autres, où les Visé insultent aux Racine, et les Faydit aux Fénelon. L'Ingénu en parcourut quelques-uns. « Je les compare, disait-il, à certains moucherons qui vont déposer leurs œufs dans le derrière des plus beaux chevaux : cela ne les empêche pas de courir. » À peine les deux philosophes daignèrent-ils jeter les yeux sur ces excréments de la littérature.

Ils lurent bientôt ensemble les éléments de l'astronomie ; l'Ingénu fit venir des sphères : ce grand spectacle le ravissait. « Qu'il est dur, disait-il, de ne commencer à connaître le ciel que lorsqu'on me ravit le droit de le contempler ! Jupiter et Saturne roulent dans ces espaces immenses ; des millions de soleils éclairent des milliards de mondes ; et dans le coin de terre où je suis jeté, il se trouve des êtres qui me privent, moi être voyant et pensant, de tous ces mondes où ma vue pourrait atteindre, et de celui où Dieu m'a fait naître ! La lumière faite pour tout l'univers est perdue pour moi. On ne me la cachait pas dans l'horizon septentrional où j'ai passé mon enfance et ma jeunesse. Sans vous, mon cher Gordon, je serais ici dans le néant. »

## Chapitre XII
## Ce que L'Ingénu pense des pièces de théâtre

Le jeune Ingénu ressemblait à un de ces arbres vigoureux qui, nés dans un sol ingrat, étendent en peu de temps leurs racines et leurs branches quand ils sont transplantés dans un terrain favorable ; et il était bien extraordinaire qu'une prison fût ce terrain.

Parmi les livres qui occupaient le loisir des deux captifs, il se trouva des poésies, des traductions de tragédies grecques, quelques pièces du théâtre français. Les vers qui parlaient d'amour portèrent à la fois dans l'âme de l'Ingénu le plaisir et la douleur. Ils lui parlaient tous de sa chère Saint-Yves. La fable des *Deux pigeons* lui perça le cœur : il était bien loin de pouvoir revenir à son colombier.

Molière l'enchanta. Il lui faisait connaître les mœurs de Paris et du genre humain. « À laquelle de ses comédies donnez-vous

la préférence? — Au *Tartuffe,* sans difficulté. — Je pense comme vous, dit Gordon, c'est un tartufe qui m'a plongé dans ce cachot, et peut-être ce sont des tartufes qui ont fait votre malheur. Comment trouvez-vous ces tragédies grecques? — Bonnes pour des Grecs », dit l'Ingénu. Mais quand il lut l'*Iphigénie* moderne, *Phèdre, Andromaque, Athalie,* il fut en extase, il soupira, il versa des larmes, il les sut par cœur sans avoir envie de les apprendre.

« Lisez *Rodogune,* lui dit Gordon : on dit que c'est le chef-d'œuvre du théâtre; les autres pièces qui vous ont fait tant de plaisir sont peu de chose en comparaison. » Le jeune homme, dès la première page, lui dit : « Cela n'est pas du même auteur. — À quoi le voyez-vous? — Je n'en sais rien encore; mais ces vers-là ne vont ni à mon oreille ni à mon cœur. — Oh! ce n'est rien que les vers », répliqua Gordon. L'Ingénu répondit : « Pourquoi donc en faire? »

Après avoir lu très attentivement la pièce, sans autre dessein que celui d'avoir du plaisir, il regardait son ami avec des yeux secs et étonnés, et ne savait que dire. Enfin, pressé de rendre compte de ce qu'il avait senti, voici ce qu'il répondit : « Je n'ai guère entendu le commencement; j'ai été révolté du milieu; la dernière scène m'a beaucoup ému, quoiqu'elle me paraisse peu vraisemblable; je ne me suis intéressé pour personne, et je n'ai pas retenu vingt vers, moi qui les retiens tous quand ils me plaisent. »

— Cette pièce passe pourtant pour la meilleure que nous ayons. — Si cela est, répliqua-t-il, elle est peut-être comme bien des gens qui ne méritent pas leurs places. Après tout, c'est ici une affaire du goût : le mien ne doit pas encore être formé; je peux me tromper; mais vous savez que je suis assez accoutumé à dire ce que je pense, ou plutôt ce que je sens. Je soupçonne qu'il y a souvent de l'illusion, de la mode, du caprice, dans les jugements des hommes. J'ai parlé d'après la nature : il se peut que chez moi la nature soit très imparfaite; mais il se peut aussi qu'elle soit quelquefois peu consultée par la plupart des hommes. Alors il récita des vers d'*Iphigénie,* dont il était plein, et quoiqu'il ne déclamât pas bien, il y mit tant de vérité et d'onction qu'il fit pleurer le vieux janséniste. Il lut ensuite *Cinna* : il ne pleura point, mais il admira. « Je suis fâché pourtant, dit-il,

que cette brave fille reçoive tous les jours des rouleaux de l'homme qu'elle veut faire assassiner. Je lui dirais volontiers ce que j'ai lu dans *Les Plaideurs* : Eh! rendez donc l'argent! »

## Chapitre XIII
## La belle Saint-Yves va à Versailles

Pendant que notre infortuné s'éclairait plus qu'il ne se consolait ; pendant que son génie, étouffé depuis si longtemps, se déployait avec tant de rapidité et de force ; pendant que la nature, qui se perfectionnait en lui, le vengeait des outrages de la fortune, que devinrent monsieur le prieur et sa bonne sœur, et la belle recluse Saint-Yves ? Le premier mois on fut inquiet, et au troisième on fut plongé dans la douleur : les fausses conjectures, les bruits mal fondés alarmèrent ; au bout de six mois on le crut mort. Enfin, M. et Mlle de Kerkabon apprirent, par une ancienne lettre qu'un garde du roi avait écrite en Bretagne, qu'un jeune homme semblable à l'Ingénu était arrivé un soir à Versailles, mais qu'il avait été enlevé pendant la nuit, et que depuis ce temps personne n'en avait entendu parler.

« Hélas ! dit Mlle Kerkabon, notre neveu aura fait quelque sottise et se sera attiré de fâcheuses affaires. Il est jeune, il est Bas-Breton, il ne peut savoir comme on doit se comporter à la cour. Mon cher frère, je n'ai jamais vu Versailles ni Paris ; voici une belle occasion, nous retrouverons peut-être notre pauvre neveu ; c'est le fils de notre frère, notre devoir est de le secourir. Qui sait si nous ne pourrons point parvenir enfin à le faire sous-diacre, quand la fougue de la jeunesse sera amortie ? Il avait beaucoup de disposition pour les sciences. Vous souvenez-vous comme il raisonnait sur l'Ancien et sur le Nouveau Testament ? Nous sommes responsables de son âme ; c'est nous qui l'avons fait baptiser ; sa chère maîtresse Saint-Yves passe les journées à pleurer. En vérité, il faut aller à Paris. S'il est caché dans quelqu'une de ces vilaines maisons, nous l'en tirerons. » Le prieur fut touché des discours de sa sœur. Il alla trouver l'évêque de Saint-Malo qui avait baptisé le Huron, et lui demanda sa protection et ses conseils. Le prélat approuva le voyage. Il donna au prieur des

lettres de recommandation pour le père de La Chaise, confesseur du roi, qui avait la première dignité du royaume ; pour l'archevêque de Paris Harlay, et pour l'évêque de Meaux Bossuet.

Enfin le frère et la sœur partirent ; mais quand ils furent arrivés à Paris, ils se trouvèrent égarés comme dans un vaste labyrinthe sans fil et sans issue. Leur fortune était médiocre ; il leur fallait tous les jours des voitures pour aller à la découverte, et ils ne découvraient rien.

Le prieur se présenta chez le révérend père de La Chaise : il était avec Mlle du Tron et ne pouvait donner audience à des prieurs. Il alla à la porte de l'archevêque : le prélat était enfermé avec la belle Mme de Lesdiguières pour les affaires de l'Église. Il courut à la maison de campagne de l'évêque de Meaux : celui-ci examinait avec Mlle de Mauléon l'amour mystique de Mme Guyon. Cependant il parvint à se faire entendre de ces deux prélats ; tous deux lui déclarèrent qu'ils ne pouvaient se mêler de son neveu, attendu qu'il n'était pas sous-diacre.

Enfin il vit le jésuite ; celui-ci le reçut à bras ouverts, lui protesta qu'il avait toujours eu pour lui une estime particulière, ne l'ayant jamais connu. Il jura que la Société avait toujours été attachée aux Bas-Bretons. « Mais, dit-il, votre neveu n'aurait-il pas le malheur d'être huguenot ? — Non, assurément, mon Révérend Père. — Serait-il point janséniste ? Je puis assurer à Votre Révérence qu'à peine est-il chrétien. Il y a environ onze mois que nous l'avons baptisé. — Voilà qui est bien, voilà qui est bien, nous aurons soin de lui. Votre bénéfice est-il considérable ? — Oh ! fort peu de chose, et mon neveu nous coûte beaucoup. — Y a-t-il quelques jansénistes dans le voisinage ? Prenez bien garde, mon cher monsieur le prieur, ils sont plus dangereux que les huguenots et les athées. — Mon Révérend Père, nous n'en avons point ; on ne sait ce que c'est que le jansénisme à Notre-Dame de la Montagne. — Tant mieux ; allez, il n'y a rien que je ne fasse pour vous. » Il congédia affectueusement le prieur, et n'y pensa plus.

Le temps s'écoulait, le prieur et la bonne sœur se désespéraient.

Cependant le maudit bailli pressait le mariage de son grand benêt de fils avec la belle Saint-Yves, qu'on avait fait sortir exprès du couvent. Elle aimait toujours son cher filleul autant

qu'elle détestait le mari qu'on lui présentait. L'affront d'avoir été mise dans un couvent augmentait sa passion. L'ordre d'épouser le fils du bailli y mettait le comble. Les regrets, la tendresse et l'horreur bouleversaient son âme. L'amour, comme on sait, est bien plus ingénieux et plus hardi dans une jeune fille que l'amitié ne l'est dans un vieux prieur et dans une tante de quarante-cinq ans passés. De plus, elle s'était bien formée dans son couvent par les romans qu'elle avait lus à la dérobée.

La belle Saint-Yves se souvenait de la lettre qu'un garde du corps avait écrite en Basse-Bretagne, et dont on avait parlé dans la province. Elle résolut d'aller elle-même prendre des informations à Versailles, de se jeter aux pieds des ministres si son mari était en prison, comme on le disait, et d'obtenir justice pour lui. Je ne sais quoi l'avertissait secrètement qu'à la cour on ne refuse rien à une jolie fille. Mais elle ne savait pas ce qu'il en coûtait.

Sa résolution prise, elle est consolée, elle est tranquille, elle ne rebute plus son sot prétendu ; elle accueille le détestable beau-père, caresse son frère, répand l'allégresse dans la maison ; puis, le jour destiné à la cérémonie, elle part secrètement à quatre heures du matin avec ses petits présents de noce et tout ce qu'elle a pu rassembler. Ses mesures étaient si bien prises qu'elle était déjà à plus de dix lieues lorsqu'on entra dans sa chambre vers le midi. La surprise et la consternation furent grandes. L'interrogant bailli fit ce jour-là plus de questions qu'il n'en avait fait dans toute la semaine ; le mari resta plus sot qu'il ne l'avait jamais été. L'abbé de Saint-Yves en colère prit le parti de courir après sa sœur. Le bailli et son fils voulurent l'accompagner. Ainsi la destinée conduisait à Paris presque tout ce canton de la Basse-Bretagne.

La belle Saint-Yves se doutait bien qu'on la suivrait. Elle était à cheval ; elle s'informait adroitement des courriers s'ils n'avaient point rencontré un gros abbé, un énorme bailli et un jeune benêt, qui couraient sur le chemin de Paris. Ayant appris au troisième jour qu'ils n'étaient pas loin, elle prit une route différente, et eut assez d'habileté et de bonheur pour arriver à Versailles tandis qu'on la cherchait inutilement dans Paris.

Mais comment se conduire à Versailles ? Jeune, belle, sans conseil, sans appui, inconnue, exposée à tout, comment oser

chercher un garde du roi ? Elle imagina de s'adresser à un
jésuite du bas étage ; il y en avait pour toutes les conditions de
la vie, comme Dieu, disaient-ils, a donné différentes nourritures
aux diverses espèces d'animaux. Il avait donné au roi son
confesseur, que tous les solliciteurs de bénéfices appelaient le
*chef de l'Église gallicane* ; ensuite venaient les confesseurs des
princesses ; les ministres n'en avaient point : ils n'étaient pas si
sots. Il y avait les jésuites du grand commun, et surtout les
jésuites des femmes de chambre, par lesquelles on savait les
secrets des maîtresses, et ce n'était pas un petit emploi. La belle
Saint-Yves s'adressa à un de ces derniers, qui s'appelait le père
Tout-à-tous. Elle se confessa à lui, lui exposa ses aventures, son
état, son danger, et le conjura de la loger chez quelque bonne
dévote qui la mît à l'abri des tentations.

Le père Tout-à-tous l'introduisit chez la femme d'un officier
du gobelet, l'une de ses plus affidées pénitentes. Dès qu'elle y
fut, elle s'empressa de gagner la confiance et l'amitié de cette
femme ; elle s'informa du garde breton, et le fit prier de venir
chez elle. Ayant su de lui que son amant avait été enlevé après
avoir parlé à un premier commis, elle court chez ce commis : la
vue d'une belle femme l'adoucit, car il faut convenir que Dieu
n'a créé les femmes que pour apprivoiser les hommes.

Le plumitif attendri lui avoua tout. « Votre amant est à la Bas-
tille depuis près d'un an, et sans vous il y serait peut-être toute
sa vie. » La tendre Saint-Yves s'évanouit. Quand elle eut repris
ses sens, le plumitif lui dit : « Je suis sans crédit pour faire du
bien ; tout mon pouvoir se borne à faire du mal quelquefois.
Croyez-moi, allez chez M. de Saint-Pouange, qui fait le bien et
le mal, cousin et favori de Mgr de Louvois. Ce ministre a deux
âmes : M. de Saint-Pouange en est une ; Mme du Belloy,
l'autre ; mais elle n'est pas à présent à Versailles ; il ne vous
reste que de fléchir le protecteur que je vous indique. »

La belle Saint-Yves, partagée entre un peu de joie et d'ex-
trêmes douleurs, entre quelque espérance et de tristes craintes,
poursuivie par son frère, adorant son amant, essuyant ses
larmes et en versant encore, tremblante, affaiblie, et reprenant
courage, courut vite chez M. de Saint-Pouange.

## Chapitre XIV
## Progrès de l'esprit de l'Ingénu

L'Ingénu faisait des progrès rapides dans les sciences, et surtout dans la science de l'homme. La cause du développement rapide de son esprit était due à son éducation sauvage presque autant qu'à la trempe de son âme. Car n'ayant rien appris dans son enfance, il n'avait point appris de préjugés. Son entendement, n'ayant point été courbé par l'erreur, était demeuré dans toute sa rectitude. Il voyait les choses comme elles sont, au lieu que les idées qu'on nous donne dans l'enfance nous les font voir toute notre vie comme elles ne sont point. « Vos persécuteurs sont abominables, disait-il à son ami Gordon. Je vous plains d'être opprimé, mais je vous plains d'être janséniste. Toute secte me paraît le ralliement de l'erreur. Dites-moi s'il y a des sectes en géométrie. — Non, mon cher enfant, lui dit en soupirant le bon Gordon ; tous les hommes sont d'accord sur la vérité quand elle est démontrée, mais ils sont trop partagés sur les vérités obscures. — Dites sur les faussetés obscures. S'il y avait eu une seule vérité cachée dans vos amas d'arguments qu'on ressasse depuis tant de siècles, on l'aurait découverte sans doute ; et l'univers aurait été d'accord au moins sur ce point là. Si cette vérité était nécessaire comme le soleil l'est à la terre, elle serait brillante comme lui. C'est une absurdité, c'est un outrage au genre humain, c'est un attentat contre l'Être infini et suprême de dire : « Il y a une vérité essentielle à l'homme, et Dieu l'a cachée. » »

Tout ce que disait ce jeune ignorant, instruit par la nature, faisait une impression profonde sur l'esprit du vieux savant infortuné. « Serait-il bien vrai, s'écria-t-il, que je me fusse rendu malheureux pour des chimères ? Je suis bien plus sûr de mon malheur que de la grâce efficace. J'ai consumé mes jours à raisonner sur la liberté de Dieu et du genre humain, mais j'ai perdu la mienne ; ni saint Augustin ni Prosper ne me tireront de l'abîme où je suis. »

L'Ingénu, livré à son caractère, dit enfin : « Voulez-vous que je vous parle avec une confiance hardie ? Ceux qui se font persécuter pour ces vaines disputes de l'école me semblent peu sages ; ceux qui persécutent me paraissent des monstres. »

Les deux captifs étaient fort d'accord sur l'injustice de leur captivité. « Je suis cent fois plus à plaindre que vous, disait l'Ingénu; je suis né libre comme l'air; j'avais deux vies, la liberté et l'objet de mon amour : on me les ôte. Nous voici tous deux dans les fers, sans en savoir la raison, et sans pouvoir la demander. J'ai vécu huron vingt ans; on dit que ce sont des barbares parce qu'ils se vengent de leurs ennemis; mais ils n'ont jamais opprimé leurs amis. À peine ai-je mis le pied en France que j'ai versé mon sang pour elle; j'ai peut-être sauvé une province, et pour récompense je suis englouti dans ce tombeau des vivants, où je serais mort de rage sans vous. Il n'y a donc point de lois dans ce pays! On condamne les hommes sans les entendre! Il n'en est pas ainsi en Angleterre. Ah! ce n'était pas contre les Anglais que je devais me battre. » Ainsi sa philosophie naissante ne pouvait dompter la nature outragée dans le premier de ses droits, et laissait un libre cours à sa juste colère.

Son compagnon ne le contredit point. L'absence augmente toujours l'amour qui n'est pas satisfait, et la philosophie ne le diminue pas. Il parlait aussi souvent de sa chère Saint-Yves que de morale et de métaphysique. Plus ses sentiments s'épuraient, et plus il aimait. Il lut quelques romans nouveaux; il en trouva peu qui lui peignissent la situation de son âme. Il sentait que son cœur allait toujours au-delà de ce qu'il lisait. « Ah! disait-il, presque tous ces auteurs-là n'ont que de l'esprit et de l'art. » Enfin le bon prêtre janséniste devenait insensiblement le confident de sa tendresse. Il ne connaissait l'amour auparavant que comme un péché dont on s'accuse en confession. Il apprit à le connaître comme un sentiment aussi noble que tendre, qui peut élever l'âme autant que l'amollir, et produire même quelquefois des vertus. Enfin, pour dernier prodige, un Huron convertissait un janséniste.

## Chapitre XV
## La belle Saint-Yves résiste
## à des propositions délicates

La belle Saint-Yves, plus tendre encore que son amant, alla donc chez M. de Saint-Pouange, accompagnée de l'amie chez qui elle logeait, toutes deux cachées dans leurs coiffes. La première chose qu'elle vit à la porte ce fut l'abbé de Saint-Yves, son frère, qui en sortait. Elle fut intimidée ; mais la dévote amie la rassura. « C'est précisément parce qu'on a parlé contre vous qu'il faut que vous parliez. Soyez sûre que dans ce pays les accusateurs ont toujours raison si on ne se hâte de les confondre. Votre présence d'ailleurs, ou je me trompe fort, fera plus d'effet que les paroles de votre frère. »

Pour peu qu'on encourage une amante passionnée, elle est intrépide. La Saint-Yves se présente à l'audience. Sa jeunesse, ses charmes, ses yeux tendres, mouillés de quelques pleurs, attirèrent tous les regards. Chaque courtisan du sous-ministre oublia un moment l'idole du pouvoir pour contempler celle de la beauté. Le Saint-Pouange la fit entrer dans un cabinet ; elle parla avec attendrissement et avec grâce. Saint-Pouange se sentit touché. Elle tremblait, il la rassura. « Revenez ce soir, lui dit-il ; vos affaires méritent qu'on y pense et qu'on en parle à loisir. Il y a ici trop de monde. On expédie les audiences trop rapidement, Il faut que je vous entretienne à fond de tout ce qui vous regarde. » Ensuite, ayant fait l'éloge de sa beauté et de ses sentiments, il lui recommanda de venir à sept heures du soir.

Elle n'y manqua pas ; la dévote amie l'accompagna encore, mais elle se tint dans le salon, et lut le *Pédagogue chrétien,* pendant que le Saint-Pouange et la belle Saint-Yves étaient dans l'arrière-cabinet. « Croiriez-vous bien, mademoiselle, lui dit-il d'abord, que votre frère est venu me demander une lettre de cachet contre vous ? En vérité j'en expédierais plutôt une pour le renvoyer en Basse-Bretagne. — Hélas ! monsieur, on est donc bien libéral de lettres de cachet dans vos bureaux, puisqu'on en vient solliciter du fond du royaume, comme des pensions ? Je suis bien loin d'en demander une contre mon frère. J'ai beaucoup

à me plaindre de lui, mais je respecte la liberté des hommes ; je demande celle d'un homme que je veux épouser, d'un homme à qui le roi doit la conservation d'une province, qui peut le servir utilement, et qui est fils d'un officier tué à son service. De quoi est-il accusé ? Comment a-t-on pu le traiter si cruellement sans l'entendre ? »

Alors le sous-ministre lui montra la lettre du jésuite espion et celle du perfide bailli. « Quoi ! il y a de pareils monstres sur la terre ! et on veut me forcer ainsi à épouser le fils ridicule d'un homme ridicule et méchant ! et c'est sur de pareils avis qu'on décide ici de la destinée des citoyens ! » Elle se jeta à genoux, elle demanda avec des sanglots la liberté du brave homme qui l'adorait. Ses charmes dans cet état parurent dans leur plus grand avantage. Elle était si belle que le Saint-Pouange, perdant toute honte, lui insinua qu'elle réussirait si elle commençait par lui donner les prémices de ce qu'elle réservait à son amant. La Saint-Yves, épouvantée et confuse, feignit longtemps de ne le pas entendre ; il fallut s'expliquer plus clairement. Un mot lâché d'abord avec retenue en produisait un plus fort, suivi d'un autre plus expressif. On offrit non seulement la révocation de la lettre de cachet, mais des récompenses, de l'argent, des honneurs, des établissements ; et plus on promettait, plus le désir de n'être pas refusé augmentait.

La Saint-Yves pleurait, elle était suffoquée, à demi renversée sur un sopha, croyant à peine ce qu'elle voyait, ce qu'elle entendait. Le Saint-Pouange, à son tour, se jeta à ses genoux. Il n'était pas sans agréments, et aurait pu ne pas effaroucher un cœur moins prévenu. Mais Saint-Yves adorait son amant et croyait que c'était un crime horrible de le trahir pour le servir. Saint-Pouange redoublait les prières et les promesses. Enfin, la tête lui tourna au point qu'il lui déclara que c'était le seul moyen de tirer de sa prison l'homme auquel elle prenait un intérêt si violent et si tendre. Cet étrange entretien se prolongeait. La dévote de l'antichambre, en lisant son *Pédagogue chrétien,* disait : « Mon Dieu ! que peuvent-ils faire là depuis deux heures ? Jamais Mgr de Saint-Pouange n'a donné une si longue audience ; peut-être qu'il a tout refusé à cette pauvre fille, puisqu'elle le prie encore. »

Enfin sa compagne sortit de l'arrière-cabinet, tout éperdue, sans pouvoir parler, réfléchissant profondément sur le caractère

des grands et des demi-grands qui sacrifient si légèrement la liberté des hommes et l'honneur des femmes.

Elle ne dit pas un mot pendant tout le chemin. Arrivée chez l'amie, elle éclata, elle lui conta tout. La dévote fit de grands signes de croix : « Ma chère amie, il faut consulter dès demain le père Tout-à-tous, notre directeur ; il a beaucoup de crédit auprès de M. de Saint-Pouange ; il confesse plusieurs servantes de sa maison ; c'est un homme pieux et accommodant, qui dirige aussi des femmes de qualité. Abandonnez-vous à lui, c'est ainsi que j'en use ; je m'en suis toujours bien trouvée. Nous autres, pauvres femmes, nous avons besoin d'être conduites par un homme. — Eh bien, donc ! ma chère amie, j'irai trouver demain le père Tout-à-tous. »

## Chapitre XVI
## Elle consulte un jésuite

Dès que la belle et désolée Saint-Yves fut avec son bon confesseur, elle lui confia qu'un homme puissant et voluptueux lui proposait de faire sortir de prison celui qu'elle devait épouser légitimement, et qu'il demandait un grand prix de son service ; qu'elle avait une répugnance horrible pour une telle infidélité, et que, s'il ne s'agissait que de sa propre vie, elle la sacrifierait plutôt que de succomber.

« Voilà un abominable pécheur ! lui dit le père Tout-à-tous. Vous devriez bien me dire le nom de ce vilain homme ; c'est à coup sûr quelque janséniste ; je le dénoncerai à Sa Révérence le père de La Chaise, qui le fera mettre dans le gîte où est à présent la chère personne que vous devez épouser. »

La pauvre fille, après un long embarras et de grandes irrésolutions, lui nomma enfin Saint-Pouange.

« Mgr de Saint-Pouange ! s'écria le jésuite ; ah ! ma fille, c'est tout autre chose ; il est cousin du plus grand ministre que nous ayons jamais eu, homme de bien, protecteur de la bonne cause, bon chrétien ; il ne peut avoir eu une telle pensée, il faut que vous ayez mal entendu. — Ah ! mon père, je n'ai entendu que trop bien ; je suis perdue quoi que je fasse ; je n'ai que le choix

du malheur et de la honte ; il faut que mon amant reste enseveli tout vivant, ou que je me rende indigne de vivre. Je ne puis le laisser périr, et je ne puis le sauver. »

Le père Tout-à-tous tâcha de la calmer par ces douces paroles :

« Premièrement, ma fille, ne dites jamais ce mot, *mon amant* ; il a quelque chose de mondain qui pourrait offenser Dieu. Dites : *mon mari* ; car, bien qu'il ne le soit pas encore, vous le regardez comme tel, et rien n'est plus honnête.

Secondement, bien qu'il soit votre époux en idée, en espérance, il ne l'est pas en effet : ainsi vous ne commettriez pas un adultère, péché énorme qu'il faut toujours éviter autant qu'il est possible.

Troisièmement, les actions ne sont pas d'une malice de coulpe quand l'intention est pure ; et rien n'est plus pur que de délivrer votre mari.

Quatrièmement, vous avez des exemples dans la sainte antiquité qui peuvent merveilleusement servir à votre conduite. Saint Augustin rapporte que, sous le proconsulat de Septimius Acindynus, en l'an 340 de notre salut, un pauvre homme, ne pouvant payer à César ce qui appartenait à César, fut condamné à la mort, comme il est juste, malgré la maxime : *Où il n'y a rien le roi perd ses droits.* Il s'agissait d'une livre d'or ; le condamné avait une femme en qui Dieu avait mis la beauté et la prudence. Un vieux richard promit de donner une livre d'or, et même plus, à la dame, à condition qu'il commettrait avec elle le péché immonde. La dame ne crut point mal faire en sauvant la vie à son mari. Saint Augustin approuve fort sa généreuse résignation. Il est vrai que le vieux richard la trompa, et peut-être même son mari n'en fut pas moins pendu ; mais elle avait fait tout ce qui était en elle pour sauver sa vie.

Soyez sûre, ma fille, que, quand un jésuite vous cite saint Augustin, il faut bien que ce saint ait pleinement raison. Je ne vous conseille rien ; vous êtes sage ; il est à présumer que vous serez utile à votre mari. Mgr de Saint-Pouange est un honnête homme, il ne vous trompera pas ; c'est tout ce que je puis vous dire ; je prierai Dieu pour vous, et j'espère que tout se passera à sa plus grande gloire. »

La belle Saint-Yves, non moins effrayée des discours du

jésuite que des propositions du sous-ministre, s'en retourna
éperdue chez son amie. Elle était tentée de se délivrer par la
mort de l'horreur de laisser dans une captivité affreuse l'amant
qu'elle adorait, et de la honte de le délivrer au prix de ce qu'elle
avait de plus cher, et qui ne devait appartenir qu'à cet amant
infortuné.

## Chapitre XVII
### Elle succombe par vertu

Elle priait son amie de la tuer ; mais cette femme, non moins
indulgente que le jésuite, lui parla plus clairement encore.
« Hélas ! dit-elle, les affaires ne se font guère autrement dans
cette cour si aimable, si galante et si renommée. Les places les
plus médiocres et les plus considérables n'ont souvent été don-
nées qu'au prix qu'on exige de vous. Écoutez, vous m'avez ins-
piré de l'amitié et de la confiance ; je vous avouerai que, si
j'avais été aussi difficile que vous l'êtes, mon mari ne jouirait
pas du petit poste qui le fait vivre ; il le sait, et loin d'en être
fâché, il voit en moi sa bienfaitrice, et il se regarde comme ma
créature. Pensez-vous que tous ceux qui ont été à la tête des
provinces, ou même des armées, aient dû leurs honneurs et leur
fortune à leurs seuls services ? Il en est qui en sont redevables à
mesdames leurs femmes. Les dignités de la guerre ont été solli-
citées par l'amour ; et la place a été donnée au mari de la plus
belle.

Vous êtes dans une situation bien plus intéressante : il s'agit
de rendre votre amant au jour et de l'épouser ; c'est un devoir
sacré qu'il vous faut remplir. On n'a point blâmé les belles et
les grandes dames dont je vous parle ; on vous applaudira, on
dira que vous ne vous êtes permis une faiblesse que par un
excès de vertu. — Ah ! quelle vertu ! s'écria la belle Saint-
Yves ; quel labyrinthe d'iniquités ! quel pays ! et que j'apprends
à connaître les hommes ! Un père de La Chaise et un bailli ridi-
cule font mettre mon amant en prison ; ma famille me persé-
cute ; on ne me tend la main dans mon désastre que pour me
déshonorer. Un jésuite a perdu un brave homme, un autre

jésuite veut me perdre; je ne suis entourée que de pièges, et je touche au moment de tomber dans la misère! Il faut que je me tue ou que je parle au roi; je me jetterai à ses pieds sur son passage, quand il ira à la messe ou à la comédie. »

— On ne vous laissera pas approcher, lui dit sa bonne amie; et, si vous aviez le malheur de parler, mons de Louvois et le révérend père de La Chaise pourraient vous enterrer dans le fond d'un couvent pour le reste de vos jours.

Tandis que cette brave personne augmentait ainsi les perplexités de cette âme désespérée et enfonçait le poignard dans son cœur, arrive un exprès de M. de Saint-Pouange avec une lettre et deux beaux pendants d'oreilles. Saint-Yves rejeta le tout en pleurant, mais l'amie s'en chargea.

Dès que le messager fut parti, notre confidente lit la lettre dans laquelle on propose un petit souper aux deux amies pour le soir. Saint-Yves jure qu'elle n'ira point. La dévote veut lui essayer les deux boucles de diamants; Saint-Yves ne le put souffrir, elle combattit la journée entière. Enfin, n'ayant en vue que son amant, vaincue, entraînée, ne sachant où on la mène, elle se laisse conduire au souper fatal. Rien n'avait pu la déterminer à se parer de ses pendants d'oreilles; la confidente les apporta, elle les lui ajusta malgré elle avant qu'on se mît à table. Saint-Yves était si confuse, si troublée, qu'elle se laissait tourmenter; et le patron en tirait un augure très favorable. Vers la fin du repas, la confidente se retira discrètement. Le patron montra alors la révocation de la lettre de cachet, le brevet d'une gratification considérable, celui d'une compagnie, et n'épargna pas les promesses. « Ah! lui dit Saint-Yves, que je vous aimerais si vous ne vouliez pas être tant aimé! »

Enfin, après une longue résistance, après des sanglots, des cris, des larmes, affaiblie du combat, éperdue, languissante, il fallut se rendre. Elle n'eut d'autre ressource que de se promettre de ne penser qu'à l'Ingénu tandis que le cruel jouirait impitoyablement de la nécessité où elle était réduite.

## Chapitre XVIII
## Elle délivre son amant
## et un janséniste

Au point du jour, elle vole à Paris, munie de l'ordre du ministre. Il est difficile de peindre ce qui se passait dans son cœur pendant ce voyage. Qu'on imagine une âme vertueuse et noble, humiliée de son opprobre, enivrée de tendresse, déchirée des remords d'avoir trahi son amant, pénétrée du plaisir de délivrer ce qu'elle adore. Ses amertumes, ses combats, son succès, partageaient toutes ses réflexions. Ce n'était plus cette fille simple dont une éducation provinciale avait rétréci les idées. L'amour et le malheur l'avaient formée. Le sentiment avait fait autant de progrès en elle que la raison en avait fait dans l'esprit de son amant infortuné. Les filles apprennent à sentir plus aisément que les hommes n'apprennent à penser. Son aventure était plus instructive que quatre ans de couvent.

Son habit était d'une simplicité extrême. Elle voyait avec horreur les ajustements sous lesquels elle avait paru devant son funeste bienfaiteur ; elle avait laissé ses boucles de diamants à sa compagne sans même les regarder. Confuse et charmée, idolâtre de l'Ingénu et se haïssant elle-même, elle arrive enfin à la porte.

> *De cet affreux château, palais de la vengeance,*
> *Qui renferma souvent le crime et l'innocence.*

Quand il fallut descendre du carrosse, les forces lui manquèrent ; on l'aida ; elle entra, le cœur palpitant, les yeux humides, le front consterné. On la présente au gouverneur ; elle veut lui parler, sa voix expire ; elle montre son ordre en articulant à peine quelques paroles. Le gouverneur aimait son prisonnier ; il fut très aise de sa délivrance. Son cœur n'était pas endurci comme celui de quelques honorables geôliers ses confrères, qui, ne pensant qu'à la rétribution attachée à la garde de leurs captifs, fondant leurs revenus sur leurs victimes, et vivant du malheur d'autrui, se faisaient en secret une joie affreuse des larmes des infortunés.

Il fait venir le prisonnier dans son appartement. Les deux amants se voient, et tous deux s'évanouissent. La belle Saint-Yves resta longtemps sans mouvement et sans vie : l'autre rappela bientôt son courage. « C'est apparemment là madame votre femme, lui dit le gouverneur ; vous ne m'aviez point dit que vous fussiez marié. On me mande que c'est à ses soins généreux que vous devez votre délivrance. — Ah ! je ne suis pas digne d'être sa femme », dit la belle Saint-Yves d'une voix tremblante, et elle retomba encore en faiblesse.

Quand elle eut repris ses sens, elle présenta, toujours tremblante, le brevet de la gratification et la promesse par écrit d'une compagnie. L'Ingénu, aussi étonné qu'attendri, s'éveillait d'un songe pour retomber dans un autre. « Pourquoi ai-je été enfermé ici ? comment avez-vous pu m'en tirer ? où sont les monstres qui m'y ont plongé ? Vous êtes une divinité qui descendez du ciel à mon secours. »

La belle Saint-Yves baissait la vue, regardait son amant, rougissait, et détournait, le moment d'après, ses yeux mouillés de pleurs. Elle lui apprit enfin tout ce qu'elle savait et tout ce qu'elle avait éprouvé, excepté ce qu'elle aurait voulu se cacher pour jamais, et ce qu'un autre que l'Ingénu, plus accoutumé au monde et plus instruit des usages de la cour, aurait deviné facilement.

« Est-il possible qu'un misérable comme ce bailli ait eu le pouvoir de me ravir ma liberté ? Ah ! je vois bien qu'il en est des hommes comme des plus vils animaux ; tous peuvent nuire. Mais est-il possible qu'un moine, un jésuite confesseur du roi, ait contribué à mon infortune autant que ce bailli, sans que je puisse imaginer sous quel prétexte ce détestable fripon m'a persécuté ? M'a-t-il fait passer pour un janséniste ? Enfin, comment vous êtes-vous souvenue de moi ? Je ne le méritais pas, je n'étais alors qu'un sauvage. Quoi ! vous avez pu, sans conseil, sans secours, entreprendre le voyage de Versailles ! Vous y avez paru, et on a brisé mes fers ! Il est donc dans la beauté et dans la vertu un charme invincible qui fait tomber les portes de fer et qui amollit les cœurs de bronze ! »

À ce mot de *vertu,* des sanglots échappèrent à la belle Saint-Yves. Elle ne savait pas combien elle était vertueuse dans le crime qu'elle se reprochait.

Son amant continua ainsi : « Ange qui avez rompu mes liens, si vous avez eu (ce que je ne comprends pas encore) assez de crédit pour me faire rendre justice, faites-la donc rendre aussi à un vieillard qui m'a le premier appris à penser, comme vous m'avez appris à aimer. La calamité nous a unis ; je l'aime comme un père, je ne peux vivre ni sans vous ni sans lui. »

— Moi ! que je sollicite le même homme qui… ! — Oui, je veux tout vous devoir, et je ne veux devoir jamais rien qu'à vous : écrivez à cet homme puissant, comblez-moi de vos bienfaits, achevez ce que vous avez commencé, achevez vos prodiges. Elle sentait qu'elle devait faire tout ce que son amant exigeait. Elle voulut écrire, sa main ne pouvait obéir. Elle recommença trois fois sa lettre, la déchira trois fois ; elle écrivit enfin, et les deux amants sortirent après avoir embrassé le vieux martyr de la grâce efficace.

L'heureuse et désolée Saint-Yves savait dans quelle maison logeait son frère ; elle y alla ; son amant prit un appartement dans la même maison.

À peine y furent-ils arrivés que son protecteur lui envoya l'ordre de l'élargissement du bonhomme Gordon, et lui demanda un rendez-vous pour le lendemain. Ainsi, à chaque action honnête et généreuse qu'elle faisait, son déshonneur en était le prix. Elle regardait avec exécration cet usage de vendre le malheur et le bonheur des hommes. Elle donna l'ordre de l'élargissement à son amant, et refusa le rendez-vous d'un bienfaiteur qu'elle ne pouvait plus voir sans expirer de douleur et de honte. L'Ingénu ne pouvait se séparer d'elle que pour aller délivrer un ami. Il y vola. Il remplit ce devoir en réfléchissant sur les étranges événements de ce monde, et en admirant la vertu courageuse d'une jeune fille à qui deux infortunés devaient plus que la vie.

## Chapitre XIX
## L'Ingénu, la belle Saint-Yves
## et leurs parents sont rassemblés

La généreuse et respectable infidèle était avec son frère l'abbé de Saint-Yves, le bon prieur de la Montagne et la dame de Kerkabon. Tous étaient également étonnés, mais leurs situations et leurs sentiments étaient bien différents. L'abbé de Saint-Yves pleurait ses torts aux pieds de sa sœur, qui lui pardonnait. Le prieur et sa tendre sœur pleuraient aussi, mais de joie. Le vilain bailli et son insupportable fils ne troublaient point cette scène touchante : ils étaient partis au premier bruit de l'élargissement de leur ennemi ; ils couraient ensevelir dans leur province leur sottise et leur crainte.

Les quatre personnages, agités de cent mouvements divers, attendaient que le jeune homme revint avec l'ami qu'il devait délivrer. L'abbé de Saint-Yves n'osait lever les yeux devant sa sœur ; la bonne Kerkabon disait : « Je reverrai donc mon cher neveu. — Vous le reverrez, dit la charmante Saint-Yves, mais ce n'est plus le même homme ; son maintien, son ton, ses idées, son esprit, tout est changé ; il est devenu aussi respectable qu'il était naïf et étranger à tout. Il sera l'honneur et la consolation de votre famille ; que ne puis-je être aussi l'honneur de la mienne ! — Vous n'êtes point non plus la même, dit le prieur, que vous est-il donc arrivé qui ait fait en vous un si grand changement ? »

Au milieu de cette conversation, l'Ingénu arrive, tenant par la main son janséniste. La scène alors devint plus neuve et plus intéressante. Elle commença par les tendres embrassements de l'oncle et de la tante. L'abbé de Saint-Yves se mettait presque aux genoux de l'Ingénu, qui n'était plus l'*Ingénu*. Les deux amants se parlaient par des regards qui exprimaient tous les sentiments dont ils étaient pénétrés. On voyait éclater la satisfaction, la reconnaissance, sur le front de l'un ; l'embarras était peint dans les yeux tendres et un peu égarés de l'autre. On était étonné qu'elle mêlât de la douleur à tant de joie.

Le vieux Gordon devint en peu de moments cher à toute la famille. Il avait été malheureux avec le jeune prisonnier, et

c'était un grand titre. Il devait sa délivrance aux deux amants, cela seul le réconciliait avec l'amour; l'âpreté de ses anciennes opinions sortait de son cœur; il était changé en homme, ainsi que le Huron. Chacun raconta ses aventures avant le souper. Les deux abbés, la tante, écoutaient comme des enfants qui entendent des histoires de revenants, et comme des hommes qui s'intéressaient tous à tant de désastres. « Hélas! dit Gordon, il y a peut-être plus de cinq cents personnes vertueuses qui sont à présent dans les mêmes fers que Mlle de Saint-Yves a brisés : leurs malheurs sont inconnus. On trouve assez de mains qui frappent sur la foule des malheureux, et rarement une secourable. » Cette réflexion si vraie augmentait sa sensibilité et sa reconnaissance; tout redoublait le triomphe de la belle Saint-Yves; on admirait la grandeur et la fermeté de son âme. L'admiration était mêlée de ce respect qu'on sent malgré soi pour une personne qu'on croit avoir du crédit à la cour. Mais l'abbé de Saint-Yves disait quelquefois : « Comment ma sœur a-t-elle pu faire pour obtenir sitôt ce crédit? »

On allait se mettre à table de très bonne heure. Voilà que la bonne amie de Versailles arrive sans rien savoir de tout ce qui s'était passé; elle était en carrosse à six chevaux, et on voit bien à qui appartenait l'équipage. Elle entre avec l'air imposant d'une personne de cour qui a de grandes affaires, salue très légèrement la compagnie, et, tirant la belle Saint-Yves à l'écart : « Pourquoi vous faire tant attendre? Suivez-moi; voilà vos diamants que vous aviez oubliés. » Elle ne put dire ces paroles si bas que l'Ingénu ne les entendît; il vit les diamants; le frère fut interdit; l'oncle et la tante n'éprouvèrent qu'une surprise de bonnes gens qui n'avaient jamais vu une telle magnificence. Le jeune homme, qui s'était formé par un an de réflexions, en fit malgré lui et parut troublé un moment. Son amante s'en aperçut; une pâleur mortelle se répandit sur son beau visage, un frisson la saisit, elle se soutenait à peine. « Ah! madame, dit-elle à la fatale amie, vous m'avez perdue! vous me donnez la mort! » Ces paroles percèrent le cœur de l'Ingénu; mais il avait déjà appris à se posséder; il ne les releva point, de peur d'inquiéter sa maîtresse devant son frère; mais il pâlit comme elle.

Saint-Yves, éperdue de l'altération qu'elle apercevait sur le visage de son amant, entraîne cette femme hors de la chambre dans un petit passage, jette les diamants à terre devant elle. « Ah!

ce ne sont pas eux qui m'ont séduite, vous le savez ; mais celui qui les a donnés ne me reverra jamais. » L'amie les ramassait, et Saint-Yves ajoutait : « Qu'il les reprenne ou qu'il vous les donne ; allez, ne me rendez plus honteuse de moi-même. » L'ambassadrice enfin s'en retourna, ne pouvant comprendre les remords dont elle était témoin.

La belle Saint-Yves, oppressée, éprouvant dans son corps une révolution qui la suffoquait, fut obligée de se mettre au lit ; mais pour n'alarmer personne elle ne parla point de ce qu'elle souffrait, et, ne prétextant que sa lassitude, elle demanda la permission de prendre du repos ; mais ce fut après avoir rassuré la compagnie par des paroles consolantes et flatteuses, et jeté sur son amant des regards qui portaient le feu dans son âme.

Le souper, qu'elle n'animait pas, fut triste dans le commencement, mais de cette tristesse intéressante qui fournit des conversations attachantes et utiles, si supérieures à la frivole joie qu'on recherche, et qui n'est d'ordinaire qu'un bruit importun.

Gordon fit en peu de mots l'histoire du jansénisme et du molinisme, des persécutions dont un parti accablait l'autre, et de l'opiniâtreté de tous les deux. L'Ingénu en fit la critique, et plaignit les hommes qui, non contents de tant de discorde que leurs intérêts allument, se font de nouveaux maux pour des intérêts chimériques, et pour des absurdités inintelligibles. Gordon racontait, l'autre jugeait ; les convives écoutaient avec émotion et s'éclairaient d'une lumière nouvelle. On parla de la longueur de nos infortunes et de la brièveté de la vie. On remarqua que chaque profession a un vice et un danger qui lui sont attachés, et que, depuis le prince jusqu'au dernier des mendiants, tout semble accuser la nature. Comment se trouve-t-il tant d'hommes qui, pour si peu d'argent, se font les persécuteurs, les satellites, les bourreaux des autres hommes ? Avec quelle indifférence inhumaine un homme en place signe la destruction d'une famille, et avec quelle joie plus barbare des mercenaires l'exécutent !

« J'ai vu dans ma jeunesse, dit le bonhomme Gordon, un parent du maréchal de Marillac, qui, étant poursuivi dans sa province pour la cause de cet illustre malheureux, se cachait dans Paris sous un nom supposé. C'était un vieillard de soixante et douze ans. Sa femme, qui l'accompagnait, était à peu près de son âge. Ils avaient eu un fils libertin qui, à l'âge de quatorze ans, s'était enfui

de la maison paternelle; devenu soldat, puis déserteur, il avait passé par tous les degrés de la débauche et de la misère; enfin, ayant pris un nom de terre, il était dans les gardes du cardinal de Richelieu (car ce prêtre, ainsi que Mazarin, avait des gardes); il avait obtenu un bâton d'exempt dans cette compagnie de satellites. Cet aventurier fut chargé d'arrêter le vieillard et son épouse, et s'en acquitta avec toute la dureté d'un homme qui voulait plaire à son maître. Comme il les conduisait, il entendit ces deux victimes déplorer la longue suite des malheurs qu'elles avaient éprouvés depuis leur berceau. Le père et la mère comptaient parmi leurs plus grandes infortunes les égarements et la perte de leur fils. Il les reconnut; il ne les conduisit pas moins en prison, en les assurant que Son Éminence devait être servie de préférence à tout. Son Éminence récompensa son zèle

J'ai vu un espion du père de La Chaise trahir son propre frère, dans l'espérance d'un petit bénéfice qu'il n'eut point; et je l'ai vu mourir, non de remords, mais de douleur d'avoir été trompé par le jésuite.

L'emploi de confesseur, que j'ai longtemps exercé, m'a fait connaître l'intérieur des familles; je n'en ai guère vu qui ne fussent plongées dans l'amertume, tandis qu'au-dehors couvertes du masque du bonheur elles paraissaient nager dans la joie, et j'ai toujours remarqué que les grands chagrins étaient le fruit de notre cupidité effrénée. »

— Pour moi, dit l'Ingénu, je pense qu'une âme noble, reconnaissante et sensible peut vivre heureuse; et je compte bien jouir d'une félicité sans mélange avec la belle et généreuse Saint-Yves. Car je me flatte, ajouta-t-il, en s'adressant à son frère avec le sourire de l'amitié, que vous ne me refuserez pas, comme l'année passée, et que je m'y prendrai d'une manière plus décente.

L'abbé se confondit en excuses du passé et en protestations d'un attachement éternel.

L'oncle Kerkabon dit que ce serait le plus beau jour de sa vie. La bonne tante, en s'extasiant et en pleurant de joie, s'écriait : « Je vous l'avais bien dit que vous ne seriez jamais sous-diacre; ce sacrement-ci vaut mieux que l'autre; plût à Dieu que j'en eusse été honorée! mais je vous servirai de mère. » Alors ce fut à qui renchérirait sur les louanges de la tendre Saint-Yves.

Son amant avait le cœur trop plein de ce qu'elle avait fait pour lui, il l'aimait trop pour que l'aventure des diamants eût fait sur son cœur une impression dominante. Mais ces mots qu'il avait trop entendus : *vous me donnez la mort,* l'effrayaient encore en secret et corrompaient toute sa joie, tandis que les éloges de sa belle maîtresse augmentaient encore son amour. Enfin on n'était plus occupé que d'elle ; on ne parlait que du bonheur que ces deux amants méritaient ; on s'arrangeait pour vivre tous ensemble dans Paris, on faisait des projets de fortune et d'agrandissement, on se livrait à toutes ces espérances que la moindre lueur de félicité fait naître si aisément. Mais l'Ingénu, dans le fond de son cœur, éprouvait un sentiment secret qui repoussait cette illusion. Il relisait ces promesses signées Saint-Pouange, et les brevets signés Louvois ; on lui dépeignit ces deux hommes tels qu'ils étaient, ou qu'on les croyait être. Chacun parla des ministres et du ministère avec cette liberté de table regardée en France comme la plus précieuse liberté qu'on puisse goûter sur la terre.

« Si j'étais roi de France, dit l'Ingénu, voici le ministre de la guerre que je choisirais : je voudrais un homme de la plus haute naissance, par la raison qu'il donne des ordres à la noblesse. J'exigerais qu'il eût été lui-même officier, qu'il eût passé par tous les grades, qu'il fût au moins lieutenant général des armées, et digne d'être maréchal de France ; car n'est-il pas nécessaire qu'il ait servi lui-même pour mieux connaître les détails du service ? et les officiers n'obéiront-ils pas avec cent fois plus d'allégresse à un homme de guerre qui aura comme eux signalé son courage, qu'à un homme de cabinet qui ne peut que deviner tout au plus les opérations d'une campagne, quelque esprit qu'il puisse avoir ? Je ne serais pas fâché que mon ministre fût généreux, quoique mon garde du trésor royal en fût quelquefois un peu embarrassé. J'aimerais qu'il eût un travail facile, et que même il se distinguât par cette gaieté d'esprit, partage d'un homme supérieur aux affaires, qui plaît tant à la nation et qui rend tous les devoirs moins pénibles. » Il désirait qu'un ministre eût ce caractère parce qu'il avait toujours remarqué que cette belle humeur est incompatible avec la cruauté.

Mons de Louvois n'aurait peut-être pas été satisfait des souhaits de l'Ingénu : il avait une autre sorte de mérite.

Mais, pendant qu'on était à table, la maladie de cette fille malheureuse prenait un caractère funeste ; son sang s'était allumé, une fièvre dévorante s'était déclarée, elle souffrait, et ne se plaignait point, attentive à ne pas troubler la joie des convives.

Son frère, sachant qu'elle ne dormait pas, alla au chevet de son lit ; il fut surpris de l'état où elle était. Tout le monde accourut ; l'amant se présentait à la suite du frère. Il était sans doute le plus alarmé et le plus attendri de tous ; mais il avait appris à joindre la discrétion à tous les dons heureux que la nature lui avait prodigués, et le sentiment prompt des bienséances commençait à dominer dans lui.

On fit venir aussitôt un médecin du voisinage. C'était un de ceux qui visitent leurs malades en courant, qui confondent la maladie qu'ils viennent de voir avec celle qu'ils voient, qui mettent une pratique aveugle dans une science à laquelle toute la maturité d'un discernement sain et réfléchi ne peut ôter son incertitude et ses dangers. Il redoubla le mal par sa précipitation à prescrire un remède alors à la mode. De la mode jusque dans la médecine ! Cette manie était trop commune dans Paris.

La triste Saint-Yves contribuait encore plus que son médecin à rendre sa maladie dangereuse. Son âme tuait son corps. La foule des pensées qui l'agitaient portait dans ses veines un poison plus dangereux que celui de la fièvre la plus brûlante.

## Chapitre vingtième
## La belle Saint-Yves meurt,
## et ce qui en arrive

On appela un autre médecin : celui-ci, au lieu d'aider la nature et de la laisser agir dans une jeune personne dans qui tous les organes rappelaient la vie, ne fut occupé que de contrecarrer son confrère. La maladie devint mortelle en deux jours. Le cerveau, qu'on croit le siège de l'entendement, fut attaqué aussi violemment que le cœur, qui est, dit-on, le siège des passions.

Quelle mécanique incompréhensible a soumis les organes au sentiment et à la pensée ? comment une seule idée douloureuse dérange-t-elle le cours du sang, et comment le sang à son tour porte-t-il ses irrégularités dans l'entendement humain ? quel est ce fluide inconnu et dont l'existence est certaine, qui, plus prompt, plus actif que la lumière, vole en moins d'un clin d'œil dans tous les canaux de la vie, produit les sensations, la mémoire, la tristesse ou la joie, la raison ou le vertige, rappelle avec horreur ce qu'on voudrait oublier, et fait d'un animal pensant ou un objet d'admiration, ou un sujet de pitié et de larmes ?

C'était là ce que disait le bon Gordon ; et cette réflexion si naturelle, que rarement font les hommes, ne dérobait rien à son attendrissement ; car il n'était pas de ces malheureux philosophes qui s'efforcent d'être insensibles. Il était touché du sort de cette jeune fille, comme un père qui voit mourir lentement son enfant chéri. L'abbé de Saint-Yves était désespéré, le prieur et sa sœur répandaient des ruisseaux de larmes. Mais qui pourrait peindre l'état de son amant ? Nulle langue n'a des expressions qui répondent à ce comble des douleurs ; les langues sont trop imparfaites.

La tante, presque sans vie, tenait la tête de la mourante dans ses faibles bras, son frère était à genoux au pied du lit. Son amant pressait sa main, qu'il baignait de pleurs, et éclatait en sanglots ; il la nommait sa bienfaitrice, son espérance, sa vie, la moitié de lui-même, sa maîtresse, son épouse. À ce mot d'*épouse,* elle soupira, le regarda avec une tendresse inexprimable, et soudain jeta un cri d'horreur ; puis, dans un de ces intervalles où l'accablement et l'oppression des sens, et les souffrances suspendues, laissent à l'âme sa liberté et sa force, elle s'écria : « Moi, votre épouse ! Ah ! cher amant, ce nom, ce bonheur, ce prix, n'étaient plus faits pour moi ; je meurs, et je le mérite. Ô dieu de mon cœur ! ô vous que j'ai sacrifié à des démons infernaux, c'en est fait, je suis punie, vivez heureux. » Ces paroles tendres et terribles ne pouvaient être comprises ; mais elles portaient dans tous les cœurs l'effroi et l'attendrissement ; elle eut le courage de s'expliquer. Chaque mot fit frémir d'étonnement, de douleur et de pitié tous les assistants. Tous se réunissaient à détester l'homme puissant qui n'avait réparé une horrible injustice que par un crime, et qui avait forcé la plus respectable innocence à être sa complice.

« Qui ? vous, coupable ! lui dit son amant ; non, vous ne l'êtes pas ; le crime ne peut être que dans le cœur, le vôtre est à la vertu et à moi. »

Il confirmait ce sentiment par des paroles qui semblaient ramener à la vie la belle Saint-Yves. Elle se sentit consolée, et s'étonnait d'être aimée encore. Le vieux Gordon l'aurait condamnée dans le temps qu'il n'était que janséniste ; mais étant devenu sage, il l'estimait et il pleurait.

Au milieu de tant de larmes et de craintes, pendant que le danger de cette fille si chère remplissait tous les cœurs, que tout était consterné, on annonce un courrier de la cour. Un courrier ! et de qui ? et pourquoi ? C'était de la part du confesseur du roi pour le prieur de la Montagne ; ce n'était pas le père de La Chaise qui écrivait, c'était le frère Vadbled, son valet de chambre, homme très important dans ce temps-là, lui qui mandait aux archevêques les volontés du révérend père, lui qui donnait audience, lui qui promettait des bénéfices, lui qui faisait quelquefois expédier des lettres de cachet. Il écrivait à l'abbé de la Montagne que *Sa Révérence était informée des aventures de son neveu, que sa prison n'était qu'une méprise, que ces petites disgrâces arrivaient fréquemment, qu'il ne fallait pas y faire attention, et qu'enfin il convenait que lui prieur vînt lui présenter son neveu le lendemain, qu'il devait amener avec lui le bonhomme Gordon, que lui frère Vadbled les introduirait chez Sa Révérence et chez mons de Louvois, lequel leur dirait un mot dans son antichambre.*

Il ajoutait que l'histoire de l'Ingénu et son combat contre les Anglais avaient été contés au roi, que sûrement le roi daignerait le remarquer quand il passerait dans la galerie, et peut-être même lui ferait un signe de tête. La lettre finissait par l'espérance dont on le flattait que toutes les dames de la cour s'empresseraient de faire venir son neveu à leurs toilettes, que plusieurs d'entre elles lui diraient : « Bonjour, monsieur l'Ingénu » ; et qu'assurément il serait question de lui au souper du roi. La lettre était signée : *Votre affectionné Vadbled, frère jésuite.*

Le prieur ayant lu la lettre tout haut, son neveu, furieux, et commandant un moment à sa colère, ne dit rien au porteur ; mais, se tournant vers le compagnon de ses infortunes, il lui

demanda ce qu'il pensait de ce style. Gordon lui répondit :
« C'est donc ainsi qu'on traite les hommes comme des singes !
On les bat et on les fait danser. » L'Ingénu, reprenant son carac-
tère, qui revient toujours dans les grands mouvements de l'âme,
déchira la lettre par morceaux et les jeta au nez du courrier :
« Voilà ma réponse. » Son oncle, épouvanté, crut voir le ton-
nerre et vingt lettres de cachet tomber sur lui. Il alla vite écrire
et excuser, comme il put, ce qu'il prenait pour l'emportement
d'un jeune homme, et qui était la saillie d'une grande âme.

Mais des soins plus douloureux s'emparaient de tous les
cœurs. La belle et infortunée Saint-Yves sentait déjà sa fin
approcher ; elle était dans le calme, mais dans ce calme affreux
de la nature affaissée qui n'a plus la force de combattre, « Ô
mon cher amant ! dit-elle d'une voix tombante, la mort me
punit de ma faiblesse ; mais j'expire avec la consolation de vous
savoir libre. Je vous ai adoré en vous trahissant, et je vous adore
en vous disant un éternel adieu. »

Elle ne se parait pas d'une vaine fermeté ; elle ne concevait
pas cette misérable gloire de faire dire à quelques voisins :
« Elle est morte avec courage. » Qui peut perdre à vingt ans son
amant, sa vie, et ce qu'on appelle l'*honneur,* sans regrets et sans
déchirements ? Elle sentait toute l'horreur de son état, et le fai-
sait sentir par ces mots et par ces regards mourants qui parlent
avec tant d'empire. Enfin elle pleurait comme les autres dans
les moments où elle eut la force de pleurer.

Que d'autres cherchent à louer les morts fastueuses de ceux
qui entrent dans la destruction avec insensibilité : c'est le sort
de tous les animaux. Nous ne mourons comme eux avec indif-
férence que quand l'âge ou la maladie nous rend semblables à
eux par la stupidité de nos organes. Quiconque fait une grande
perte a de grands regrets ; s'il les étouffe, c'est qu'il porte la
vanité jusque dans les bras de la mort.

Lorsque le moment fatal fat arrivé, tous les assistants jetèrent
des larmes et des cris. L'Ingénu perdit l'usage de ses sens. Les
âmes fortes ont des sentiments bien plus violents que les autres
quand elles sont tendres. Le bon Gordon le connaissait assez
pour craindre qu'étant revenu à lui il ne se donnât la mort. On
écarta toutes les armes ; le malheureux jeune homme s'en aper-
çut ; il dit à ses parents et à Gordon, sans pleurer, sans gémir,

sans s'émouvoir : « Pensez-vous donc qu'il y ait quelqu'un sur la terre qui ait le droit et le pouvoir de m'empêcher de finir ma vie ? » Gordon se garda bien de lui étaler ces lieux communs fastidieux par lesquels on essaie de prouver qu'il n'est pas permis d'user de sa liberté pour cesser d'être quand on est horriblement mal, qu'il ne faut pas sortir de sa maison quand on ne peut plus y demeurer, que l'homme est sur la terre comme un soldat à son poste : comme s'il importait à l'Être des êtres que l'assemblage de quelques parties de matière fût dans un lieu ou dans un autre ; raisons impuissantes qu'un désespoir ferme et réfléchi dédaigne d'écouter, et auxquelles Caton ne répondit que par un coup de poignard.

Le morne et terrible silence de l'Ingénu, ses yeux sombres, ses lèvres tremblantes, les frémissements de son corps, portaient dans l'âme de tous ceux qui le regardaient ce mélange de compassion et d'effroi qui enchaîne toutes les puissances de l'âme, qui exclut tout discours, et qui ne se manifeste que par des mots entrecoupés. L'hôtesse et sa famille étaient accourues ; on tremblait de son désespoir, on le gardait à vue, on observait tous ses mouvements. Déjà le corps glacé de la belle Saint-Yves avait été porté dans une salle basse, loin des yeux de son amant, qui semblait la chercher encore, quoiqu'il ne fût plus en état de rien voir.

Au milieu de ce spectacle de la mort, tandis que le corps est exposé à la porte de la maison, que deux prêtres à côté d'un bénitier récitent des prières d'un air distrait, que des passants jettent quelques gouttes d'eau bénite sur la bière par oisiveté, que d'autres poursuivent leur chemin avec indifférence, que les parents pleurent et qu'un amant est prêt de s'arracher la vie, le Saint-Pouange arrive avec l'amie de Versailles.

Son goût passager, n'ayant été satisfait qu'une fois, était devenu de l'amour. Le refus de ses bienfaits l'avait piqué. Le père de La Chaise n'aurait jamais pensé à venir dans cette maison ; mais Saint-Pouange, ayant tous les jours devant les yeux l'image de la belle Saint-Yves, brûlant d'assouvir une passion qui par une seule jouissance avait enfoncé dans son cœur l'aiguillon des désirs, ne balança pas à venir lui-même chercher celle qu'il n'aurait pas peut-être voulu revoir trois fois si elle était venue d'elle-même.

Il descend de carrosse ; le premier objet qui se présente à lui

est une bière ; il détourne les yeux avec ce simple dégoût d'un homme nourri dans les plaisirs, qui pense qu'on doit lui épargner tout spectacle qui pourrait le ramener à la contemplation de la misère humaine. Il veut monter. La femme de Versailles demande par curiosité qui on va enterrer ; on prononce le nom de Mlle de Saint-Yves. À ce nom, elle pâlit et poussa un cri affreux ; Saint-Pouange se retourne ; la surprise et la douleur saisissent son âme, Le bon Gordon était là, les yeux remplis de larmes. Il interrompt ses tristes prières pour apprendre à l'homme de cour toute cette horrible catastrophe. Il lui parle avec cet empire que donnent la douleur et la vertu. Saint-Pouange n'était point né méchant ; le torrent des affaires et des amusements avait emporté son âme, qui ne se connaissait pas encore. Il ne touchait point à la vieillesse, qui endurcit d'ordinaire le cœur des ministres ; il écoutait Gordon les yeux baissés, et il essuyait quelques pleurs qu'il était étonné de répandre : il connut le repentir.

« Je veux voir absolument, dit-il, cet homme extraordinaire dont vous m'avez parlé ; il m'attendrit presque autant que cette innocente victime dont j'ai causé la mort. » Gordon le suit jusqu'à la chambre où le prieur, la Kerkabon, l'abbé de Saint-Yves et quelques voisins rappelaient à la vie le jeune homme retombé en défaillance.

« J'ai fait votre malheur, lui dit le sous-ministre, j'emploierai ma vie à le réparer. » La première idée qui vint à l'Ingénu fut de le tuer et de se tuer lui-même après. Rien n'était plus à sa place ; mais il était sans armes et veillé de près. Saint-Pouange ne se rebuta point des refus accompagnés du reproche, du mépris et de l'horreur qu'il avait mérités, et qu'on lui prodigua. Le temps adoucit tout. Mons de Louvois vint enfin à bout de faire un excellent officier de l'Ingénu, qui a paru sous un autre nom à Paris et dans les armées, avec l'approbation de tous les honnêtes gens, et qui a été à la fois un guerrier et un philosophe intrépide.

Il ne parlait jamais de cette aventure sans gémir ; et cependant sa consolation était d'en parler. Il chérit la mémoire de la tendre Saint-Yves jusqu'au dernier moment de sa vie. L'abbé de Saint-Yves et le prieur eurent chacun un bon bénéfice ; la bonne Kerkabon aima mieux voir son neveu dans les honneurs militaires que dans le sous-diaconat. La dévote de Versailles garda les

boucles de diamants, et reçut encore un beau présent. Le père
Tout-à-tous eut des boîtes de chocolat, de café, de sucre candi,
de citrons confits, avec les *Méditations du révérend père Croi-
set* et *La Fleur des saints* reliées en maroquin. Le bon Gordon
vécut avec l'Ingénu jusqu'à sa mort dans la plus intime amitié ;
il eut un bénéfice aussi, et oublia pour jamais la grâce efficace
et le concours concomitant. Il prit pour sa devise : *malheur est
bon à quelque chose.* Combien d'honnêtes gens dans le monde
ont pu dire : *malheur n'est bon à rien !*

# L'homme
## aux quarante écus

### L'homme aux quarante écus

Un vieillard, qui *toujours plaint le présent et vante le passé,*
me disait : « Mon ami, la France n'est pas aussi riche qu'elle l'a
été sous Henri IV. Pourquoi ? C'est que les terres ne sont pas si
bien cultivées ; c'est que les hommes manquent à la terre, et
que le journalier ayant enchéri son travail, plusieurs colons lais-
sent leurs héritages en friche. »

— D'où vient cette disette de manœuvres ?

— De ce que quiconque s'est senti un peu d'industrie a
embrassé les métiers de brodeur, de ciseleur, d'horloger, d'ou-
vrier en soie, de procureur, ou de théologien. C'est que la révo-
cation de l'édit de Nantes a laissé un très grand vide dans le
royaume ; que les religieuses et les mendiants se sont multi-
pliés, et qu'enfin chacun a fui, autant qu'il a pu, le travail
pénible de la culture, pour laquelle Dieu nous a fait naître, et
que nous avons rendue ignominieuse, tant nous sommes
sensés !

Une autre cause de notre pauvreté est dans nos besoins nou-
veaux. Il faut payer à nos voisins quatre millions d'un article, et
cinq ou six d'un autre, pour mettre dans notre nez une poudre
puante venue de l'Amérique ; le café, le thé, le chocolat, la
cochenille, l'indigo, les épiceries, nous coûtent plus de soixante
millions par an. Tout cela était inconnu du temps de Henri IV,
aux épiceries près, dont la consommation était bien moins

grande. Nous brûlons cent fois plus de bougie, et nous tirons plus de la moitié de notre cire de l'étranger, parce que nous négligeons les ruches. Nous voyons cent fois plus de diamants aux oreilles, aux cous, aux mains de nos citoyennes de Paris et de nos grandes villes qu'il n'y en avait chez toutes les dames de la cour de Henri IV, en comptant la reine. Il a fallu payer presque toutes ces superfluités argent comptant.

Observez surtout que nous payons plus de quinze millions de rente sur l'Hôtel de Ville aux étrangers, et que Henri IV, à son avènement, en ayant trouvé pour deux millions en tout sur cet hôtel imaginaire, en remboursa sagement une partie pour délivrer l'État de ce fardeau.

Considérez que nos guerres civiles avaient fait verser en France les trésors du Mexique, lorsque don *Phelippo el discreto* voulait acheter la France, et que depuis ce temps-là les guerres étrangères nous ont débarrassés de la moitié de notre argent.

Voilà en partie les causes de notre pauvreté. Nous la cachons sous des lambris vernis, et par l'artifice des marchandes de modes : nous sommes pauvres avec goût. Il y a des financiers, des entrepreneurs, des négociants très riches ; leurs enfants, leurs gendres, sont très riches ; en général la nation ne l'est pas. »

Le raisonnement de ce vieillard, bon ou mauvais, fit sur moi une impression profonde : car le curé de ma paroisse, qui a toujours eu de l'amitié pour moi, m'a enseigné un peu de géométrie et d'histoire, et je commence à réfléchir, ce qui est très rare dans ma province. Je ne sais s'il avait raison en tout ; mais, étant fort pauvre, je n'eus pas grand peine à croire que j'avais beaucoup de compagnons\*.

---

\*. Madame de Maintenon, qui en tout genre était une femme fort entendue, excepté dans celui sur lequel elle consultait le trigaud et processif abbé Gobelin, son confesseur ; Madame de Maintenon, dis-je, dans une de ses lettres, fait le compte du ménage de son frère et de sa femme, en 1680. Le mari et la femme avaient à payer le loyer d'une maison agréable ; leurs domestiques étaient au nombre de dix ; ils avaient quatre chevaux et deux cochers, un bon dîner tous les jours. Madame de Maintenon évalue le tout à neuf mille francs par an, et met trois mille livres pour le jeu, les spectacles, les fantaisies et les magnificences de monsieur et de madame.

Il faudrait à présent environ quarante mille livres pour mener une telle vie dans Paris ; il n'en eût fallu que six mille du temps de Henri IV. Cet exemple prouve assez que le vieux bonhomme ne radote pas absolument.

## Désastre de l'homme aux quarante écus

Je suis bien aise d'apprendre à l'univers que j'ai une terre qui me vaudrait net quarante écus de rente, n'était la taxe à laquelle elle est imposée.

Il parut plusieurs édits de quelques personnes qui, se trouvant de loisir, gouvernent l'État au coin de leur feu. Le préambule de ces édits était que la puissance *législatrice et exécutrice est née de droit divin copropriétaire de ma terre,* et que je lui dois au moins la moitié de ce que je mange. L'énormité de l'estomac de la puissance législatrice et exécutrice me fit faire un grand signe de croix. Que serait-ce si cette puissance, qui préside à l'*ordre essentiel des sociétés* avait ma terre en entier! L'un est encore plus divin que l'autre.

Monsieur le contrôleur général sait que je ne payais en tout que douze livres; que c'était un fardeau très pesant pour moi, et que j'y aurais succombé si Dieu ne m'avait donné le génie de faire des paniers d'osier, qui m'aidaient à supporter ma misère. Comment donc pourrai-je tout d'un coup donner au roi vingt écus?

Les nouveaux ministres disaient encore dans leur préambule qu'on ne doit taxer que les terres, parce que tout vient de la terre, jusqu'à la pluie, et que par conséquent il n'y a que les fruits de la terre qui doivent l'impôt.

Un de leurs huissiers vint chez moi dans la dernière guerre; il me demanda pour ma quote-part trois setiers de blé et un sac de fèves, le tout valant vingt écus, pour soutenir la guerre qu'on faisait, et dont je n'ai jamais su la raison, ayant seulement entendu dire que, dans cette guerre, il n'y avait rien à gagner du tout pour mon pays, et beaucoup à perdre. Comme je n'avais alors ni blé, ni fèves, ni argent, la puissance législatrice et exécutrice me fit traîner en prison, et on fit la guerre comme on put.

En sortant de mon cachot, n'ayant que la peau sur les os, je rencontrai un homme joufflu et vermeil dans un carrosse à six chevaux; il avait six laquais, et donnait à chacun d'eux pour gages le double de mon revenu. Son maître d'hôtel, aussi vermeil que lui, avait deux mille francs d'appointements, et lui en volait par an vingt mille. Sa maîtresse lui coûtait quarante mille écus en six mois; je l'avais connu autrefois dans le temps qu'il

était moins riche que moi : il m'avoua, pour me consoler, qu'il jouissait de quatre cent mille livres de rente. « Vous en payez donc deux cent mille à l'État, lui dis-je, pour soutenir la guerre avantageuse que nous avons ; car moi, qui n'ai juste que mes cent vingt livres, il faut que j'en paye la moitié. »

— Moi, dit-il, que je contribue aux besoins de l'État ! Vous voulez rire, mon ami ; j'ai hérité d'un oncle qui avait gagné huit millions à Cadix et à Surate ; je n'ai pas un pouce de terre, tout mon bien est en contrats, en billets sur la place : je ne dois rien à l'État ; c'est à vous de donner la moitié de votre subsistance, vous qui êtes un seigneur terrien. Ne voyez-vous pas que, si le ministre des Finances exigeait de moi quelques secours pour la patrie, il serait un imbécile qui ne saurait pas calculer ? Car tout vient de la terre ; l'argent et les billets ne sont que des gages d'échange : au lieu de mettre sur une carte au pharaon cent setiers de blé, cent bœufs, mille moutons, et deux cents sacs d'avoine, je joue des rouleaux d'or qui représentent ces denrées dégoûtantes. Si, après avoir mis l'*impôt unique* sur ces denrées, on venait encore me demander de l'argent, ne voyez-vous pas que ce serait un double emploi ? que ce serait demander deux fois la même chose ? Mon oncle vendit à Cadix pour deux millions de votre blé, et pour deux millions d'étoffes fabriquées avec votre laine : il gagna plus de cent pour cent dans ces deux affaires. Vous concevez bien que ce profit fut fait sur des terres déjà taxées : ce que mon oncle achetait dix sous de vous, il le revendait plus de cinquante francs au Mexique ; et, tous frais faits, il est revenu avec huit millions.

Vous sentez bien qu'il serait d'une horrible injustice de lui redemander quelques oboles sur les dix sous qu'il vous donna. Si vingt neveux comme moi, dont les oncles auraient gagné dans le bon temps chacun huit millions au Mexique, à Buenos-Ayres, à Lima, à Surate ou à Pondichéry, prêtaient seulement à l'État chacun deux cent mille francs dans les besoins urgents de la patrie, cela produirait quatre millions : quelle horreur ! Payez, mon ami, vous qui jouissez en paix d'un revenu clair et net de quarante écus ; servez bien la patrie, et venez quelquefois dîner avec ma livrée. »

Ce discours plausible me fit beaucoup réfléchir, et ne me consola guère.

## Entretien avec un géomètre

Il arrive quelquefois qu'on ne peut rien répondre, et qu'on n'est pas persuadé. On est atterré sans pouvoir être convaincu. On sent dans le fond de son âme un scrupule, une répugnance qui nous empêche de croire ce qu'on nous a prouvé. Un géomètre vous démontre qu'entre un cercle et une tangente vous pouvez faire passer une infinité de lignes courbes, et que vous n'en pouvez faire passer une droite : vos yeux, votre raison, vous disent le contraire. Le géomètre vous répond gravement que c'est là un infini du second ordre. Vous vous taisez, et vous vous en retournez tout stupéfait, sans avoir aucune idée nette, sans rien comprendre, et sans rien répliquer.

Vous consultez un géomètre de meilleure foi, qui vous explique le mystère. « Nous supposons, dit-il, ce qui ne peut être dans la nature, des lignes qui ont de la longueur sans largeur : il est impossible, physiquement parlant, qu'une ligne réelle en pénètre une autre. Nulle courbe, ni nulle droite réelle, ne peut passer entre deux lignes réelles qui se touchent : ce ne sont là que des jeux de l'entendement, des chimères idéales ; et la véritable géométrie est l'art de mesurer les choses existantes. »

Je fus très content de l'aveu de ce sage mathématicien, et je me mis à rire, dans mon malheur, d'apprendre qu'il y avait de la charlatanerie jusque dans la science qu'on appelle la *haute science*.

Mon géomètre était un citoyen philosophe qui avait daigné quelquefois causer avec moi dans ma chaumière. Je lui dis : « Monsieur, vous avez tâché d'éclairer les badauds de Paris sur le plus grand intérêt des hommes, la durée de la vie humaine. Le ministère a connu par vous seul ce qu'il doit donner aux rentiers viagers, selon leurs différents âges. Vous avez proposé de donner aux maisons de la ville l'eau qui leur manque, et de nous sauver enfin de l'opprobre et du ridicule d'entendre toujours crier à *l'eau,* et de voir des femmes enfermées dans un cerceau oblong porter deux seaux d'eau, pesant ensemble trente livres, à un quatrième étage auprès d'un privé. Faites-moi, je vous prie, l'amitié de me dire combien il y a d'animaux à deux mains et à deux pieds en France.

### LE GÉOMÈTRE

On prétend qu'il y en a environ vingt millions, et je veux bien adopter ce calcul très probable\*, en attendant qu'on le vérifie ; ce qui serait très aisé, et qu'on n'a pas encore fait, *parce qu'on ne s'avise jamais de tout.*

### L'HOMME AUX QUARANTE ÉCUS

Combien croyez-vous que le territoire de France contienne d'arpents ?

### LE GÉOMÈTRE

Cent trente millions, dont presque la moitié est en chemins, en villes, villages, landes, bruyères, marais, sables, terres stériles, couvents inutiles, jardins de plaisance plus agréables qu'utiles, terrains incultes, mauvais terrains mal cultivés. On pourrait réduire les terres d'un bon rapport à soixante et quinze millions d'arpents carrés ; mais comptons-en quatre-vingts millions : on ne saurait trop faire pour sa patrie.

### L'HOMME AUX QUARANTE ÉCUS

Combien croyez-vous que chaque arpent rapporte l'un dans l'autre, année commune, en blés, en semence de toute espèce, vins, étangs, bois, métaux, bestiaux, fruits, laines, soies, lait, huiles, tous frais faits, sans compter l'impôt ?

### LE GÉOMÈTRE

Mais, s'ils produisent chacun vingt-cinq livres, c'est beaucoup ; cependant mettons trente livres, pour ne pas décourager nos concitoyens. Il y a des arpents qui produisent des valeurs renaissantes estimées trois cents livres ; il y en a qui produisent trois livres. La moyenne proportionnelle entre trois et trois cents est trente : car vous voyez bien que trois est à trente comme trente est à trois cents. Il est vrai que, s'il y avait beaucoup d'arpents à trente livres, et très peu à trois cents livres, notre compte ne s'y trouverait pas ; mais, encore une fois, je ne veux point chicaner.

---

\*. Cela est prouvé par les mémoires des intendants, faits à la fin du dix-septième siècle, combinés avec le dénombrement par feux, composé en 1753 par ordre de Monsieur le comte d'Argenson, et surtout avec l'ouvrage très exact de Monsieur de Mezence, fait sous les yeux de Monsieur l'intendant de la Michaudière, l'un des hommes les plus éclairés.

### L'HOMME AUX QUARANTE ÉCUS

Eh bien! monsieur, combien les quatre-vingts millions d'arpents donneront-ils de revenu, estimé en argent?

### LE GÉOMÈTRE

Le compte est tout fait : cela produit par an deux milliards quatre cents millions de livres numéraires au cours de ce jour.

### L'HOMME AUX QUARANTE ÉCUS

J'ai lu que Salomon possédait lui seul vingt-cinq milliards d'argent comptant; et certainement il n'y a pas deux milliards quatre cents millions d'espèces circulantes dans la France, qu'on m'a dit être beaucoup plus grande et plus riche que le pays de Salomon.

### LE GÉOMÈTRE

C'est là le mystère : il y a peut-être à présent environ neuf cents millions d'argent circulant dans le royaume, et cet argent, passant de main en main, suffit pour payer toutes les denrées et tous les travaux; le même écu peut passer mille fois de la poche du cultivateur dans celle du cabaretier et du commis des aides.

### L'HOMME AUX QUARANTE ÉCUS

J'entends. Mais vous m'avez dit que nous sommes vingt millions d'habitants, hommes et femmes, vieillards et enfants : combien pour chacun, s'il vous plaît?

### LE GÉOMÈTRE

Cent vingt livres, ou quarante écus.

### L'HOMME AUX QUARANTE ÉCUS

Vous avez deviné tout juste mon revenu : j'ai quatre arpents qui, en comptant les années de repos mêlées avec les années de produit, me valent cent vingt livres; c'est peu de chose.

Quoi! si chacun avait une portion égale, comme dans l'âge d'or, chacun n'aurait que cinq louis d'or par an?

### LE GÉOMÈTRE

Pas davantage, suivant notre calcul, que j'ai un peu enflé. Tel

est l'état de la nature humaine. La vie et la fortune sont bien bornées : on ne vit à Paris, l'un portant l'autre, que vingt-deux à vingt-trois ans ; l'un portant l'autre, on n'a tout au plus que cent vingt livres par an à dépenser : c'est-à-dire que votre nourriture, votre vêtement, votre logement, vos meubles, sont représentés par la somme de cent vingt livres.

### L'HOMME AUX QUARANTE ÉCUS

Hélas ! que vous ai-je fait pour m'ôter ainsi la fortune et la vie ? Est-il vrai que je n'aie que vingt-trois ans à vivre, à moins que je ne vole la part de mes camarades.

### LE GÉOMÈTRE

Cela est incontestable dans la bonne ville de Paris ; mais de ces vingt-trois ans il en faut retrancher au moins dix de votre enfance : car l'enfance n'est pas une jouissance de la vie, c'est une préparation, c'est le vestibule de l'édifice, c'est l'arbre qui n'a pas encore donné de fruits, c'est le crépuscule d'un jour. Retranchez des treize années qui vous restent le temps du sommeil et celui de l'ennui, c'est au moins la moitié : reste six ans et demi que vous passez dans le chagrin, les douleurs, quelques plaisirs, et l'espérance.

### L'HOMME AUX QUARANTE ÉCUS

Miséricorde ! votre compte ne va pas à trois ans d'une existence supportable.

### LE GÉOMÈTRE

Ce n'est pas ma faute. La nature se soucie fort peu des individus. Il y a d'autres insectes qui ne vivent qu'un jour, mais dont l'espèce dure à jamais. La nature est comme ces grands princes qui comptent pour rien la perte de quatre cent mille hommes, pourvu qu'ils viennent à bout de leurs augustes desseins.

### L'HOMME AUX QUARANTE ÉCUS

Quarante écus, et trois ans à vivre ! quelle ressource imagineriez-vous contre ces deux malédictions ?

### LE GÉOMÈTRE

Pour la vie, il faudrait rendre dans Paris l'air plus pur, que les hommes mangeassent moins, qu'ils fissent plus d'exercice, que les mères allaitassent leurs enfants, qu'on ne fût plus assez malavisé pour craindre l'inoculation : c'est ce que j'ai déjà dit, et pour la fortune, il n'y a qu'à se marier, et faire des garçons et des filles.

### L'HOMME AUX QUARANTE ÉCUS

Quoi ! le moyen de vivre commodément est d'associer ma misère à celle d'un autre ?

### LE GÉOMÈTRE

Cinq ou six misères ensemble font un établissement très tolérable. Ayez une brave femme, deux garçons et deux filles seulement, cela fait sept cent vingt livres pour votre petit ménage, supposé que justice soit faite, et que chaque individu ait cent vingt livres de rente. Vos enfants en bas âge ne vous coûtent presque rien ; devenus grands, ils vous soulagent ; leurs secours mutuels vous sauvent presque toutes les dépenses, et vous vivez très heureusement en philosophe, pourvu que ces messieurs qui gouvernent l'État n'aient pas la barbarie de vous extorquer à chacun vingt écus par an ; mais le malheur est que nous ne sommes plus dans l'âge d'or, où les hommes, nés tous égaux, avaient également part aux productions succulentes d'une terre non cultivée. Il s'en faut beaucoup aujourd'hui que chaque être à deux mains et à deux pieds possède un fonds de cent vingt livres de revenu.

### L'HOMME AUX QUARANTE ÉCUS

Ah ! vous nous ruinez. Vous nous disiez tout à l'heure que dans un pays où il y a quatre-vingts millions d'arpents de terre assez bonne, et vingt millions d'habitants, chacun doit jouir de cent vingt livres de rente, et vous nous les ôtez.

### LE GÉOMÈTRE

Je comptais suivant les registres du siècle d'or, et il faut compter suivant le siècle de fer. Il y a beaucoup d'habitants qui n'ont que la valeur de dix écus de rente, d'autres qui n'en ont

que quatre ou cinq, et plus de six millions d'hommes qui n'ont absolument rien.

### L'homme aux quarante écus

Mais ils mourraient de faim au bout de trois jours.

### Le géomètre

Point du tout : les autres qui possèdent leurs portions les font travailler, et partagent avec eux ; c'est ce qui paye le théologien, le confiturier, l'apothicaire, le prédicateur, le comédien, le procureur et le fiacre. Vous vous êtes cru à plaindre de n'avoir que cent vingt livres à dépenser par an, réduites à cent huit livres à cause de votre taxe de douze francs ; mais regardez les soldats qui donnent leur sang pour la patrie : ils ne disposent, à quatre sous par jour, que de soixante et treize livres, et ils vivent gaiement en s'associant par chambrées.

### L'homme aux quarante écus

Ainsi donc un ex-jésuite a plus de cinq fois la paye du soldat. Cependant les soldats ont rendu plus de services à l'État sous les yeux du roi à Fontenoy, à Laufelt, au siège de Fribourg, que n'en a jamais rendu le révérend père La Valette.

### Le géomètre

Rien n'est plus vrai ; et même chaque jésuite devenu libre a plus à dépenser qu'il ne coûtait à son couvent : il y en a même qui ont gagné beaucoup d'argent à faire des brochures contre les parlements, comme le révérend père Patouillet et le révérend père Nonotte. Chacun s'ingénie dans ce monde : l'un est à la tête d'une manufacture d'étoffes ; l'autre de porcelaine ; un autre entreprend l'opéra ; celui-ci fait la gazette ecclésiastique ; cet autre, une tragédie bourgeoise, ou un roman dans le goût anglais ; il entretient le papetier, le marchand d'encre, le libraire, le colporteur, qui sans lui demanderaient l'aumône. Ce n'est enfin que la restitution de cent vingt livres à ceux qui n'ont rien qui fait fleurir l'État.

### L'homme aux quarante écus

Parfaite manière de fleurir !

## LE GÉOMÈTRE

Il n'y en a point d'autre : par tout pays le riche fait vivre le pauvre. Voilà l'unique source de l'industrie du commerce. Plus la nation est industrieuse, plus elle gagne sur l'étranger. Si nous attrapions de l'étranger dix millions par an pour la balance du commerce, il y aurait dans vingt ans deux cents millions de plus dans l'État : ce serait dix francs de plus à répartir loyalement sur chaque tête, c'est-à-dire que les négociants feraient gagner à chaque pauvre dix francs de plus dans l'espérance de faire des gains encore plus considérables ; mais le commerce a ses bornes, comme la fertilité de la terre : autrement la progression irait à l'infini ; et puis il n'est pas sûr que la balance de notre commerce nous soit toujours favorable : il y a des temps où nous perdons.

## L'HOMME AUX QUARANTE ÉCUS

J'ai entendu parler beaucoup de population. Si nous nous avisions de faire le double d'enfants de ce que nous en faisons, si notre patrie était peuplée du double, si nous avions quarante millions d'habitants au lieu de vingt, qu'arriverait-il ?

## LE GÉOMÈTRE

Il arriverait que chacun n'aurait à dépenser que vingt écus, l'un portant l'autre, ou qu'il faudrait que la terre rendît le double de ce qu'elle rend, ou qu'il y aurait le double de pauvres, ou qu'il faudrait avoir le double d'industrie, et gagner le double sur l'étranger, ou envoyer la moitié de la nation en Amérique, ou que la moitié de la nation mangeât l'autre.

## L'HOMME AUX QUARANTE ÉCUS

Contentons-nous donc de nos vingt millions d'hommes, et de nos cent vingt livres par tête, réparties comme il plaît à Dieu ; mais cette situation est triste, et votre siècle de fer est bien dur.

## LE GÉOMÈTRE

Il n'y a aucune nation qui soit mieux, et il en est beaucoup qui sont plus mal. Croyez-vous qu'il y ait dans le Nord de quoi donner la valeur de cent vingt livres à chaque habitant ? S'ils avaient eu l'équivalent, les Huns, les Goths, les Vandales et les

Francs n'auraient pas déserté leur patrie pour aller s'établir ailleurs, le fer et la flamme à la main.

### L'HOMME AUX QUARANTE ÉCUS

Si je vous laissais dire, vous me persuaderiez bientôt que je suis heureux avec mes cent vingt francs.

### LE GÉOMÈTRE

Si vous pensiez être heureux, en ce cas vous le seriez.

### L'HOMME AUX QUARANTE ÉCUS

On ne peut s'imaginer être ce qu'on n'est pas, à moins qu'on ne soit fou.

### LE GÉOMÈTRE

Je vous ai déjà dit que, pour être plus à votre aise et plus heureux que vous n'êtes, il faut que vous preniez une femme ; mais j'ajouterai qu'elle doit avoir comme vous cent vingt livres de rente, c'est-à-dire quatre arpents à dix écus l'arpent. Les anciens Romains n'en avaient chacun que trois. Si vos enfants sont industrieux, ils pourront en gagner chacun autant en travaillant pour les autres.

### L'HOMME AUX QUARANTE ÉCUS

Ainsi ils ne pourront avoir de l'argent sans que d'autres en perdent.

### LE GÉOMÈTRE

C'est la loi de toutes les nations ; on ne respire qu'à ce prix.

### L'HOMME AUX QUARANTE ÉCUS

Et il faudra que ma femme et moi nous donnions chacun la moitié de notre récolte à la puissance législatrice et exécutrice, et que les nouveaux ministres d'État nous enlèvent la moitié du prix de nos sueurs et de la substance de nos pauvres enfants avant qu'ils puissent gagner leur vie ! Dites-moi, je vous prie, combien nos nouveaux ministres font entrer d'argent de droit divin dans les coffres du roi.

### LE GÉOMÈTRE

Vous payez vingt écus pour quatre arpents qui vous en rapportent quarante. L'homme riche qui possède quatre cents arpents payera deux mille écus par ce nouveau tarif, et les quatre-vingts millions d'arpents rendront au roi douze cents millions de livres par année, ou quatre cents millions d'écus.

### L'HOMME AUX QUARANTE ÉCUS

Cela me paraît impraticable et impossible.

### LE GÉOMÈTRE

Vous avez très grande raison, et cette impossibilité est une démonstration géométrique qu'il y a un vice fondamental de raisonnement dans nos nouveaux ministres.

### L'HOMME AUX QUARANTE ÉCUS

N'y a-t-il pas aussi une prodigieuse injustice démontrée à me prendre la moitié de mon blé, de mon chanvre, de la laine de mes moutons, etc., et de n'exiger aucun secours de ceux qui auront gagné dix ou vingt, ou trente mille livres de rente avec mon chanvre, dont ils ont tissu de la toile ; avec ma laine, dont ils ont fabriqué des draps ; avec mon blé, qu'ils auront vendu plus cher qu'ils ne l'ont acheté ?

### LE GÉOMÈTRE

L'injustice de cette administration est aussi évidente que son calcul est erroné, Il faut que l'industrie soit favorisée ; mais il faut que l'industrie opulente secoure l'État. Cette industrie vous a certainement ôté une partie de vos cent vingt livres, et se les est appropriées en vous vendant vos chemises et votre habit vingt fois plus cher qu'ils ne vous auraient coûté si vous les aviez faits vous-même. Le manufacturier, qui s'est enrichi à vos dépens, a, je l'avoue, donné un salaire à ses ouvriers, qui n'avaient rien par eux-mêmes ; mais il a retenu pour lui, chaque année, une somme qui lui a valu enfin trente mille livres de rente : il a donc acquis cette fortune à vos dépens ; vous ne pourrez jamais lui vendre vos denrées assez cher pour vous rembourser de ce qu'il a gagné sur vous : car, si vous tentiez ce surhaussement, il en ferait venir de l'étranger à meilleur prix.

Une preuve que cela est ainsi, c'est qu'il reste toujours posses-
seur de ses trente mille livres de rente, et vous restez avec vos
cent vingt livres, qui diminuent souvent, bien loin d'augmenter.

Il est donc nécessaire et équitable que l'industrie raffinée du
négociant paye plus que l'industrie grossière du laboureur. Il en
est de même des receveurs des deniers publics. Votre taxe avait
été jusqu'ici de douze francs avant que nos grands ministres
vous eussent pris vingt écus. Sur ces douze francs, le publicain
retenait dix sols pour lui. Si dans votre province il y a cinq cent
mille âmes, il aura gagné deux cent cinquante mille francs par
an. Qu'il en dépense cinquante, il est clair qu'au bout de dix
ans il aura deux millions de bien. Il est très juste qu'il contribue
à proportion, sans quoi tout serait perverti et bouleversé.

### L'HOMME AUX QUARANTE ÉCUS

Je vous remercie d'avoir taxé ce financier, cela soulage mon
imagination ; mais puisqu'il a si bien augmenté son superflu,
comment puis-je faire pour accroître aussi ma petite fortune ?

### LE GÉOMÈTRE

Je vous l'ai déjà dit, en vous mariant, en travaillant, en
tâchant de tirer de votre terre quelques gerbes de plus que ce
qu'elle vous produisait.

### L'HOMME AUX QUARANTE ÉCUS

Je suppose que j'aie bien travaillé ; que toute la nation en ait
fait autant ; que la puissance législatrice et exécutrice en ait
reçu un plus gros tribut : combien la nation a-t-elle gagné au
bout de l'année ?

### LE GÉOMÈTRE

Rien du tout ; à moins qu'elle n'ait fait un commerce étranger
utile ; mais elle aura vécu plus commodément. Chacun aura eu à
proportion plus d'habits, de chemises, de meubles, qu'il n'en avait
auparavant. Il y aura eu dans l'État une circulation plus abondante ;
les salaires auront été augmentés avec le temps à peu près en pro-
portion du nombre de gerbes de blé, de toisons de moutons, de
cuirs de bœufs, de cerfs et de chèvres, qui auront été employés, de
grappes de raisin qu'on aura foulées dans le pressoir. On aura payé

au roi plus de valeurs de denrées en argent, et le roi aura rendu plus de valeurs à tous ceux qu'il aura fait travailler sous ses ordres; mais il n'y aura pas un écu de plus dans le royaume.

### L'HOMME AUX QUARANTE ÉCUS

Que restera-t-il donc à la puissance au bout de l'année?

### LE GÉOMÈTRE

Rien, encore une fois; c'est ce qui arrive à toute puissance : elle ne thésaurise pas; elle a été nourrie, vêtue, logée, meublée; tout le monde l'a été aussi, chacun suivant son état; et, si elle thésaurise, elle a arraché à la circulation autant d'argent qu'elle en a entassé; elle a fait autant de malheureux qu'elle a mis de fois quarante écus dans ses coffres.

### L'HOMME AUX QUARANTE ÉCUS

Mais ce grand Henri IV n'était donc qu'un vilain, un ladre, un pillard : car on m'a conté qu'il avait encaqué dans la Bastille plus de cinquante millions de notre monnaie d'aujourd'hui?

### LE GÉOMÈTRE

C'était un homme aussi bon, aussi prudent que valeureux. Il allait faire une juste guerre, et en amassant dans ses coffres vingt-deux millions de son temps, en ayant encore à recevoir plus de vingt autres qu'il laissait circuler, il épargnait à son peuple plus de cent millions qu'il en aurait coûté s'il n'avait pas pris ces utiles mesures. Il se rendait moralement sûr du succès contre un ennemi qui n'avait pas les mêmes précautions. Le calcul des probabilités était prodigieusement en sa faveur. Ces vingt-deux millions encaissés prouvaient qu'il y avait alors dans le royaume la valeur de vingt-deux millions d'excédent dans les biens de la terre : ainsi personne ne souffrait.

### L'HOMME AUX QUARANTE ÉCUS

Mon vieillard me l'avait bien dit qu'on était à proportion plus riche sous l'administration du duc de Sully que sous celle des nouveaux ministres, qui ont mis l'impôt unique, et qui m'ont pris vingt écus sur quarante. Dites-moi, je vous prie, y a-t-il une nation au monde qui jouisse de ce beau bénéfice de l'impôt unique?

#### LE GÉOMÈTRE

Pas une nation opulente. Les Anglais, qui ne rient guère, se sont mis à rire quand ils ont appris que des gens d'esprit avaient proposé parmi nous cette administration. Les Chinois exigent une taxe de tous les vaisseaux marchands qui abordent à Kanton ; les Hollandais payent à Nangasaqui, quand ils sont reçus au Japon, sous prétexte qu'ils ne sont pas chrétiens ; les Lapons et les Samoyèdes, à la vérité, sont soumis à un impôt unique en peaux de martres ; la république de Saint-Marin ne paye que des dîmes pour entretenir l'État dans sa splendeur.

Il y a dans notre Europe une nation célèbre par son équité et par sa valeur qui ne paye aucune taxe : c'est le peuple helvétien. Mais voici ce qui est arrivé : ce peuple s'est mis à la place des ducs d'Autriche et de Zeringue ; les petits cantons sont démocratiques et très pauvres ; chaque habitant y paye une somme très modique pour les besoins de la petite république. Dans les cantons riches, on est chargé envers l'État des redevances que les archiducs d'Autriche et les seigneurs fonciers exigeaient : les cantons protestants sont à proportion du double plus riches que les catholiques, parce que l'État y possède les biens des moines. Ceux qui étaient sujets des archiducs d'Autriche, des ducs de Zeringue, et des moines, le sont aujourd'hui de la patrie ; ils payent à cette patrie les mêmes dîmes, les mêmes droits, les mêmes lods et ventes qu'ils payaient à leurs anciens maîtres ; et, comme les sujets en général ont très peu de commerce, le négoce n'est assujetti à aucune charge, excepté de petits droits d'entrepôt : les hommes trafiquent de leur valeur avec les puissances étrangères, et se vendent pour quelques années, ce qui fait entrer quelque argent dans leur pays à nos dépens ; et c'est un exemple aussi unique dans le monde policé que l'est l'impôt établi par vos nouveaux législateurs.

#### L'HOMME AUX QUARANTE ÉCUS

Ainsi, monsieur, les Suisses ne sont pas de droit divin dépouillés de la moitié de leurs biens ; et celui qui possède quatre vaches n'en donne pas deux à l'État ?

#### LE GÉOMÈTRE

Non, sans doute. Dans un canton, sur treize tonneaux de vin

on en donne un et on en boit douze. Dans un autre canton, on paye la douzième partie et on en boit onze.

### L'HOMME AUX QUARANTE ÉCUS

Ah! qu'on me fasse Suisse! Le maudit impôt que l'impôt unique et inique qui m'a réduit à demander l'aumône! Mais trois ou quatre cents impôts, dont les noms même me sont impossibles à retenir et à prononcer, sont-ils plus justes et plus honnêtes? Y a-t-il jamais eu un législateur qui, en fondant un État, ait imaginé de créer des conseillers du roi mesureurs de charbons, jaugeurs de vin, mouleurs de bois, langueyeurs de porcs, contrôleurs de beurre salé? d'entretenir une armée de faquins deux fois plus nombreuse que celle d'Alexandre, commandée par soixante généraux qui mettent le pays à contribution, qui remportent des victoires signalées tous les jours, qui font des prisonniers, et qui quelquefois les sacrifient en l'air ou sur un petit théâtre de planches, comme faisaient les anciens Scythes, à ce que m'a dit mon curé?

Une telle législation, contre laquelle tant de cris s'élevaient, et qui faisait verser tant de larmes, valait-elle mieux que celle qui m'ôte tout d'un coup nettement et paisiblement la moitié de mon existence? J'ai peur qu'à bien compter on ne m'en prît en détail les trois quarts sous l'ancienne finance.

### LE GÉOMÈTRE

*Iliacos intra muros peccatur et extra.*
*Est modus in rebus. Caveas ne quid nimis.*

### L'HOMME AUX QUARANTE ÉCUS

J'ai appris un peu d'histoire et de géométrie, mais je ne sais pas le latin.

### LE GÉOMÈTRE

Cela signifie à peu près : « On a tort des deux côtés. Gardez le milieu en tout. Rien de trop. »

### L'HOMME AUX QUARANTE ÉCUS

Oui, rien de trop, c'est ma situation; mais je n'ai pas assez.

### LE GÉOMÈTRE

Je conviens que vous périrez de faim, et moi aussi, et l'État aussi, supposé que la nouvelle administration dure seulement deux ans ; mais il faut espérer que Dieu aura pitié de nous.

### L'HOMME AUX QUARANTE ÉCUS

On passe sa vie à espérer, et on meurt en espérant. Adieu, monsieur ; vous m'avez instruit, mais j'ai le cœur navré.

### LE GÉOMÈTRE

C'est souvent le fruit de la science.

## Aventure avec un carme

Quand j'eus bien remercié l'académicien de l'Académie des sciences de m'avoir mis au fait, je m'en allai tout pantois, louant la Providence, mais grommelant entre mes dents ces tristes paroles : « Vingt écus de rente seulement pour vivre, et n'avoir que vingt-deux ans à vivre ! » Hélas ! puisse notre vie être encore plus courte, puisqu'elle est si malheureuse !

Je me trouvai bientôt vis-à-vis d'une maison superbe. Je sentais déjà la faim ; je n'avais pas seulement la cent vingtième partie de la somme qui appartient de droit à chaque individu ; mais, dès qu'on m'eut appris que ce palais était le couvent des révérends pères carmes déchaussés, je conçus de grandes espérances, et je dis : « Puisque ces saints sont assez humbles pour marcher pieds nus, ils seront assez charitables pour me donner à dîner. »

Je sonnai ; un carme vint : « Que voulez-vous, mon fils ? — Du pain, mon révérend père ; les nouveaux édits m'ont tout ôté. — Mon fils, nous demandons nous-mêmes l'aumône ; nous ne la faisons pas. — Quoi ! votre saint institut vous ordonne de n'avoir pas de souliers, et vous avez une maison de prince, et vous me refusez à manger ! — Mon fils, il est vrai que nous sommes sans souliers et sans bas : c'est une dépense de moins ; mais nous n'avons pas plus froid aux pieds qu'aux mains ; et si notre saint institut nous avait ordonné d'aller cul nu, nous n'aurions point froid au derrière. À l'égard de notre belle maison,

nous l'avons aisément bâtie, parce que nous avons cent mille livres de rente en maisons dans la même rue. — Ah! ah! vous me laissez mourir de faim, et vous avez cent mille livres de rente! Vous en rendez donc cinquante mille au nouveau gouvernement? — Dieu nous préserve de payer une obole! Le seul produit de la terre cultivée par des mains laborieuses, endurcies de calus et mouillées de larmes, doit des tributs à la puissance législatrice et exécutrice. Les aumônes qu'on nous a données nous ont mis en état de faire bâtir ces maisons, dont nous tirons cent mille livres par an; mais ces aumônes venant des fruits de la terre, ayant déjà payé le tribut, elles ne doivent pas payer deux fois : elles ont sanctifié les fidèles qui se sont appauvris en nous enrichissant, et nous continuons à demander l'aumône et à mettre à contribution le faubourg Saint-Germain pour sanctifier encore les fidèles. » Ayant dit ces mots, le carme me ferma la porte au nez.

Je passai par-devant l'hôtel des mousquetaires gris; je contai la chose à un de ces messieurs : ils me donnèrent un bon dîner et un écu. L'un d'eux proposa d'aller brûler le couvent; mais un mousquetaire plus sage lui montra que le temps n'était pas encore venu, et le pria d'attendre encore deux ou trois ans.

## Audience de monsieur le contrôleur général

J'allai, avec mon écu, présenter un placet à monsieur le contrôleur général, qui donnait audience ce jour-là.

Son antichambre était remplie de gens de toute espèce. Il y avait surtout des visages encore plus pleins, des ventres plus rebondis, des mines plus fières que mon homme aux huit millions. Je n'osais m'approcher; je les voyais, et ils ne me voyaient pas.

Un moine, gros décimateur, avait intenté un procès à des citoyens qu'il appelait *ses paysans*. Il avait déjà plus de revenu que la moitié de ses paroissiens ensemble, et de plus il était seigneur de fief. Il prétendait que ses vassaux, ayant converti avec des peines extrêmes leurs bruyères en vignes, ils lui devaient la dixième partie de leur vin, ce qui faisait, en comptant le prix du travail et des échalas, et des futailles, et du cellier, plus du quart

de la récolte. « Mais comme les dîmes, disait-il, sont de droit divin, je demande le quart de la substance de mes paysans au nom de Dieu. » Le ministre lui dit : « Je vois combien vous êtes charitable ! »

Un fermier général, fort intelligent dans les aides, lui dit alors : « Monseigneur, ce village ne peut rien donner à ce moine : car, ayant fait payer aux paroissiens l'année passée trente-deux impôts pour leur vin, et les ayant fait condamner ensuite à payer le trop bu, ils sont entièrement ruinés. J'ai fait vendre leurs bestiaux et leurs meubles, ils sont encore mes redevables. Je m'oppose aux prétentions du révérend père. »

— Vous avez raison d'être son rival, repartit le ministre ; vous aimez l'un et l'autre également votre prochain, et vous m'édifiez tous deux.

Un troisième, moine et seigneur, dont les paysans sont mainmortables, attendait aussi un arrêt du conseil qui le mît en possession de tout le bien d'un badaud de Paris, qui, ayant par inadvertance demeuré un an et un jour dans une maison sujette à cette servitude et enclavée dans les États de ce prêtre, y était mort au bout de l'année. Le moine réclamait tout le bien du badaud, et cela de droit divin.

Le ministre trouva le cœur du moine aussi juste et aussi tendre que les deux premiers.

Un quatrième, qui était contrôleur du domaine, présenta un beau mémoire par lequel il se justifiait d'avoir réduit vingt familles à l'aumône. Elles avaient hérité de leurs oncles ou tantes, ou frères, ou cousins ; il avait fallu payer les droits. Le domanier leur avait prouvé généreusement qu'elles n'avaient pas assez estimé leurs héritages, qu'elles étaient beaucoup plus riches qu'elles ne croyaient, et, en conséquence, les ayant condamnées à l'amende du triple, les ayant ruinées en frais, et fait mettre en prison les pères de famille, il avait acheté leurs meilleures possessions sans bourse délier.

Le contrôleur général lui dit (d'un ton un peu amer à la vérité) : « *Euge !* contrôleur *bone et fidelis ; quia supra pauca fuisti fidelis,* fermier général *te constituam* \*. » Cependant il dit tout bas à un maître des requêtes qui était à côté de lui : « Il

---

\*. Je me fis expliquer ces paroles par un savant à quarante écus : elles me réjouirent.

faudra bien faire rendre gorge à ces sangsues sacrées et à ces sangsues profanes : il est temps de soulager le peuple, qui, sans nos soins et notre équité, n'aurait jamais de quoi vivre que dans l'autre monde *. »

Des hommes d'un génie profond lui présentèrent des projets. L'un avait imaginé de mettre des impôts sur l'esprit. « Tout le monde, disait-il, s'empressera de payer, personne ne voulant passer pour un sot. » Le ministre lui dit : « Je vous déclare exempt de la taxe. »

Un autre proposa d'établir l'impôt unique sur les chansons et sur le rire, attendu que la nation était la plus gaie du monde, et qu'une chanson la consolait de tout ; mais le ministre observa que depuis quelque temps on ne faisait plus guère de chansons plaisantes, et il craignit que, pour échapper à la taxe, on ne devînt trop sérieux.

Vint un sage et brave citoyen qui offrit de donner au roi trois fois plus, en faisant payer par la nation trois fois moins. Le ministre lui conseilla d'apprendre l'arithmétique.

Un cinquième prouvait au roi, *par amitié,* qu'il ne pouvait recueillir que soixante et quinze millions ; mais qu'il allait lui en donner deux cent vingt-cinq. « Vous me ferez plaisir, dit le ministre, quand nous aurons payé les dettes de l'État. »

Enfin arriva un commis de l'auteur nouveau qui fait la puissance législatrice copropriétaire de toutes nos terres par le droit divin, et qui donnait au roi douze cents millions de rente. Je reconnus l'homme qui m'avait mis en prison pour n'avoir pas payé mes vingt écus. Je me jetai aux pieds de monsieur le contrôleur général, et je lui demandai justice ; il fit un grand éclat de rire, et me dit que c'était un tour qu'on m'avait joué. Il ordonna à ces mauvais plaisants de me donner cent écus de dédommagement, et m'exempta de taille pour le reste de ma vie. Je lui dis : « Monseigneur, Dieu vous bénisse ! »

---

*. Le cas à peu près semblable est arrivé dans la province que j'habite, et le contrôleur du domaine a été forcé à faire restitution ; mais il n'a pas été puni.

## Lettre à l'homme aux quarante écus

Quoique je sois trois fois aussi riche que vous, c'est-à-dire quoique je possède trois cent soixante livres ou francs de revenu, je vous écris cependant comme d'égal à égal, sans affecter l'orgueil des grandes fortunes.

J'ai lu l'histoire de votre désastre et de la justice que monsieur le contrôleur général vous a rendue; je vous en fais mon compliment; mais par malheur je viens de lire le *Financier citoyen,* malgré la répugnance que m'avait inspirée le titre, qui paraît contradictoire à bien des gens. Ce citoyen vous ôte vingt francs de vos rentes, et à moi soixante : il n'accorde que cent francs à chaque individu sur la totalité des habitants; mais, en récompense, un homme non moins illustre enfle nos rentes jusqu'à cent cinquante livres; je vois que votre géomètre a pris un juste milieu. Il n'est point de ces magnifiques seigneurs qui d'un trait de plume peuplent Paris d'un million d'habitants, et vous font rouler quinze cents millions d'espèces sonnantes dans le royaume, après tout ce que nous en avons perdu dans nos guerres dernières.

Comme vous êtes grand lecteur, je vous prêterai le *Financier citoyen*; mais n'allez pas le croire en tout : il cite le testament du grand ministre Colbert, et il ne sait pas que c'est une rapsodie ridicule faite par un Gatien de Courtilz; il cite la *Dîme* du maréchal de Vauban, et il ne sait pas qu'elle est d'un Boisguilbert; il cite le testament du cardinal de Richelieu, et il ne sait pas qu'il est de l'abbé de Bourzeis. Il suppose que ce cardinal assure que *quand la viande enchérit, on donne une paye plus forte au soldat.* Cependant la viande enchérit beaucoup sous son ministère, et la paye du soldat n'augmenta point : ce qui prouve, indépendamment de cent autres preuves, que ce livre reconnu pour supposé dès qu'il parut, et ensuite attribué au cardinal même, ne lui appartient pas plus que les testaments du cardinal Alberoni et du maréchal de Belle-Isle ne leur appartiennent.

Défiez-vous toute votre vie des testaments et des systèmes : j'en ai été la victime comme vous. Si les Solons et les Lycurgues modernes se sont moqués de vous, les nouveaux Triptolèmes se sont encore plus moqués de moi, et, sans une petite succession qui m'a ranimé, j'étais mort de misère.

J'ai cent vingt arpents labourables dans le plus beau pays de la nature, et le sol le plus ingrat. Chaque arpent ne rend, tous frais faits, dans mon pays, qu'un écu de trois livres. Dès que j'eus lu dans les journaux qu'un célèbre agriculteur avait inventé un nouveau semoir, et qu'il labourait sa terre par planches, afin qu'en semant moins il recueillît davantage, j'empruntai vite de l'argent, j'achetai un semoir, je labourai par planches ; je perdis ma peine et mon argent, aussi bien que l'illustre agriculteur qui ne sème plus par planches.

Mon malheur voulut que je lusse le *Journal économique,* qui se vend à Paris chez Boudot. Je tombai sur l'expérience d'un Parisien ingénieux qui, pour se réjouir, avait fait labourer son parterre quinze fois, et y avait semé du froment, au lieu d'y planter des tulipes ; il eut une récolte très abondante. J'empruntai encore de l'argent. « Je n'ai qu'à donner trente labours, me disais-je, j'aurai le double de la récolte de ce digne Parisien, qui s'est formé des principes d'agriculture à l'Opéra et à la Comédie ; et me voilà enrichi par ses leçons et par son exemple. »

Labourer seulement quatre fois dans mon pays est une chose impossible ; la rigueur et les changements soudains des saisons ne le permettent pas ; et d'ailleurs le malheur que j'avais eu de semer par planches, comme l'illustre agriculteur dont j'ai parlé, m'avait forcé à vendre mon attelage. Je fais labourer trente fois mes cent vingt arpents par toutes les charrues qui sont à quatre lieues à la ronde. Trois labours pour chaque arpent coûtent douze livres, c'est un prix fait ; il fallut donner trente façons par arpent ; le labour de chaque arpent me coûta cent vingt livres : la façon de mes cent vingt arpents me revint à quatorze mille quatre cents livres. Ma récolte, qui se monte, année commune, dans mon maudit pays, à trois cents setiers, monta, il est vrai, à trois cent trente, qui, à vingt livres le setier, me produisirent six mille six cents livres : je perdis sept mille huit cents livres ; il est vrai que j'eus la paille.

J'étais ruiné, abîmé, sans une vieille tante qu'un grand médecin dépêcha dans l'autre monde, en raisonnant aussi bien en médecine que moi en agriculture.

Qui croirait que j'eus encore la faiblesse de me laisser séduire par le *Journal* de Boudot ? Cet homme-là, après tout, n'avait pas juré ma perte. Je lis dans son recueil qu'il n'y a qu'à faire une

avance de quatre mille francs pour avoir quatre mille livres de
rente en artichauts : certainement Boudot me rendra en artichauts
ce qu'il m'a fait perdre en blé. Voilà mes quatre mille francs
dépensés, et mes artichauts mangés par des rats de campagne. Je
fus hué dans mon canton comme le diable de Papefiguière.

J'écrivais une lettre de reproche fulminante à Boudot. Pour
toute réponse le traître s'égaya dans son *Journal* à mes dépens. Il
me nia impudemment que les Caraïbes fussent nés rouges ; je fus
obligé de lui envoyer une attestation d'un ancien procureur du roi
de la Guadeloupe, comme quoi Dieu a fait les Caraïbes rouges
ainsi que les Nègres noirs. Mais cette petite victoire ne m'empê-
cha pas de perdre jusqu'au dernier sou toute la succession de ma
tante, pour avoir trop cru les nouveaux systèmes. Mon cher mon-
sieur, encore une fois, gardez-vous des charlatans.

## Nouvelles douleurs occasionnées
## par les nouveaux systèmes

### (CE PETIT MORCEAU EST TIRÉ
### DES MANUSCRITS D'UN VIEUX SOLITAIRE)

Je vois que si de bons citoyens se sont amusés à gouverner les
États, et à se mettre à la place des rois ; si d'autres se sont crus
des Triptolèmes et des Cérès, il y en a de plus fiers qui se sont
mis sans façon à la place de Dieu, et qui ont créé l'univers avec
leur plume, comme Dieu le créa autrefois par la parole.

Un des premiers qui se présenta à mes adorations fut un des-
cendant de Thalès, nommé Telliamed, qui m'apprit que les
montagnes et les hommes sont produits par les eaux de la mer.
Il y eut d'abord de beaux hommes marins qui ensuite devinrent
amphibies. Leur belle queue fourchue se changea en cuisses et
en jambes. J'étais encore tout plein des *Métamorphoses*
d'Ovide, et d'un livre où il était démontré que la race des
hommes était bâtarde d'une race de babouins : j'aimais autant
descendre d'un poisson que d'un singe.

Avec le temps j'eus quelques doutes sur cette généalogie, et
même sur la formation des montagnes. « Quoi ! me dit-il, vous
ne savez pas que les courants de la mer, qui jettent toujours du

sable à droite et à gauche à dix ou douze pieds de hauteur, tout au plus, ont produit, dans une suite infinie de siècles, des montagnes de vingt mille pieds de haut, lesquelles ne sont pas de sable ? Apprenez que la mer a nécessairement couvert tout le globe. La preuve en est qu'on a vu des ancres de vaisseau sur le mont Saint-Bernard, qui étaient là plusieurs siècles avant que les hommes eussent des vaisseaux. Figurez-vous que la terre est un globe de verre qui a été longtemps tout couvert d'eau. »

Plus il m'endoctrinait, plus je devenais incrédule. « Quoi donc ! me dit-il, n'avez-vous pas vu le falun de Touraine à trente-six lieues de la mer ? C'est un amas de coquilles avec lesquelles on engraisse la terre comme avec du fumier. Or, si la mer a déposé dans la succession des temps une mine entière de coquilles à trente-six lieues de l'Océan, pourquoi n'aura-t-elle pas été jusqu'à trois mille lieues pendant plusieurs siècles sur notre globe de verre ? »

Je lui répondis : « Monsieur Telliamed, il y a des gens qui font quinze lieues par jour à pied ; mais ils ne peuvent en faire cinquante. Je ne crois pas que mon jardin soit de verre ; et quant à votre falun, je doute encore qu'il soit un lit de coquilles de mer. Il se pourrait bien que ce ne fût qu'une mine de petites pierres calcaires qui prennent aisément la forme des fragments de coquilles, comme il y a des pierres qui sont figurées en langues, et qui ne sont point des langues ; en étoiles, et qui ne sont point des astres ; en serpents roulés sur eux-mêmes, et qui ne sont point des serpents ; en parties naturelles du beau sexe, et qui ne sont point pourtant les dépouilles des dames. On voit des dendrites, des pierres figurées, qui représentent des arbres et des maisons, sans que jamais ces petites pierres aient été des maisons et des chênes.

Si la mer avait déposé tant de lits de coquilles en Touraine, pourquoi aurait-elle négligé la Bretagne, la Normandie, la Picardie, et toutes les autres côtes ? J'ai bien peur que ce falun tant vanté ne vienne pas plus de la mer que les hommes. Et quand la mer se serait répandue à trente-six lieues, ce n'est pas à dire qu'elle ait été jusqu'à trois mille, et même jusqu'à trois cents, et que toutes les montagnes aient été produites par les eaux. J'aimerais autant dire que le Caucase a formé la mer, que de prétendre que la mer a fait le Caucase. »

— Mais, monsieur l'incrédule, que répondrez-vous aux huîtres pétrifiées qu'on a trouvées sur le sommet des Alpes?

— Je répondrai, monsieur le créateur, que je n'ai pas vu plus d'huîtres pétrifiées que d'ancres de vaisseau sur le haut du mont Cenis. Je répondrai ce qu'on a déjà dit, qu'on a trouvé des écailles d'huîtres (qui se pétrifient aisément) à de très grandes distances de la mer, comme on a déterré des médailles romaines à cent lieues de Rome; et j'aime mieux croire que des pèlerins de Saint-Jacques ont laissé quelques coquilles vers Saint-Maurice que d'imaginer que la mer a formé le mont Saint-Bernard.

Il y a des coquillages partout; mais est-il bien sûr qu'ils ne soient pas les dépouilles des testacés et des crustacés de nos lacs et de nos rivières, aussi bien que des petits poissons marins?

— Monsieur l'incrédule, je vous tournerai en ridicule dans le monde que je me propose de créer.

— Monsieur le créateur, à vous permis; chacun est le maître dans son monde; mais vous ne me ferez jamais croire que celui où nous sommes soit de verre, ni que quelques coquilles soient des démonstrations que la mer a produit les Alpes et le mont Taurus. Vous savez qu'il n'y a aucune coquille dans les montagnes d'Amérique. Il faut que ce ne soit pas vous qui ayez créé cet hémisphère, et que vous vous soyez contenté de former l'ancien monde : c'est bien assez.

— Monsieur, monsieur, si on n'a pas découvert de coquilles sur les montagnes d'Amérique, *on en découvrira.*

— Monsieur, c'est parler en créateur qui sait son secret, et qui est sûr de son fait. Je vous abandonne, si vous voulez, votre falun, pourvu que vous me laissiez mes montagnes. Je suis d'ailleurs le très humble et très obéissant serviteur de votre providence.

Dans le temps que je m'instruisais ainsi avec Telliamed, un jésuite irlandais déguisé en homme, d'ailleurs grand observateur, et ayant de bons microscopes, fit des anguilles avec de la farine de blé ergoté. On ne douta pas alors qu'on ne fît des hommes avec de la farine de bon froment. Aussitôt on créa des particules organiques qui composèrent des hommes. Pourquoi non? Le grand géomètre Fatio avait bien ressuscité des morts à

Londres : on pouvait tout aussi aisément faire à Paris des vivants avec des particules organiques ; mais, malheureusement les nouvelles anguilles de Needham ayant disparu, les nouveaux hommes disparurent aussi, et s'enfuirent chez les monades, qu'ils rencontrèrent dans le plein au milieu de la matière subtile, globuleuse, et cannelée.

Ce n'est pas que ces créateurs de systèmes n'aient rendu de grands services à la physique ; à Dieu ne plaise que je méprise leurs travaux ! On les a comparés à des alchimistes qui, en faisant de l'or (qu'on ne fait point), ont trouvé de bons remèdes, ou du moins des choses très curieuses. On peut être un homme d'un rare mérite, et se tromper sur la formation des animaux et sur la structure du globe.

Les poissons changés en hommes, et les eaux changées en montagnes, ne m'avaient pas fait autant de mal que M. Boudot. Je me bornais tranquillement à douter, lorsqu'un Lapon me prit sous sa protection. C'était un profond philosophe, mais qui ne pardonnait jamais aux gens qui n'étaient pas de son avis. Il me fit d'abord connaître clairement l'avenir en exaltant mon âme. Je fis de si prodigieux efforts d'exaltation que j'en tombai malade ; mais il me guérit en m'enduisant de poix-résine de la tête aux pieds. À peine fus-je en état de marcher qu'il me proposa un voyage aux terres australes pour y disséquer des têtes de géants, ce qui nous ferait connaître clairement la nature de l'âme. Je ne pouvais supporter la mer ; il eut la bonté de me mener par terre. Il fit creuser un grand trou dans le globe terraqué : ce trou allait droit chez les Patagons. Nous partîmes ; je me cassai une jambe à l'entrée du trou ; on eut beaucoup de peine à me redresser la jambe : il s'y forma un calus qui m'a beaucoup soulagé.

J'ai déjà parlé de tout cela dans une de mes diatribes pour instruire l'univers très attentif à ces grandes choses. Je suis bien vieux ; j'aime quelquefois à répéter mes contes, afin de les inculquer mieux dans la tête des petits garçons pour lesquels je travaille depuis si longtemps.

## Mariage de l'homme aux quarante écus

L'homme aux quarante écus s'étant beaucoup formé, et ayant fait une petite fortune, épousa une jolie fille qui possédait cent écus de rente. Sa femme devint bientôt grosse. Il alla trouver son géomètre, et lui demanda si elle lui donnerait un garçon ou une fille. Le géomètre lui répondit que les sages-femmes, les femmes de chambre, le savaient pour l'ordinaire ; mais que les physiciens, qui prédisent les éclipses, n'étaient pas si éclairés qu'elles.

Il voulut savoir ensuite si son fils ou sa fille avait déjà une âme. Le géomètre dit que ce n'était pas son affaire, et qu'il en fallait parler au théologien du coin.

L'homme aux quarante écus, qui était déjà l'homme aux deux cents écus pour le moins, demanda en quel endroit était son enfant. « Dans une petite poche, lui dit son ami, entre la vessie et l'intestin rectum. — Ô Dieu paternel ! s'écria-t-il, l'âme immortelle de mon fils née et logée entre de l'urine et quelque chose de pis ! — Oui, mon cher voisin, l'âme d'un cardinal n'a point eu d'autre berceau ; et avec cela on fait le fier, on se donne des airs. »

— Ah ! monsieur le savant, ne pourriez-vous point me dire comment les enfants se font ?

— Non, mon ami ; mais, si vous voulez, je vous dirai ce que les philosophes ont imaginé, c'est-à-dire comment les enfants ne se font point.

Premièrement, le révérend père Sanchez, dans son excellent livre *de Matrimonio,* est entièrement de l'avis d'Hippocrate ; il croit comme un article de foi que les deux véhicules fluides de l'homme et de la femme s'élancent et s'unissent ensemble, et que dans le moment l'enfant est conçu par cette union ; et il est si persuadé de ce système physique, devenu théologique, qu'il examine, chapitre XXI du livre second, *utrum virgo Maria semen emiserit in copulatione cum Spiritu Sancto.*

— Eh ! monsieur, je vous ai déjà dit que je n'entends pas le latin ; expliquez-moi en français l'oracle du père Sanchez.

Le géomètre lui traduisit le texte, et tous deux frémirent d'horreur.

Le nouveau marié, en trouvant Sanchez prodigieusement ridicule, fut pourtant assez content d'Hippocrate ; et il se flattait que

sa femme avait rempli toutes les conditions imposées par ce médecin pour faire un enfant.

« Malheureusement, lui dit le voisin, il y a beaucoup de femmes qui ne répandent aucune liqueur, qui ne reçoivent qu'avec aversion les embrassements de leurs maris, et qui cependant en ont des enfants. Cela seul décide contre Hippocrate et Sanchez.

De plus, il y a très grande apparence que la nature agit toujours dans les mêmes cas par les mêmes principes : or il y a beaucoup d'espèces d'animaux qui engendrent sans copulation, comme les poissons écaillés, les huîtres, les pucerons. Il a donc fallu que les physiciens cherchassent une mécanique de génération qui convînt à tous les animaux. Le célèbre Harvey, qui le premier démontra la circulation, et qui était digne de découvrir le secret de la nature, crut l'avoir trouvé dans les poules : elles pondent des œufs ; il jugea que les femmes pondaient aussi. Les mauvais plaisants dirent que c'est pour cela que les bourgeois, et même quelques gens de cour, appellent leur femme ou leur maîtresse *ma poule,* et qu'on dit que toutes les femmes sont coquettes, parce qu'elles voudraient que les coqs les trouvassent belles. Malgré ces railleries, Harvey ne changea point d'avis, et il fut établi dans toute l'Europe que nous venons d'un œuf. »

### L'HOMME AUX QUARANTE ÉCUS

Mais, monsieur, vous m'avez dit que la nature est toujours semblable à elle-même, qu'elle agit toujours par le même principe dans le même cas : les femmes, les juments, les ânesses, les anguilles, ne pondent point ; vous vous moquez de moi.

### LE GÉOMÈTRE

Elles ne pondent point en dehors, mais elles pondent en dedans ; elles ont des ovaires comme tous les oiseaux ; les juments, les anguilles, en ont aussi. Un œuf se détache de l'ovaire ; il est couvé dans la matrice. Voyez tous les poissons écaillés, les grenouilles : ils jettent des œufs, que le mâle féconde. Les baleines et les autres animaux marins de cette espèce font éclore leurs œufs dans leur matrice. Les mites, les teignes, les plus vils insectes, sont visiblement formés d'un œuf : tout vient d'un œuf ; et notre globe est un grand œuf qui contient tous les autres.

#### L'homme aux quarante écus

Mais vraiment ce système porte tous les caractères de la vérité ; il est simple, il est uniforme, il est démontré aux yeux dans plus de la moitié des animaux ; j'en suis fort content, je n'en veux point d'autre : les œufs de ma femme me sont fort chers.

#### Le géomètre

On s'est lassé à la longue de ce système : on a fait les enfants d'une autre façon.

#### L'homme aux quarante écus

Et pourquoi, puisque celle-là est si naturelle ?

#### Le géomètre

C'est qu'on a prétendu que nos femmes n'ont point d'ovaire, mais seulement de petites glandes.

#### L'homme aux quarante écus

Je soupçonne que des gens qui avaient un autre système à débiter ont voulu décréditer les œufs.

#### Le géomètre

Cela pourrait bien être. Deux Hollandais s'avisèrent d'examiner la liqueur séminale au microscope, celle de l'homme, celle de plusieurs animaux, et ils crurent y apercevoir des animaux déjà tout formés qui couraient avec une vitesse inconcevable. Ils en virent même dans le fluide séminal du coq. Alors on jugea que les mâles faisaient tout, et les femelles rien ; elles ne servirent plus qu'à porter le trésor que le mâle leur avait confié.

#### L'homme aux quarante écus

Voilà qui est bien étrange. J'ai quelques doutes sur tous ces petits animaux qui frétillent si prodigieusement dans une liqueur, pour être ensuite immobiles dans les œufs des oiseaux, et pour être non moins immobiles neuf mois, à quelques culbutes près, dans le ventre de la femme ; cela ne me paraît pas conséquent. Ce n'est pas, autant que j'en puis juger, la marche de la nature. Comment sont faits, s'il vous plaît, ces petits

hommes qui sont si bons nageurs dans la liqueur dont vous me parlez?

### LE GÉOMÈTRE

Comme des vermisseaux. Il y avait surtout un médecin, nommé Andry, qui voyait des vers partout, et qui voulait absolument détruire le système d'Harvey. Il aurait, s'il l'avait pu, anéanti la circulation du sang, parce qu'un autre l'avait découverte. Enfin deux Hollandais et monsieur Andry, à force de tomber dans le péché d'Onan et de voir les choses au microscope, réduisirent l'homme à être chenille. Nous sommes d'abord un ver comme elle; de là, dans notre enveloppe, nous devenons comme elle, pendant neuf mois, une vraie chrysalide, que les paysans appellent *fève*. Ensuite, si la chenille devient papillon, nous devenons hommes : voilà nos métamorphoses.

### L'HOMME AUX QUARANTE ÉCUS

Eh bien! s'en est-on tenu là? N'y a-t-il point eu depuis de nouvelle mode?

### LE GÉOMÈTRE

On s'est dégoûté d'être chenille. Un philosophe extrêmement plaisant a découvert dans une *Vénus physique* que l'attraction faisait les enfants; et voici comment la chose s'opère. Le germe étant tombé dans la matrice, l'œil droit attire l'œil gauche, qui arrive pour s'unir à lui en qualité d'œil; mais il en est empêché par le nez, qu'il rencontre en chemin, et qui l'oblige de se placer à gauche. Il en est de même des bras, des cuisses et des jambes, qui tiennent aux cuisses. Il est difficile d'expliquer, dans cette hypothèse, la situation des mamelles et des fesses. Ce grand philosophe n'admet aucun dessein de l'Être créateur dans la formation des animaux; il est bien loin de croire que le cœur soit fait pour recevoir le sang et pour le chasser, l'estomac pour digérer, les yeux pour voir, les oreilles pour entendre : cela lui paraît trop vulgaire; tout se fait par attraction.

### L'HOMME AUX QUARANTE ÉCUS

Voilà un maître fou. Je me flatte que personne n'a pu adopter une idée aussi extravagante.

### LE GÉOMÈTRE

On en rit beaucoup ; mais ce qu'il y eut de triste, c'est que cet insensé ressemblait aux théologiens, qui persécutent autant qu'ils le peuvent ceux qu'ils font rire.

D'autres philosophes ont imaginé d'autres manières qui n'ont pas fait une plus grande fortune : ce n'est plus le bras qui va chercher le bras ; ce n'est plus la cuisse qui court après la cuisse ; ce sont de petites molécules, de petites particules de bras et de cuisse qui se placent les unes sur les autres. On sera peut-être enfin obligé d'en revenir aux œufs, après avoir perdu bien du temps.

### L'HOMME AUX QUARANTE ÉCUS

J'en suis ravi ; mais quel a été le résultat de toutes ces disputes ?

### LE GÉOMÈTRE

Le doute. Si la question avait été débattue entre des théologaux, il y aurait eu des excommunications et du sang répandu ; mais entre des physiciens la paix est bientôt faite : chacun a couché avec sa femme, sans penser le moins du monde à son ovaire, ni à ses trompes de Fallope. Les femmes sont devenues grosses ou enceintes, sans demander seulement comment ce mystère s'opère. C'est ainsi que vous semez du blé, et que vous ignorez comment le blé germe en terre.

### L'HOMME AUX QUARANTE ÉCUS

Oh ! je le sais bien ; on me l'a dit il y a longtemps : c'est par pourriture. Cependant il me prend quelquefois des envies de rire de tout ce qu'on m'a dit.

### LE GÉOMÈTRE

C'est une fort bonne envie. Je vous conseille de douter de tout, excepté que les trois angles d'un triangle sont égaux à deux droits, et que les triangles qui ont même base et même hauteur sont égaux entre eux, ou autres propositions pareilles, comme, par exemple, que deux et deux font quatre.

### L'homme aux quarante écus

Oui, je crois qu'il est fort sage de douter; mais je sens que je suis curieux depuis que j'ai fait fortune et que j'ai du loisir. Je voudrais, quand ma volonté remue mon bras ou ma jambe, découvrir le ressort par lequel ma volonté les remue, car sûrement il y en a un. Je suis quelquefois tout étonné de pouvoir lever et abaisser mes yeux, et de ne pouvoir dresser mes oreilles. Je pense, et je voudrais connaître un peu… là… toucher au doigt ma pensée. Cela doit être fort curieux. Je cherche si je pense par moi-même, si Dieu me donne mes idées, si mon âme est venue dans mon corps à six semaines ou à un jour, comment elle s'est logée dans mon cerveau; si je pense beaucoup quand je dors profondément, et quand je suis en léthargie. Je me creuse la cervelle pour savoir comment un corps en pousse un autre. Mes sensations ne m'étonnent pas moins : j'y trouve du divin, et surtout dans le plaisir.

J'ai fait quelquefois mes efforts pour imaginer un nouveau sens, et je n'ai jamais pu y parvenir. Les géomètres savent toutes ces choses; ayez la bonté de m'instruire.

### Le géomètre

Hélas! nous sommes aussi ignorants que vous; adressez-vous à la Sorbonne.

## L'homme aux quarante écus, devenu père, raisonne sur les moines

Quand l'homme aux quarante écus se vit père d'un garçon, il commença à se croire un homme de quelque poids dans l'État; il espéra donner au moins dix sujets au roi, qui seraient tous utiles. C'était l'homme du monde qui faisait le mieux des paniers; et sa femme était une excellente couturière. Elle était née dans le voisinage d'une grosse abbaye de cent mille livres de rente. Son mari me demanda un jour pourquoi ces messieurs, qui étaient en petit nombre, avaient englouti tant de parts de quarante écus. « Sont-ils plus utiles que moi à la patrie? — Non, mon cher voisin. — Servent-ils comme moi à la population du pays? — Non, au moins en apparence. — Cultivent-ils la terre?

défendent-ils l'État quand il est attaqué ? — Non, ils prient Dieu pour vous. — Eh bien ! je prierai Dieu pour eux, et partageons. »

— Combien croyez-vous que les couvents renferment de ces gens utiles, soit en hommes, soit en filles, dans le royaume ?

— Par les mémoires des intendants, faits sur la fin du dernier siècle, il y en avait environ quatre-vingt-dix mille.

— Par notre ancien compte, ils ne devraient, à quarante écus par tête, posséder que dix millions huit cent mille livres : combien en ont-ils ?

— Cela va à cinquante millions, en comptant les messes et les quêtes des moines mendiants, qui mettent réellement un impôt considérable sur le peuple. Un frère quêteur d'un couvent de Paris s'est vanté publiquement que sa besace valait quatre-vingt mille livres de rente.

— Voyons combien cinquante millions répartis entre quatre-vingt-dix mille têtes tondues donnent à chacune.

— Cinq cent cinquante-cinq livres.

— C'est une somme considérable dans une société nombreuse, où les dépenses diminuent par la quantité même des consommateurs : car il en coûte bien moins à dix personnes pour vivre ensemble que si chacun avait séparément son logis et sa table.

Les ex-jésuites, à qui on donne aujourd'hui quatre cents livres de pension, ont donc réellement perdu à ce marché ?

— Je ne le crois pas : car ils sont presque tous retirés chez des parents qui les aident ; plusieurs disent la messe pour de l'argent, ce qu'ils ne faisaient pas auparavant ; d'autres se sont faits précepteurs ; d'autres ont été soutenus par des dévotes ; chacun s'est tiré d'affaire, et peut-être y en a-t-il peu aujourd'hui qui, ayant goûté du monde et de la liberté, voulussent reprendre leurs anciennes chaînes. La vie monacale, quoi qu'on en dise, n'est point du tout à envier. C'est une maxime assez connue que les moines sont des gens qui s'assemblent sans se connaître, vivent sans s'aimer, et meurent sans se regretter.

— Vous pensez donc qu'on leur rendrait un très grand service de les défroquer tous ?

— Ils y gagneraient beaucoup sans doute, et l'État encore davantage ; on rendrait à la patrie des citoyens et des citoyennes

qui ont sacrifié témérairement leur liberté dans un âge où les lois ne permettent pas qu'on dispose d'un fonds de dix sous de rente; on tirerait ces cadavres de leurs tombeaux : ce serait une vraie résurrection. Leurs maisons deviendraient des hôtels de ville, des hôpitaux, des écoles publiques, ou seraient affectées à des manufactures; la population deviendrait plus grande, tous les arts seraient mieux cultivés. On pourrait du moins diminuer le nombre de ces victimes volontaires en fixant le nombre des novices : la patrie aurait plus d'hommes utiles et moins de malheureux. C'est le sentiment de tous les magistrats, c'est le vœu unanime du public, depuis que les esprits sont éclairés. L'exemple de l'Angleterre et de tant d'autres États est une preuve évidente de la nécessité de cette réforme. Que ferait aujourd'hui l'Angleterre, si au lieu de quarante mille hommes de mer, elle avait quarante mille moines? Plus les arts se sont multipliés, plus le nombre des sujets laborieux est devenu nécessaire. Il y a certainement dans les cloîtres beaucoup de talents ensevelis qui sont perdus pour l'État. Il faut, pour faire fleurir un royaume, le moins de prêtres possible, et le plus d'artisans possible. L'ignorance et la barbarie de nos pères, loin d'être une règle pour nous, n'est qu'un avertissement de faire ce qu'ils feraient s'ils étaient en notre place avec nos lumières.

— Ce n'est donc point par haine contre les moines que vous voulez les abolir? C'est par pitié pour eux; c'est par amour pour la patrie. Je pense comme vous. Je ne voudrais point que mon fils fût moine; et si je croyais que je dusse avoir des enfants pour le cloître, je ne coucherais plus avec ma femme.

— Quel est en effet le bon père de famille qui ne gémisse de voir son fils et sa fille perdus pour la société? Cela s'appelle *se sauver*; mais un soldat qui se sauve quand il faut combattre est puni. Nous sommes tous des soldats de l'État; nous sommes à la solde de la société, nous devenons des déserteurs quand nous la quittons. Que dis-je? les moines sont des parricides qui étouffent une postérité tout entière. Quatre-vingt-dix mille cloîtrés, qui braillent ou qui nasillent du latin, pourraient donner à l'État chacun deux sujets : cela fait cent soixante mille hommes qu'ils font périr dans leur germe. Au bout de cent ans la perte est immense : cela est démontré.

Pourquoi donc le monachisme a-t-il prévalu? parce que le

gouvernement fut presque partout détestable et absurde depuis Constantin ; parce que l'empire romain eut plus de moines que de soldats ; parce qu'il y en avait cent mille dans la seule Égypte ; parce qu'ils étaient exempts de travail et de taxe ; parce que les chefs des nations barbares qui détruisirent l'empire, s'étant faits chrétiens pour gouverner des chrétiens, exercèrent la plus horrible tyrannie ; parce qu'on se jetait en foule dans les cloîtres pour échapper aux fureurs de ces tyrans, et qu'on se plongeait dans un esclavage pour en éviter un autre ; parce que les papes, en instituant tant d'ordres différents de fainéants sacrés, se firent autant de sujets dans les autres États ; parce qu'un paysan aime mieux être appelé *mon révérend père,* et donner des bénédictions, que de conduire la charrue ; parce qu'il ne sait pas que la charrue est plus noble que le froc ; parce qu'il aime mieux vivre aux dépens des sots que par un travail honnête ; enfin parce qu'il ne sait pas qu'en se faisant moine il se prépare des jours malheureux, tissus d'ennui et de repentir.

— Allons, monsieur, plus de moines, pour leur bonheur et pour le nôtre. Mais je suis fâché d'entendre dire au seigneur de mon village, père de quatre garçons et de trois filles, qu'il ne saura où les placer s'il ne fait pas ses filles religieuses.

— Cette allégation trop souvent répétée est inhumaine, anti-patriotique, destructive de la société.

Toutes les fois qu'on peut dire d'un état de vie, quel qu'il puisse être : si tout le monde embrassait cet état le genre humain serait perdu, il est démontré que cet état ne vaut rien, et que celui qui le prend nuit au genre humain autant qu'il est en lui.

Or il est clair que si tous les garçons et toutes les filles s'en-cloîtraient le monde périrait : donc la moinerie est par cela seul l'ennemie de la nature humaine, indépendamment des maux affreux qu'elle a causés quelquefois.

— Ne pourrait-on pas en dire autant des soldats ?

— Non assurément : car si chaque citoyen porte les armes à son tour, comme autrefois dans toutes les républiques, et sur-tout dans celle de Rome, le soldat n'en est que meilleur cultiva-teur ; le soldat citoyen se marie, il combat pour sa femme et pour ses enfants. Plût à Dieu que tous les laboureurs fussent soldats et mariés ! ils seraient d'excellents citoyens. Mais un

moine, en tant que moine, n'est bon qu'à dévorer la substance de ses compatriotes. Il n'y a point de vérité plus reconnue.

— Mais les filles, monsieur, les filles des pauvres gentils-hommes, qu'on ne peut marier, que feront-elles ?

— Elles feront, on l'a dit mille fois, comme les filles d'Angleterre, d'Écosse, d'Irlande, de Suisse, de Hollande, de la moitié de l'Allemagne, de Suède, de Norvège, du Danemark, de Tartarie, de Turquie, d'Afrique, et de presque tout le reste de la terre ; elles seront bien meilleures épouses, bien meilleures mères, quand on se sera accoutumé, ainsi qu'en Allemagne, à prendre des femmes sans dot. Une femme ménagère et laborieuse fera plus de bien dans une maison que la fille d'un financier, qui dépense plus en superfluités qu'elle n'a porté de revenu chez son mari.

Il faut qu'il y ait des maisons de retraite pour la vieillesse, pour l'infirmité, pour la difformité. Mais, par le plus détestable des abus, les fondations ne sont que pour la jeunesse et pour les personnes bien conformées. On commence, dans le cloître, par faire étaler aux novices des deux sexes leur nudité, malgré toutes les lois de la pudeur ; on les examine attentivement devant et derrière. Qu'une vieille bossue aille se présenter pour entrer dans un cloître, on la chassera avec mépris, à moins qu'elle ne donne une dot immense. Que dis-je ? toute religieuse doit être dotée, sans quoi elle est le rebut du couvent. Il n'y eut jamais d'abus plus intolérable.

— Allez, allez, monsieur, je vous jure que mes filles ne seront jamais religieuses. Elles apprendront à filer, à coudre, à faire de la dentelle, à broder, à se rendre utiles. Je regarde les vœux comme un attentat contre la patrie et contre soi-même. Expliquez-moi, je vous prie, comment il se peut faire qu'un de mes amis, pour contredire le genre humain, prétende que les moines sont très utiles à la population d'un État, parce que leurs bâtiments sont mieux entretenus que ceux des seigneurs, et leurs terres mieux cultivées ?

— Eh ! quel est donc votre ami qui avance une proposition si étrange ?

— C'est l'*Ami des hommes,* ou plutôt celui des moines.

— Il a voulu rire ; il sait trop bien que dix familles qui ont chacune cinq mille livres de rente en terre sont cent fois, mille

fois plus utiles qu'un couvent qui jouit d'un revenu de cinquante mille livres, et qui a toujours un trésor secret. Il vante les belles maisons bâties par les moines, et c'est précisément ce qui irrite les citoyens : c'est le sujet des plaintes de l'Europe. Le vœu de pauvreté condamne les palais, comme le vœu d'humilité contredit l'orgueil, et comme le vœu d'anéantir sa race contredit la nature.

— Je commence à croire qu'il faut beaucoup se défier des livres.

— Il faut en user avec eux comme avec les hommes : choisir les plus raisonnables, les examiner, et ne se rendre jamais qu'à l'évidence. »

## Des impôts payés à l'étranger

Il y a un mois que l'homme aux quarante écus vint me trouver en se tenant les côtés de rire, et il riait de si grand cœur que je me mis à rire aussi sans savoir de quoi il était question : tant l'homme est né imitateur ! tant l'instinct nous maîtrise ! tant les grands mouvements de l'âme sont contagieux !

*Ut ridentibus arrident, ita flentibus adflent[5] Humani vultus.*

Quand il eut bien ri, il me dit qu'il venait de rencontrer un homme qui se disait protonotaire du Saint-Siège, et que cet homme envoyait une grosse somme d'argent à trois cents lieues d'ici, à un Italien, au nom d'un Français à qui le roi avait donné un petit fief, et que ce Français ne pourrait jamais jouir des bienfaits du roi s'il ne donnait à cet Italien la première année de son revenu.

« La chose est très vraie, lui dis-je ; mais elle n'est pas si plaisante. Il en coûte à la France environ quatre cent mille livres par an en menus droits de cette espèce ; et, depuis environ deux siècles et demi que cet usage dure, nous avons déjà porté en Italie quatre-vingts millions. »

5. Le jésuite Sanadon a mis *adsunt* pour *adflent*. Un amateur d'Horace prétend que c'est pour cela qu'on a chassé les jésuites.

— Dieu paternel! s'écria-t-il, que de fois quarante écus! Cet Italien-là nous subjugua donc, il y a deux siècles et demi? Il nous imposa ce tribut?

— Vraiment, répondis-je, il nous en imposait autrefois d'une façon bien plus onéreuse. Ce n'est là qu'une bagatelle en comparaison de ce qu'il leva longtemps sur notre pauvre nation et sur les autres pauvres nations de l'Europe. Alors je lui racontai comment ces saintes usurpations s'étaient établies. Il sait un peu d'histoire; il a du bon sens : il comprit aisément que nous avions été des esclaves auxquels il restait encore un petit bout de chaîne. Il parla longtemps avec énergie contre cet abus; mais avec quel respect pour la religion en général! Comme il révérait les évêques! comme il leur souhaitait beaucoup de quarante écus, afin qu'ils les dépensassent dans leurs diocèses en bonnes œuvres!

Il voulait aussi que tous les curés de campagne eussent un nombre de quarante écus suffisant pour les faire vivre avec décence. « Il est triste, disait-il, qu'un curé soit obligé de disputer trois gerbes de blé à son ouaille, et qu'il ne soit pas largement payé par la province. Il est honteux que ces messieurs soient toujours en procès avec leurs seigneurs. Ces contestations éternelles pour des droits imaginaires, pour des dîmes, détruisent la considération qu'on leur doit. Le malheureux cultivateur, qui a déjà payé aux préposés son dixième, et les deux sous pour livre, et la taille, et la capitation, et le rachat du logement des gens de guerre, après qu'il a logé des gens de guerre, etc., etc., etc.; cet infortuné, dis-je, qui se voit encore enlever le dixième de sa récolte par son curé, ne le regarde plus comme son pasteur, mais comme son écorcheur, qui lui arrache le peu de peau qui lui reste. Il sent bien qu'en lui enlevant la dixième gerbe de droit divin, on a la cruauté diabolique de ne pas lui tenir compte de ce qu'il lui en a coûté pour faire croître cette gerbe. Que lui reste-t-il, pour lui et pour sa famille? Les pleurs, la disette, le découragement, le désespoir; et il meurt de fatigue et de misère. Si le curé était payé par la province, il serait la consolation de ses paroissiens, au lieu d'être regardé par eux comme leur ennemi. »

Ce digne homme s'attendrissait en prononçant ces paroles; il aimait sa patrie, et était idolâtre du bien public. Il s'écriait quelquefois : « Quelle nation que la française, si on voulait! »

Nous allâmes voir son fils, à qui sa mère, bien propre et bien lavée, donnait un gros téton blanc. L'enfant était fort joli. « Hélas ! dit le père, te voilà donc, et tu n'as que vingt-trois ans de vie, et quarante écus à prétendre ! »

## Des proportions

Le produit des extrêmes est égal au produit des moyens ; mais deux sacs de blé volés ne sont pas à ceux qui les ont pris comme la perte de leur vie l'est à l'intérêt de la personne volée.

Le prieur de ***, à qui deux de ses domestiques de campagne avaient dérobé deux setiers de blé, vient de faire pendre les deux délinquants. Cette exécution lui a plus coûté que toute sa récolte ne lui a valu, et, depuis ce temps, il ne trouve plus de valets.

Si les lois avaient ordonné que ceux qui voleraient le blé de leur maître laboureraient son champ toute leur vie, les fers aux pieds et une sonnette au cou, attachée à un carcan, ce prieur aurait beaucoup gagné.

Il faut effrayer le crime : oui, sans doute ; mais le travail forcé et la honte durable l'intimident plus que la potence.

Il y a quelques mois qu'à Londres un malfaiteur fut condamné à être transporté en Amérique pour y travailler aux sucreries avec les nègres. Tous les criminels en Angleterre, comme en bien d'autres pays, sont reçus à présenter requête au roi, soit pour obtenir grâce entière, soit pour diminution de peine. Celui-ci présenta requête pour être pendu : il alléguait qu'il haïssait mortellement le travail, et qu'il aimait mieux être étranglé une minute que de faire du sucre toute sa vie.

D'autres peuvent penser autrement, chacun a son goût ; mais on a déjà dit, et il faut répéter, qu'un pendu n'est bon à rien, et que les supplices doivent être utiles.

Il y a quelques années que l'on condamna dans la Tartarie deux jeunes gens à être empalés, pour avoir regardé, leur bonnet sur la tête, passer une procession de lamas. L'empereur de la Chine, qui est un homme de beaucoup d'esprit, dit qu'il les aurait condamnés à marcher nu-tête à la procession pendant trois mois.

Proportionnez les peines aux délits, a dit le marquis Beccaria ; ceux qui ont fait les lois n'étaient pas géomètres.

Si l'abbé Guyon, ou Cogé, ou l'ex-jésuite Nonotte, ou l'ex-jésuite Patouillet, ou le prédicant La Beaumelle, font de misérables libelles où il n'y a ni vérité, ni raison, ni esprit, irez-vous les faire pendre, comme le prieur de *** a fait pendre ses deux domestiques ; et cela, sous prétexte que les calomniateurs sont plus coupables que les voleurs ?

Condamnerez-vous Fréron même aux galères, pour avoir insulté le bon goût, et pour avoir menti toute sa vie dans l'espérance de payer son cabaretier ?

Ferez-vous mettre au pilori le sieur Larcher, parce qu'il a été très pesant, parce qu'il a entassé erreur sur erreur, parce qu'il n'a jamais su distinguer aucun degré de probabilité, parce qu'il veut que, dans une antique et immense cité renommée par sa police et par la jalousie des maris, dans Babylone enfin, où les femmes étaient gardées par des eunuques, toutes les princesses allassent par dévotion donner publiquement leurs faveurs dans la cathédrale aux étrangers pour de l'argent ? Contentons-nous de l'envoyer sur les lieux courir les bonnes fortunes ; soyons modérés en tout ; mettons de la proportion entre les délits et les peines.

Pardonnons à ce pauvre Jean-Jacques, lorsqu'il n'écrit que pour se contredire, lorsqu'après avoir donné une comédie sifflée sur le théâtre de Paris, il injurie ceux qui en font jouer à cent lieues de là ; lorsqu'il cherche des protecteurs, et qu'il les outrage ; lorsqu'il déclame contre les romans, et qu'il fait des romans dont le héros est un sot précepteur qui reçoit l'aumône d'une Suissesse à laquelle il a fait un enfant, et qui va dépenser son argent dans un bordel de Paris ; laissons-le croire qu'il a surpassé Fénelon et Xénophon, en élevant un jeune homme de qualité dans le métier de menuisier : ces extravagantes platitudes ne méritent pas un décret de prise de corps ; les petites maisons suffisent avec de bons bouillons, de la saignée, et du régime.

Je hais les lois de Dracon, qui punissaient également les crimes et les fautes, la méchanceté et la folie. Ne traitons point le jésuite Nonotte, qui n'est coupable que d'avoir écrit des bêtises et des injures, comme on a traité les jésuites Malagrida,

Oldcorn, Garnet, Guignard, Gueret, et comme on devait traiter le jésuite Le Tellier, qui trompa son roi, et qui troubla la France. Distinguons principalement dans tout procès, dans toute contention, dans toute querelle, l'agresseur de l'outragé, l'oppresseur de l'opprimé. La guerre offensive est d'un tyran ; celui qui se défend est un homme juste.

Comme j'étais plongé dans ces réflexions, l'homme aux quarante écus me vint voir tout en larmes. Je lui demandai avec émotion si son fils, qui devait vivre vingt-trois ans, était mort. « Non, dit-il, le petit se porte bien, et ma femme aussi ; mais j'ai été appelé en témoignage contre un meunier à qui on a fait subir la question ordinaire et extraordinaire, et qui s'est trouvé innocent ; je l'ai vu s'évanouir dans les tortures redoublées ; j'ai entendu craquer ses os ; j'entends encore ses cris et ses hurlements, ils me poursuivent ; je pleure de pitié, et je tremble d'horreur. » Je me mis à pleurer et à frémir aussi, car je suis extrêmement sensible.

Ma mémoire alors me représenta l'aventure épouvantable des Calas : une mère vertueuse dans les fers, ses filles éplorées et fugitives, sa maison au pillage ; un père de famille respectable brisé par la torture, agonisant sur la roue, et expirant dans les flammes ; un fils chargé de chaînes, traîné devant les juges, dont un lui dit : « Nous venons de rouer votre père, nous allons vous rouer aussi. »

Je me souvins de la famille des Sirven, qu'un de mes amis rencontra dans des montagnes couvertes de glaces, lorsqu'elle fuyait la persécution d'un juge aussi inique qu'ignorant. « Ce juge, me dit-il, a condamné toute cette famille innocente au supplice, en supposant, sans la moindre apparence de preuve, que le père et la mère, aidés de deux de leurs filles, avaient égorgé et noyé la troisième, de peur qu'elle n'allât à la messe. » Je voyais à la fois, dans des jugements de cette espèce, l'excès de la bêtise, de l'injustice et de la barbarie.

Nous plaignions la nature humaine, l'homme aux quarante écus et moi. J'avais dans ma poche le discours d'un avocat général de Dauphiné, qui roulait en partie sur ces matières intéressantes ; je lui en lus les endroits suivants :

« Certes, ce furent des hommes véritablement grands qui osèrent les premiers se charger de gouverner leurs semblables, et

s'imposer le fardeau de la félicité publique ; qui, pour le bien qu'ils voulaient faire aux hommes, s'exposèrent à leur ingratitude, et, pour le repos d'un peuple, renoncèrent au leur ; qui se mirent, pour ainsi dire, entre les hommes et la Providence, pour leur composer, par artifice, un bonheur qu'elle semblait leur avoir refusé.

Quel magistrat, un peu sensible à ses devoirs, à la seule humanité, pourrait soutenir ces idées ? Dans la solitude d'un cabinet pourra-t-il, sans frémir d'horreur et de pitié, jeter les yeux sur ces papiers, monuments infortunés du crime ou de l'innocence ? Ne lui semble-t-il pas entendre des voix gémissantes sortir de ces fatales écritures, et le presser de décider du sort d'un citoyen, d'un époux, d'un père, d'une famille ? Quel juge impitoyable (s'il est chargé d'un seul procès criminel) pourra passer de sang-froid devant une prison ? C'est donc moi, dira-t-il, qui retiens dans ce détestable séjour mon semblable, peut-être mon égal, mon concitoyen, un homme enfin ! c'est moi qui le lie tous les jours, qui ferme sur lui ces odieuses portes ! Peut-être le désespoir s'est emparé de son âme ; il pousse vers le ciel mon nom avec des malédictions, et sans doute il atteste contre moi le grand Juge qui nous observe et doit nous juger tous les deux.

Ici un spectacle effrayant se présente tout à coup à mes yeux ; le juge se lasse d'interroger par la parole ; il veut interroger par les supplices : impatient dans ses recherches, et peut-être irrité de leur inutilité, on apporte des torches, des chaînes, des leviers, et tous ces instruments inventés pour la douleur. Un bourreau vient se mêler aux fonctions de la magistrature, et terminer par la violence un interrogatoire commencé par la liberté.

Douce philosophie ! toi qui ne cherches la vérité qu'avec l'attention et la patience, t'attendais-tu que, dans ton siècle, on employât de tels instruments pour la découvrir ?

Est-il bien vrai que nos lois approuvent cette méthode inconcevable, et que l'usage la consacre ?

Leurs lois imitent leurs préjugés ; les punitions publiques sont aussi cruelles que les vengeances particulières, et les actes de leur raison ne sont guère moins impitoyables que ceux de leurs passions. Quelle est donc la cause de cette bizarre opposition ? C'est que nos préjugés sont anciens, et que notre morale est nouvelle ; c'est que nous sommes aussi pénétrés de nos sentiments

qu'inattentifs à nos idées ; c'est que l'avidité des plaisirs nous empêche de réfléchir sur nos besoins, et que nous sommes plus empressés de vivre que de nous diriger ; c'est, en un mot, que nos mœurs sont douces, et qu'elles ne sont pas bonnes ; c'est que nous sommes polis, et nous ne sommes seulement pas humains. »

Ces fragments, que l'éloquence avait dictés à l'humanité, remplirent le cœur de mon ami d'une douce consolation. Il admirait avec tendresse. « Quoi ! disait-il dans son transport, on fait des chefs-d'œuvre en province ! on m'avait dit qu'il n'y a que Paris dans le monde. »

— Il n'y a que Paris, lui dis-je, où l'on fasse des opéras comiques ; mais il y a aujourd'hui dans les provinces beaucoup de magistrats qui pensent avec la même vertu, et qui s'expriment avec la même force. Autrefois les oracles de la justice, ainsi que ceux de la morale, n'étaient que ridicules. Le docteur Balouard déclamait au barreau, et Arlequin dans la chaire. La philosophie est enfin venue, elle a dit : « Ne parlez en public que pour dire des vérités neuves et utiles, avec l'éloquence du sentiment et de la raison. »

— Mais si nous n'avons rien de neuf à dire ? se sont écriés les parleurs. — Taisez-vous alors, a répondu la philosophie ; tous ces vains discours d'appareil, qui ne contiennent que des phrases, sont comme le feu de la Saint-Jean, allumé le jour de l'année où l'on a le moins besoin de se chauffer : il ne cause aucun plaisir, et il n'en reste pas même la cendre.

Que toute la France lise les bons livres. Mais, malgré les progrès de l'esprit humain, on lit très peu ; et, parmi ceux qui veulent quelquefois s'instruire, la plupart lisent très mal. Mes voisins et mes voisines jouent, après dîner, un jeu anglais, que j'ai beaucoup de peine à prononcer, car on l'appelle *wisk*. Plusieurs bons bourgeois, plusieurs grosses têtes, qui se croient de bonnes têtes, vous disent avec un air d'importance que les livres ne sont bons à rien. Mais, messieurs les Velches, savez-vous que vous n'êtes gouvernés que par des livres ? Savez-vous que l'ordonnance civile, le code militaire, et l'Évangile, sont des livres dont vous dépendez continuellement ? Lisez, éclairez-vous ; ce n'est que par la lecture qu'on fortifie son âme ; la conversation la dissipe, le jeu la resserre.

— J'ai bien peu d'argent, me répondit l'homme aux quarante écus ; mais, si jamais je fais une petite fortune, j'achèterai des livres chez Marc-Michel Rey.

### De la vérole

L'homme aux quarante écus demeurait dans un petit canton où l'on n'avait jamais mis de soldats en garnison depuis cent cinquante années. Les mœurs, dans ce coin de terre inconnu, étaient pures comme l'air qui l'environne. On ne savait pas qu'ailleurs l'amour pût être infecté d'un poison destructeur, que les générations fussent attaquées dans leur germe, et que la nature, se contredisant elle-même, pût rendre la tendresse horrible et le plaisir affreux ; on se livrait à l'amour avec la sécurité de l'innocence. Des troupes vinrent, et tout changea.

Deux lieutenants, l'aumônier du régiment, un caporal, et un soldat de recrue qui sortait du séminaire, suffirent pour empoisonner douze villages en moins de trois mois. Deux cousines de l'homme aux quarante écus se virent couvertes de pustules calleuses ; leurs beaux cheveux tombèrent ; leur voix devint rauque ; les paupières de leurs yeux, fixes et éteints, se chargèrent d'une couleur livide, et ne se fermèrent plus pour laisser entrer le repos dans des membres disloqués, qu'une carie secrète commençait à ronger comme ceux de l'Arabe Job, quoique Job n'eût jamais eu cette maladie.

Le chirurgien-major du régiment, homme d'une grande expérience, fut obligé de demander des aides à la cour pour guérir toutes les filles du pays. Le ministre de la Guerre, toujours porté d'inclination à soulager le beau sexe, envoya une recrue de fraters, qui gâtèrent d'une main ce qu'ils rétablirent de l'autre.

L'homme aux quarante écus lisait alors l'histoire philosophique de *Candide*, traduite de l'allemand du docteur Ralph, qui prouve évidemment que tout est bien, et qu'il était absolument *impossible,* dans le meilleur des mondes *possibles,* que la vérole, la peste, la pierre, la gravelle, les écrouelles, la chambre de Valence, et l'Inquisition, n'entrassent dans la composition de l'univers, de cet univers uniquement fait pour l'homme, roi des animaux et image de Dieu, auquel on voit bien qu'il ressemble comme deux gouttes d'eau.

Il lisait, dans l'histoire véritable de *Candide,* que le fameux

docteur Pangloss avait perdu dans le traitement un œil et une oreille. « Hélas! dit-il, mes deux cousines, mes deux pauvres cousines, seront-elles borgnes ou borgnesses et essorillées? — Non, lui dit le major consolateur; les Allemands ont la main lourde; mais, nous autres, nous guérissons les filles promptement, sûrement, et agréablement. »

En effet les deux jolies cousines en furent quittes pour avoir la tête enflée comme un ballon pendant six semaines, pour perdre la moitié de leurs dents, en tirant la langue d'un demi-pied, et pour mourir de la poitrine au bout de six mois.

Pendant l'opération, le cousin et le chirurgien-major raisonnèrent ainsi.

### L'HOMME AUX QUARANTE ÉCUS

Est-il possible, monsieur, que la nature ait attaché de si épouvantables tourments à un plaisir si nécessaire, tant de honte à tant de gloire, et qu'il y ait plus de risque à faire un enfant qu'à tuer un homme? Serait-il vrai au moins, pour notre consolation, que ce fléau diminue un peu sur la terre, et qu'il devienne moins dangereux de jour en jour?

### LE CHIRURGIEN-MAJOR

Au contraire, il se répand de plus en plus dans toute l'Europe chrétienne; il s'est étendu jusqu'en Sibérie; j'en ai vu mourir plus de cinquante personnes, et surtout un grand général d'armée et un ministre d'État fort sage. Peu de poitrines faibles résistent à la maladie et au remède. Les deux sœurs, la petite et la grosse, se sont liguées encore plus que les moines pour détruire le genre humain.

### L'HOMME AUX QUARANTE ÉCUS

Nouvelle raison pour abolir les moines, afin que, remis au rang des hommes, ils réparent un peu le mal que font les deux sœurs. Dites-moi, je vous prie, si les bêtes ont la vérole.

### LE CHIRURGIEN

Ni la petite, ni la grosse, ni les moines, ne sont connus chez elles.

### L'HOMME AUX QUARANTE ÉCUS

Il faut donc avouer qu'elles sont plus heureuses et plus prudentes que nous dans ce meilleur des mondes.

### Le chirurgien

Je n'en ai jamais douté ; elles éprouvent bien moins de maladies que nous : leur instinct est bien plus sûr que notre raison ; jamais ni le passé ni l'avenir ne les tourmentent.

### L'homme aux quarante écus

Vous avez été chirurgien d'un ambassadeur de France en Turquie : y a-t-il beaucoup de vérole à Constantinople ?

### Le chirurgien

Les Francs l'ont apportée dans le faubourg de Péra, où ils demeurent. J'y ai connu un capucin qui en était mangé comme Pangloss ; mais elle n'est point parvenue dans la ville : les Francs n'y couchent presque jamais. Il n'y a presque point de filles publiques dans cette ville immense. Chaque homme riche a des femmes esclaves de Circassie, toujours gardées, toujours surveillées, dont la beauté ne peut être dangereuse. Les Turcs appellent la vérole *le mal chrétien,* et cela redouble le profond mépris qu'ils ont pour notre théologie ; mais, en récompense, ils ont la peste, maladie d'Égypte, dont ils font peu de cas, et qu'ils ne se donnent jamais la peine de prévenir.

### L'homme aux quarante écus

En quel temps croyez-vous que ce fléau commença dans l'Europe ?

### Le chirurgien

Au retour du premier voyage de Christophe Colomb chez des peuples innocents qui ne connaissaient ni l'avarice ni la guerre, vers l'an 1494. Ces nations, simples et justes, étaient attaquées de ce mal de temps immémorial, comme la lèpre régnait chez les Arabes et chez les juifs, et la peste chez les Égyptiens. Le premier fruit que les Espagnols recueillirent de cette conquête du nouveau monde fut la vérole ; elle se répandit plus promptement que l'argent du Mexique, qui ne circula que longtemps après en Europe. La raison en est que, dans toutes les villes, il y avait alors de belles maisons publiques appelées *bordels,* établies par l'autorité des souverains pour conserver l'honneur des dames. Les Espagnols portèrent le venin dans ces maisons privilégiées dont

les princes et les évêques tiraient les filles qui leur étaient nécessaires. On a remarqué qu'à Constance il y avait eu sept cent dix-huit filles pour le service du concile qui fit brûler si dévotement Jean Hus et Jérôme de Prague.

On peut juger par ce seul trait avec quelle rapidité le mal parcourut tous les pays. Le premier seigneur qui en mourut fut l'illustrissime et révérendissime évêque et vice-roi de Hongrie, en 1499, que Bartholomeo Montanagua, grand médecin de Padoue, ne put guérir. Gualtieri assure que l'archevêque de Mayence Berthold de Henneberg, « attaqué de la grosse vérole, rendit son âme à Dieu en 1504 ». On sait que notre roi François I$^{er}$ en mourut. Henri III la prit à Venise; mais le jacobin Jacques Clément prévint l'effet de la maladie.

Le parlement de Paris, toujours zélé pour le bien public, fut le premier qui donna un arrêt contre la vérole, en 1497. Il défendit à tous les vérolés de rester dans Paris *sous peine de la hart*; mais, comme il n'était pas facile de prouver juridiquement aux bourgeois et bourgeoises qu'ils étaient en délit, cet arrêt n'eut pas plus d'effet que ceux qui furent rendus depuis contre l'émétique; et, malgré le parlement, le nombre des coupables augmenta toujours. Il est certain que, si on les avait exorcisés, au lieu de les faire pendre, il n'y en aurait plus aujourd'hui sur la terre; mais c'est à quoi malheureusement on ne pensa jamais.

### L'HOMME AUX QUARANTE ÉCUS

Est-il bien vrai ce que j'ai lu dans *Candide,* que, parmi nous, quand deux armées de trente mille hommes chacune marchent ensemble en front de bandière, on peut parier qu'il y a vingt mille vérolés de chaque côté ?

### LE CHIRURGIEN

Il n'est que trop vrai. Il en est de même dans les licences de Sorbonne. Que voulez-vous que fassent de jeunes bacheliers à qui la nature parle plus haut et plus ferme que la théologie ? Je puis vous jurer que, proportion gardée, mes confrères et moi nous avons traité plus de jeunes prêtres que de jeunes officiers.

### L'HOMME AUX QUARANTE ÉCUS

N'y aurait-il point quelque manière d'extirper cette contagion

qui désole l'Europe ? On a déjà tâché d'affaiblir le poison d'une vérole, ne pourra-t-on rien tenter sur l'autre ?

### LE CHIRURGIEN

Il n'y aurait qu'un seul moyen, c'est que tous les princes de l'Europe se liguassent ensemble, comme dans les temps de Godefroy de Bouillon. Certainement une croisade contre la vérole serait beaucoup plus raisonnable que ne l'ont été celles qu'on entreprit autrefois si malheureusement contre Saladin, Melecsala, et les Albigeois. Il vaudrait bien mieux s'entendre pour repousser l'ennemi commun du genre humain que d'être continuellement occupé à guetter le moment favorable de dévaster la terre et de couvrir les champs de morts, pour arracher à son voisin deux ou trois villes et quelques villages. Je parle contre mes intérêts ; car la guerre et la vérole font ma fortune ; mais il faut être homme avant d'être chirurgien-major.

C'est ainsi que l'homme aux quarante écus se formait, comme on dit, *l'esprit et le cœur*. Non seulement il hérita de ses deux cousines, qui moururent en six mois ; mais il eut encore la succession d'un parent fort éloigné, qui avait été sous-fermier des hôpitaux des armées, et qui s'était fort engraissé en mettant les soldats blessés à la diète. Cet homme n'avait jamais voulu se marier ; il avait un assez joli sérail. Il ne reconnut aucun de ses parents, vécut dans la crapule, et mourut à Paris d'indigestion. C'était un homme, comme on voit, fort utile à l'État.

Notre nouveau philosophe fut obligé d'aller à Paris pour recueillir l'héritage de son parent. D'abord les fermiers du domaine le lui disputèrent. Il eut le bonheur de gagner son procès, et la générosité de donner aux pauvres de son canton, qui n'avaient pas leur contingent de quarante écus de rente, une partie des dépouilles du richard. Après quoi il se mit à satisfaire sa grande passion d'avoir une bibliothèque.

Il lisait tous les matins, faisait des extraits, et le soir il consultait les savants pour savoir en quelle langue le serpent avait parlé à notre bonne mère ; si l'âme est dans le corps calleux ou dans la glande pinéale ; si saint Pierre avait demeuré vingt-cinq ans à Rome ; quelle différence spécifique est entre un trône et une domination, et pourquoi les nègres ont le nez épaté.

D'ailleurs il se proposa de ne jamais gouverner l'État, et de ne faire aucune brochure contre les pièces nouvelles. On l'appelait monsieur André ; c'était son nom de baptême. Ceux qui l'ont connu rendent justice à sa modestie et à ses qualités, tant acquises que naturelles. Il a bâti une maison commode dans son ancien domaine de quatre arpents. Son fils sera bientôt en âge d'aller au collège ; mais il veut qu'il aille au collège d'Harcourt, et non à celui de Mazarin, à cause du professeur Cogé, qui fait des libelles, et parce qu'il ne faut pas qu'un professeur de collège fasse des libelles.

Madame André lui a donné une fille fort jolie, qu'il espère marier à un conseiller de la cour des aides, pourvu que ce magistrat n'ait pas la maladie que le chirurgien-major veut extirper dans l'Europe chrétienne.

## Grande querelle

Pendant le séjour de monsieur André à Paris, il y eut une querelle importante. Il s'agissait de savoir si Marc-Antonin était un honnête homme, et s'il était en enfer ou en purgatoire, ou dans les limbes, en attendant qu'il ressuscitât. Tous les honnêtes gens prirent le parti de Marc-Antonin. Ils disaient : « Antonin a toujours été juste, sobre, chaste, bienfaisant. Il est vrai qu'il n'a pas en paradis une place aussi belle que saint Antoine ; car il faut des proportions, comme nous l'avons vu ; mais certainement l'âme de l'empereur Antonin n'est point à la broche dans l'enfer. Si elle est en purgatoire, il faut l'en tirer ; il n'y a qu'à dire des messes pour lui. Les jésuites n'ont plus rien à faire ; qu'ils disent trois mille messes pour le repos de l'âme de Marc-Antonin ; ils y gagneront, à quinze sous la pièce, deux mille deux cent cinquante livres. D'ailleurs, on doit du respect à une tête couronnée ; il ne faut pas la damner légèrement. »

Les adversaires de ces bonnes gens prétendaient au contraire qu'il ne fallait accorder aucune composition à Marc-Antonin ; qu'il était un hérétique ; que les carpocratiens et les aloges n'étaient pas si méchants que lui, qu'il était mort sans confession ; qu'il fallait faire un exemple ; qu'il était bon de le damner pour apprendre à vivre aux empereurs de la Chine et du Japon,

à ceux de Perse, de Turquie et du Maroc, aux rois d'Angleterre, de Suède, de Danemark, de Prusse, au stathouder de Hollande, et aux avoyers du canton de Berne, qui n'allaient pas plus à confesse que l'empereur Marc-Antonin ; et qu'enfin c'est un plaisir indicible de donner des décrets contre des souverains morts, quand on ne peut en lancer contre eux de leur vivant, de peur de perdre ses oreilles.

La querelle devint aussi sérieuse que le fut autrefois celle des Ursulines et des Annonciades, qui disputèrent à qui porterait plus longtemps des œufs à la coque entre les fesses sans les casser. On craignit un schisme, comme du temps des cent et un contes de ma mère l'oie, et de certains billets payables au porteur dans l'autre monde. C'est une chose bien épouvantable qu'un schisme : cela signifie *division dans les opinions,* et, jusqu'à ce moment fatal, tous les hommes avaient pensé de même.

Monsieur André, qui est un excellent citoyen, pria les chefs des deux partis à souper. C'est un des bons convives que nous ayons ; son humeur est douce et vive, sa gaieté n'est point bruyante ; il est facile et ouvert ; il n'a point cette sorte d'esprit qui semble vouloir étouffer celui des autres ; l'autorité qu'il se concilie n'est due qu'à ses grâces, à sa modération, et à une physionomie ronde qui est tout à fait persuasive. Il aurait fait souper gaiement ensemble un Corse et un Génois, un représentant de Genève et un négatif, le muphti et un archevêque. Il fit tomber habilement les premiers coups que les disputants se portaient, en détournant la conversation, et en faisant un conte très agréable qui réjouit également les damnants et les damnés. Enfin, quand ils furent un peu en pointe de vin, il leur fit signer que l'âme de l'empereur Marc-Antonin resterait *in statu quo,* c'est-à-dire je ne sais où, en attendant un jugement définitif.

Les âmes des docteurs s'en retournèrent dans leurs limbes paisiblement après le souper : tout fut tranquille. Cet accommodement fit un très grand honneur à l'homme aux quarante écus ; et toutes les fois qu'il s'élevait une dispute bien acariâtre, bien virulente entre des gens lettrés ou non lettrés, on disait aux deux partis : « Messieurs, allez souper chez monsieur André. »

Je connais deux factions acharnées qui, faute d'avoir été souper chez monsieur André, se sont attiré de grands malheurs.

## Scélérat chassé

La réputation qu'avait acquise monsieur André d'apaiser les querelles en donnant de bons soupers lui attira, la semaine passée, une singulière visite. Un homme noir, assez mal mis, le dos voûté, la tête penchée sur une épaule, l'œil hagard, les mains fort sales, vint le conjurer de lui donner à souper avec ses ennemis.

« Quels sont vos ennemis, lui dit monsieur André, et qui êtes-vous ? — Hélas ! dit-il, j'avoue, monsieur, qu'on me prend pour un de ces maroufles qui font des libelles pour gagner du pain, et qui crient : *Dieu, Dieu, Dieu, religion, religion,* pour attraper quelque petit bénéfice. On m'accuse d'avoir calomnié les citoyens les plus véritablement religieux, les plus sincères adorateurs de la Divinité, les plus honnêtes gens du royaume. Il est vrai, monsieur, que, dans la chaleur de la composition, il échappe souvent aux gens de mon métier de petites inadvertances qu'on prend pour des erreurs grossières, des écarts que l'on qualifie de mensonges impudents. Notre zèle est regardé comme un mélange affreux de friponnerie et de fanatisme. On assure que tandis que nous surprenons la bonne foi de quelques vieilles imbéciles, nous sommes le mépris et l'exécration de tous les honnêtes gens qui savent lire.

Mes ennemis sont les principaux membres des plus illustres académies de l'Europe, des écrivains honorés, des citoyens bienfaisants. Je viens de mettre en lumière un ouvrage que j'ai intitulé *Antiphilosophique*. Je n'avais que de bonnes intentions mais personne n'a voulu acheter mon livre. Ceux à qui je l'ai présenté l'ont jeté dans le feu, en me disant qu'il n'était pas seulement antiraisonnable, mais antichrétien et très antihonnête. »

— Eh bien ! lui dit monsieur André, imitez ceux à qui vous avez présenté votre libelle ; jetez-le dans le feu, et qu'il n'en soit plus parlé. Je loue fort votre repentir ; mais il n'est pas possible que je vous fasse souper avec des gens d'esprit qui ne peuvent être vos ennemis, attendu qu'ils ne vous liront jamais.

— Ne pourriez-vous pas du moins, monsieur, dit le cafard, me réconcilier avec les parents de feu monsieur de Montesquieu, dont j'ai outragé la mémoire pour glorifier le révérend

père Routh, qui vint assiéger ses derniers moments, et qui fut chassé de sa chambre ?

— Morbleu ! lui dit monsieur André, il y a longtemps que le révérend père Routh est mort ; allez-vous-en souper avec lui.

C'est un rude homme que monsieur André, quand il a affaire à cette espèce méchante et sotte. Il sentit que le cafard ne voulait souper chez lui avec des gens de mérite que pour engager une dispute, pour les aller ensuite calomnier, pour écrire contre eux, pour imprimer de nouveaux mensonges. Il le chassa de sa maison comme on avait chassé Routh de l'appartement du président de Montesquieu.

On ne peut guère tromper monsieur André. Plus il était simple et naïf quand il était l'homme aux quarante écus, plus il est devenu avisé quand il a connu les hommes.

## Le bon sens de monsieur André

Comme le bon sens de monsieur André s'est fortifié depuis qu'il a une bibliothèque ! Il vit avec les livres comme avec les hommes ; il choisit ; et il n'est jamais la dupe des noms. Quel plaisir de s'instruire et d'agrandir son âme pour un écu, sans sortir de chez soi !

Il se félicite d'être né dans un temps où la raison humaine commence à se perfectionner.

« Que je serais malheureux, dit-il, si l'âge où je vis était celui du jésuite Garasse, du jésuite Guignard, ou du docteur Boucher, du docteur Aubry, du docteur Guincestre, ou du temps que l'on condamnait aux galères ceux qui écrivaient contre les catégories d'Aristote. »

La misère avait affaibli les ressorts de l'âme de monsieur André, le bien-être leur a rendu leur élasticité. Il y a mille André dans le monde auxquels il n'a manqué qu'un tour de roue de la fortune pour en faire des hommes d'un vrai mérite.

Il est aujourd'hui au fait de toutes les affaires de l'Europe, et surtout des progrès de l'esprit humain.

« Il me semble, me disait-il mardi dernier, que la Raison voyage à petites journées, du nord au midi, avec ses deux intimes amies, l'Expérience et la Tolérance, L'Agriculture et le

Commerce l'accompagnent. Elle s'est présentée en Italie ; mais la Congrégation de l'*Indice* l'a repoussée. Tout ce qu'elle a pu faire a été d'envoyer secrètement quelques-uns de ses facteurs, qui ne laissent pas de faire du bien. Encore quelques années, et le pays des Scipions ne sera plus celui des Arlequins enfroqués.

« Elle a de temps en temps de cruels ennemis en France ; mais elle y a tant d'amis qu'il faudra bien à la fin qu'elle y soit premier ministre.

Quand elle s'est présentée en Bavière et en Autriche, elle a trouvé deux ou trois grosses têtes à perruque qui l'ont regardée avec des yeux stupides et étonnés. Ils lui ont dit Madame, nous n'avons jamais entendu parler de vous ; nous ne vous connaissons pas. — Messieurs, leur a-t-elle répondu, avec le temps vous me connaîtrez et vous m'aimerez. Je suis très bien reçue à Berlin, à Moscou, à Copenhague, à Stockholm. Il y a longtemps que, par le crédit de Locke, de Gordon, de Trenchard, de milord Shaftesbury, et de tant d'autres, j'ai reçu mes lettres de naturalité en Angleterre. Vous m'en accorderez un jour. Je suis la fille du Temps, et j'attends tout de mon père.

Quand elle a passé sur les frontières de l'Espagne et du Portugal, elle a béni Dieu de voir que les bûchers de l'Inquisition n'étaient plus si souvent allumés ; elle a espéré beaucoup en voyant chasser les jésuites, mais elle a craint qu'en purgeant le pays de renards on ne le laissât exposé aux loups.

Si elle fait encore des tentatives pour entrer en Italie, on croit qu'elle commencera par s'établir à Venise, et qu'elle séjournera dans le royaume de Naples, malgré toutes les liquéfactions de ce pays-là, qui lui donnent des vapeurs. On prétend qu'elle a un secret infaillible pour détacher les cordons d'une couronne qui sont embarrassés, je ne sais comment, dans ceux d'une tiare, et pour empêcher les haquenées d'aller faire la révérence aux mules. »

Enfin la conversation de monsieur André me réjouit beaucoup ; et plus je le vois, plus je l'aime.

## D'un bon souper chez monsieur André

Nous soupâmes hier ensemble avec un docteur de Sorbonne, monsieur Pinto, célèbre juif, le chapelain de la chapelle réformée de l'ambassadeur batave, le secrétaire de monsieur le prince Gallitzin, du rite grec, un capitaine suisse calviniste, deux philosophes, et trois dames d'esprit.

Le souper fut fort long, et cependant on ne disputa pas plus sur la religion que si aucun des convives n'en avait jamais eu : tant il faut avouer que nous sommes devenus polis ; tant on craint à souper de contrister ses frères ! Il n'en est pas ainsi du régent Cogé, et de l'ex-jésuite Nonotte, et de l'ex-jésuite Patouillet, et de l'ex-jésuite Rotalier, et de tous les animaux de cette espèce. Ces croquants-là vous disent plus de sottises dans une brochure de deux pages que la meilleure compagnie de Paris ne peut dire de choses agréables et instructives dans un souper de quatre heures. Et, ce qu'il y a d'étrange, c'est qu'ils n'oseraient dire en face à personne ce qu'ils ont l'impudence d'imprimer.

La conversation roula d'abord sur une plaisanterie des *Lettres persanes,* dans laquelle on répète, d'après plusieurs graves personnages, que le monde va non seulement en empirant, mais en se dépeuplant tous les jours ; de sorte que si le proverbe *plus on est de fous, plus on rit* a quelque vérité, le rire sera incessamment banni de la terre.

Le docteur de Sorbonne assura qu'en effet le monde était réduit presque à rien. Il cita le père Petau, qui démontre qu'en moins de trois cents ans un seul des fils de Noé (je ne sais si c'est Sem ou Japhet) avait procréé de son corps une série d'enfants qui se montait à six cent vingt-trois milliards six cent douze millions trois cent cinquante-huit mille fidèles, l'an 285 après le déluge universel.

Monsieur André demanda pourquoi, du temps de Philippe le Bel, c'est-à-dire environ trois cents ans après Hugues Capet, il n'y avait pas six cent vingt-trois milliards de princes de la maison royale ? « C'est que la foi est diminuée », dit le docteur de Sorbonne.

On parla beaucoup de Thèbes-aux-cent-portes, et du million

de soldats qui sortait par ces portes avec vingt mille chariots de guerre. « Serrez, serrez, disait monsieur André ; je soupçonne, depuis que je me suis mis à lire, que le même génie qui a écrit *Gargantua* écrivait autrefois toutes les histoires. »

— Mais enfin, lui dit un des convives, Thèbes, Memphis, Babylone, Ninive, Troie, Séleucie, étaient de grandes villes, et n'existent plus. — Cela est vrai, répondit le secrétaire de monsieur le prince Gallitzin ; mais Moscou, Constantinople, Londres, Paris, Amsterdam, Lyon qui vaut mieux que Troie, toutes les villes de France, d'Allemagne, d'Espagne, et du Nord, étaient alors des déserts.

Le capitaine suisse, homme très instruit, nous avoua que quand ses ancêtres voulurent quitter leurs montagnes et leurs précipices pour aller s'emparer, comme de raison, d'un pays plus agréable, César, qui vit de ses yeux le dénombrement de ces émigrants, trouva qu'il se montait à trois cent soixante et huit mille, en comptant les vieillards, les enfants, et les femmes. Aujourd'hui, le seul canton de Berne possède autant d'habitants : il n'est pas tout à fait la moitié de la Suisse, et je puis vous assurer que les treize cantons ont au-delà de sept cent vingt mille âmes, en comptant les natifs qui servent ou qui négocient en pays étrangers. Après cela, messieurs les savants, faites des calculs et des systèmes, ils seront aussi faux les uns que les autres.

Ensuite on agita la question si les bourgeois de Rome, du temps des Césars, étaient plus riches que les bourgeois de Paris, du temps de monsieur Silhouette.

« Ah ! ceci me regarde, dit monsieur André. J'ai été longtemps l'homme aux quarante écus ; je crois bien que les citoyens romains en avaient davantage. Ces illustres voleurs de grand chemin avaient pillé les plus beaux pays de l'Asie, de l'Afrique, et de l'Europe. Ils vivaient fort splendidement du fruit de leurs rapines ; mais enfin il y avait des gueux à Rome. Et je suis persuadé que parmi ces vainqueurs du monde il y eut des gens réduits à quarante écus de rente comme je l'ai été. »

— Savez-vous bien, lui dit un savant de l'Académie des inscriptions et belles-lettres, que Lucullus dépensait, à chaque souper qu'il donnait dans le salon d'Apollon, trente-neuf mille trois cent soixante et douze livres treize sous de notre monnaie

courante ? mais qu'Atticus, le célèbre épicurien Atticus, ne dépensait point par mois, pour sa table, au-delà de deux cent trente-cinq livres tournois ?

— Si cela est, dis-je, il était digne de présider à la confrérie de la lésine, établie depuis peu en Italie. J'ai lu comme vous, dans Florus, cette incroyable anecdote ; mais apparemment que Florus n'avait jamais soupé chez Atticus, ou que son texte a été corrompu, comme tant d'autres, par les copistes. Jamais Florus ne me fera croire que l'ami de César et de Pompée, de Cicéron et d'Antoine, qui mangeaient souvent chez lui, en fût quitte pour un peu moins de dix louis d'or par mois.

Et voilà justement comme on écrit l'histoire.

Madame André, prenant la parole, dit au savant que, s'il voulait défrayer sa table pour dix fois autant, il lui ferait grand plaisir.

Je suis persuadé que cette soirée de monsieur André valait bien un mois d'Atticus ; et les dames doutèrent fort que les soupers de Rome fussent plus agréables que ceux de Paris. La conversation fut très gaie, quoique un peu savante. Il ne fut parlé ni des modes nouvelles, ni des ridicules d'autrui, ni de l'histoire scandaleuse du jour.

La question du luxe fut traitée à fond. On demanda si c'était le luxe qui avait détruit l'empire romain, et il fut prouvé que les deux empires d'Occident et d'Orient n'avaient été détruits que par la controverse et par les moines. En effet, quand Alaric prit Rome, on n'était occupé que de disputes théologiques ; et quand Mahomet II prit Constantinople, les moines défendaient beaucoup plus l'éternité de la lumière du Tabor, qu'ils voyaient à leur nombril, qu'ils ne défendaient la ville contre les Turcs.

Un de nos savants fit une réflexion qui me frappa beaucoup : c'est que ces deux grands empires sont anéantis, et que les ouvrages de Virgile, d'Horace, et d'Ovide, subsistent.

On ne fit qu'un saut du siècle d'Auguste au siècle de Louis XIV. Une dame demanda pourquoi, avec beaucoup d'esprit, on ne faisait plus guère aujourd'hui d'ouvrages de génie ?

Monsieur André répondit que c'est parce qu'on en avait fait dans le siècle passé. Cette idée était fine et pourtant vraie ; elle fut approfondie. Ensuite on tomba rudement sur un Écossais,

qui s'est avisé de donner des règles de goût et de critiquer les plus admirables endroits de Racine sans savoir le français *. On traita encore plus sévèrement un Italien nommé Denina, qui a dénigré l'*Esprit des lois* sans le comprendre, et qui surtout a censuré ce que l'on aime le mieux dans cet ouvrage.

Cela fit souvenir du mépris affecté que Boileau étalait pour le Tasse. Quelqu'un des convives avança que le Tasse, avec ses défauts, était autant au-dessus d'Homère, que Montesquieu, avec ses défauts encore plus grands, est au-dessus du fatras de Grotius. On s'éleva contre ces mauvaises critiques, dictées par la haine nationale et le préjugé. Le signor Denina fut traité comme il le méritait, et comme les pédants le sont par les gens d'esprit.

On remarqua surtout avec beaucoup de sagacité que la plupart des ouvrages littéraires du siècle présent, ainsi que les conversations, roulent sur l'examen des chefs-d'œuvre du dernier siècle. Notre mérite est de discuter leur mérite. Nous sommes comme des enfants déshérités qui font le compte du bien de leurs pères. On avoua que la philosophie avait fait de très grands progrès ; mais que la langue et le style s'étaient un peu corrompus.

C'est le sort de toutes les conversations de passer d'un sujet à un autre. Tous ces objets de curiosité, de science, et de goût disparurent bientôt devant le grand spectacle que l'impératrice de

---

*. Ce Monsieur Home, grand juge d'Écosse, enseigne la manière de faire parler les héros d'une tragédie avec esprit, et voici un exemple remarquable qu'il rapporte de la tragédie de *Henri IV*, du divin Shakespeare. Le divin Shakespeare introduit milord Falstaff, chef de justice, qui vient de prendre prisonnier le chevalier Jean Coleville, et qui le présente au roi :

« Sire, le voilà, je vous le livre ; je supplie Votre Grâce de faire enregistrer ce fait d'armes parmi les autres de cette journée, ou pardieu je le ferai mettre dans une ballade avec mon portrait à la tête ; on verra Coleville me baisant les pieds. Voilà ce que je ferai si vous ne rendez pas ma gloire aussi brillante qu'une pièce de deux sous dorée ; et alors vous me verrez, dans le clair ciel de la renommée, tenir votre splendeur comme la pleine lune efface les charbons éteints de l'élément de l'air, qui ne paraissent autour d'elle que comme des têtes d'épingle. »

C'est cet absurde et abominable galimatias, très fréquent dans le divin Shakespeare, que Monsieur Jean Home propose pour le modèle du bon goût et de l'esprit dans la tragédie. Mais en récompense Monsieur Home trouve l'*Iphigénie* et la *Phèdre* de Racine extrêmement ridicules.

Russie et le roi de Pologne donnaient au monde. Ils venaient de relever l'humanité écrasée, et d'établir la liberté de conscience dans une partie de la terre beaucoup plus vaste que ne le fut jamais l'empire romain. Ce service rendu au genre humain, cet exemple donné à tant de cours qui se croient politiques, fut célébré comme il devait l'être. On but à la santé de l'impératrice, du roi philosophe, et du primat philosophe, et on leur souhaita beaucoup d'imitateurs. Le docteur de Sorbonne même les admira : car il y a quelques gens de bon sens dans ce corps, comme il y eut autrefois des gens d'esprit chez les Béotiens.

Le secrétaire russe nous étonna par le récit de tous les grands établissements qu'on faisait en Russie. On demanda pourquoi on aimait mieux lire l'histoire de Charles XII, qui a passé sa vie à détruire, que celle de Pierre le Grand, qui a consumé la sienne à créer. Nous conclûmes que la faiblesse et la frivolité sont la cause de cette préférence ; que Charles XII fut le don Quichotte du Nord, et que Pierre en fut le Solon ; que les esprits superficiels préfèrent l'héroïsme extravagant aux grandes vues d'un législateur ; que les détails de la fondation d'une ville leur plaisent moins que la témérité d'un homme qui brave dix mille Turcs avec ses seuls domestiques ; et qu'enfin la plupart des lecteurs aiment mieux s'amuser que s'instruire. De là vient que cent femmes lisent les *Mille et une Nuits* contre une qui lit deux chapitres de Locke.

De quoi ne parlât-on point dans ce repas, dont je me souviendrai longtemps ! Il fallut bien enfin dire un mot des acteurs et des actrices, sujet éternel des entretiens de table de Versailles et de Paris. On convint qu'un bon déclamateur était aussi rare qu'un bon poète. Le souper finit par une chanson très jolie qu'un des convives fit pour les dames. Pour moi, j'avoue que le banquet de Platon ne m'aurait pas fait plus de plaisir que celui de monsieur et de madame André.

Nos petits-maîtres et nos petites-maîtresses s'y seraient ennuyés sans doute : ils prétendent être la bonne compagnie ; mais ni monsieur André ni moi ne soupons jamais avec cette bonne compagnie-là.

# Repères

1694. Naissance de François-Marie Arouet à Paris.

*1704.* Il entre au collège Louis-le-Grand, où il reçoit une excellente éducation littéraire. À la sortie du collège, il refuse de faire des études de droit pour se consacrer à la littérature.

*1714.* Il travaille dans une étude de notaire pendant quelque temps. Il est admis aux soupers du Temple et devient l'amuseur de la Régence.

*1716.* Il est exilé pendant un an à Sully-sur-Loire à la suite du colportage de ses épigrammes sur le Régent.

*1717.* Il est enfermé à la Bastille pour un an.

*1718. Œdipe,* tragédie philosophique et satirique.

*1723. La Henriade,* épopée polémiste. Ses succès littéraires l'introduisent à la cour.

*1726.* Il se querelle avec le chevalier de Rohan et est obligé de partir pour l'Angleterre où il rencontrera Pope et Swift.

*1730. Brutus.*

*1732. Zaïre.*

*1734. Les Lettres philosophiques* le classent définitivement parmi les auteurs subversifs. Il se réfugie chez Mme du Châtelet à Cirey.

*1735. La Mort de César.*

*1736. Alzire ou les Américains. Le Mondain.* Début de sa correspondance avec Frédéric II de Prusse.

*1738. Éléments de la philosophie de Newton, Discours en vers sur l'homme.*

*1741. Mahomet ou le fanatisme,* tragédie.

*1743. Mérope,* tragédie.

*1745.* À partir de cette date et jusqu'en 1747, voltaire connaît beaucoup de succès et entre en grâce auprès de Mme de Pompadour. Il est élu à l'Académie française.

*1748. Babouc, Zadig ou la destinée.*

*1749. Memnon ou la sagesse humaine.*

*1750.* Voltaire réside à Berlin auprès de Frédéric. Il publie *Le Siècle de Louis XIV, Micromégas.*

*1753.* Il se brouille avec Frédéric II et quitte Berlin. Il se fixe près de Genève.

*1756. Scarmentado. Essai sur les mœurs.* Rousseau collabore à l'*Encyclopédie.*

*1759. Candide.*

*1762.* Condamnation de *Candide* par l'Église.

*1763. Traité sur la tolérance.*

*1764. Dictionnaire philosophique portatif. Jeannot et Colin. Le Blanc et le Noir.*

*1767. L'Ingénu.*

*1768. L'Homme aux quarante écus. La Princesse de Babylonne.*

*1772. Épître à Horace.*

*1774. Le Taureau blanc.*

*1778. Irène,* tragédie. Voltaire meurt le 30 mai.

# Table des matières

# Dans la même collection

# Liste des distributeurs

**Allemagne :**
*Avus Taschenbuch Verlags-*
*und VertriebsGmbH*
Schanzenstrasse 33
51063 Cologne

**Canada :**
*Éditions Hurtubise HMH Ltée*
1815, avenue de Lorimier
Montréal H2K 3W6

**Chine :**
*China National Publications*
16, E. Gongti Road
Chaoyang District
100020 Beijing

**Espagne :**
*Ribera Libros*
Poligono Martiartu, Calle 1, N° 6
48480 Arrigorriaga – Vizcaya

**États-Unis :**
*Powell's Books Wholesale*
1500 S. Western Avenue
Chicago, IL 60608

**Italie :**
*Inter Logos*
Strada Curtatona 5/J
41100 Loc. Fossalta, Modena

**Lituanie :**
*Humanitas*
Donelaicio Str. 52
3000 Kaunas

**Maroc :**
*Librairie des Écoles*
12, avenue Hassan II
Casablanca

**République Tchèque :**
*Slovart Publishing*
Vojackova 431
19600 Prague 9

**Royaume-Uni :**
*Sandpiper Books*
24, Langroyd Road
Londres SW17 7PL

**Russie :**
*Magma*
P.O. Box 71/24
117296 Moscou

**Slovaquie :**
*Slovart Publishing*
Pekna Cesta 6B
83004 Bratislava

**Syrie :**
*Librairie Avicenne*
P.O. Box 2456
Tahjiz
Damas

**Tunisie :**
*L'Univers du livre*
39, rue Napelouse
1002 Tunis

Achevé d'imprimer en janvier 2002
sur les presses de l'imprimerie Mondadori — Italie
Dépôt légal 1er trimestre 2002